中公文庫

武王の門（下）

北方謙三

中央公論新社

武王の門（下）　目次

武王の門（上）　目次

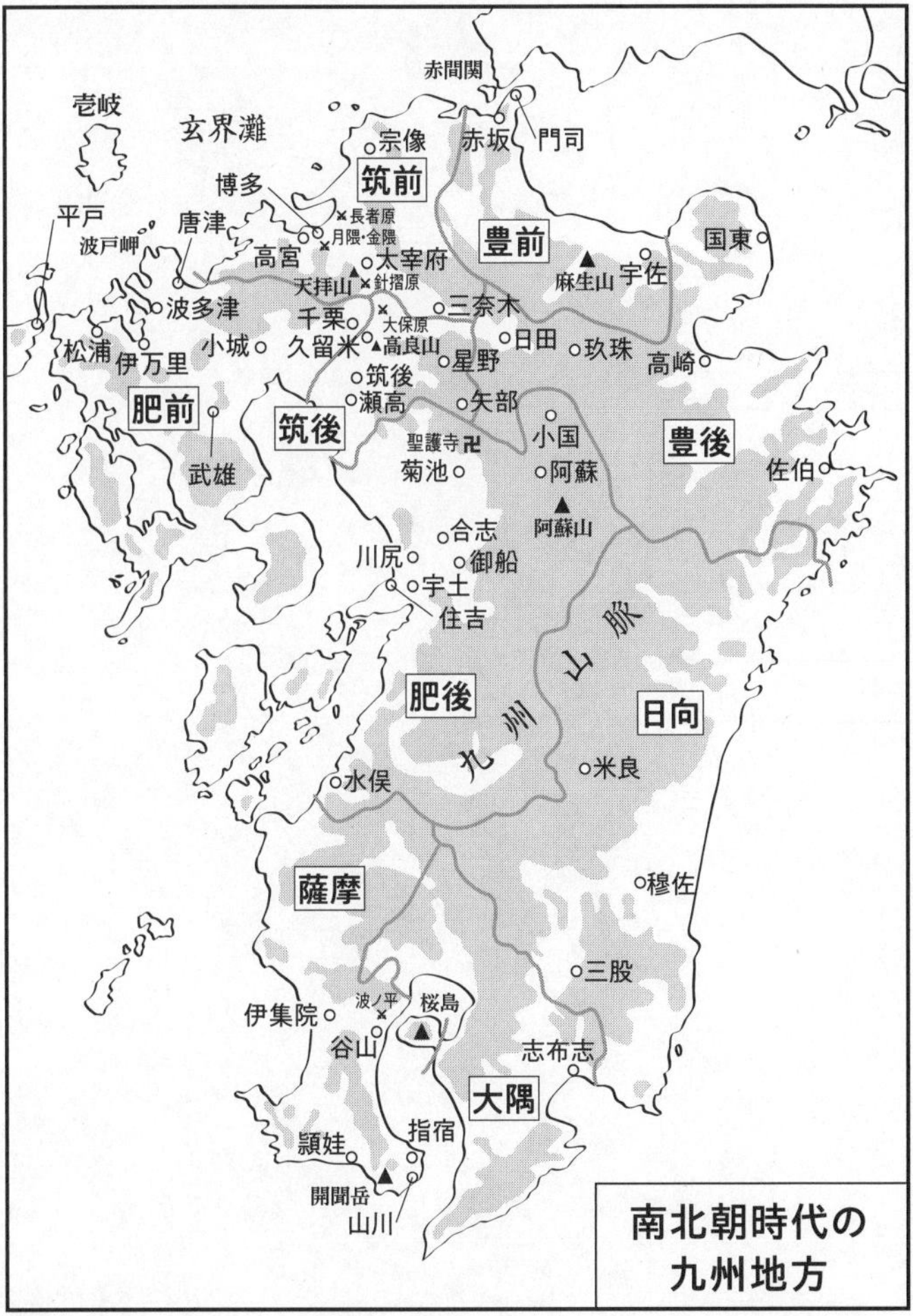

壱岐
玄界灘
赤間関
門司
赤坂
宗像
筑前
博多
長者原
月隈・金隈
平戸
波戸岬
唐津
高宮
太宰府
豊前
麻生山
宇佐
国東
天拝山
針摺原
波多津
三奈木
千栗
大保原
松浦
伊万里
小城
久留米
高良山
日田
玖珠
高崎
星野
筑後
肥前
瀬高
矢部
筑後
豊後
聖護寺
小国
武雄
菊池
阿蘇
佐伯
阿蘇山
合志
川尻
御船
宇土
住吉
九州山脈
肥後
日向
米良
水俣
薩摩
穆佐
三股
波ノ平
桜島
伊集院
谷山
志布志
大隅
指宿
頴娃
開聞岳
山川

南北朝時代の
九州地方

武王の門（下）

第九章　大宰府への道

1

正平十四年が暮れようとしていた。

征西《せいせい》府館《ふやかた》の城塔に、懐良《かねよし》はひとりで立ち尽していた。さすがに風は冷たく、脇腹《わきばら》や右肩の傷が、なにかを訴えるように痛んだ。

凄絶《せいぜつ》な戦だった。十数万の兵が、大保原《おおほばる》でぶつかり合い、死闘のかぎりを尽したのだ。勝ちはしたが、征西府にも菊池の軍勢にも大きな傷が残った。いや九州全土に大きな傷が残った。その傷は、数カ月を経たいまもまだ生々しい。

自分がいなければ、あれほどの戦は起きなかったのではないのか。秋が過ぎ、寒さが増してくるころから、懐良の心にそういう思いが去来するようになった。こうならざるを得なかったのだという思いも、一方にはある。深く考えることを、懐良はしなかった。自分がいなければという思いが、おのが弱さから出たものではないことを、この城塔に立って何度も確かめてみるだけである。

菊池の城下は、相変らず活気に満ちていた。民とは強いものだ、と懐良はしばしば思った。それは新しい発見でもあった。戦という理不尽なものに襲いかかられても、じっと耐え、戦が終ればすぐに力を取り戻す。それは、武士たちの立ち直りよりずっと早い。

夕暮の光が、菊池川の川面《かわも》に照り返している。いまここから眺《なが》めるかぎり、菊池の城下は平和そのものだった。

「御所様、あまり風に当たられては」

城塔の下に控えた山鹿《やまが》忠景が声をかけてきた。そばには明源《みょうげん》も控えているが、配下は離れた場所に潜んでいるらしい。

「良氏《よしうじ》が病を得たと聞いたが、大事はないのか、明源？」

城塔の梯子《はしご》を降りて懐良は言った。

「床に就かれてはおりますが」

「傷を受けたのではないのか、ほんとうは？」

「以前より、時々床に就かれてはおりました」

明源は、よく光る右眼《みぎめ》で懐良を見あげてきた。明源の左眼が潰《つぶ》れたのも、大保原の戦のあとだった。傷痕《きずあと》が醜いのか、明源は鉢巻《はちまき》に使うような布で左眼を覆《おお》っている。

矢を受けて馬から落ちた時、自分を守ったのは供回りの武士たちだった。守るだけで精一杯で、戦場からの離脱はできそうもなかったらしい。そこに現われたのが、五条良氏と明源に率いられた数十名の山の民だったとは、頼治《よりはる》から聞かされたことだった。礫《つぶて》を放ちながら、迅速に懐良の躰《からだ》を谷山城に運んだという。後方に離脱したのではなく、大保原の戦場の中の城に運びこまれたことも、頼治にはじめて聞かされた。意表を衝《つ》いた五条良氏の判断が、追撃の眼をくらませたのである。

おぼろにだが、良氏が話しかけてきたことを憶《おぼ》えている。叱咤《しった》するような声だった。ほかの記憶はすべて星野村の妙見城からで、そこには良氏はいなかったという。

山の民が、原野戦に加わることになってはいなかった。長い対峙《たいじ》を続けた大軍の、兵站《へいたん》を担《にな》うことになっていたのだ。良氏と明源は、ただ懐良の身を気遣って、わずかな人数で戦場に飛びこんできたのだろう。

「一度、日向米良《ひゅうがめら》まで行ってみたいのだが、明源」

「御所様が直々にでございますか？」

「それも、遠征にではない。供回りはおまえだけでよいのだ」

明源の顔に、困惑した色が浮かんだ。五条良氏の病気見舞ということになれば、異例である。しかし、征西府が大きくなる前は、懐良はよくその異例をやっていた。何度も、いまは南浦《なんぽ》と名乗る忽那《くつな》義範《よしのり》の航海に同道し、高麗《こうらい》にまで足をのばしたのである。

「よい。儂《わし》が考えておく。その時に、おまえは儂を案内してくれればよい」

片膝《かたひざ》をついた明源が頭を下げた。山鹿忠景は黙って聞いている。

「忠景、産《うぶ》さん滝へ参るぞ」

「いまからでございますか？」

「滝に打たれながら、新しい年を迎えたい。他の供回りはいらぬ。おまえたちの配下だけで、儂を警固してくれ」

二人の配下も、すでに二十名を越えている。それ以上の警固は、軍勢による警固となりかねない。

「傷に障ります、御所様。お館に知られると、それがしは腹を切らねばなりません」

「そんなことで、家臣に腹を切れと言う男か、武光が」

さらに言おうとする忠景を振り切って、懐良は歩きはじめた。


篝《かがり》が三つ燃えていた。そのほかに大きな焚火《たきび》がひとつ。人の姿は山鹿忠景と明源だけだが、配下はそこここに潜んでいるのだろう。

頼治と笙子《しょうこ》には、産さん滝にひとりで打たれることを伝えてある。頼治も、以前のようにぴたりと寄り添っていることはなくなった。懐良麾下《きか》の軍勢の大将としての仕事が多くなったのである。特にいまは、大保原の戦で半減した兵を補充し、鍛え直さなければならない時期である。

懐良は直垂《ひたたれ》を脱ぎ捨てた。

裸になると、真直ぐにのびない右腕が露《あらわ》になった。はじめは動かすことも不自由だったが、いまでは力は入らないものの、なんとか不自由がないほどに動かすことはできる。ただ、肘《ひじ》は曲がったままのびなかった。肩の傷のせいで、そうなっているらしい。

岩を伝い降り、滝に入った。岩のひとつひとつのかたちまで頭に入っていて、踏み違えることはないが、心配した忠景は、松明《たいまつ》を翳《かざ》して滝のすぐそばまで付いてきた。

滝の音と闇《やみ》が、すべてを覆っている。冷たさはそれほど感じなかった。肩に感じていた水の重さも、すぐに消えた。

どれほどの時が過ぎたのか。緑色の風景が懐良の中に拡《ひろ》がった。しばらくして、それは明瞭《めいりょう》なかたちを帯びた。緑の大地。はじめて船上から眼にした、九州の大地である。おのが生きる場所として、天より与えられた場所。あれを眼にし、おのが足で大地を踏みしめてから、すでに十七年以上の歳月が過ぎている。

生きたのか。思う通りに、自分は生ききってきたのか。何度も、問いかけた。生きて、闘った。耐え続け、少しずつ少しずつ、踏みしめた地をおのがものとしてきた。領地にするのではなく、おのが心の大地としてきた。そのために、何人もの人間が死んでいった。人の死で、自らの思いが支えられてきたと言ってもいい。

生きている。いまも、自分は生きている。痛恨と歓喜が混じり合っていた。その思いをも、滝が洗い流していく。すべては無。そこから、新しくなにかがはじまる。死んでいった者たちのためにも、はじめるべきなのだ。

大地がふるえている。自分を呼んでふるえている。懐良はそう思い続けた。

「御所様」

耳もとで声が聞えた。腕が何本ものびてきて、懐良の躰を支えた。滝から担《かつ》ぎ出されていた。いつの間にか、空は白みはじめている。

「あまりに長く、滝に打たれておられました故《ゆえ》に」

山鹿忠景が片膝をついて言う。心配のあまり、担ぎ出したというわけなのだろう。懐良は笑い声をあげた。手をしっかりと組み合わせたまま、いまだ解けずにいる自分の姿が滑《こっ》稽《けい》だったのだ。

「仏像でも、担ぎ出したようであったのか、忠景」

「まさしく、そのようなお姿でございました」

「心配をかけたな。儂は死にはせぬ。死んではならぬのだ。滝に打たれながら、それがよくわかった」

忠景と明源が、乾いた布で懐良の躰を擦《こす》りはじめた。全身に血が走っていく。その感じが快かった。やがて強張《こわば》った腕も柔らかくなり、組み合わせた左手の指が解けた。

「年が明けたな」

「はい。思い返すと、厳しい一年でございました」

「忠景は、妻帯はせぬのか？」

「戯《ざ》れ言《ごと》を申されますな、年明け早々に」

「戯れ言ではない。おまえが儂に付いてから、もう六年にはなる。忽那重明が死んだ直後であった。それから、昼夜もない勤めであろうが。やがては三十になるのではないか」

「今年三十になります」

「儂より二つ下か。女がいるようにも見えぬぞ」

「おりませぬ。命のすべてを御所様に捧《ささ》げよと、お館よりきつく申しつけられております」

「それでよいのか、忠景？」

「恐れながら、いまは御所様の側《そば》近くで、こうして警固の任にありますことが、それがしの喜びとなっております」

　そういう思いが負担になる、という言葉を懐良は呑《の》みこんだ。贅沢《ぜいたく》というものだ。ただ、時には気ままに生きて欲しい、という思いは拭《ぬぐ》いきれない。

「張りつめていてはならんぞ、忠景。明源もだ。若いころ、儂はいつも張りつめていた。見えるものも見えなかったのだと、いまにして思う」

二人が同時に頭を下げる。それ以上、懐良は言わなかった。差し出された直垂を身につける。

「隈府《わいふ》城まで駈《か》ける」

曳《ひ》かれてきた馬に跳び乗り、懐良は鞭《むち》をくれた。明源が、走って先導する。忠景も、素速く馬に乗り、付いてきていた。五条良氏が寄越した明源の年齢を、懐良は知らなかった。日向米良の、山の民を束ねる頭《かしら》のひとりであることを知っているだけで、ほかのこともなにも知らない。山の道は馬と同じように走り、険阻な場所では馬よりはるかに速いことに、いつも驚くだけだ。

「明源」

走る明源に馬を並ばせ、懐良は声をかけた。

「汝《なんじ》が望みはなんだ。なにを望んで、汝はその身を儂に捧げようというのか？」

「新しきものを」

息の乱れもみせず、明源は言った。

「新しき世を、ひたすら望んでおります」

「わかった。一度だけ、それを聞いておきたいと思っていた」

明源の白い歯が、朝日を照り返した。明源の笑った顔を、懐良ははじめて見たと思った。

正月三日を謁見《えっけん》の日と決め、懐良は伺候してきた諸将の年始の口上を受けた。毎年行われている儀式だが、今年は各地から伺候してくる諸将がとりわけ多かった。大保原の戦《せん》捷《しょう》が、諸将の眼を征西府にむけさせたようだ。さすがに、少弐《しょうに》や大友からの伺候はない。

「全九州の武士の眼は、菊池に集まっております。ここで軍勢を募れば、二十万、いや三十万の大軍にもなろうかと」

丸一日の謁見の儀式に立ち会った五条頼元が、興奮気味にそう言った。頼元の眼には、もう何年も前から京しか見えていないようだった。すでに七十を過ぎている。京にむけられた頼元の眼には、老いの一徹さえ感じられた。

「急《せ》くでない、頼元。九州はまだ、落ち着いてはおらぬぞ」

生あるうちに京の地を、と頼元が言うのはわかっていた。それだけを使命とし、労苦に耐えてきたのだ。急くなと言う以外に、懐良にも言葉がなかった。

武光が、若武者を伴って征西府館の懐良の居室を訪《おとな》ったのは、翌四日だった。

「亡《な》き武澄が嫡男《ちゃくなん》、武安でございます。大保原の戦では、武明の第一陣に加わり、武明が倒れてのちは、よく第一陣の騎馬隊をまとめて闘いました」

「菊池武安か。いくつになる？」

「十八でございます」

若武者の眼は、懐良にむいて強い光を放っていた。父武澄の鋭さよりも、武光の剛直さの方を受け継いでいるのかもしれない。武光が伴ったところをみると、侍大将として使おうという肚《はら》なのだろう。

「そなたの父、武澄とは数度の戦をともにした。武光とはまた違う、鋭鋒《えいほう》を持った武将であった。父に劣らぬ侍大将となれよ」

眼を潤《うる》ませて、武安は平伏し、あらかじめ言われていたのか、退出していった。

「若いな、十八か」

「斃《たお》れる者があれば、成長する者もあります。まこと、波が寄せては返すのに似て」

「われらが、歳《とし》をとったということかな」

「御所様はまだ」

武光が笑った。三十九歳になるはずだ。鬢《びん》のあたりには、わずかだが白いものも見える。遠からず、自分の鬢にも白いものが混じるだろう、と懐良は思った。

「新年は、滝の中で迎えられたとか」

「忠景に、いらぬ心配をかけた。忠景に代る者が、もうひとりおらぬであろうか」

「お気に召されませぬか、忠景が？」

「逆だ。ただ、昼夜儂に付き添っている。頼治は儂の麾下を束ねねばならぬし。このままでは、妻帯もできまい」

「欲しくなれば、女子《おなご》は見つけるものでございますぞ、御所様」

「自らを顧みて言うのか、武光」

大保原の戦のあと、武光がまた女を作ったという話が、懐良のところにも聞えてきていた。なんとなく、それもわかるような気がする。自分があまり女に眼をむけようとしないのは、やはり自分の躰に流れる血を意識してなのかもしれない。高貴の血と言われるが、それが苦悩の血でもあることは、誰よりも自分が一番よく知っている。

「大宰府を、そろそろと思っております」

武光がいきなり切り出してきた。少弐頼尚《よりひさ》の息子冬資《ふゆすけ》が、肥前、筑後《ちくご》で活発に兵を募っていることは、懐良も知っていた。筑前、豊前《ぶぜん》の兵も整えられつつあるはずだ。ただ、大保原戦以前の勢いは、少弐にはない。

「まず、武安に三千ほどの兵を付けて、肥前、筑後の国境あたりに出します。それで、あのあたりの風向きは変りましょう」

「台《うてな》の道を、真直ぐに大宰府に突き進むと思っていたがな」

「大宰府は、近くて遠いと思っております。いわば京に似た魔性を九州で持っているようなもの。大宰府に入るのはたやすくても、すぐに追い出されたのでは、九州の京そのものになってしまいます」

「少弐が、打たれても打たれても立ちあがれるのは、やはり大宰少弐として長くあの地にあった故か」

「九州の武士は、自分では気づかぬまま、心の底に大宰府を持っております。大宰府には、少弐がおりました。足利尊氏《あしかがたかうじ》に九州探題を命じられた一色範氏《いっしきのりうじ》でさえ、大宰府に入ることはできませんでした」

「まわりから、落としていくか」

「少弐は、豊後《ぶんご》の大友と結びましょう。これまでよりも、しっかりと手を組みます。同じ命運という気になっているでありましょうから。したがって、豊後も叩《たた》かなければなりません」

「長くかかるな」

「二年は、かかりますまい。征西府は、いま大宰府に手が届きます。しかしながら、うかつに手を出しては、火に触れるようなものでござる。まわりから、少しずつ火を鎮《しず》めながら大宰府に入るのが上策かと」

「わかった」

大宰府を手中にすれば、ほぼ九州を制圧したと言っていい。ただ、それは一時的なものでは駄目《だめ》なのである。少弐一族は、必死の反攻を試みてくるだろう。その反攻の力をできるかぎり削《そ》いでから、大宰府に入るべきだ。それが、大きな戦を避ける方法でもあった。

「武光、儂は一度、日向米良へ出向いてみようと思う」

「それはよろしゅうございますな」

「同意してくれるか」

「ただし、隠密《おんみつ》に。征西府の力が増せば増すほど、御所様のお命も京の足利幕府にとっては大きな価値があることになり、武士の中にはあらぬ功名を立てようとする者がいるかもしれません」

「心しよう、それは」

　笙子が運んできた湯に、懐良は手をのばした。

「山の民の力がどれほどのものか、大きな戦ではよくわかります。五辻宮《いつつじのみや》様とは違い、五条良氏殿は、山の民を無理に軍勢にしようともなされておりません。武士は武士。山の民は山の民。それぞれの生きかたを認め合ってこそ、はじめて共に闘うこともできます」

「その良氏が、病を得たと聞いた」

「それがしも。良氏殿の御気性なら、瀬戸際《せとぎわ》まで無理をされかねません。そのためにも、御所様が日向に出向かれるのはよろしいと思います」

　武光もやはり、良氏の病を気遣っているようだった。それ以上のことは、お互いに口にしなかった。二人とも、健康だった。戦で受けた傷も、人並みはずれて早く回復した。ただ、健康だけは分ち合うことはできない。

　二人の間で、湯を啜《すす》る音だけがしばらく続いた。

2

大宰府の館で、少弐頼尚は饗庭《あえば》宣尚とともに、ひっそりと新年を迎えた。

伺候してくる武士たちの数も、極端に少なかった。それで当たり前だ、と頼尚は思っていた。負けたのである。ただ一度と、満を持してむかった戦に負けた。運が勝負を分けたとしか言いようのない負け方だったが、負けは負けである。かつて九州に落ちてきた足利尊氏を担ぎ、多々良《たたら》浜で菊池武敏の軍とぶつかった時は、明らかに自分に運があった。尊氏に、躊躇《ちゅうちょ》なく賭《か》けることもできた。九州探題などというものを、あの時尊氏が残していかなければ。そう思っても、尊氏はすでにない。

「征西府では、肥前に軍勢を出す気配。暮から正月にかけての、冬資様の動きが目立ちすぎたのではありますまいか」

「冬資はあれでよい。好きなようにやらせよ」

どう踏ん張ったところで、再度征西府に決戦を挑《いど》めるとは思えなかった。抗し難い、時の勢いというものはある。ただ、冬資はこれからも少弐一族を率いていかなければならない。忍従と屈辱を拒むなら、何度でも闘い、何度でも負けるしかないのだ。耐え続ければ、いつかはまた運が向いてくる。それが十年さきなのか、二十年さきなのか。いずれにしても、自分とは無縁の遠いさきだろう。

頼尚は六十八になった。よく生きながらえたという思いが、いまはある。充分すぎるほどに生ききった、とも思う。心に残るものを数えあげるのは、むなしい行為にすぎなかった。

「大友からは、再三連合を求める使者が参っておりますが」

決断を求めるような饗庭宣尚の言葉を、頼尚は無視した。今度の連合は、九州の情勢に応じて立場を変えるというようなものではないだろう。恐らくは、命運をともにする連合となるはずである。

九州南部には島津がいるが、逼塞《ひっそく》を余儀なくされている。畠山《はたけやま》も一色もなく、九州北部では少弐と大友が連合するしかないのだ。それも、滅びにむかう連合かもしれない。

九州は京より遠すぎたのだ、と頼尚は思っていた。足利尊氏が、もっとよく九州の情勢を把握《はあく》していれば、守護同士を争わせるようなことはしなかっただろうし、九州探題なども置かなかったはずだ。身内で争っているうちに、いつの間にか征西府が大きくなった。それも、悔んでも仕方のないことだった。

「お館様は、このまま老いていかれますか？」

「すでに老いておる。大保原の戦で、儂の命は終ったのであろう」

「なにを言われますか。お館様は、ここにこうして生きておられるではありませんか」

「この身が生きている。それがほんとうに生きていることになるのかな、宣尚」

「気弱なことを申されますな、お館様」

「そうではない。この身は、少弐家のためにいつ投げ捨ててもよい。ただ、武将としての儂は死んだ。おのが命の終りを知るのも武将ぞ、宣尚。戦で果てる武将もあれば、こうして静かな時の中で果てる武将もある。それを見誤りたくはないのだ」

「すべてを、冬資様に任されますか？」

「冬資がその器なら、自然に家中はそうなろう」

「わかり申した」

饗庭宣尚が頭《こうべ》を垂れた。老人が二人。悪いものでもない。頼尚は手を打って下女を呼び、酒を命じた。従者も、遠ざけている。手を打って現われるのは、下女だけである。

「明るい時から、酒が欲しゅうなる。酔いが、儂になにかを忘れさせてくれるのであろうか」

「宣尚も、御相伴仕《つかまつ》ります」

「年寄二人で酌《く》み交わそうと思った酒じゃ」

頼尚は、庭に眼をやった。

「冬資様と頼澄様は、時として御意見がぶつかっておられるようですな」

「息子どもも、それぞれの生き方をすればよい。互いに争うことになれば、それも宿命」

饗庭宣尚は、頼尚を現実の中に引き戻すことを、忘れてはいないようだった。ここでなんとか踏みとどまれば、挽回《ばんかい》の余地はあると考えているのだろう。博多の商人の動静なども報告してくる。

運ばれてきた酒を口に含みながら、頼尚は現実を伝える声を、遠いものとして聞いていた。

筑前、肥前の国境近くで、少弐方の軍勢と征西府軍が衝突したという知らせが入ったのは、二月の中旬だった。征西府軍を率いているのは、菊池武澄の嫡男で、まだ十八歳の武安だという。ひと月ほど、肥前で盛んに少弐方の挑発《ちょうはつ》を続けていたのだ。兵の扱いはなかなかのものだ、という報告も受けていた。

大宰府の館の広間で、すぐに軍議が持たれた。肥前の少弐方、高木家直をあっさりと打ち負かした征西府軍は、そのまま大宰府を窺《うかが》う気配である。

全軍の出兵を強硬に主張したのは、冬資ひとりだった。それに対する頼澄の反撥《はんぱつ》も激しいものだった。征西将軍宮や菊池武光が直々に出陣しているわけではない、という意見が家臣の中から出され、冬資の強硬論は水をかけられた恰好《かっこう》になった。

いまだ、少弐家の頂点は頼尚である。最後の決断は頼尚が下すことになった。

「宗経茂《そうつねしげ》に兵三千を付けて、増援にむかわせよ」

兵三千は、菊池武安が率いている兵力と同等である。これを、肥前、筑後の武士たちがどう見るか、瀬踏みのようなものであった。

大友との対立がなくなり、豊前の兵も比較的容易に動かせるので、兵三千は苦しいものではない。六千から七千の軍勢を出すことも可能だが、征西府軍は十八歳の侍大将に率いられているのだ。多すぎる兵をむければ笑いものになるし、少なすぎれば危険が大きい。同等の兵力というのは、賭けのようなものだった。その賭けを、頼尚は冷えた気持で、投げ出すようにすることができた。

賭けの結果は、四日後に簡単に出た。

勇躍、肥前少弐方の救援にむかった宗経茂は、一度の衝突で征西府軍に撃ち破られ、大宰府に敗走してきたのである。肥前少弐方の武士の参戦は、ほとんどなかった。

「筑前、豊前の本領を固めよ」

頼尚の下知《げじ》に、冬資は不満顔ながら従った。昨年の秋から、活発に工作を続けた肥前の武士が、少弐軍が出動したにもかかわらず動かなかったことに、少なからぬ衝撃を受けた容子《ようす》だった。

やはり時の勢いだ、と頼尚は思った。

冬資が大友との連合を強く主張しはじめ、頼澄がそれに反対した。反対するだけでなく、征西府への恭順を頼澄は口にしたのである。

「父上は歳をとられた。あんな頼澄を放っておかれるつもりか」

「戦を主張してやまぬおまえも、放っておるぞ」

「頼澄は、征西府に尻尾《しっぽ》を巻けと申しているのでございますぞ」

断固として闘うという冬資の主張も、似たようなものだった。つまりは、征西府に対する恐怖が、そう言わせている。

死んだ直資《ただすけ》は、二人の弟たちより、もうちょっと太いものを持っていた。同時に無謀さも持っていて、それが直資の命を奪った。一族の中で、死んで行った者の数を数えると、頼尚はやはり慄然《りつぜん》とした。そして若い者は育っていない。いつまでも、老人の自分が頂点にいたせいなのかもしれなかった。

「いまは、弱いところを見せてはなりません。肥後に攻め入る気概さえ持っていると、征西府にわからせる必要があります。少弐は確かに大保原で大きな傷を受けましたが、それは征西府も同様。戦のあと、どれだけ踏ん張れるかが勝負ですぞ」

「わかっておる」

「ではなぜ、頼澄を許されるのです？」

「許しはせぬ。責めもせぬ。冬資、儂はもう疲れているのだ」

頼澄のやり方が気に入らぬのなら、自分を追って家督を奪ってみよ、という誘いにも似ていた。館の奥の、頼尚の居室である。父子二人きりの対坐《たいざ》で、邪魔をするものは誰もいない。

「いま、父上が弱気になられたら、われらはどうすればよいのですか。少弐頼尚これにありと、全九州の武士にもう一度知らしめるべきです」

頂点に立つことを、冬資は怕《こわ》がっているのかもしれない。それも、自分がいつまでも童《わらべ》扱いをしてきた結果なのか。

「冬資、少弐家は滅びてはならぬ」

「だからこそ」

「勝者がいれば、敗者もいる。それが戦ぞ。われらのみではない。全九州を見渡してみよ」

いまは、敗者に眼をむける時である。ともに闘って、ともに敗れた者たちのために、なにをしてやれるか考える時である。それが、少弐家の十年後、二十年後に繋《つな》がる。上松浦《まつら》党の佐志披《ひらく》など、水軍であるにもかかわらず、大保原の野戦で果敢に闘い、死んでいった。いま上松浦党に手を差しのべておくことは、絶対に必要なのである。しかし、それは自分の仕事ではない、と頼尚は思っていた。少弐家の次代を担う者たちの仕事である。

冬資は、さらに九州で味方をしそうな武士たちの名を、数十人も挙げ続け、最後に京の足利幕府に救援を乞《こ》うべきだと付け加えて、退出していった。

幕府に救援を乞うぐらいなら、なぜ一色範氏と長い消耗戦をしてきたのか。なんのためだったのか。冬資の頭は、そこまで回ってはいないようだった。

「本気で、隠退なさるおつもりですか、お館様は」

控えの間から、饗庭宣尚が入って来て言った。冬資とのやり取りを、聞いていたようだった。

「幼きころより儂の側近くにいて、気性は呑みこんでいるものと思っていたがな、宣尚」

「それでも、諦《あきら》めきれませぬ」

宣尚の眼には、涙が浮かんでいた。京へもともに行き、各地で闘ってきた。九州探題一色範氏との政治戦には、なくてはならない存在だった。動乱の続いたこの時代を、二人で生き抜いてきたという思いが、頼尚にもあった。

「おまえも、領地へ帰るがよい。宣尚。すでに若い者たちの時代だ」

「なれど、このままでは冬資様と頼澄様が正面からぶつかり、少弐家は二つに割れかねませぬぞ」

「大保原の戦では、数多くの武士がわれらに同心してくれた。しかし、一族を挙げて同心してくれた者ばかりではない。兄はわれら、弟は征西府、そういう家がどれほどあったと思う」

「それは、風向きに身を任せている武士たちのこと。家が、どうやれば生き残れるか、考え抜いて、兄弟を敵味方に分けたのでござる。少弐家は、風そのものでございましょう。草の靡《なび》きの武士とは違います」

「いまは、少弐家がどうやれば生き残れるのか、考える時であろう」

「冬資様と頼澄様が敵味方に分れても、よいと言われますか？」

「どちらかが生き残れば、少弐の家は絶えぬ」

「そこまで、大宰少弐たる家柄《いえがら》が」

「負けとは、そういうものだ、宣尚。もう言うでない」

うつむいた饗庭宣尚の眼から、涙が滴《したた》り落ちていた。この男が泣くのを見るのは、はじめてだった。五十年にも及ぶ歳月の中で、一度きりである。

「それがしのいたらなさ故に」

「なんの。儂は、おまえがいたから立っていられた。こうして静かな時に身を任せていると、しみじみとそう思う」

饗庭宣尚の涙は、いつまでも止まらなかった。五十年分の涙なのだ、と頼尚は思った。縁の外の庭は、春にはまだ程遠い。葉のない樹木が、風に揺られることもなく立っているだけだった。

3

肥後南部から、東にむかっての山越えを懐良がはじめたのは、夏も終りに近づいたころだった。山鹿忠景が配下五名を連れてぴったりと寄り添い、それを遠巻きにするように、明源が率いる山の民が警固している。それでも、総勢で三十名ほどだった。

九州山脈は深い。九州の背骨のようなものである。そういう場所にも、時折人の姿はあった。どれほどの人数を、幾重にも連なる山が呑みこんでいるのか、懐良には見当もつかなかった。

「五条頼治様は、まだ怒っておられましょうな、御所様」

「仕方があるまい。儂の麾下の軍勢の束ねだ。米良へ、軍勢を引き連れて行きたくはない」

頼治には、ほかに仕事もあった。懐良の米良行きはあくまで隠密で、知っているのは武光ほか数名の者だけである。懐良がいない間、頼治は征西将軍宮の役もしなければならないのだ。謁見などはできるだけ少なくするにしても、留守だと誰にも気づかれてはならないのだった。

頼治はいつも行動をともにしたがったが、そのあたりのことは心得ていて、不機嫌《ふきげん》さを山鹿忠景にぶっつけるくらいで納得する。

「これより、さらに険阻な山に入ります。しばし御休息を」

明源が近づいてきて言った。小さな家が行手に見えた。屋敷とも言えないほどの家である。こういう家が、道筋のところどころにあった。なにを生業《なりわい》にしているのかわからない。わからないなりに、人の生活というものはどこにでもあるのだと、懐良は納得するような気持で進んできた。

「これよりは、馬を降りて歩いていただかなければなりません。馬は、わが配下の者が導きます」

「武光が日向の畠山を攻めた時も、この道を通ったのか、明源？」

「あの折は、大軍の山越えでありましたので、もう少し回り道を。それでも、いきなり攻められて畠山の狼狽《ろうばい》はおかしくなるほどでした」

「武光は、志布志《しぶし》にまで行ったのであったな？」

「楡井《にれい》頼仲殿の墓に詣《もう》でられました。楡井殿の自刃《じじん》をいたく惜しまれて。まこと、楡井頼仲殿なくば、五辻宮様も五条良氏様も、もっと御苦労をされ、日向は畠山のものになったはずです」

　広大な日向一国を領しながら、新守護の畠山直顕《なおあき》は、九州全土に雄飛することができなかった。島津との国境のせめぎ合いでも、決定的に押すことはできなかった。領内で、楡井頼仲の激しい動きがあったからである。

　逆茂木《さかもぎ》に似た垣《かき》で囲われた家だった。裏の林のむこう側に、小さな小屋がいくつか散在しているのも、ここに来てみればわかった。林の奥は深く、さらに小屋があって集落を作っているのかもしれない。

「お悠《ゆう》様と申されます。日向、肥後にわたる山の民の長《おさ》の娘御であります」

湯を運んできた若い女を見て、明源が小声で言った。小柄な、しっかりした眼差《まなざ》しを持った娘だった。懐良の身分を知っているのかどうかは、わからない。

「山に住んで、淋《さび》しくはないのか？」

「幼いころよりのこと。馴《な》れております。人の多いところでは、むしろ気が急いて落ち着きませぬ」

挙止には、民家の娘とは思えない品性があった。小さいが、家のたたずまいもいままで見てきたものとは違う、格調のようなものが感じられる。

「山の民の長の娘というなら、五条良氏殿は存じていよう？」

「はい。良氏様は、わが兄弟たちの学問の師でもあられます」

「いくつになる、お悠殿は？」

「十八に」

「そうか。よい歳だ。女子はこれから美しくなっていく」

懐良が笑うと、悠は顔を伏せた。明源の配下の男たちが、馬の鞍《くら》をはずしている。裸馬を曳いていく気なのか。

懐良は、縁に置かれた湯に手をのばした。熱すぎはせず、山を登ってきた躰に心地よかった。

「出発は明朝でございます。今夜は、この家にお泊まりいただかなければなりません」

明源が言った。夕方までには、まだ間がある。進む気になれば、かなり進めるはずだ。山鹿忠景は、明源を促して進もうとは言わなかった。

「五条良氏様の指図でございます」

「良氏は、ここで儂になにをさせようとしているのだ、明源？」

「お心のままに、と思っておられるのでございましょう」

「隠すな。なにかを命じられたであろう」

悠は、もう立って家の奥に消えていた。明源の、よく光る片眼が、さらに強い光を帯びた。山鹿忠景は、やはり半眼でなにも言わず控えている。

「よい。今夜は、ここへ泊まろう。悠という娘は、儂のことを知っているのか？」

「すべてを、御存知《ごぞんじ》でございます」

良氏がなにを考えているのか、漠然《ばくぜん》とだが懐良にはわかった。つまりは、日向、肥後にわたる山の民の長が、娘を差し出したということなのか。それを、責めようという気にはならなかった。必要があって、良氏はそうしているのかもしれない。

「湯浴《ゆあ》みでもしたいものだな、夕餉《ゆうげ》の前に」

「その仕度はできておりましょう」

相変らず、山鹿忠景は無言だった。懐良は腰をあげた。平伏した下女が、家の中に懐良を導いた。

「お悠とやら。儂は実のない男ぞ。息子がひとりおる。父親らしいことは、なにひとつしてはおらぬ。それに」

月王丸に、自分と同じ血を意識させたくない、という言葉を懐良は呑みこんだ。自分の思いがどうであろうと、月王丸の躰に流れる血は変えられない。

「山の民は、御所様になにかを賭けております。本来ならば、山中にひっそりと棲《す》む者どもが、少しずつ外にも眼をむけるようになっているのです。御所様が、山に棲まれるわけには参りますまい」

「だから？」

子が欲しい。そう言っていることはわかっていた。悠は、なにも言おうとしない。

「日向米良には？」

「父や兄弟が、五条良氏様のもとにおります。ここより、二つばかり山を越えたところが、米良でございます。明日、私が御所様を御案内いたします」

「それでよいのだな、お悠は？」

「明源より、御所様の人となりは何度も聞かされておりました。こうしてお会いすると、思った通りの方でございました。恐れ多い申しようではございますが」

懐良が差し出した太刀を、悠は両手で捧げるようにして受けた。

乱世の女は、こういうものなのか。これを悲しいと言ってしまうのは、心の弱さに似たようなものなのか。少年のような潔癖さはなかった。情欲のままに動こうという気もない。人と人。男と女。こういう結びつきもあるのか、と思うだけである。

「ひどいお怪我を」

直垂を脱ぎ捨てた懐良の躰を見て、悠が眉《まゆ》を寄せた。

「怪我は、傷として残るだけだ。死なぬかぎりはな。心の怪我は、それだけとは言えぬ。人の生きざままで、変えてしまう」

眼が合った。笑うと、悠もかすかに笑みを返したようだった。

いくつかの集落を縫うようにして進むと、眼下の盆地に、細長い建物が二棟見えてきた。逆茂木を巡らせてはあるようだが、城とも砦《とりで》ともいい難いようなものだった。

「米良でございます。手前が、五条良氏様がおられる館です」

二棟の館のむこうに、民家が散在しているのが見えた。丘陵のむこうにまで拡がっているらしく、どれほどの数があるのかはわからない。

「おまえの父の館は、お悠？」

「あの丘の頂でございます」

悠の白い手が、丘陵の方を指した。その館だけ、櫓《やぐら》がひとつ立っているのが、懐良にも見分けられた。

「馬曳け。御所様は、乗馬で米良に入られる」

明源の下知が聞えた。二つの山を越すのは、やはり馬では無理だっただろう。道が細く、険しかった。岐路も多くあり、深山に迷いこんで消えてしまう道がほとんどなのだ、と明源に教えられながら歩いてきた。悠は、庭のように山の道を知っているようだった。

曳かれてきた馬に懐良は跨《また》がった。騎乗は、山鹿忠景の配下だけで、七頭の馬を囲むように、明源の配下が姿を見せている。

「悠も、儂の馬に乗るとよい」

「そのようなこと」

「構わぬ。戦場へ行くのではない。おまえの父のいる場所に、五条良氏も待つ場所へ行くのだ」

懐良は、悠の手をとって馬上に引きあげた。同じことを、ずっと以前にしたと思った。笙子とはじめて会った時だ。あの時は馬に鞭を入れた。若かったのだ。半分懐《なつか》しむような気持で、懐良は慎重に馬を操った。

館の入口に、折烏帽子《おりえぼし》の質素な身なりの老人を先頭にして、十五、六名が列を作って出迎えていた。明源が馬の轡《くつわ》を執り、懐良は悠を降ろすと自分も降りた。

「三財《さんざい》長次郎と申しまする」

「悠の父だな。それに兄弟をはじめとする一族か」

「日向の重立ったる長たちも、並んでおります」

「肥後菊池からの道は、遠いな。それに山が深い。道中いろいろな思いがよぎったぞ、三財長次郎」

「左様でございますか。山深きところなれば、お気に召すお迎えの仕度もありませんが、まずはお入りくださいませ。五条良氏様も心待ちにされております」

「病は？」

「それはまあ、長ごうございますので。お出迎えに出られるのも、それがしがお止め申しました」

「そうか。良氏の病は篤《あつ》いか」

　館の入口には、三名の若者がいるだけだった。

「ここは、なんに使われておる。良氏の館だけではあるまい？」

「はっ。三十名ほどの者が、学問の伝授を受けております。時には、歌を作ったりもいたします」

「歌か。良氏らしいな」

　部屋がいくつも並んでいて、若者たちはここで起居を共にしているらしい。縁を歩いていくと、突き当たりの部屋の前で、さらに二人の若者が平伏していた。ひとりは悠の兄でもうひとりは弟なのだろう。兄の方は、眼もとがそっくりだった。

「三財彦次郎でございます。これはわが弟にして」

「三財光次郎でございます」

光次郎の方は、まだ十五になっていないのかもしれない。表情から幼さが抜けきっていなかった。彦次郎が板戸を引いた。下座に、五条良氏がひとりで平伏していた。

「久しいのう、良氏。大保原の戦の折には、おまえがそばにいてもわからなかった」

言ってから、懐良は眉を曇らせた。またいっそう痩《や》せてしまっている。それより、透けるように蒼白《あおじろ》い肌《はだ》が、死ぬ直前の谷山隆信を思い出させて、懐良の胸を衝《つ》いた。

「お出迎えにも出ず」

「よせ、良氏。それより、横になっていた方がいいのではないのか」

「毎年、夏の終りには躰が熱を持ちます。暑さの疲れでございましょう」

「お悠という娘は、受け取った」

「わかっていただける、とは思っておりました。山の民は、征西府との繋がりを欲しております。でなければ三財一族も人をとりまとめるのに苦労いたしましょう」

「女としても、できるかぎり慈《いつく》しんでやりたい」

良氏が笑った。髭《ひげ》の中から白い歯が覗《のぞ》いた。それにも、懐良はなぜかはっとした。

湯が運ばれてきた。良氏は、しばらくじっとそれに眼をやっていた。館の外の声も、奥まではあまり聞えてこない。二人だけの部屋は静かだった。

「山の民には、菊池から応分の銭が届けられております。充分と言えば、それで充分でございましょう。しかし、銭の結びつきは、それだけのものとも言えます」

「なればこそ、おまえがこの地にいるのではないか」

「御意。それがしは、なすべきことはほとんどなしました。これ以上の結びつきを作るには、それがしではつとまりません。御所様が日向を訪われると聞いて、これはよい機会だと心待ちにしておりました」

静かな喋《しゃべ》り方だったが、底に力が籠《こも》っている。谷山隆信もそうだった。

「ここには、三日しかおれぬ。その間、三財一族やほかの長たちと、心を開いて語ることができればいいが」

「彼らが求めているものがなんなのか。それを、おわかりいただきたく思います。五辻宮様は、わかりながら結局心の底では、それを軽んじられました。朝廷の軍勢を作ることだけを、考えておられましたから」

「戦のための軍勢になろうとするのなら、山を降りて領地を求めればよい。そうせぬなにかがあることは、わかっている」

「老婆心《ろうばしん》かもしれません、それがしの。とにかく、軍勢にしようとだけはなされますな。戦によって得る名利を捨てて、山に入った人々の末裔《まつえい》でございます」

言った良氏の顔に、朱がさした。咳《せ》きこむのかと思ったが、むしろ痛みをこらえているような表情になった。

「無理をいたすな、良氏。そうされても、儂はまったく嬉《うれ》しくはないぞ」

「なんの。この間までは、山野を駈《か》けめぐっていた身でございますぞ」

しばらく、良氏の顔にさした朱は消えなかった。懐良は、黙って待っていた。良氏が、しばしば激痛に襲われることがあるらしいと、昨夜、悠から聞いていた。ただ、長く続く痛みではないらしい。

「彦次郎と光次郎の兄弟も、お見知りおきくだされい。二人とも、なかなかの男になるであろう、と見ております」

良氏の顔色が、次第に蒼白《そうはく》なものに戻ってきた。痛みは去ったのか。額に浮いている汗に、懐良は眼をやらないようにした。

「語りたいことが、語りきれないほどある。所詮《しょせん》、語ることはむなしいのかもしれん。こうしてむき合っていると、そうも思えてくる。会えただけでよかったということか」

「叡山《えいざん》を出られた時、御所様はまだ八歳でございましたな」

「早いものだ。もう三十を越えた」

「よくぞ、御自分を律してこられました。それがしがお教えできることはもうなにもない。それが、菊池を離れることをそれがしに決心させたのでありますが」

良氏の容子は、すでに落ち着いていた。掌《てのひら》で拭《ぬぐ》うと、額の汗ももうそれ以上は出ないようだった。相変らず、部屋は静かである。

良氏の直垂は質素なものだった。居室に使われているところらしく、どこで集めたのか数百冊の書物が隅《すみ》に積みあげられている。いわば学問所のような役割も、この館は果しているのかもしれない。全九州の山の民の中に、ここで学んだ者がどれほどいるのか。

学問をやっているのが、一番似合う男だった。しかし、学問に閉じ籠ってしまおうという男でもなかった。いつもそれをどう生かすか考えていたのだと、幼いころから教えを受けてきた懐良にはよくわかっていた。日向米良へ、自ら望んでやってきたのも、戦のためだけではなかったのだ。

「生きました、それがしは。力のかぎり生きてきた、と思っております」

「そう思えることが人の幸福だと、儂にもわかるようになった」

「京へは、いつ？」

「まだ大宰府にすらも、入ってはおらぬ」

「お捨てなされませ、京を」

「良氏がそれを言うか」

「父をはじめとする年寄たちは、確かに京が夢でありましょう。いまの征西府なら、あるいは京を手中にできるかもしれません。しかし京は、人の世の幻でございますぞ」

「その幻が、どれほどの人の命を奪ったのであろうな」

「人とは、本来愚かなもの。それがしは、人というものを、ずっとそう見てまいりました。幻のために戦をするのも、人の愚かさでございます。ただ、幻はひとりではありません」

懐良は、じっと良氏の顔を見つめていた。こうやって、幼いころから学問を教えられてきたのだ。そのころと、良氏の落ち着いた声はまったく変っていないように思えた。

「愚かな人の、愚かな幻にも、いろいろございます。そう思うようになりました」

良氏は、懐良が抱いた夢を、見抜いているのかもしれない。たとえ愚かでも、ましな幻を追えと言っているのだろう。それ以上、良氏は言葉を出さなかった。

「三財父子や、ほかの長たちとともに、夕餉にいたそうか」

良氏が、頷《うなず》いて笑った。歯の白さが、やはり懐良の心を衝いた。

4

一年以上をかけて、菊池の軍勢はようやく元の力を取り戻した。大保原の戦の傷がどれほど深かったのか、武光はいやというほど思い知った。

数万対数万の、徹底的なぶつかり合いは、予想もしなかったような打撃を菊池に与えた。生き残って帰りはしたものの、戦には出れなくなった兵も多かった。銭倉の銭は、一度の戦で半分以上も減った。

その銭倉も、元通りになりつつある。加瀬忠明の懸命の努力によって、城下の市の規模も以前より大きくなってきた。失った兵は補充しなければならない。補充だけでなく、鍛えあげることもしなければならない。それもようやく終り、菊池軍は従来通りの動きができるようになった。

　そうなってから、最初に武光が着手したのは、軍勢編制の手直しである。

　これからの戦には、いつも菊池軍だけを出動させるというわけにはいかない。中心には菊池の軍勢がいたとしても、参集した各地の武士も含めて、征西府軍となさなければならないのだ。同時に二カ所、三カ所に出動しなければならない事態も、充分予想される。菊池軍の総勢五千数百は変りないが、征西府軍は、常時八千を保ち、情勢によっては即座に一万五千までは集められるようにしておく。兵站《へいたん》は、五条良氏率いる山の民に、ほとんど依存しなければならない。戦の場所を選ぶことはできず、紛争地への出動ということになる。

　そこまで、はっきりと頭に思い描くことができるようになってから、武光は大宰府攻略の作戦を練りはじめた。無造作に攻めれば、少弐頼尚は一族の存亡を賭けて、必死の反撃を試みるだろう。時をかけ、じわりと締めつけていく方がよさそうだった。

　日向米良の五条良氏の病死の知らせが入ったのは、正平十五年の十月も末のころだった。五条頼元、良遠、頼治、それに武光が、牧宮《まきのみや》の居室に集まった。

　全員が、言葉が少なかった。あらかじめ予想はされていたこととはいえ、良氏を失ったことはやはり大きいのだ。

「祈ろう。良氏は、生ききったと儂《わし》に言った。あれが、みなに伝えたいことでもあったのだろう。あとは、祈るしかあるまい」

「日向米良に、私が出向くことはできませんか？」

低い声で、良遠が言った。良遠は、兄の良氏よりさらに苦労するだろう。それ以上に、頼元が老いたいま、征西府からはずすわけにはいかないに違いない。

「あの地には、葦影《あしかげ》の一党の誓亀《せいき》という者がおります。さらに、三財彦次郎という者に、良氏殿はあとを託されたようです」

武光が言うと、牧宮が頷いた。夏の終りに日向を訪《おとな》った時、別れは済ませてきたという思いが、牧宮にはあるのだろう。

「日向米良は、しばらくは彦次郎に任せてみようではないか。儂も会ったが、良氏があとを託そうと選んだ男だけのことはある」

「そうですか。私も、戦で征西府の役に立つことができません。せめて兄の代りなりを、と気だけは逸《はや》るのですが」

「いまのままだ。征西府はいまのままであらねばならぬ。それは、おまえが一番わかっているのではないのか、良遠」

「良氏も、ついに京の地を踏むことはございませんでしたな」

肩を落としたまま、頼元が言う。逆縁《ぎゃくえん》である。戦ではなく、病で良氏を失ったことが、この老人にはこたえているのかもしれない。

武光は、腕を組んで眼を閉じた。征西府の評議でも、発言しないことの方が多い。公家《くげ》が嫌いというわけではないが、頼治以外はどこか肌に馴染《なじ》まないことがあるのも確かだった。

「ところで武光殿、大宰府はまだかな？」

頼元が、話題を変えた。

「もうしばらくでございますな。来年になれば、実際に軍勢を出して、周囲から締めつけることもできると思います」

「来年とは、遅すぎはせぬか。これでは、京を回復するのは、夢のまた夢じゃ。一気呵成《かせい》に大宰府に攻めこむ。そういう肚《はら》を固めてもいいころではないのか」

「戦をするのは、武士でございますぞ、頼元殿。無意味に兵を死なせるような戦は、それがしにはできません」

「無意味ではない。大保原で、あれだけの犠牲を払いながら、これでは勝った意味がないであろう。あの時大宰府に攻めこむのは、どんな軍勢でもできた。大魚を逃がしたようなものじゃ。われらが軍勢の傷が深かったのはわかるが、少弐の傷はさらに深かったはず」

「それがしの戦が、間違っていたと言われるのか、頼元殿」

「そこまでは言わぬ。ただ、いまからでも遅くない、と言っているのだ」

反論しようとした言葉を、武光は呑《の》みこんだ。頼元の眼に涙が溢《あふ》れていたからだ。いつもの頼元ではなかった。胸に抱き続けたいろいろな思いが、ここで堰《せき》を切ってしまったのかもしれない。良氏が死んだ。牧宮も武光も、じっくり腰を据《す》え、京どころか、大宰府攻略も遅々として進まない。そして自分だけが、老いていく。

頼元は、さらに言い募った。無礼な言い方ではないが、激情は籠められている。京の回復だけが、夢であり、使命であり、生き甲斐《がい》であった頼元を、牧宮も自分もずっと裏切り続けてきたのかもしれない、と武光は思った。

「気持はわかった、頼元」

牧宮が口を挟《はさ》んだ。頼元は、うつむき、膝《ひざ》の上で皺《しわ》だらけの両手を握りしめた。途切れがちの会話を交わし、四人はそれぞれ牧宮のもとを退出した。

「武光殿」

征西府館《やかた》と隈府城を繋ぐ、馬の背のような小径《こみち》の途中で、頼治が待っていた。

「祖父は老いております。その上、伯父の死が重なって、無礼なことを申しあげるようになってしまったのだと思います。許してやってくださいませんか」

「腹など立ってはおらん、頼治殿。儂も、耳が痛いことであったわ」

「祖父の気持が、私にはよくわかります。同時に、京を目指すことの無意味を思っておられる御所様や武光殿のお気持も」

「京に攻め上らぬ、と思っておられるのか、頼治殿は？」

「御所様の側《そば》にあって二十年以上でございますぞ。お気持は手にとるようにわかります。京を足利から取り戻すなどということでなく、もっと大きな、新しいことを考えておられるのではないか、ということもわかります」

「そうか」

合った眼を、頼治はそらそうとしなかった。

「それを、どう思われているのか、頼治殿は？」

「わかりません。しかし、わからぬということで、悩んでもおりません」

「それでよろしいのか？」

「武光殿。私は御所様とともに生きるしかない。御所様が先の帝《みかど》の血を受けた星をお持ちなら、これは私の星と言ってもいいでしょう。御所様とともに生きることしか、私は考えておらぬ」

武光も、頼治から眼をそらそうとしなかった。訴えるようなものはない。澄んだ、悲しげな色が頼治の眼には見えるだけだ。

「似ているかもしれませんな、儂と頼治殿は」

「私も、時々そう思いますよ」

「夢を抱くことができる者と、その夢に賭《か》けるしかない者が、人にはあるということかな」

「しかし、それは不幸ではない。決して不幸であるとは思いません」

頼治の眼が、かすかに笑ったように、武光には思えた。

年が明けると、武光は筑後、肥後の国境で、活発に兵を動かしはじめた。兵を戦に馴れさせる必要があるし、指揮をする侍大将も育てねばならなかった。だから自ら軍勢を率いていくことはせず、武政や武安や、弟の武義に任せることを心がけた。そうやって、大将も兵も戦を躰《からだ》で覚えていく。

筑後で、本格的に征西府と対峙《たいじ》しようという武士はいなかった。大保原の戦は、あらゆる意味で、全九州の武士に驚きを与えたのだ。一千近い軍勢を擁する土豪でさえ、亀《かめ》が甲《こう》羅《ら》に首をひっこめたように、じっとうずくまって動こうとしなかった。なにかが頭上を通りすぎていくのを、待っているという感じだった。

葦影が姿を現わしたのは、二月になった冷えこむ夜だった。

「やはり動かぬか、大宰府は」

「燃え尽きたと申しましょうか。館にあって下知は出しておりますが、息子が対立するのも放置する気配です」

武光が大宰府と言う時は、少弐頼尚しかなかった。手強《てごわ》かった、という思いがある。立ち直れば、やはり手強いだろうと思う。お互いに何年もかけて力を蓄え、そのすべてでぶつかり合ったのだ。

「儂の方が、若かったということか。いや違うな。儂には御所様がおられ、少弐頼尚には誰もいなかったということかな」

「少弐冬資が、家督を継ぎましょうな。頼澄は、相変らず征西府への恭順を主張しております。少弐、大友の連合が、当面の問題でありましょう」

その情報は、早くから摑《つか》んでいた。少弐頼澄からは、しばしば征西府への恭順の意志が伝えられてもいる。少弐頼尚は、家を二つに割ることで、家の存続を計ろうとしているようにも思えた。

「そろそろ、熟れた果実は落ちるころであろう。いざ戦となった時、山の民はやはり兵站を担《にな》ってくれるのか」

大保原戦の前、筑後川で少弐頼尚と長い対峙をした。四万を越える大軍の兵糧《ひょうろう》は、ほとんど山の民が運びこんでいたのだ。少弐頼尚の方は、背後が大宰府であり、さらにそのむこうに博多があった。

「三財彦次郎の指図で、すでに山中にいくらか兵糧が蓄えられております。五条良氏様亡《な》きあとも、いままでと変ることはまずありますまい」

「それは心強いことよ。桜のころには、儂は動くつもりでおる。問題は博多だな。博多があるかぎり、大宰府の力も尽きぬ」

「水野十郎太なる者、博多でかなり大きな動きをしております。それに煽《あお》られて、ほかの商人たちも少弐から離れようとしておりますが」

「水野十郎太というと、五条良氏殿が御所様のもとへ寄越した男だな。小さな商人であったが、やはり力を持つようになったか」

「上松浦党の、高麗からの荷を扱っております。特に、波多《はた》の荷でありますが。なかなか商売には長《た》けた者かと」

　葦影の声は、やはりすぐそばでなければ明瞭《めいりょう》に聞えない。闇《やみ》の中でも、鬢《びん》の白さが目立つようになった。武光には、相変らず葦影の年齢はわからない。

「押さえるところを押さえれば、大宰府は落ちるな」

「それでも、いずれ少弐、大友とはぶつからねばなりますまい」

「できるだけ、相手を弱らせてからだ。少しずつ追いこんで、最後に渾身《こんしん》の力で叩《たた》く。そういう戦をすべきであろう」

「戦のやり方について、それがしはお館様になにも申しあげられません。すでに、並ぶ者なき戦上手であられます」

「おまえにほめられたのは、はじめてではないかな」

武光が笑っても、葦影が表情を変えたようではなかった。

「少弐頼尚の、かげの動きは？」

武光が最も警戒しているのは、それだった。何度も刺客を送り、忽那重明や弟の武澄を失った。牧宮も自分も、下手をすると殺されかねなかった。少弐頼尚が、いまの状態で一番考えそうなことは、そのかげの動きだ。

「ありませんな」

「言いきれるのか？」

「闘う気持があるかどうか。すべてはそれでございましょう。それがなければ、かげの動きもいたしません。闘おうという気持が極まって、かげの動きも出てくるのです」

「よし、南の動きは？」

「やはり、阿蘇惟村《あそこれむら》ですな」

「あの臆病者《おくびょうもの》は、正面に出てこようとはせぬ。いずれは、叩かねばならぬにしても」

父の恵良惟澄《えらこれずみ》に反して、肥後南部の土豪を数人味方に付けている。南に阿蘇惟村がいるというだけで、征西府の北への動きがかなり制約を受けるかもしれない。押さえになるべき恵良惟澄は、老いこんでいた。

「もうよい。惟村のことは気にしてもはじまらぬ」

「島津は、動けません。征西府方の武士と対峙するのが精一杯で、畠山が去った後の、日向の旧領を回復することもできません」

九州全土の情勢は、武光がすでに摑んでいたものとそれほど変らず、目新しいものはなかった。京の足利幕府が、新探題を派遣してくるのは、それほど先ではないだろう。それも気になった。

「潮時かと」

言った葦影の姿が消えていた。

征西府館に牧宮を訪ったのは、それから二日後だった。

大宰府進攻作戦の話合いと、征西府の名による軍勢督促の依頼である。

「儂も、一方の軍勢の先頭に立とう」

「そう言われるであろうと、思ってはおりました」

「儂に戦をさせたくはない、という口ぶりだな、武光」

「水ものでございますからな、戦は」

「菊池から大宰府へ、台《うてな》の道を真直ぐに進むのは、征西府旗しかあるまい」

「その前に、三方からの攻撃態勢を整えます。その上で、征西府旗が菊池から進軍いたします。つまり、御所様はただ台の道を大宰府まで進まれるだけになるであろうと」

「わかった。手応《てごた》えのない戦をせよ、ということだな。ほとんど戦にもならぬ戦を」

「今度ばかりは、そうしていただかなければなりません」

「儂も若くはない。そんなに戦をしたがっているように見えるのか」

「念のために、申しあげております」

言うと、牧宮は声をあげて笑った。征西府旗は、堂々と進軍してくることが望ましい。

つまりは、戦はせず、進軍してくるだけということになる。

「五条良遠に、軍勢督促状を出させよう。少弐はすでに負けておる。儂はそう思う。むごい戦はいたすまいぞ、武光」

「御意」

大宰府に入ってからが、正念場だった。九州の覇者《はしゃ》らしい戦が続けられるかどうか。覇者には覇者の戦がある、と牧宮は言っているのだろう。

「ついに大宰府か。よく耐えたものだ」

「それがしも、鬢に白いものなどを見つけるようになり申した」

武光も、四十歳になっていた。老いたという自覚はない。それでも、自分が若いと感じることはなくなったのだ。

5

久しぶりの遠乗りだった。

西郷顕景が豊前から来たので、その気になったのかもしれない。轡《くつわ》を並べているのは、ほかに饗庭宣尚だけで、背後に徒《かち》の従者が五名いる。

「梅が匂《にお》う季節になりましたな、お館様」

「梅の香を愉《たの》しもうという気を、もう何年も忘れていたような気がするぞ、顕景」

大保原戦以来、西郷顕景は豊前をまとめることにだけ、心を砕いてきたはずだ。それで、豊前は大きく乱れることがなかったとも言える。

少弐頼尚は、小さな寺のそばで手綱を引いた。山門もない、粗末な寺である。

「湯を所望しよう。住持はいるであろう」

従者が訪いを入れた。

「大友氏時よりの申し入れ、受けた方がよいとそれがしは思いますが」

馬を降りて、西郷顕景が言う。頼尚は返事をしなかった。

「筑前、豊前に、豊後が加わるとなれば、征西府も容易に手出しはできますまい。冬資様は肥前を固めようとしておられますし」

「よせ、顕景。いまは、梅の香だけを愉しんでおればよい」

「はあ」

暖かい日で、躰はかすかに汗ばんでいる。そのくせ、頬や手は冷たいのだった。

腰の曲がりかけた老僧が、湯を運んできた。そのまま奥へは退《さ》がらず、縁に坐《すわ》りこんだ。

口のまわりの皺の多さを見ると、歯は抜け落ちてしまっているらしい。

「造作をかけるな」

気軽に言って、頼尚は縁に腰を降ろした。湯は、ちょうどいい温かさだった。どこかで鶯《うぐいす》が鳴いている。

「のどかだな、御坊」

「はい。この季節になると、ぼんやりと縁でまどろんだりいたします」

歯が抜けた老僧を、頼尚はふっと羨《うらや》むような気分になった。春の日のまどろみの心地よさを、頼尚も知らないわけではない。それでも、老僧と自分のまどろみは、まったく違うものだろう。

「大宰府から四里というところか。こんな寺があるとは知らなかった」

「寺とも言えないような寺でございます。無名の、弔う者もない仏の墓ばかりを、いくつか集めてございますれば」

「寺領は？」

「ありません。寺が領地を持って、なんになりましょうや。仏が眠る場所さえあれば、それで充分でございます」

「御坊も、生きて行かねばなるまいに」

「老僧ひとり、いかようにも生きられます。時に、米などを本尊に供えてくれる奇特な御仁もおられましてな。それだけでも、贅沢《ぜいたく》すぎるほどで」

　庭には、二本ほど梅の木があった。庭というよりも、ただの雑木林なのかもしれない。

　下草も、刈られてはいなかった。

「心が和む場所というのは、あるものだな」

「それは、ここに仏がいるからでございましょう」

「寺でも、心がささくれるところもある」

「仏が、いないからですな」

　言って、老僧は歯のない口を開き、笑い声をあげた。

「寺にも仏がいないことがあるのか、御坊？」

　西郷顕景が口を挟んだ。

「大抵の寺には、仏はおりませぬわ」

「ほう。それは異なことを聞くものだ。御坊には、仏が見えるのかな」

「見えます」

「儂には見えぬが」

「見えるはずもありますまい。生きておられる方ですからな」

「しかし、御坊も」

「生きたまま死ぬことができる。仏に近づくための修業でございますよ」

「わからぬな」

老僧は、それ以上なにも言おうとはしなかった。いままでとは違う時が、自分を包みこんだような気分に、頼尚は襲われた。鶯の鳴声だけが、遠く近く、聞え続けている。

「そろそろ、参りましょうか」

饗庭宣尚の声だった。頷き、頼尚は腰をあげた。老僧は居眠りをしていて、饗庭宣尚が置いた銭にも気づかない様子だった。


肥前から冬資が戻ってきたのは、桜が咲きはじめたころだった。

征西府軍の動きが、筑後で活発になっていた。不安を募らせて戻ってきたのだ、ということが頼尚にはよくわかった。征西府軍がさらに北進すれば、大宰府と肥前の間に楔《くさび》を打ちこまれる恰好《かっこう》になり、冬資は孤立する。

戻ってきた冬資が最初にはじめたのは、いくつかの城砦《じょうさい》を築くことだった。大宰府の守りを堅くしようというのだろう。

「肥前には、それなりのものを残してきました。征西府との決戦になれば、必ずや旗をあげる武士がおりましょう」

もう決戦は終ったのだ。次に戦があるとすれば、少弐一族を滅ぼすための戦にほかならないはずだった。若い冬資は、それを認めたがろうとしていない。そういう心のどこかに、恐怖に似たものがあることを、頼尚は感じとっていた。

「大友氏時との詰めは、それがしがいたします。豊後には臆病風が吹いておりますからな。われらが言うがままでありましょう」

「勝算は、冬資？」

「大宰府に敵を引きこみ、そこで混乱させればよろしいのです。地の利はわれらにあり、民心もまたそうでしょう」

頼澄とは、完全に袂《たもと》を分った恰好になっている。父の意にも反しているという気があるのか、頼澄は居所さえも知らせてこなかった。博多にいるとか、筑後にいるとかいう話もある。もし冬資が死ねば、少弐家に心を寄せる武士は、みな頼澄の方へ流れていくはずだ。それを待っているのか。

自分も、弟資経《すけつね》と争ったのだ。資経を追ったからこそ、筑前、豊前を領し、九州探題の一色範氏につけ入る隙《すき》を与えなかった。兄弟で一国ずつ領していれば、一色は間違いなくそこに楔を打ちこんできただろう。家督を継ぐ者はひとりで、それは冬資でも頼澄でもいい。

自分は二カ国を領するだけでなく、一色と組んで博多にいた資経に、秘《ひそ》かに刺客を送って殺したのだ。

あれは、征西府と闘うためには邪魔だったからなのか。それとも、憎しみにただそれらしい理由をつけて、殺しただけなのか。

「父上は、館におられるがよい。この館に敵が達するまでに、散々に打ちのめし、二度と大宰府を襲おうという気を起こさせません。万一の時は、有智山《うちやま》城もあります。天下の堅城、菊池とてたやすくは落とせません」

冬資の言い方には、強気と弱気が入り混じっていた。やはり怕《こわ》いのだ。それが心の底にあるのだろう。無理もなかった。こうしてすべてを捨てていなければ、自分も怕いはずだ。

大宰府には、久しぶりに馬蹄《ばてい》が響き、軍勢の動きがあった。それを眺《なが》めても、頼尚の心に蘇《よみがえ》ってくるものはなにもなかった。

肥前から知らせが入ったのは、四月も終りに近づいたころだ。松浦にあった一族の少弐頼国が、征西府軍を破ったという。

一族の誰かが指揮する軍勢で、征西府軍を破ったのは、大保原戦以後はじめてのことだった。冬資は、戦捷《せんしょう》の報に小躍りしていた。一千に満たない兵の衝突であるが、以前なら頼尚もその戦捷に意味を認めたかもしれない。

「征西府軍の大将は？」

「菊池武安でござる。若輩の武安を使わねばならぬほど、菊池には人がいないのでありましょう」

頼国は、国境の細峯《ほそみね》城に入り、肥前から進攻してくるかもしれぬ、征西府軍の押さえになったという恰好である。緒戦のかたちとしては悪くない。冬資が喜ぶのも無理がなかった。

しかし、菊池武光は出てきていないのだ。征西将軍宮も、菊池を動く気配はない。若い菊池武安の敗戦を、苦笑して眺めていたかもしれない。戦況を聞くと、遭遇戦で、しかも頼国の手勢は征西府軍よりずっと多かった。

「冬資様は、豊前の兵まで大宰府に集めようとなされているようですが」

饗庭宣尚が言った。大宰府に大軍が集まれば、それはすぐに征西府軍の動きを呼ぶだろう、という響きが言葉にこめられていた。

「大友氏時と冬資は、うまく話が合うようだ。豊前に大兵を置く必要もなくなったのであろう」

「家督は、やはり冬資様に？」

「それは、冬資が奪い取れるかどうかの問題だ。儂は、それについてとやかく言う気はない」

「戦のやり方は、いくらか乱暴なのではないか、とそれがしは思いますが」

饗庭宣尚は、頼尚の下知を求めてしつこく言い募ることは、もうしなくなっていた。といって、領地へ戻って静かに暮そうという気もないらしい。ほとんど毎日のように、頼尚の居室へやってくる。

自分とともに、命を終える気なのかもしれないと考えると、かすかに頼尚の胸は痛んだ。少弐家が九州の覇者になっていれば、守護代どころか、一国の守護にさえすることができただろう。

騒々しくなった大宰府の館で、頼尚の居室だけがいつも静かだった。

征西府軍に動きが見えたのは、七月に入ってからだった。

一万の軍勢が肥前に進攻してくるまで五日、大宰府にむかうまでに十日、と頼尚は読んだ。その読みは、簡単に打ち砕かれた。細峯城で国境を固めていた頼国が、半日保《も》たずに叩き潰《つぶ》されたという知らせが届いたのは、たった二日後だったのだ。驚くべき進軍の迅《はや》さだった。

大将は、菊池武光自身である。小さなものには眼をくれず、一直線に大宰府にむかってくる気だろう、と頼尚は見た。頼国は少し後退して油山《あぶらやま》城に拠《よ》り、そこには佐志披《ひらく》を大保原で失った上松浦党の一部も加わってきている。冬資にしてみれば、まだ何段もの備えがあると思って当たり前とも言える。

大宰府防衛のために冬資が築いた城塁が、次々に破られたのは、それから四日後だった。

巨人が小さな家を踏み潰しているようだ、と頼尚は思った。

「天拝山《てんぱいざん》城が攻められ、すでに落ちそうな気配です。冬資様が必死の防戦をされておりますが」

報告に来た饗庭宣尚は、ふだん通りの直垂《ひたたれ》姿だった。大宰府の館で具足も付けていないのは、頼尚と二人だけである。

天拝山城が落ちたという知らせが入った時、征西府軍はすでに大宰府へ一里弱というところまで迫っていた。敗走してくる兵よりも速い進軍だった。

「有智山城へお移りくだされい、お館様。宣尚が先導つかまつります」

「その時であろうな。館とともに火に包まれるほど、儂も枯れてはいなかったということか」

宝満山《ほうまんざん》有智山城は、どれほどの大軍に攻められようと、ひと月やふた月はたやすく保ちこたえられる。少弐家代々の、詰めの城と言ってもよかった。

頼尚が有智山城に到着し、眼下の大宰府を見降ろした時、すでに長く住んだ館からは火が出ていた。

「速いな、さすがに」

このまま有智山城に菊池武光が攻め登ってくれれば、と頼尚はふと思った。勢いのついた軍勢である。そうする可能性は強かった。

「宣尚、具足の仕度じゃ」

「その気になられましたか、お館様」

「このまま敵が攻め登ってくるようなら、一矢《いっし》を報いてやれる。菊池武光が先陣を切ってくれば、われらに大きな勝機がある」

「冬資様がどこにおられるか、いまのところまだ」

「冬資はよい」

具足。捨てきれてはいなかった。躰の芯《しん》にまで、武士がしみついている。

「半分の兵だけ、城壁に出せ。城に敵が迫った時、残りの半分は城を出て、追い落としにかかる。冬資は、下で待てばよい」

声が飛び交った。頼尚は具足を付け、城塔に昇った。館は、炎に包まれてもうかたちも見分けられない。軍勢は二手に分れ、宝満山を目指す恰好だった。

「矢戦《やいくさ》に備えよ。ただし、敵が眼下に迫るまで矢を放ってはならぬ」

並び鷹《たか》の羽の菊池の旗。有智山城の城塔からも、はっきり見分けることができた。少弐の旗は、どこにも見えない。

「残兵をまとめるのだ、冬資。そして陣を組め」

そばにいない冬資に、頼尚は声を出して言った。広間に戻り、備えをすべて報告させる。武器も兵糧も充分だった。しかしこの城に長くいる気はない。急峻《きゅうしゅん》な坂を攻め登ってくる敵を、上から迎え撃つのだ。

「まだか。まだ敵は攻め登っては来ぬのか」

頼尚は、床几《しょうぎ》から腰をあげていた。躰の中に、燃え尽きずに残っていたものがある。

心の中にも、ある。それがはっきりと感じられた。

「退《ひ》いた？」

物見《ものみ》の注進を受けて、頼尚は眼を剝《む》いた。

「あれほど勝ちに乗っていた軍勢が、あっさりと退いたと言うか」

床几に腰を落とした。見事と言えば、見事と言うほかはない。

「城下の兵も集めよ、宣尚。菊池武光は、諦《あきら》めたわけではないぞ」

「ようやく、お館様は元に戻られました。もう駄目《だめ》なのかと、暗い気持でおりました」

「燃え尽きたと思っても、そうではない。人とは、面倒なものよ」

頼尚が笑うと、饗庭宣尚も久しぶりの笑みを見せた。

退いた征西府軍は、博多に本陣を構えた。総勢で一万。大宰府を正面から睨《にら》み据えているというかたちである。

「博多にじっとしているつもりはあるまいな。一度腰を据えたことは確かだが」

「館は焼かれたものの、すべての城塁が潰されたわけではありません。なんといっても、地の利はわれらの方にありますし」

有智山城の軍議にやってきた冬資が言った。地の利など、役に立ちそうもなかった。五十や百の小人数ではないのだ。

少弐頼尚は、再び戦の指揮をはじめた自分を、不思議な気分で見つめていた。もうひとりの自分がいて、踊りはじめた自分に冷たい視線をむけているという感じである。

「博多の備えは、冬資じゃ。豊後勢や豊前の兵も加えれば、人数では劣るまい。小さな動きはあるだろうが、大事なのは菊池武光の本隊を、博多から動けなくすることだ。勝つ必要はない。この有智山城を落とさず征西府軍が肥後へ戻れば、すなわちわれらの勝ちとなる」

頼尚の下知に、冬資は大人しく頷いている。戦況を見渡しながら戦の指図をすることは、冬資には重荷なのかもしれない。これまで、そういうことをさせてはこなかったのだ。

十日ほど、征西府軍は博多を動かなかった。なにかを見極めようとしているのか。冬資は、一万五千ほどの兵で、博多を横から衝く位置にある青柳に布陣した。

征西府軍が再び動きはじめたのは、八月に入ってからだった。

一度動きはじめると、めまぐるしいほどになった。油山城に拠っていた頼国が、城《じょう》武顕を大将とする三千の兵に踏み潰された。加わってきていた上松浦党の一部はもとより、一族の者のほとんどが討ち取られた。頼国だけは、身ひとつで城を逃げ出したようだ。

翌日には、博多の菊池武光が青柳の冬資に襲いかかった。一万五千の兵がひとたまりもなく打ち砕かれ、冬資は宗像《むなかた》方面へ敗走した。宗像の白山《はくさん》城が、征西府軍の激しい攻撃に晒《さら》されているという知らせが入ったのは、翌日だった。追うように、白山城が落ち、宗像氏頼が降伏した知らせが入った。

「征西府軍は、まだ冬資を追撃しているのか、宣尚？」

「まだ、大友軍と少弐軍は闘えます。が、なにしろ征西府軍の追撃があまりにも急で」

豊前の中を、徹底的に追いまくられている。冬資の悲鳴が聞えてきそうだった。菊池武光は、心憎いほど静と動を使い分ける。大保原で対した時より、さらに円熟した戦をするようになっていた。頼尚の心の中で、眠っていた武将としての闘争心は、はっきりと眼を醒《さ》ましている。ただ、やはりそれを冷たく眺める、もうひとりの自分がいるのだった。

「城の守りを堅くしておくしかあるまいな、宣尚。城の兵を外へ出したところで、高が知れている」

「この城も、冬資様が預かっておられましたので」

饗庭宣尚は、城の守りが緩くなっていることを、そんな言い方で伝えてきた。

冬資や大友氏時の軍勢は、豊後まで追われて四散した。冬資の生死も、行方も有智山城では知れなかった。

二日後、大宰府に並び鷹の羽の旗と、もうひとつの旗が現われた。征西府旗である。軍勢の動きの驚くべき迅速さよりも、菊池武光の周到さの方に、頼尚はほとんど感動に近いものを覚えた。周辺をすべて掃討してから、総大将を迎え、じっくりと本城を落とす。畏《おそ》れより、これほどの武将と自分は大保原で互角に近い闘いをしてきた、という思いの方が強かった。

征西府旗は、安楽寺に翻《ひるがえ》っているという。それとは別に、有智山城に五千の兵が迫っていた。指揮するのは、騎馬槍隊を率いた城武顕らしい。簡単に、落ちるはずのない城だった。菊池武光が、騎馬槍隊を先頭に立ててきたことにどういう意味があるのか、頼尚は考え続けていた。およそ、山城を攻めるには不向きの軍勢である。

「城を捨てる、宣尚」

「なんと。また、闘う意欲を失われましたか」

「違う。おまえが申したように、この城には冬資が隙を作った。それを繕う暇が、いまはない。いずれの日にか、菊池武光とはもう一度見《まみ》えよう。征西将軍宮ともな。いまはひとまず、落ちることにする」

「いずれへ、でございますか？」

「宝満山を越え、豊後にでも落ちるか。大友氏時は、さぞ大きな顔で儂をむかえるであろうが」

この城は、内側から崩れる。そして、菊池武光は、そのことを見越している。内応するものがあるということだが、いまそれを捜すことはできない。

「しかし、お館様」

「くどい、宣尚。菊池武光ほどの男が、なぜ山岳戦にはむかぬ騎馬槍隊を先頭に立てていると思うのか」

饗庭宣尚の表情が引き緊《しま》った。

「わかりました。お供いたします」

「長く少弐家の本拠であったこの地を捨てることが、どれほどつらいものか、身にしみてわかったぞ、宣尚。出家でもいたそうかと思っていた自分が、いまは遠い他人のような気もする」

饗庭宣尚が頷いた。

頼尚は、一度だけ誰もいない有智山城の大広間を見渡し、自分で板戸を引いてそこを出た。

第十章　海にむかいて

1

大宰府の備えには、菊池軍二千が当たった。

新しい征西府館《やかた》は、少弐《しょうに》頼尚《よりひさ》の館の跡と決まった。すでに焼跡は整えられ、丸太を組んだ高い櫓《やぐら》の上に征西府旗が翻《ひるがえ》っている。

懐良《かねよし》は、頼治や山鹿忠景を連れて、大宰府の周辺を何度も走り回った。菊池へ通じる台《うてな》の道と、博多への街道は、それぞれ菊池の軍勢が押さえている。少弐の本拠であった筑前《ちくぜん》には、征西府に反感を抱く武士が多いはずだ。どこで襲われぬともかぎらない。山鹿忠景の警固は、かなり厳しいものだった。

「九州の京といわれていますが、さすがにその風情《ふぜい》はございます」

「その京も、また騒々しくなったようだな」

幕府内で分裂があり、吉野の朝廷はまた懲《こ》りもせずその一方と連合し、京を窺《うかが》う情勢だという。戦になれば、足利義詮《あしかがよしあきら》は京を捨てるだろう。ひと月、京への兵糧《ひょうろう》を封じれば、軍勢は簡単に崩れていく。何度同じことを繰り返せば、気が済むのか。それほどに、京には魔力があるのか。考えるたびに、懐良は腹立たしくなった。

「大宰府を、京のようにしてはならん。そう思わぬか、頼治」

「似ているのは風情だけ、ということにしておきたいものです」

足利幕府は、新しい九州探題を送りこんできていた。一色範氏《いっしきのりうじ》が去ってから、細川繁氏に続いて二人目である。斯波氏経《しばうじつね》。豊後《ぶんご》に入る時は、大船八艘《そう》にそれぞれ二、三十人の遊女も乗せていたという。九州の武士には、すでに足利幕府の名をもって牒状《ちょうじょう》を回し、兵を募っている。

遊女を伴っていたのが、物見遊山《ゆさん》の気分なのか、こちらの眼をくらませるためなのか、いまのところわかっていない。少弐をはじめとして、大保原《おおほばる》で敗戦した諸将は、新探題を喜んで迎え入れている。ほかの武士は、風向きを見ているというところだろう。

「そろそろ、征西府館の建築もはじまります。大宰府に花を添えることになりますな」

「吉野の朝廷からは、上洛《じょうらく》軍を出せとうるさく言ってきているであろう」

「お耳に入っておりましたか。父のところで止めるように頼んではあるのですが」

「良遠も止めきれまい。頼元は、止める気もないであろうし」

「祖父は、老いてひとつのことしか見えなくなっているのだと思います」

「上洛軍を出さぬと言えば、頼元は傷つくであろうな、頼治」

「傷ついても、祖父ひとりのことであります。民が傷つき、武士が多く死んでいくより、いいことなのかもしれません」

「おまえは、本気でそう思っているのか？」

「わかりません。時々考えてはみますが」

「わかろうとしておらぬのではないのか、頼治。幼いころから儂《わし》のそばに置かれ、おまえは自分の意志をいつも心の底に押しこめるようになってしまっている。仕方がないとはいえ、儂の心がそれで痛まぬわけでもない」

「御所様は、もっと大きなものに、心を痛められればいいのです。私はそう思います。われらの代りに、御所様がいつも心を痛められているのだと」

　館が見えてきた。征西府館が完成するまでの、仮の館である。

　居室に戻っても、従者が二人いるだけである。笙子《しょうこ》は、菊池にある征西府館から離れることを望まなかった。懐良は、そのまま菊池軍の陣所が設けられている方へ、馬をむけた。

「城《じょう》武顕か。武光がいつ戻るのか、知らせはあったか？」

　轡《くつわ》をとった城武顕は、はいと言い、笑って頷《うなず》いた。

「明日、戻ります」

「そうか。武政や武安を呼んで参れ。おまえの、陶壺《とうこ》の陣の話を聞きたい」

「またでございますか」

「何度聞いてもいい。聞くたびに新しいやり方が思い浮かぶ。それを考えるのは、なかなか愉《たの》しいことだ」

「若い二人は、うんざりしておりますぞ、多分」

「なまいきなことを言わせるな。おまえは、あの二人の師でもあるのだ」

征西府館の、格式ばった雰囲気《ふんいき》より、陣所の、ちょっと荒っぽいような雰囲気の方が、懐良はほんとうは好きだった。

城武顕も、かつて皆朱《かいしゅ》の槍《やり》を武光から許された荒武者という感じは消え、ふだんは温厚な大人という雰囲気を漂わせている。次々に若い武士は現われてきているが、武顕の実戦の経験は、菊池軍ではまだ貴重なものだった。木野武茂は隠居し、赤星武豊は留守居の軍勢の指揮をとっている。みんな老いて、新しい者たちに代りつつあるのだと、陣所の顔ぶれを見るたびに懐良は思った。

若い者が、陣所に集まってきた。懐良を中心にして、車座ができる。

秋が深くなっていた。やがてまた新しい年がやってきて、陣所でも何人か新しい顔を見かけるようになるだろう。差し出された湯を口に運びながら、懐良は自分が老いる時のことを考えた。武光も頼治も、やがては老いて、そして死んでいく。それまでに、どれほどの時があるのか。夢は、少しでも近づいてくるのか。

笑い声が起きた。城武顕が、槍を落としそうになり、自分の方が馬から落ちて槍を放さなかった、という話を身ぶりを交えてしていた。

恵良《えら》軍二百が大宰府に到着したのは、その年も終りに近づいたころだった。

恵良惟武《これたけ》はまだ若く、小柄《こがら》で、しっかりした眼差《まなざ》しを持っていた。懐良の前に出ても臆《おく》するところはなく、虚勢を張ってもいない。恵良惟澄《これずみ》の次男で、征西府に背反した阿蘇惟《あそこれ》村《むら》の弟に当たる。武光の一字を貰《もら》い、惟武として元服したばかりだった。

「そなたの父は、まこと条理を違《たが》えぬ武士であった。健勝か？」

「老いて、増々《ますます》盛んでございます」

「久しぶりに一度会いたい気もする。御船《みふね》に籠《こも》らず、たまには出てきて若い者を叱咤《しった》するがよいと、伝えてくれ」

「お気にかけていただいていると知れば、父は喜びます」

「恵良惟澄の名に恥じぬ武将になれよ」

肥後南部に阿蘇惟村がいることが、征西府の北進には邪魔であった。その状態は、大宰府に征西府の旗を進めても変らない。恵良惟澄は、自分と征西府に反した嫡男《ちゃくなん》を、恥じながらも、心のどこかで捨てきれないのかもしれない。無理に押し潰《つぶ》すことはしようとしていなかった。

征西府からも、惟澄になんの指示も出していない。降参半分の法というのがあり、降参したものの領地は半分を保証するということがよく行われていたが、征西府はそれもしていない。降参した者は、そのまま軍門の下に入ることを許すのである。九州で、土地を奪い合っても仕方のないことだった。武士の全部が征西府に帰属するようになれば、それでいいのである。征西府が頂点に立ち、九州は完全にひとつにまとまり、新しい国の態《てい》をなすだろう。

土地を奪い合い、守ることで、武士は争いを続けてきた。奪うことがなければ、守る必要も起きてこない。それを考えて、武光と話合いの末、決めたことだった。まだ武士たちは半信半疑だが、それがほんとうに行われると知れば、帰属してくる武士はずっと増えるはずだ。

征西府館は、来年早々に完成することになっていた。その前に、大宰府のはずれに、小さな館が築かれた。三財《さんざい》彦次郎の館であり、切り回しているのは悠《ゆう》だった。

時折、懐良は悠のもとへ忍んでいく。そういう時も、山鹿忠景と明源の配下はぴったりとついていた。二度と、襲われるようなことは起こしたくなかった。自分だけでなく、周囲の人間まで、傷つき、死んでいく。

情欲と情愛が違うものだ、ということがようやく懐良にもわかってきた。情愛までをも抑えてしまうのは、人間らしくない、とも思えるようになった。情愛の中に、情欲も含まれているのである。つまり、情愛があれば、情欲は抑えなければならないものではない。自分が、これほどこだわってきたのも、やはり父なる人の生きざまが頭に焼きついているからだろう、と懐良は思った。

三財館でも山の家でも、悠はまったく変るところがなかった。彦次郎は月に一度ほどの割合で大宰府へやってきたし、父の長次郎と弟の光次郎は一度やってきて、五日ほど逗《とう》留《りゅう》していた。

悠と自分のありようが、山の民を繋《つな》ぎ止めておくためだというのは、最初から懐良にはわかっていたことだった。良氏の願いでなければ、そして自分がもう少し若かったら、こうはなっていなかっただろう。

「お悠は、儂になにを賭《か》けている？」

一度、そう訊《き》いたことがあった。山の民の夢、などという言葉は聞きたくなかったが、いつまでも黙ってもいられなかった。

「女として、御所様のお側《そば》にいられることです。普通の女として。父や兄は違う考えを持っているでしょうが、五条良氏様はそう言われました。女として、御所様のお側にいるようにと」

「もし、儂を好きになれなかった時は、どうするつもりだった？」

「それはそれでよいと、五条良氏様は言われました。男と女だからと。好きになれぬ殿御なら、山中に逃げればよいと思っておりました」

「お悠はよいな。思ったことを、飾らずにそのまま語る」

「童女《わらわめ》と同じじゃ、とよく兄に言われまする」

そういう会話も、懐良は好きだった。阿久里《あぐり》の一途さや、笙子の健気《けなげ》さとはまた違うものが感じられる。

館の入口で、悠ではなく彦次郎が出迎えたのは、年もおしつまったころだった。

「正月は大宰府か、彦次郎？」

「そのつもりでございます。また、御所様に献策したい儀もございまして」

「よい。酒を酌《く》み交わしながら聞こうか」

彦次郎が笑った。良氏なき後、この男が誓亀《せいき》の力を借りて山の民の掌握をしている。しかし笑顔に、苦労も屈託も感じられなかった。

「御所様が大宰府に移られてから、九州北部の山の民を活発に動かさなければならなくなりました。特に、筑前、豊前《ぶぜん》、豊後へ常時備えるとなると、日向米良《ひゅうがめら》では遠すぎます」

「それは、儂も武光も考えておった。大宰府から豊後へとなると、山を越えぬかぎりは大変な遠回りになる」

悠が、懐良の居室となっているところへ、酒肴《しゅこう》を運んできた。博多から運ばれる海の幸が、大宰府にはある。それが彦次郎にはめずらしいようだった。

「道を開くだけでなく、兵糧もどこかに蓄えるべきでしょう。一族の者たちと、それを話合って参りました」

彦次郎が、九州北部の絵図を拡《ひろ》げた。山の名、川の名、城のある場所。見なくとも懐良の頭にはしっかりと入っている。

彦次郎が、絵図の南北に一本の線を引いた。北部山中を縦断するという恰好《かっこう》である。

「星野から肥後、豊後の国境あたりになるのかな」

「星野は、御所様もよく御存知《ごぞんじ》のはず」

大保原の戦で受けた傷を癒《いや》したのは星野だった。星野胤親《たねちか》は、何度か菊池の征西府に伺候してきていたので、知ってはいた。大保原戦で、武政とともに夜襲隊の指揮をした、木屋行実は星野家の一族である。

星野が、周囲を山に囲まれた里であることを知ったのは、実際にこの身を運ばれた時だ。山の民がいても、おかしくはないところだった。

「星野殿は、代々山に拠《よ》ってこられた武士でございます。武士であるということで、山の民とはお互いに一線を画しておりました。五条良氏様が、何度も星野へ足を運ばれ、以前ほどではなくなりましたが、山の民と直接話合うという状態にまではなっておりません。

五条良氏様も、時をかけてじっくりと考えておられたのでしょう。良氏様のやり残されたことのひとつでございます」

武士と山の民の間には、簡単に相容《あいい》れることのできないなにかがある。彦次郎が直接星野へ出向くことは、臣従を意味することにもなりかねない。仲介する者が必要なのだ。それは、武士である武光ではつとまらない。

「儂の役割はわかったぞ、彦次郎」

「もうひとつ、ございます」

彦次郎は、南北に引いた線の南の端の方を指した。

「聖護寺《しょうごじ》のあたりじゃのう、そこは」

「まさしく」

かつて、菊池一族の信仰的結合の象徴として建立《こんりゅう》された、山深い寺である。そこで修業するための、道場と言ってもいいようなものだったらしい。いま、菊池一族の菩提寺《ぼだいじ》は、博多聖福寺から招かれた大方元恢《たいほうげんかい》が開いた、正観寺《しょうかんじ》に移っている。聖護寺は、山中の道場という意味がさらに強くなっている。

「星野と聖護寺を結ぶ線。これをしっかりと押さえれば、豊前、豊後に対して大きな力となります。またこの一帯は、九州でも一、二の要害の地」

確かに、星野は軍勢で攻めるとなると、方法が思いつかないほど山深い。その山は、聖護寺まで、およそ六、七里は続いている。山地の六、七里といえば、平地では三十里に近い距離を意味した。

「この線を、ひとつの備えとなせ、というのだな。城砦《じょうさい》は点在していても、山全体がほんとうはひとつの城という考え方か」

「もしできますならば、菊池武光殿の御了解を得なければなりません。つまり、聖護寺の周辺は山の民が、星野は征西府軍が固めるのが、最も賢明な策だと思えるのです」

「なるほど」

　そのために、たとえ相手が武光であろうと、彦次郎は頭を下げたくはないということなのだろう。征西府のためにやることに、頭を下げる必要もない。仲介に自分が立てば、すべてうまく行くのだ。

「思えば、良氏が自ら望んで日向米良へ移ったというのは、先の先まで見通しておったのだな。武士の誰が行ったところで、おまえたちは受け容れはしなかったであろうし」

　やがては武士も山の民もなくなる。その思いは、懐良の心の底にはしっかりある。大宰府へ進んだことは、それに一歩近づいたことでもあるのだ。

「武光とも星野胤親とも、対等に接するがよい。すべては、儂が話しておく」

「ありがとうございます」

「礼を言われる筋合いでもない。それより、もう二日で年が変る。お悠の酌《しゃく》で、飲もうではないか」

「御所様は、もっと謹厳なお方かと思っておりました。お悠の話によれば、無礼ながら、そこらの男どもと変らぬことも時にはなされるそうで。それがしは、なんとなく聞いて安心いたしました」

「そこらの男じゃ、儂は。そこらの男であらねばならんのだ」

先の帝《みかど》の血を受けた皇子。どう拭《ぬぐ》っても、それは拭いきれない。しかし、振舞いまで、皇子である必要もないのだ。ここは宮中ではない。思うさまに生きる、ということは望みようもないが、日ごろの振舞いは、思うさまであっても構わないのだ。

「われらの夢が」

言いかけて、彦次郎はやめた。悠が酌をする。二人とも、黙って盃《さかずき》を差し出した。

2

懐良が、自ら軍勢を率いて大宰府を出発したのは、年が改まってすぐの、一月八日だった。

頼治が率いる麾下《きか》五十騎のほか、菊池武安の三百騎、合わせて一千ほどの軍勢である。博多に出、それから海沿いを西へ進んだ。

武安は、征西府旗のもとでの行軍に、いささか緊張気味である。思えば、武安の父武澄が侍大将を命じられ、はじめて大軍の指揮をとった時も、懐良と一緒だった。そのことも考えて、武光は武安を付けたのかもしれない。

筑前、肥前の国境を越えるころから、注進が盛んに入るようになった。葦影《あしかげ》の配下の者である。早助は死に、誓亀は日向米良にあり、楓《かえで》は子を産んで育てているという。葦影と右京のもとに、十名ほどの配下がいまはいるだけなのである。その十名が、どこから集められたのか、懐良は知らない。

「ほう、八百の軍勢か。上松浦《まつら》党の本家にしては、少ないのではないのかな」

「御所様。上松浦党は、水軍でございます。海上にも兵がいると考えれば、前方の八百は意外な大兵でございますぞ」

武安は固い声でそう言った。もとより、海上の兵は懐良の頭にある。はじめて忽那島《くつなじま》で戦をした時、海上で敵を待ったのは自分だった。あの時から、水軍の戦がどういうものかは、誰よりも考えてきた。水軍に助けられたのも一再ではなかったのだ。

「奥地へ、前方の八百の敵を誘いこむことを考えたらいかがでありましょう」

確かに、海の上から陸の様子はよくわからない。海辺で闘ってこそ、海上の兵も生きてくるのだ。どんな武将でも、兵力の損耗を考えれば、その策をとるだろう。

しかし懐良は、八百という数に着目した。上松浦党が全兵力を集めたとしても、千二百から三百。とすると、海上の兵は意外に少ないのかもしれない。二十艘の関船《せきぶね》が押し寄せてきたからといって、一千の兵が乗っているとはかぎらない。三人でも、船を動かすだけならできるのである。

「武安。かつて儂が薩摩《さつま》にあったころ、幻の軍勢で島津貞久と闘ったことがある。関船数十艘に、貞久は三千の兵を割いてきた。しかし関船の兵は、二百にも満たなかったのだ」

「その戦法を、上松浦党が使うといわれますか？」

「わからぬ。が、敵はすべてを集めたとしても千三百。それで、海上に兵がいるとしても予測がつこう。もっとも、予測だけで動くのは危険だ。注進を待とう」

武安が頷いた。肥前には、少弐頼尚に心を寄せる武士も多いはずだ。奥地へ進むことは、別の危険を伴う。

上松浦党の総数千百。葦影からの知らせだ。中心となっている佐志本家の六百に、五百ほどの一族が集まっていることになる。

懐良がむかおうとしている波多《はた》の軍勢は、三百というところだ。三百の波多氏が、佐志本家から強い圧迫を受け、援軍が必要だと知らせてきたのは、葦影だった。武光と懐良の二人がいるところを狙《ねら》って知らせにきたのは、援軍のほかに別の意図があったに違いない。戦の情勢は、武光に入るのが普通なのである。

「水軍が、ほかに動いている気配はないのだな？」

懐良は、注進を運んできた者に直接訊いた。それについては、すぐにも右京が知らせに来るはずだ、と答が返ってきた。

　右京が本陣に現われたのは、そのすぐ後だった。

「船上の兵は三百。それ以上はおりません。関船が二十艘というところでしょうか」

「総大将は？」

「佐志強《つよし》、祝《いわう》の兄弟でございます。ともに佐志披《ひらく》の息子で、大保原で死んだ父の無念を胸に抱いているのでありましょう」

　右京も歳《とし》をとった。鬢《びん》に白いものが混じり、顔の皺《しわ》も深い。楓が孕《はら》んだ子は、右京の子だったという。

　唐津に到るまで、ずっと松原が続いていた。水軍が上陸しやすい地形ではある。

「武安。騎馬隊をもって、前方の敵を撃ち砕け。一撃で割れぬ時は、兵を退《ひ》け。よいか、ここで大事なのは、兵の迅《はや》さだ。関船が浜に突っこんでくる前に、敵を散らすのだ」

「御所様は？」

「儂は麾下の軍勢とともに、ここにいよう。海上の敵への備えと思え」

「しかし、五十騎百三十名では」

「気にするな。前方の敵を散らせば、海上の兵はものの数ではない。進発せよ。ほどなく敵と出会うであろう」

「わかりました」

騎馬隊を先頭に、軍勢は進みはじめた。懐良の軍勢は、最後尾である。

「敵です。鶴翼《かくよく》に陣をとり、半里さきにおります」

武安が、馬を返してきて言った。

「半里か。もう少し進もうか。十町ほどになったら、騎馬隊を先頭に突っこめ。矢戦《やいくさ》は避けよ。周囲は松林だ」

「十町まで近づいたら、全力で鶴翼を断ち割ります。一撃で割れぬ時は、速やかに退きます」

確かめるように言って、武安は先頭へ駈《か》け戻った。

「鶴翼か。やはり策があるな。頼治、火矢の用意はいいな」

「いつなりと」

鶴翼の陣は、大軍で押し包んでしまうという戦法だった。いま陸上の兵だけを較《くら》べれば、こちらの方が多い。つまりは、こちらの攻撃を誘う陣と言っていいだろう。

武安の叫び声があがった。騎馬隊が、続いて徒《かち》が、鯨波《とき》をあげながら突っこんでいく。

「退くぞ、頼治。海から少し離れよう。物見だけを残しておけ」

懐良は馬に鞭《むち》をくれ、海から四、五町離れた。旗は伏せてある。徒の兵は、油を塗りこめた矢を用意していた。

軍勢がぶつかり合う気配がある。激しくはなかった。敵は退いているのだろう。武安は、どこまで押していくか。戦の腕を測るには、いい機会だった。無謀すぎても、慎重すぎても敵の策に嵌《はま》る。

懐良は動かなかった。最初の注進が飛びこんできた。武安は、退く相手の中に強引に突っこみ、敵を断ち割ったという。次の注進は、武安が馬を返し、また敵に突っこんで戻りつつあるというものだった。

「船です。意外に少ないですな。二十艘ばかり、小さくかたまって浜へ押し走りで突っこんできます」

右京が、自ら注進を入れてきた。三百の兵に二十艘。敵の策は読めた。挟撃《きょうげき》である。武安は、間違いなく挟《はさ》まれるだろう。

「よし、行くぞ。頼治、鍛えあげたわが麾下の軍勢の動きを見せて貰うぞ」

頼治の声が響いた。五十騎百三十名が、小さくかたまって動きはじめた。船。先頭の三艘は、すでに浜に突っこんでいた。続いて四艘ばかりが、船べりを寄せ合うようにして浜に突っこんだ。

「火矢を射よ」

頼治の声だった。船に、火の玉となった矢が飛んでいく。船は、木製であることが弱点だった。火をかけられると、燃える。石塁のようなわけにはいかないのだ。

ひとしきり、火矢が続いた。一艘が燃えあがり、その火が両側の船にも移った。船から兵が飛び出してくる。

　武安は、全軍を反転させ、再び敵を断ち割っていた。騎馬隊をまとめ、三度目の突撃に入ろうとしている。

「よし、火矢はいい。いいか、徒は騎馬隊に続いて、追い撃ちに追うのだ」

　頼治の太刀がひらめいた。懐良も、馬に鞭を入れた。船から飛び出してきた兵が、なんとか陣を組もうとしている。そこへ、五十騎が勢いをつけて突っこんだ。ぶつかり合いは束《つか》の間で、敵はすぐに崩れた。武安は、また敵を断ち割ってむこう側にいる。挟撃はこちらのものになった。

　懐良は、太刀を抜き、頭上で振った。騎馬が、敵を蹴《け》散《ち》らしていく。逃げまどう敵に、徒が襲いかかる。浜に乗りあげた船は、もう四艘が燃えていた。敵の逃げ場は、もはや海しかない。しかし船は燃え、燃えていない船に火が移るのも、時間の問題だった。

「得物を捨てよ。得物を捨てれば、首は取らぬ」

　武安の声が浜に響き渡っている。

　敵が、羊のように浜の一カ所に集まるまでに、大した時間はかからなかった。船は、もう六艘が燃えている。燃えないで済むのは、いまだ海上にいる二艘だけだろうが、それも逃げる気配はない。逆に、浜にむかってこようとしていた。

　少し離れたところに、二艘が乗りあげた。降りてきたのは、十四、五名の武士である。

「無駄《むだ》なことはやめよ。この戦、すでに終っておる」

武安に声をかけられて、十四、五名も得物を捨てた。

「菊池武安殿とお見受けいたす。兄の生死を確かめさせていただけませぬか」

船を降りてきた武士が言った。

「控えよ。征西将軍宮様の御前なるぞ」

若い武士は弾かれたように懐良を見つめ、うなだれて片膝《かたひざ》をついた。

「名はなんという？　直答を許そう」

「佐志祝でござる」

「佐志披が伜《せがれ》か。兄の生死を確かめたいと言っていたが、佐志強のことじゃな」

「討ち取ってございます。最後まで得物を捨てようとしませんでしたので」

「聞いた通りだ」

うつむいた佐志祝は、黙ったまま顔をあげなかった。船が燃える音と波の音が入り混じっている。

「おまえたちが征西府に弓を引くのは、大保原で父を失ったからか？」

「それが、子としての道と心得ております」

「戦は時の運。少弐頼尚が勝ったとしても、佐志披は死んでいたかもしれぬぞ」

佐志祝は答えなかった。頑《かたくな》にうつむいているだけである。

「波多を締めつけるのは何故か？」

「同族でありながら、長く征西府の味方を続けておりますので」

「同じ水軍であろう。海の上でも争っているのか？」

「海の上では闘いません。なまじ領地などというものを持っているために、陸の上では闘わねばならなくなります」

「海の民は海の民らしく生きよ、佐志祝。それだけを言っておこう」

懐良は武安に合図した。武安は進軍の態勢を整えはじめた。

「首を、刎《は》ねてくだされい」

佐志祝の声は、しぼり出すようだった。懐良は、馬上から笑みをむけた。

「なぜに？」

「それがしは、負けました」

「別に、領地を召しあげるとは言っておらぬ。手負うた者の手当てでもしてやるとよい。兄も死んだのだ。佐志本家を束ねるのは、おまえであろう」

「情をかけていただこうとは思いません」

「おまえとの戦は終った。そう言っているだけだ。いつまでもこだわって、領民を戦に駆り出し、苦しめるものではない」

「ここで助けられたとしても、それがしは征西府にお味方などはできません。また、敵に回りますぞ」

「それなら、また闘うまでよ。征西府が、なんのためにあると思う。九州の平和のためだ。それだけ憶《おぼ》えておいてくれればよい」

先頭の騎馬隊が動きはじめた。

「首を刎ねられい。情など受けとうはない」

「死ぬことで、矜持《きょうじ》を守れると思うな、佐志祝。なにによって矜持を守れるかわからぬなら、わかるまで生きよ」

懐良は馬を出した。もう、佐志祝の方は振りむかなかった。武安が、馬を返してきて、味方の損害を報告した。死んだ者が二名。手負いが二十一名。戦の規模から言うと、信じられないほど少ない損害だった。

前方を遮《さえぎ》るものは、なにもなくなった。進軍も速い。波多村からは、波多の軍勢が百ほど加わり、すぐに波多津に到着した。

「征西府旗を掲げますか、御所様？」

「菊池の旗だけでよい。波多津では、都竹《つづき》という名で儂のことを知っている者が多いはずだ」

懐《なつか》しい場所だった。館のかたちも、櫓も、なにひとつとして変ってはいない。

阿久里が迎えに出ていた。若刀自《わかとじ》のような姿を見て、懐良はほっとした。具足でも付けているかもしれない、と思っていたのだ。

「久しいのう、阿久里」

馬を降りて、懐良は言った。

「弟の武《たけし》でございます」

後ろに控えた若い武士を、阿久里は懐良に引き合わせた。はじめて波多津を訪れた時は、まだ十歳にも満たない童《わらべ》だった。いつの間にか、堂々たる体軀《たいく》の若者に成長している。

「館へ、お入りくださいませ」

「そうしよう。軍勢の指揮は、それなる菊池武安がいたす。波多武、兵糧などの世話を頼む」

武が深々と頭を下げた。

阿久里の居室へ入った。堀田安秋と少年がひとりいた。

「月王丸か」

思わず、言葉が上ずった。月王丸は、両手をついてきちんとお辞儀をした。大きくなっている。最後に会ったのは、大保原戦の前だった。あの時と較べても、ずっと大きくなっている。十三歳、いや今年は十四歳になるのか。葦影が、懐良を波多津へ行かせようとした理由が、はじめてわかった。

「高麗《こうらい》だとばかり思っていた」

「日本に戻って、もう二十日になります。正月はこっちでと爺《じい》様が言われて」

「会いたかった。ずっと会いたいと思い続けていたぞ」

「傷を受けられたと聞きました、父上」

「なんの、この通り元気だ」

「月王は、もう船も操れます。私の船で、高麗へおいでください」

「そうか。もう、船が操れるようになったか。躰《からだ》も大きくなった。大人と、それほど変らぬではないか」

　月王丸は、しっかりと懐良の眼を見つめてきた。懐良は、笑ってみせた。自然に浮かんだ笑みだった。父親としてどうすればいいか。そんなことを考える前に、笑っていた。自分の父なる人は、笑ったことがあっただろうか。父だ、と言ったことがあっただろうか。

「湯でもお使いなされませ、都竹殿」

　阿久里が入ってきて言った。軽く頷いて、懐良は腰をあげた。

　湯殿に、月王丸が入ってきた。懐良は素速く裸になると、湯船の湯を躰に浴びせた。月王丸も裸になった。骨格には、まだどこか少年らしい華奢《きやしや》なところがある。

「ひどい傷です。それもひとつや二つではなく」

「戦に出るとは、こういうことだ。おまえの母者にも傷がある。儂を守ろうとして受けた傷じゃ」

「高麗でも、よく戦があります。人はなぜ、戦をせねばならぬのですか？」

「わからぬ。愚かだから、ということかもしれぬな。戦をする者は、それでよい。自分が傷つき、死ねばよいのだからな。戦に巻きこまれる民は、不幸としか言えぬ」

「父上は、なぜ戦をなされます？」

「戦をなくすために、戦をせねばならぬ。いまはまだわかるまい。いつかは、わかって貰える時もあると思う」

月王丸も一緒に湯に浸った。溢《あふ》れた湯が、湯船からこぼれ落ちる音がした。

「月王丸も、戦をしなければならぬかもしれません。争い事はいつもあります。戦をせねば、その争い事に負けてしまいます」

「いまはな、月王。争い事は、取り決めに従って黒白をつければよいのだ。その取り決めもなく、黒白をつける者もいまはおらぬ」

湯殿の中で、声は自分のものではないようによく響いた。月王丸の顔に、汗の粒が浮いている。懐良は、指でそれを拭いとった。

3

三月に入って、新しい征西府館が完成した。

大広間が中央にあり、右は政所《まんどころ》で、五条頼元を筆頭として、数十名の人間がいる。左は侍所《さむらいどころ》で、菊池の侍大将のひとりがいつも詰めていた。征西府に常駐する兵は、百名ほどである。ほかに、敷地内にあるのは、懐良の住む奥だけだった。下女が四名と、従者が四名。敷地の周りには、頼元や頼治らの屋敷、麾下の武士の長屋などがある。

菊池武光は、別に館を設け、すでに自分の女を三人そこに入れていた。懐良は、三財の館に通うだけで、奥に女は入れていない。

各地から、諸将の伺候が続いた。懐良には忙しい日々だった。ただ、ほんとうに煩雑《はんざつ》なことは、政所ですべて片付けられている。

「朝廷とも幕府ともつきません。ただ、九州にはそれができました。いわば、九州の中心に征西府があるわけです」

頼元が、懐良の居室を訪《おとな》って言った。

頼元の用件がなんなのか、懐良には聞かなくてもわかっていた。京へ上洛軍をいつ出せるか、ということなのだ。

「新探題が豊後におる。かなりの兵も募っているようだ。九州はまだ平穏ではないぞ」

「それ以上に、京は乱れております。強力な軍勢が入れば、抗しうる勢力はなくなりましょう」

昨年暮、足利幕府内の内紛で、吉野の朝廷はその一方と結び、束の間京を回復した。しかし足利義詮が戻ると、戦わずして京を放棄している。いつでも、京は奪《と》れるように見えるのだ。しかし、京に居続けることは至難である。兵站《へいたん》を止められやすい地形のため、よほど彼我に力の差がなければ、維持してはいけないのだった。

上洛軍を一日のばしに引きのばしていることが、頼元に対してだけは後ろめたかった。吉野の朝廷からも、再三の要請があるが、それは無視している。

「頼元は、いくつになった？」

「すでに、七十四歳になります」

「長い苦労であったし、これからも苦労をかけなければならぬ」

「頼元、虚心に伺いとうございます。御所様は、上洛軍を出すおつもりがおありか」

「いまはない」

「なぜでございます？」

「足利の底力は強い。武士の棟梁《とうりょう》というものがどれほど力を持っているか、この九州でいやというほど知らされた。九州から兵を出せば、すべての武士が敵になると思ってよい」

「足利幕府は、乱れに乱れておりますぞ」

「それは、敵がいないからだ。足利に抗し得る敵がいない。ひと度敵が現われれば、足利はひとつにまとまるであろう」

「やってみなければ、わかりますまい」

「やってみて敗れれば、ようやくまとまりつつあるこの九州も、一朝にして失うことになるのだぞ。なんのための歳月だった。なんのために、多くの人間が死んでいった」

「九州のさきに、中国が、そして京がございます。九州は、ひとつの出発点でありましょう」

いつになく、頼元は執拗《しつよう》だった。懐良は、じっと耐えて頼元の言葉を聞いた。頼元には、確かに言う資格も権利もある。

「御所様。上洛軍を見ることもなく、頼元の生は終るような気がいたします」

頼元の眼から、涙がこぼれ落ちてきた。

「見果てぬ夢を、頼元は追ってきたのでございましょうか」

「耐えるしかない。忽那島で耐えた。谷山でも耐えた。菊池でもだ。そしていま、われらは大宰府にある。急がず、耐えてきたからだ。どこかで急いでいれば、われらは大宰府に入ることもなく潰《つい》えたはずだ」

思った通りのことを懐良は言っていたが、頼元に対する時だけは、どこか言い逃れのように自分でも聞えてしまう。

「頼治の代には、かないまするか？」

「わからぬ。儂《わし》は、自分の代ですべてが終るとは考えておらぬ。わが子の代、孫の代、思いだけは受け継がれたいものよ」

その思いが、いつか頼元とは違うものになってしまった。それは言えなかった。

頼元が、懐良の居室を訪う回数は、大宰府に入ってから目立って多くなった。留守をしていても、居室に坐《すわ》りこんでじっと待っていることもある。

「祖父に、辟易《へきえき》なさっているのではありませんか、御所様？」

ある日、頼治がそう言った。

「正直、頼元の顔を見るとそう思う。しかし、京に兵を出さぬとは、どうしても儂には言えぬ」

「仕方がありますまい。言えば、力を無くして死ぬ時が早くなるかもしれませんが、所詮《しょせん》は祖父ひとりの命」

「激しいことを言うのう、頼治」

「心を、鬼にしております。老人の夢に、すべてを賭けるわけには参りますまい。それがしが、祖父に言ってもよろしゅうございます」

「よせ。頼元を無用に傷つけてはならん。せめて夢だけでも、抱かせておいてやりたい」

「なにか、方法がございますか？」

「ずっと考え続けてきた。征西将軍宮となるべき人物を、もうひとり都から送って貰う」

「御所様は、いかがなされます？」

「その時こそ、儂はひとりの侍大将になれるであろう。ただ、いつ吉野に奏上するかは、決めてはおらぬ。何年か先になるであろうが、機会を見て、それとなく頼元に伝えてくれぬか」

「夢を、抱かせ続けられますか？」

「おまえにとって祖父。儂にとっても、同じような存在であった。せめて、夢だけでも抱かせ続けてやりたい」

「わかりました」

これはやさしさではない、と懐良は思っていた。狡《ずる》さだ。あるいは弱さかもしれない。頼元が悲しむ姿を、見たくないのである。

三財の館を訪って、悠と過す時間が多くなった。なぜ武光が女を求めるのか、ようやく懐良にもわかるようになった。疲れを癒すなにかがあるのだ。もっともそれは自分のことだけで、武光は違うのかもしれない。

九州全般に、武士の動きはそれほどなかった。

豊後で、新九州探題の斯波氏経が、盛んに兵を募っているだけである。多数の遊女とともに九州入りした氏経は、まだ戦ぶりを九州の武士に見せてはいなかった。

少弐頼尚の勢力、それに大友氏時の手勢を加えただけでも、万を越える軍勢は出せるはずだ。ただ、少弐頼尚は、闘う気力をなくしているという。それは、大宰府をたやすく捨てたことでも明らかだった。

「そろそろ時か、とも思っております」

夏の盛りのある日、武光が言った。見極めるものは、見極めた。敗れてなお、征西府に牙《きば》をむき続ける武士も、少なくはないことがわかった。

「三財彦次郎の、山全体を城となすという考えも、次第に力となってきた。聖護寺と星野を結ぶ線に、すでに一年分の兵糧は蓄えられたであろう。豊後に兵を出すのも、難しくなくなってきた」

「まこと、山の民の兵站があってこその、征西府軍でございますな。まずは日田あたりを攻めてみようと思っておりますが、星野からの兵站を受けられれば、兵の動きはずっと速くなります」

三財彦次郎は、迷路のような無数の小径《こみち》で、星野と聖護寺を継いだという。迷いこめば、山深いところへ導かれて径が途切れる。通じているのは、一本だけなのだ。

「武政と武安に、三千ほどの兵を付けて出します。城武顕もおりますゆえに、まずは心配はいりますまい」

懐良も、心配はしていなかった。大友氏時の戦ぶりはわかっている。兵を募るだけの斯波氏経も、大した戦上手ではあるまい。それに、三千のうちの半分は、菊池軍の精鋭である。

大宰府から、はじめての大軍の出動だった。征西府館の城塔で、懐良と武光は、閲兵も兼ねて軍勢を見送った。

注進が入ったのは、それから八日後だった。

征西府軍が、豊後日田近くの原野で、散々に撃ち破られたというのである。

征西府館の広間に、諸将が参集した。その間にも注進は続き、次第に戦況がはっきりしてきた。

豊後の味方も加え、征西府軍四千。それに対する探題軍三千。不意を討たれたのでも、夜襲でもなかった。正面から対峙《たいじ》してぶつかり合い、原野を引き回されて撃ち砕かれたのである。菊池軍が、最も得意とする野戦だったということに、武光はことのほか衝撃を受けたようだった。

一時、武政と武安は小人数で敵中に孤立し、それを城武顕の騎馬槍隊が、果敢な突撃をくり返して、ようやく救い出したという。

「甘く見過ぎたか、斯波氏経を」

武光は、額に青筋を立て、唇《くちびる》を嚙《か》みしめていた。死傷した兵の数も多かった。

「それで、征西府軍はいまどうしている?」

「山中に逃げこんだ兵を、武政や武安が集めているようでございます。殿《しんがり》は城武顕がつとめ、少しずつ退く気でございましょう」

　急激な退却は、敵の急追を招く。敗れたとはいえ、算を乱してはいないようだ。

「さて、今後どうするかだ」

「武政や武安が戻って、斯波氏経の戦をつぶさに聞かねばなりません。それほどの戦をする武将なら、それがしが菊池軍を率いて撃ち砕くということになりましょう」

　四日経《た》って、軍勢が戻ってきた。死者は百名を越えていた。手負いは、五百近くになる。無残と言ってもいい姿を、軍勢は晒《さら》していた。

「騎馬と騎馬のぶつかり合いではなかったのか。菊池の軍勢が、それほどの遅れをとったのか？」

　征西府館の広間である。武光や頼治とむかい合って、武政、武安、城武顕の三名が坐っていた。武政は腕に、城武顕は腿《もも》に、手傷を負っている。

「三千あまりが、魚鱗《ぎょりん》に構えておりました。騎馬槍隊が突っこむと、それは二つに割れ、片方は本陣にむかってきました。本陣で迎え撃とうとすると、素速く退きます。押し包んで、締めあげるしかないとそれがしは思いました」

　総大将の武政の声は小さかった。

「残りの半数は、騎馬槍隊を引きつけていたのか？」

「伏勢《ふくぜい》に悩まされて、追い撃ちはできませんでした。われらが伏勢をあしらっている間に、敵は変幻に陣形を変え」

　城武顕は、征西府軍の戦い方が悪かったとは思っていないようだった。ただ、征西府軍の、特に菊池軍の動きようを、敵は熟知していた。その分だけ、先手を取られたのだ。ぶつかり合いそのものは、互角と言ってもいいものだったらしい。互角のぶつかり合いでも、さきに崩れれば、最初の互角が嘘《うそ》のように負けてしまう。

「満を持し、われらを待ち受けていたとしか思えません。それを破れなかった非力は認めます。しかし、精兵でありました」

　城武顕ほどの者が、そう言う敵である。武政や武安には荷が重かったのかもしれない。

　武光は腕を組んで、じっと眼を閉じている。

　武政の指揮に、城武顕は不満があったのかもしれないが、一切口には出さなかった。惨《ざん》敗《ぱい》を恥じて、皆朱《かいしゅ》の槍を返上すると申し出ただけである。

「馬鹿《ばか》を申すな。勝敗にこだわっていては、戦はできぬぞ。御所様も、槍の返上などはお許しなさらぬ」

「そうじゃ、城武顕。臆《おく》して逃げたのではない。ぶつかって敗れたのだ。こういうこともある、ということだけを胆《きも》に銘じるがよい」

　三人が、平伏して退出していった。

「容易ならぬ相手でございます、斯波氏経は。わが軍の動きを、あれほど見事に読みきるとは。遊女を引き連れた九州入りなど、かわいい目くらましでござった」

「敵が三千、というのが気にかかる。豊後に攻め入ったのはこちらだ。その気になれば、万余の軍勢で迎え撃つこともできたであろうに」

「だからこそ、怕《こわ》い相手なのでございます。兵の数だけが勝負と思っているような相手なら、このような負け方はしておりますまい」

広間から、懐良の居室に移った。懐良と武光が額を寄せ合っていれば、目立ちすぎる。

「葦影か」

居室の板戸を引いた頼治が言った。

「御無礼ながら、ここでお待ち申しておりました。右京が、敵陣の中に入り、ようやく戻ったところでございます」

三人は、膝を寄せ合うようにして、葦影の前に坐った。

「手負うております故《ゆえ》、それがしが代りに報告いたします。敵の主将は、斯波氏経ではございません」

「なんと。一体、誰が？」

「少弐頼尚でございます。軍勢も、少弐頼尚の昔からの兵で、斯波氏経は国府にあってただ慌《あわ》てていた様子」

「少弐頼尚か」

吐き出すように、武光が言った。

「失っていた気力を、また取り戻したとしか思えません。豊後で逼塞《ひっそく》しているものとばかり、われらも思っておりました」

「わかった。相手が少弐頼尚なら、得心がいくわ。菊池の戦法を知り尽していて当然じゃ」

武光が、拳《こぶし》で自分の腿を叩《たた》いた。一礼した葦影が、音もなく部屋から出ていった。

4

豊後討伐の兵が大宰府に集められたのは、九月になってからだった。およそ一万である。いざ戦となれば、あと二千程度は集まるはずだ。

「敵の人数も、それほど変りないものと思われます。せいぜい一万五千。まともにぶつかり合うことを、少弐頼尚は避けましょうな」

牧宮《まきのみや》の居室である。ほかには誰もいなかった。その時を見計って、武光は訪ってきたのである。先日の敗戦は、何度もいろいろな立場に立って考え直してみた。少弐頼尚が侮《あなど》り難い相手という結論が出るばかりである。

武光の懸念は、少弐頼尚が三千の手勢で征西府軍を撃ち破り、再び反征西府軍の頂点に立ったかもしれないということだった。

先の戦では、手勢の三千を動かせただけだ。巧みにそれを使って、武政、武安の四千を蹴散らした。斯波氏経も大友氏時も、大保原の敗者の少弐頼尚を軽く扱い、兵を与えようともしなかったに違いない。自らの手勢だけで征西府軍を撃ち破ったことは、やはり少弐頼尚以外に征西府には立ちむかえぬと、九州の武士をして思わせたかもしれない。斯波氏経は、大友氏時とともに籠城《ろうじょう》の準備にかかっていた。一戦も交えようとせずにである。

事実、豊前、豊後では、少弐に靡《なび》きはじめた武士もいる。

「総大将は、斯波氏経であろうな」

「名のみ、いや、討たせるための総大将かもしれません。九州探題と少弐は、もともと相《あい》容《い》れることはありません。総大将として担《かつ》ぐだけでなく、囮《おとり》としてすら使いかねませんな」

「やはり、本当の敵は少弐頼尚ということか」

「老練で、周到で、それでいながら、ここが機と見ると、旭日《きょくじつ》の勢いにある征西府軍四千に手勢の三千を、ためらいもなくぶっつけることもできる男です」

武光は腕を組んだ。豊後討伐は、征西府がやらなければならないことだった。豊後では、足利幕府の代人たる九州探題斯波氏経が、全九州から兵を募っているのだ。

ただ、方法は難しかった。征西府軍一万五千を総動員して、豊後を制圧するのはたやすい。その間、斯波氏経も大友氏時も、どこかに姿を隠し、征西府軍が去ったらまた同じことをはじめるだろう。それを押さえるために豊後に数千の兵を常駐させれば、ほかが手薄になる。討伐するからには、闘って相手を立ちあがれなくする必要があるのだ。でなければ意味はない。

「少弐頼尚が、どうやって征西府軍を迎え撃とうとするかでございますな」

「変幻と城武顕は言ったが、まさにまともなぶつかり合いは避けるであろうな。特におまえが相手となると」

「速やかに豊後の国境を越え、少弐頼尚とぶつかる方法はないかと、ずっと考え続けてきましたが」

　武政や武安を相手にした時と、同じ戦法を少弐頼尚がとることは、まずあるまい。どこかで意表を衝《つ》こうとするはずだ。

「少弐が思う通りに動かせる軍勢がどれほどのものか、調べておく必要はあろうな、武光。あの男が、斯波氏経や大友氏時と、ともに陣形を組んで闘おうとするとは、儂にはどうしても思えん」

　さすがに、牧宮は鋭いところをついていた。斯波、大友の一万近い軍勢を、無駄に使いはしないであろうが、少弐頼尚は独自に動くはずだ。その狙うものはなんなのか。牧宮なのか。それとも自分か。

「少弐軍は、およそ五千。先の戦捷《せんしょう》で、二千は増えておりましょう。それに、斯波や大友につきたくはないと思っている諸将が二千。合わせて七千にはなるだろうと、葦影よりの報告が入っております」

「すると、斯波、大友は八千程度か」

「いま集まっている一万の軍勢で、充分に対抗できます。少弐頼尚が、大人しく斯波氏経の采配《さいはい》にしたがえばですが」

「二つの戦が、同時に闘われるのではないかという気がする。どうやって、少弐頼尚の軍勢と、こちらの精鋭をぶっつけるかだ。斯波、大友は、さほどの敵ではあるまい」

斯波氏経は囮だという考えが、少弐頼尚の頭にはあるだろう。その囮に飛びつかなくては、少弐頼尚は動くまい。そしてもし、動いたとすれば、どう動くのか。

　こちらも、囮を使う以外にない。でなければ、少弐頼尚の動きは読めないのだ。そして、征西府に囮になるべき人物は、ひとりしかいない。言うだけでも言ってみよう、と思って武光はここへ来たのだが、やはり口に出すことはできなかった。

「儂が少弐頼尚なら、大宰府を落とすか、儂を狙うかだな」

「御所様」

「大宰府を、京のように政争の具にしてはならぬ。とすると、儂は大宰府を出るべきであろうな。それも菊池へ退くのではなく、少弐頼尚と対峙するかたちで出なければならぬ」

「少弐頼尚の、思う壺《つぼ》でありましょうな」

「それを思う壺でなくせば、この戦は勝ちということになる」

武光は、まだ腕を組んだままだった。自分が、何千かの兵を率いて豊後に進出する。当然ながら、府中の斯波、大友と対峙しなければなるまい。その対峙の間に、手薄な大宰府を、少弐頼尚は衝こうとする。牧宮が迎え撃つだろう。府中での対峙を切りあげて、そこへ自分が駈けつける。間に合うだろうか。間に合えば、少弐軍を挟撃という、理想的なかたちになる。間に合わなければ。

思いあぐねた。豊後討伐は、征西府として決定している。兵も集まっている。豊後に進出し、城を二つ三つ落として戻っても、充分に名分は立つのだ。

「いい加減な戦なら、戦費の無駄だぞ、武光。いま新探題を叩いておかねば、征西府に背反する武士の数はもっと増えよう」

「新探題を叩くのは、難しくありません。しかし少弐となると」

「ひとつ、思いを捨てればよいのだ、武光」

「と申しますと？」

「儂が、征西府にとって特別な人間だという思いだ。武政や武安のような部将だと考えれば、囮にするのにためらいはあるまい。時には、そう思うことも必要だぞ」

武光の考えを、牧宮はすでに見抜いているようだった。躊躇《ちゅうちょ》なく牧宮を囮として扱えれば、この作戦は実に効果的なものになるはずだった。

「考えさせてくだされい。進発は明後日。それまで、まだ時があります」

牧宮が笑った。自分は、この人をほんとうに囮として扱うことができるのか。何度自問しても、答は出てこない。


征西府軍が進発した知らせを、少弐頼尚は豊後国府近くの館《やかた》で聞いた。

翌日、斯波氏経より軍勢督促がかかった。軍議にも出席しろと言う。病気を理由に冬資《ふゆすけ》を出し、頼尚はひとりで絵図に見入っていた。二十日ほど前、豊後に進出してきた征西府軍を、集められるかぎりの手勢で撃ち破ってから、斯波氏経や大友氏時の態度は、掌《てのひら》を返したように変った。どう変ろうと、大した関心はない。

即座に、闘う決断ができた。自分がそうできたということを知っただけで、頼尚は満足していた。武将には、運を分ける時というものがある。その時、闘えるかどうかで、その後のすべてが変ることもある。

足利尊氏《たかうじ》が、ほとんど身ひとつ同然で九州に落ちてきた時、支えたのは自分だった。尊氏はわずかな兵力で、筑前まで攻めこんできていた菊池武敏、阿蘇惟時《これとき》と闘う決断を即座に下した。兵力では劣っていた足利尊氏の、敢然とした闘いが、勝利を呼び、後の運も呼んだのだ。

頼尚は、絵図を睨《にら》み続けていた。先日の自分の戦捷が、征西府軍の総出動という事態を招いたのは、斯波氏経や大友氏時にとっては皮肉な結果だった。城に籠《こも》って、征西府軍をやりすごそうと二人は考えていたのだ。頼尚のみが、手勢で闘った。それによって、豊前国境あたりに散っていた古くからの手勢が再び集まりはじめ、五千近くになっている。ほかに、付いてくる武士もいるだろう。七千の軍勢にはなりそうだった。

征西府軍は菊池武光自らが率いる六千で、日田から東にむけて、すさまじい迅《はや》さで進撃中という知らせが入った。遮るものは、誰もいないらしい。

「お館様。府中は騒々しく、どうやら高崎城に拠《よ》るという決定がなされたようでございますぞ」

西郷顕景を伴って入ってきた饗庭《あえば》宣尚が言った。

高崎城に拠るということは、迎え撃つというより、ただ身を守ることに専念するというに等しかった。府中の城より、山地にあって守るのはたやすいのである。

「軍勢はおよそ八千。そのうち二千が城に籠り、六千は城の周辺に配置するようですな」

「御苦労なことよ。菊池武光がそ知らぬ顔で行き過ぎてしまったら、どうする気だ」

「それはそれでよろしいのでございましょう。府中を踏み荒らされることにはなりますが」

そういう軍勢で、菊池武光を何日か引きつけておくことができるのか。五日、いや三日でいい。武光を豊後に釘付《くぎづ》けにしてくれれば。

菊池武光は、二十日前征西府軍を撃ち破ったのが自分であると知って、それなりの闘い方を考えて出てきているだろう。その眼を、くらませることができるのか。この戦の勝敗はそこで分れる。

「豊前の軍勢は、顕景？」

「三千ほどはすでに集まっております。全軍で七千になろうかと。ただ、豊前では頼澄様についた者がかなりあります」

「さもあろう」

冬資、頼澄兄弟は完全に袂《たもと》を分ち、頼澄は征西府に帰順して、豊前一国を任されるというかたちになっていた。ただ、いまのところ戦に出てきて、父や兄弟と闘おうという様子はない。

「兵三百ほどに、百の旗を持たせ、高崎城の周辺に配置せよ、宣尚。少弐の本隊は、城攻めの征西府軍の背後を衝くために備えていると、斯波氏経には報告すればよい。旗は、目くらましじゃとな」

「ほんとうに、菊池武光の背後を衝かれまするか？」

「いや」

たとえ城攻めにかかったとしても、背後を簡単に衝かせるほど甘い武将ではない。それでも、斯波氏経には、効果のある言い訳になるだろう。

「儂は、速やかに大宰府を回復する」

饗庭宣尚と西郷顕景の眼が、瞬間光を帯びた。

筑前多々良《たたら》浜で、足利尊氏が菊池軍と正面からぶつかると決めたのは、もう二十五年以上も前のことだ。いまも、あの決断の鮮やかさは忘れられない。

「府中にある兵は、高崎城にある兵に紛れさせて、豊前にやれ。まとまってむかってはならん。儂も、明日出発しよう。儂が到着するまでに、豊前の軍勢は進発できるように整えておけ。征西府では、残りの軍勢を出してこよう。その総大将が、将軍宮かもしれぬ。それならば儂にとっては天佑《てんゆう》。将軍宮がいなければ、敵を蹴散らし、有智山《うちやま》城へ入る。そこでしばし耐えれば、斯波氏経の方にもさらに兵が集まろう」

「なるほど」

「この勝負は、時の争いぞ」

有智山城を捨てたのは、内応者がいると読んだからだった。長く拠ってきた城である。攻めるとなれば、弱いところから、近づくための間道まで、すべて知り尽している。

「よし、二人とも行くがよい。儂の供回りは、五十騎もあればいい。高崎城で斯波氏経に会い、儂が城の近くに潜み続けると思いこまさねばならぬ。二日ほど遅れるぞ」

それから、頼尚はまた絵図を睨みはじめた。豊前から筑前へ、どれほどの時間で進めるか。大宰府を窺《うかが》う姿勢で将軍宮を誘い出すには、どこに陣を敷くのがいいのか。

最大の問題は、菊池武光がいつ自分の動きを読みきるか、だった。必ず読みきるはずだ。それがいつか、ということで勝敗はそのまま決まるかもしれない。すでに読まれているかもしれない、という漠然《ばくぜん》たる恐怖に似たものが、頼尚の心にはあった。斯波氏経や大友氏時と、ともに城に籠ることはしない、とは読んでいるかもしれない。それからさきのことは、読めるはずはないのだ。だから、自分の動きに全神経を集中させているだろう。

翌日、頼尚は高崎城へ入った。

府中からおよそ二里。籠城にはいい場所だろう。すでに、城の周囲には柵《さく》などが設けられている。これで、菊池の騎馬隊の進撃を阻《はば》もうとでもいうのか。

斯波氏経も大友氏時も、両手を拡《ひろ》げて頼尚を迎え入れた。

「征西府軍の背後を衝く、とは聞いたが、兵はどこに潜ませるのじゃ、少弐殿？」

「城の周辺、二里ほどの山中に三カ所ほど。味方にも明かせませぬ。敵に洩《も》れるでありましょうから」

「われら二人にだけでも、教えておいて貰《もら》えぬかな。今後の作戦のこともある」

斯波氏経のもの言いは、どこかに卑屈さを感じさせるほどのものだった。遊女を連れて九州入りしてきた。それが笑いものになっていることも、気づいてはいない。

「されば」

頼尚は、絵図の三カ所に印をつけた。もとより、軍勢などはいない。

「ひとつお願いしておきます。菊池武光は甘くはありませぬ。われらが背後を衝くと知れば、速やかに城の攻囲を解いて、全軍をわれらにむけるでしょう。われらは退《ひ》きます。お願いとは、われらを追う征西府軍を、即座に追撃していただきたいことです」

「なるほど。それならいずれにしたところで、征西府軍は腹背を衝かれることになる。さすがにいい策じゃ。軍議でも、そのように切れ味のいい策は誰も出さぬ」

「菊池武光の軍勢の動かし方は、想像を絶するほど速く、したがって、斯波殿もそれに遅れをとられぬよう」

「わかっておる。大友氏時もいて、地の利はわれにある」

菊池武光が自分を追いはじめた時、すぐに追撃してくれれば、多少の助けにはなる。追撃軍を無視して進むのは、危険でもあるのだ。

夕刻、頼尚は高崎城を辞した。わずかな供回りと騎乗の人になった時は、胴丸だけという雑兵《ぞうひょう》のような姿だった。物見の軍勢に見せかけたのである。

5

大宰府に残った軍勢は、六千ほどだった。

その中の一千は大宰府の守備に回し、五千の兵で懐良《かねよし》は出撃の態勢を整えた。侍大将は武光の弟武義、さらに副将として城武顕も残していった。ただ、菊池軍の主力は武光が率いている。軍勢の動きは菊池軍と諸将の軍勢では大きな差があり、豊後から長駆して大宰府に戻ることを想定すれば、やはり菊池軍しか使えないのだった。

筑前に、敵が出現したわけではない。軍議も重ねるだけ無駄だった。物見は放ってある。葦影や右京からの知らせもあるはずだ。懐良は、腰を据《す》えて待った。

筑前に大軍が進攻しているという知らせが入ったのは、武光が進発した八日後だった。

「長者原《ちょうじゃばる》に陣を敷いて、大宰府を窺う気配ですな。筑前は、長く少弐一族が本拠とした国。いまは七千でも、時が経つにつれて兵はふくれあがりましょう」

葦影は、いつもの通りの感情のない声でそう報告すると、すぐに消えた。

八日後の進攻は、想像よりも早かった。少弐頼尚の狙いは、やはり大宰府と自分にあったのだ、と懐良は思った。

長者原は、大宰府の四里ほど北、博多のすぐ東である。野戦には適当な場所だった。時が経てば、少弐頼尚の軍勢はふくれあがる。同時に、武光が兵を返してくるかもしれない。お互いに、待つのも待たぬのも、それぞれ長短があった。

ただ、ここでもう一度少弐頼尚を叩く必要はある。一度の戦捷だけで、かなりの力を取り戻した。ここで闘わなければ、さらに大きく、手強《てごわ》くなる。武光が戻れば、少弐頼尚は闘わずして肥前に難を避ければいいのだ。そうなれば、征西府の豊後討伐そのものが失敗ということになる。

「出陣じゃ、頼治。諸将を大広間に集めよ」

「すでに、参集しております」

「そうか。ここで少弐頼尚を撃ち砕かねばならぬ。そうしなければ、豊後に兵を出した意味もない」

「われらが少弐を長者原まで誘い出したのか、われらがこれから誘い出されるのか、なんとも言えないところでございますな」

　頼治は落ち着いていた。たかぶりかけていた懐良の心も、それで落ち着いた。

「少弐頼尚が筑前に戻ってきた。征西府はそれを討つ。征西府の旗を、長者原まで進める。先陣は城武顕」

　陣触《じんぶ》れを告げる時、落ち着いたままの懐良の心の中で、けものが眼を醒《さ》ました。まだ咆《ほ》え声をあげてはいない。

「出陣」

　懐良は、革の軍配を横に強く振った。参集した諸将が立ちあがり、鯨波《とき》をあげる。

　行軍はよどみなかった。

　先頭に城武顕の騎馬槍隊二百。それに諸将の騎馬が続く。懐良は、前方を武義の騎馬隊、後方を頼治の率いる麾下《きか》の軍勢に守られ、征西府旗とともに進んだ。

「軍勢を二手に分けよ。右翼、武義、左翼、城武顕。本陣は中央を進む」

伝令が飛んだ。長者原までおよそ二里のところである。進みながら、武義と城武顕が左右両翼についた。

「難しいものだな、頼治」

「武光殿の使われる、鳥雲の陣でございますか」

「敵を直前にしては、これはやれぬな。武光は、敵とぶつかりながらも、これをやって陣形を組み変える」

「一瞬の呼吸と、大将の呼吸に合わせて動く兵があってこそ、と思われます。それがしも、見るたびに感嘆しておりました」

「このまま、敵前まで進もう。対峙するか、すぐに懸け合いがはじまるか、その時にならねばわからぬ」

「少弐頼尚も、勝負は急ぎましょう。武光殿の素速さは、誰よりも骨身に沁《し》みているでありましょうから」

武光が間に合うかどうか、それを当てにして戦はできなかった。間に合わなければ、五千で少弐頼尚を撃ち破るしかない。間に合えば、こちらよりも少弐頼尚がどう肚《はら》を据えるかということになる。お互いに、細い綱を渡るような勝負だった。

「前方に四ツ目結いの旗。四段に陣形を構えております」

物見からの注進が入った。懐良は、進軍の停止を命じた。夕刻に近い。戦が夜にまでもつれこむことは、少弐頼尚も歓迎はしないはずだ。

「右翼、武義はその位置のまま。左翼、城武顕は、五町ほど前進。そこで陣を組め。徒《かち》は本陣の前に集結」

　懐良の下知《げじ》で、軍勢が動きはじめる。物見を多くした。多分、お互いに夜襲などは考えないだろう。夜明けには、ぶつかり合ってしまうはずだ。それでも、夜襲の警戒は怠れない。

　地形を頭に入れた。前方に篠栗川《ささぐりがわ》。そのむこうに布陣する少弐軍まで、ほぼ一里。後方十町ほどのところに小高い丘。あとは原野である。

「城武顕が、騎馬槍隊百を、伏勢として側面に回したい、と申し入れてきておりますが」

「中入れでもする気か？」

　皆朱の槍を担いで、城武顕の馬が到着した。

「御所様、少弐頼尚は兵を変幻に用います。陣形が変る機を見て、百騎が側面より突入すれば、いささかの効き目はあると思いますが」

「百騎は、敵に包まれて苦しい思いをするぞ」

「鍛え抜いた騎馬槍隊でござれば、御懸念《ごけねん》は無用でございます」

「ならば城武顕。二百騎のすべてを使え。儂の合図まで待ち、敵の側面に突っこむ。突き抜け、また返して突っこむのだ。できるか？」

「お任せくだされい。騎馬槍隊の四百、すべてがいたら全軍を突き崩して御覧に入れるところですが、二百であっても、突き抜け、また返すというくり返しならば」

「正面は、まともなぶつかり合いになろう。こういう戦は、数で決まることが多い。敵はわれらより二千も多いが、側面からのおまえの攻撃が、二千に値するものとなる」

「夜陰に紛れて、移動いたします。御所様、御武運を」

一礼し、城武顕は馬に跳び乗った。

「武義、騎馬隊の半分を割いて、左翼に回せ。夜が更《ふ》けてからだ」

「かしこまりました」

篝《かがり》は多くした。少弐軍の篝も多いようだ。

「頼治、儂はしばらく眠る。大きな敵の動きがないかぎり、起こさなくてよい」

頼治が笑って頭を下げた。馬蹄《ばてい》。兵たちのさんざめき。風。すべてを合わせると、波の音のように聞えた。陣幕を張っただけで、茵《しとね》も敷かずに横たわった草の上で、懐良は眼を閉じた。


少弐頼尚は、床几《しょうぎ》に腰を降ろし、絵図に見入っていた。陣幕の中に篝は四つあり、並んだ床几には見知った顔ばかりが並んでいる。頼尚が見つめているのは、大宰府の絵図だった。自分がそこの主《あるじ》であった時に、作らせたものだ。細かなところまで、すべて頭に入っている。なにかを確かめようとして、見入っているのではなかった。確かめるとするならば、自らの心の絵図である。

陣形を組み変えているのか、征西府軍には若干の動きがある。その注進も、頼尚の代りに饗庭宣尚が受けていた。

「お館様。菊池武光は、とうに高崎城の攻囲を解き、筑前にむかってひた駈《が》けているそうでございます」

「さもあろう。菊池武光ほどの男、小細工に惑わされたりはするまいな」

「途中、遮った者は踏み潰《つぶ》されております。また、斯波、大友の追撃軍は、殿軍《でんぐん》の三千に阻まれ、思うように進めないとか。菊池武光率いる三千は、すでに宇佐あたりにさしかかっているものと思われます」

西郷顕景の口調も、饗庭宣尚に似て、最近では淡々としたものになってきた。早馬の知らせが、ようやく届いたのか。いま豊前宇佐ならば、明日じゅうに到着できるはずはない。

「ひた駈けている三千は、おそらく菊池軍であろう。殿軍の三千とは、駈ける速さが違う。思い切ってよく二つに割ったものよ」

「殿軍の三千を揉《も》み潰そうと、斯波氏経様は躍起になっておられましょうな。これでは、菊池武光の追尾など、当てにはできません」

「もともと、追いつくはずもない」

宇佐から長者原まで、二十里近くはある。どう駈けても、丸一日はかかるはずだ。それも、馬が保《も》てばの話だ。二十里を駈け続けられる馬など、いるはずもない。明早朝にぶつかり、征西府軍を撃破すれば、大宰府を奪回して有智山城で菊池武光を迎え撃つのも、それほど無理なことではなかった。

宇佐、と呟《つぶや》いて、頼尚は不意にいやな気分に襲われた。ほんとうに宇佐なのか。早馬の注進は、宇佐と推量しているだけである。菊池武光は、ほんとうに一斉《いっせい》に高崎城の攻囲を解いたのか。殿軍の三千だけがしばらく攻囲を続け、菊池軍はもっと早く筑前にむかったのではないのか。

悪い癖だった。わからないことを、考えてみてもはじまらない。大きな戦の前には、必ずこの悪い癖が出る。

「顕景、夜陰に乗じ、第一段の兵を篠栗川まで進めよ。夜明けに、間近に迫ったわが軍勢を、敵に見せてやれ」

「心得ました」

敵も陣形を変えているが、川を越えないかぎりは、ぶつかり合うことはないだろう。

こちらの狙《ねら》い通りに、将軍宮が総大将として出てきた。ここで撃ち破り、もし将軍宮の首まで取れたら、これまでの負けのすべては撥《は》ね返せる。いまのところ、すべては自分が思い描いた通りだ。

「朝のうちに、決着をつけてしまうぞ、宣尚。そして速やかに、有智山城に入ろう」

「それでこそ、お館様でございます」

言う饗庭宣尚の声は、相変らず淡々としたものだった。第一段の兵が移動をはじめたのか、かすかなもの音が風に乗って流れてきた。

夜が明けた。

四ツ目結いの旗が、半里前方、篠栗川のすぐむこうにあるのが見えた。

「勝負を急いでいるな、少弐頼尚は」

「武光殿が、いつ戻られるのかと恐れているのでございましょう」

頼治は、一睡もせず陣幕の外に控えていたらしい。いつもはそばから離れようとしない、山鹿忠景の姿はなかった。明源もいない。二人がどこなのかは、訊《き》きはしなかった。多分、頼治になにか命じられているに違いない。

武光がどこなのかは、わからなかった。むこうからの知らせはない。伝令を飛ばし合う暇などないのだ。早馬の伝令より、武光の方が速いに違いなかった。

「懸け合いは、こちらからはせぬ。むこうが川を渡るのを待とう」

「渡河を衝きますか？」

「それほどの川ではない。心すべきは、敵に後ろを取られぬことだ。後方の丘は、この野戦の決め手になるかもしれん」

坂の上から、駈け下って敵に突っこむ。それは、兵の力を二倍にも引きあげると言ってもいい。

ただ、使えるのは一度だけだ。

「城武頭が、夜明け前にあの丘に登っておりました。やはり気になったのでございましょう」

風が出てきていた。少弐頼尚の四ツ目結いの旗が、風に鳴っている音まで、はっきり聞えてきそうな気がした。

「来るぞ」

懐良は呟いた。押し寄せてくる。人よりもさきに、気配が押し寄せてくる。心の中のけものが、不意に咆え声をあげた。二度、三度とそれは続いた。

「馬曳《ひ》け、頼治」

「先に攻撃をなさいますか？」

「いや、儂が先頭に立って、敵を迎えよう。全軍に触れを出せ、征西府旗のあるところ、われありと」

伝令が飛んだ。懐良は馬に跨《また》がり、朝露で濡《ぬ》れた草原の中を進んだ。靄《もや》が流れていた。

靄の中で、四ツ目結いの旗がはためいている。

「地表に風はないのか。不思議な風だ」

懐良の左右には、麾下の五十騎が並んでいた。征西府旗も高く掲げられている。地が鳴った。靄の中から数十騎が突っこんでくる。懐良は動かなかった。じっと前方を見据えたままだ。

「御所様。敵は、征西府旗を見て怯《ひる》んでおります」

「怯んではいない。驚いただけだ。そして、なにか策があるのではないかと疑っている」

五十騎、六十騎と、靄の中で馬が止まった。懐良は中天に挙げた手を、無言で前へ突き出した。麾下の軍勢が駈け出した。両翼の騎馬隊も鯨波をあげた。敵が、懐良にむかって集中してくる。両翼から突っこんだ騎馬隊が、それを蹴散《けち》らしていく。

前方で両手を拡げた騎馬武者を、懐良はぶつかりざま抜き撃ちに斬《き》って落とした。心の中の、けものの咆哮《ほうこう》が大きくなった。二人目。下から上へ斬りあげる。存分の手応《てごた》えがあった。両翼からの攻撃が激しくなり、敵は後退しはじめた。馬を返そうとしたひとりを、突きあげた。頼治は、ぴったりと懐良に寄り添い、横からの敵を払いのけている。篠栗川まで進んでいた。懐良は手綱を引き、片手をあげた。麾下の軍勢が馬を止め、騎馬隊も遅れて動きを止めた。

「一町ほど退け。四段に構えた敵の、第一段を追い返しただけだ」

川を渡って突っこんでいけば、第二段、第三段の敵に包みこまれることはわかっていた。一町ほど退き、騎馬隊を正面に置いて構え直した。原野に風が渡った。風は、一度だけ吹き抜けると静かになった。

「御所様が正面に出られるのは、いかがかと思われます」

馬を寄せてきた武義が言った。

「緒戦だけだ。心せよ。儂が正面にいると見て、敵は力を集中してくるぞ。正面からぶつかり合うな。両側の草に徒を伏せ、騎馬隊は後退しろ。側面から徒が襲いかかった時、正面からぶつかればよい」

「敵を引き出すために、正面に立たれましたか」

「戦は変幻ぞ、武義。こちらも、少弐頼尚の眼をくらませてやろうではないか。次のぶつかり合いは、後方で見ている」

「心得てござる」

武義が馬を返した。次のぶつかり合いまでは、なんとか押し返せるだろう。三度目になると、かなりの厳しさになる。兵力の差が徐々に出てくるに違いなかった。奇策でつけ入るほどの隙《すき》を、さすがに少弐頼尚は見せようとしない。

懐良は、さらに二町ほど後退し、麾下の軍勢を後ろに配した。

将軍宮が先陣を切っていたという注進を頼尚が受けたのは、第一段が押され気味と見て、後退を命じてからだった。確かに、征西府旗は先頭で翻《ひるがえ》っていた。だからといって、将軍宮がいるとは思っていなかったのだ。

「熱い血だな」

呟いて、頼尚は第一段の陣形の組み直しを命じた。四段に構えた半分を、突っこませる陣形である。それで征西府軍は突き破れるはずだ。乱れたところを、残りの半分で押し包み、将軍宮を討ち取ればいい。いわば、総がかりの態勢だった。陽は高くなりはじめている。あまり時をかけたくはなかった。

「かかれ」

陣形ができると、すぐに命じた。騎馬隊が突っこんでいく。征西府軍が勢いに押されて後退していくのが、頼尚のところからもはっきり見えた。

先頭がかなり深く突っこんだ時、草の間から徒が湧《わ》き出してきた。両側から挟《はさ》みこまれる恰好《かっこう》になる。一瞬、頼尚は床几から腰をあげそうになった。第三段の兵を出した。残るは、第四段の本陣だけである。両軍が入り乱れた。押し切れていない。遠く、後方に征西府旗が翻っているのが見えた。

翻弄《ほんろう》された。そういう思いがよぎる。本陣の軍勢を出そうとした時、横から一群の騎馬が突入してきた。肌《はだ》に粟《あわ》が生じた。騎馬隊は小さく固まり、槍《やり》の穂先を揃《そろ》えて、少弐軍の中を素速く突っ切っていった。すぐに馬を返しまた突っこんでくる。城武顕の騎馬槍隊だろう。

「退け。本陣の兵は前に出て、追撃の敵を止めよ。誘われて、深く入ってはならぬ」

　饗庭宣尚の大声が響いた。軍勢が退いてくる。算を乱してはいない。それに、本陣の軍勢が追撃をよく止めた。

「魚鱗《ぎょりん》に陣形を組め。組み終ったら、本陣の兵を退かせろ」

　手強い。想像した以上に、巧みな用兵をする。二千も多く兵を擁していて、おそらく互角の戦になるだろう。

「すぐに攻めよ。本陣の兵は魚鱗の後ろにつけ」

　頼尚は床几から腰をあげ、馬に跨がった。押していく。敵とぶつかる。容易に突き崩せなかった。そこへ、騎馬槍隊が突っこんできて、縦横に陣形を掻《か》き回す。

　征西府の旗が、前面に出てきた。将軍宮もいる。かすかな、畏《おそ》れに似た感情が頼尚の胸をよぎった。征西府旗の周辺は、五十騎ほどの供回りがしっかりと固めている。

「押せっ、ひた押しに押せっ」

　馬上から、頼尚は叱咤《しった》を飛ばした。

「騎馬槍隊は気にするな。通りたければ、通してやれ。それより、征西府旗ぞ。押し包んで討ち取れ。槍に怯むではない」

押し合った。全軍で押し合った。互角だった。押し気味になったところに、騎馬槍隊が突っこんでくる。そのたびに、攻撃は停滞し、陣形が整うまでに時がかかるのだった。本陣の一千を、頼尚は騎馬槍隊にむけた。突っ切っていくから、また突っこんでくる。それを遮《さえぎ》り、押し合いの中に包みこんでしまえばいいのだ。

征西府旗が、さらに前へ突出してきた。あの旗さえ倒せば。思っても、押し合いは容易に決着がつきそうもなかった。どれほどの時間、押し合いが続いたのか。騎馬槍隊は本陣の軍勢が封じこめている。もうひと押し、もう一千の兵があったら。何度も思った。鞍《くら》に叩きつけた手に、血が滲《にじ》んでいるのにはじめて気づいた。兵の数の差が、少しずつ出てきた。徐々にだが、押している。血の滲んだ手を、頼尚はさらに鞍に叩きつけた。

征西府旗が揺れた。

後退していく。征西府軍が敗走をはじめた。しかし旗は、揺れるだけでまだ掲げられていた。押していく。頼尚は馬に鞭《むち》をくれた。

「手を緩めるな。いまが勝敗の分れ目ぞ」

征西府軍が、さらに後退した。騎馬の逃げる脚が速すぎる。ふと頼尚はそれに気づいた。丘。騎馬だけが駈けあがっていく。四百、いや五百騎にはなった。丘の頂で征西府旗が翻っていた。

「追ってはならぬ。平地へ駈け降りてくるまで待て」

下知は、もう届かなかった。追う味方も、斜面を駈けあがりはじめた。征西府旗が大きく揺れた。将軍宮を先頭にした騎馬隊が、ひと塊になって駈け降りてくる。黒馬に跨がり、太刀を振りかざした将軍宮の姿が、頼尚の眼に焼きついた。

三町ほど、押しまくられた。そこでようやく踏みとどまった。しかし押し返せない。陣形はすでになく、全軍が押し合っているだけだった。頼尚は、太刀を抜き放った。雄叫《おたけ》びをあげ、征西府旗にむかって突っこんでいく。すぐに、徒の槍に遮られた。突き出された槍を素手で摑《つか》みながら、頼尚は叫び続けていた。押せる。押せるはずだ。征西府旗を畏れるな。

背後で地鳴りがした。

「お館様、ここは落ちのびてくだされい。顕景がお供をいたします」

馬のむきを変えられていた。なにが起きたのか、頼尚にはよくわからなかった。ただ、味方は総崩れになっている。

「馬《ば》鹿《か》な」

悪夢でも見るように、頼尚は戦場に躍りこんできた旗を見ていた。並び鷹《たか》の羽。菊池武光だった。そんなことがあるのか。あっていいのか。

馬は駈けていた。頼尚が、幼いころから親しんだ、筑前の原野だった。

追撃があるのかどうかも、気にしなかった。終った。すべてが終った。そういう思いがあるだけだ。周りには、西郷顕景の率いる二十騎ほどがいるだけである。

6

博多の、水野十郎太の屋敷は、船着場のすぐそばにあった。

筑前の残敵を掃討し、豊前をひと巡りすると、武光は本隊だけ大宰府に帰し、博多に入ったのだ。

水野十郎太の屋敷は、頼治の率いる軍勢の宿舎そのままの状態だった。牧宮も頼治も傷を負っていて、長者原から大宰府へは戻らず、そのまま水野十郎太の屋敷に駈けこんだのだ。

「掃討は終ったのか、武光？」

杖《つえ》をついた牧宮が、声をかけてきた。長者原戦から、すでに七日経《た》っている。牧宮は、なんとか起きあがれるようになったようだ。頼治の傷はもっとひどかったが、命はとりとめたのだということが、牧宮の明るい声で知れた。

「筑前、豊前に、もはや探題方を掲げる武士はひとりもおりません」

「少弐頼尚は？」

「討ち洩《も》らしました。豊後へ落ちたと思われますが、もうなにもできますまい。饗庭宣尚、西郷顕景という重臣が、少弐頼尚を名乗って死んでいきました」

追いつめるところまで、追いつめたのだ。饗庭宣尚の首を取ってきた時は、少弐頼尚を討ったと本気で思ったくらいだった。自ら太刀で顔を削《そ》ぎ、誰だかわからなくした無残な首だった。

「頼治殿の御容体は？」

「腹を射られた傷があるので、まだ動かせぬ。本人は動きたがっておるがな」

「薄氷を踏む戦でございました。三財彦次郎殿が替馬の用意をしてくれていなかったら、間に合いはしませんでした」

「よく駈けたものだ。おまえが間に合わなければ、あそこで敗れていたかもしれぬ」

「なんの。まともにぶつかり合って、互角であったとそれがしは見ました。よくぞあそこまで、闘われたものです」

客殿に使われている部屋に、武光は牧宮に導かれて入った。壁には大きな絵図が貼《は》ってあり、土足で入って背凭《せもた》れのある床几に腰を降ろすようになっている。

「彦次郎は？」

「山に消えましたな。星野から聖護寺まで、兵站《へいたん》の径《みち》を作っておいてよかった、といまにして思います。あれがなければ、五百頭の替馬など彦次郎殿にも用意できなかったでありましょうし」

三千の菊池軍も、長者原に到着した時は五百になっていた。あとはみんな遅れたのである。替馬がなければ、武光も遅れていた。

長者原で両軍が対峙《たいじ》と知らせを入れてきたのは、右京だった。沈着な右京が、武光が驚くほどの焦《あせ》りを見せていた。長者原に兵を出したのは、牧宮の牢固《ろうこ》とした意志である。ひと時大宰府を捨てて、とはまったく考えなかったらしい。大宰府を、京のようにしてはならないのである。それは、この戦がはじまる前に、牧宮と二人で確かめ合ったことでもあった。

少弐頼尚の動きが、武光が想像したよりもはるかに速かった。この戦に賭《か》けた少弐頼尚の思いを、甘く見すぎていたのかもしれない。一昼夜半を、不眠不休で駈け抜いて、ようやく間に合ったのだ。

牧宮が長者原で敗れていれば、もう一度大保原戦をくり返すことになっただろう。

「思えば、少弐頼尚とは手強い相手であったな、武光」

「あれほどの敵に出会うのは、生涯《しょうがい》に何度もありますまい。思い出しても、背筋に冷たいものが走ります」

「あの老人が、太刀を振りかざして乱戦の中に飛びこんでくる姿を、儂《わし》ははっきり見たぞ。少弐頼尚も、儂を見ていた。儂だけをな」

「斯波氏経や大友氏時は、少弐頼尚と較《くら》べると童のようなもの。来年には、叩き潰してしまうつもりでおります」

「大宰府を守り通せてよかった。戦が終って何日か経って、強くそう思った。侵されてはならぬものを、征西府は持ってしまったということであろうな」

「これは菊池様。戦はもう終りましたか」

入ってきたのは、水野十郎太だった。武光は頷《うなず》き、笑ってみせた。

「造作をかけるな、十郎太」

「なんの、御所様の麾下の衆は、みなさん行儀がよろしゅうございます。それに、頼治様のことがよほど御心配らしく」

「大宰府に近いといっても、博多じゃ。なにが起きるかもわからん。やはり頼治殿をひとりにしておくわけには参らぬわ」

「そういうことをすれば、麾下の衆が承知なされますまい」

頼治が率いる牧宮の麾下が、大将思いだということを知るのは、悪い気持ではなかった。寡黙《かもく》だが、心の底の暖かいものをいつも忘れない頼治の性格が、こういう時によくわかる。頼治の息子たちが、父の身を按《あん》じて博多までやってきたが、一度対面しただけで大宰府に帰したという。妻は、一度も顔を見せてはいないらしい。頼治が、日ごろからそう言い聞かせているのだろう。

「菊池様、この十郎太も、博多の最もよい場所に屋敷を建て、倉を持つようになりました。これでも、まだ不満ではありますが。高麗や大陸との交易が、これからいっそう征西府を潤《うるお》しますぞ」

「そなたがどれほどの銭を運んでくるのか、加瀬忠明からいやになるほど聞かされておる。菊池の銭倉には、大量の銭があるが、大きな戦では、何年もかけて蓄えたそれが簡単に消えてしまう」

「それがしは、征西府のなさり方が正しいと思います。戦に勝とうと、土地を取りあげることはまったくしない。このことひとつで、九州の武士たちの心に残る恨みは、ずいぶんと小さいものになります。銭なら、いくらでも運んでこれるのです。まずは、人の心に深い恨みを残さないことが、この国にとっては肝要でございましょう」

「この国？」

「はい、九州という、この国です。まだ九州という古い名しかなく、できあがってもおりませんが」

「新しい、日本か」

「五条良氏様の心にも、それがありました。はっきりと申されたことはありませんが、それがしにはよくわかる気がしました。ある時、正面から訊いてみたこともあります」

「で、良氏殿はなんと申された？」

「夢は、語るものではないと。夢にむかって歩くのは、馬鹿者がすることであるとも。そして、自分は大馬鹿者だとも言われました」

水野十郎太は、五条良氏が見込んで、博多の商人にしようとした男だという。それ以上のことを、武光は詳しくは知らなかった。波多や忽那《くつな》や村上の水軍が、菊池に運びこんでいた品物が、いつか十郎太のところへ運ばれるようになった。菊池に運びこまれるのが、銭だけになったのだ。その銭は、いまもまだ増え続けている。

「良氏殿は、そなたの師か？」

「師であり、主でもあった。いまはそう思っております。良氏様から学んだのは、学問だけではありませんでした」

「それでも、そなたは商人になった」

「はい。良氏様が、商人になるようにと、莫大《ばくだい》な銭を出してくだされました。いまのそれがしにとっては、船一艘分の利にも遠く及びませんが、その時は気を失ってしまいそうな銭でありました。自分がなぜ商人にならなければならないのか、その時は不本意でありましたが」

「怕《こわ》いほどのお人であったな、良氏殿は」

武光は、兄の武豊とともに、良氏の礫《つぶて》で命を助けられたことがある。まだ征西府は小さく、九州探題一色範氏と少弐頼尚との争いの中で、なんとか大きくなる道を見つけようとしている時だった。

「良氏は、なにも語らなかった。黙って日向米良へ行き、山の民をまとめ、新しい国のとば口を儂に見せてくれた。そんな気がしてならぬ」

牧宮は、そう言うと白い歯を見せて顔を綻《ほころ》ばせた。

女が、茶を運んできた。どこか、漂わせている雰囲気《ふんいき》が違う。武士や山の民や商家の娘ではないようだ。武光の顔を見て、不躾《ぶしつけ》なほどの笑みを見せた。それが悪い感じではなかった。

「女房でございます、それがしの。まだ、言葉は喋《しゃべ》れません。高麗の女子《おなご》でありまして」

「高麗の」

「よく、異国へ来る気になってくれました。それがしは、博多に住まなければなりません。高麗には南浦《なんぽ》様がおられますので。女子を口説くのは、言葉でもなんでもありませんな。心だけだというのが、よくわかりました」

十郎太が声をあげて笑った。太い眉《まゆ》と横に張った顎《あご》。醜男《ぶおとこ》というほどではないが、女を魅《ひ》きつける容姿でもなかった。

出された茶に、武光は手をのばした。高麗の茶のようだった。

大きな屋敷とは裏腹に、十郎太の暮しは質素そのものだった。屋敷全体が、交易のための基地なのだということが、二日ほどいただけでよくわかった。

「そろそろ、御所様には大宰府にお帰り願わねばなりません。頼治殿は、もう少し動かさぬ方がよいでしょう。麾下の兵の何人かをここへ残します」

「豊後の動きは？」

「もはや、最後のあがきでありましょう。無理押しをせずとも、やがて潰れていきます」

牧宮は、まだ杖を使っていた。しかし、歩くのにほとんど支障はなさそうだった。馬にも乗れそうだ。

「いつも、この船着場で海のむこうを見ておる。時々、不思議な気持になるぞ、武光」

「ほう」

「客殿に貼ってある絵図を見たか？」

「はい。高麗のどこかの国の絵図ではございませんのか？」

「違う。あの絵図には、日本も描かれている。九州などは、豆粒のようなものよ。高麗があり、そのむこうに元《げん》というとてつもなく大きな国があり、いま麻のごとく乱れておるそうだ。元のまわりには、またさまざまな国がある」

「思いが及びませんな、それがしには」

「九州は豆粒で、大宰府や菊池は絵図の中には見えぬ」

「大宰府ひとつを取るか取られるかで天下を賭けるというのは、些細《ささい》なことということでございますか？」

「逆だ、武光。豆粒ほどのものなら、儂にもなんとかできそうだと思った。そうではないか。たかが豆粒だ。わが手で夢がかなえられぬことがあろうか」

武光は頷いた。この海のむこうに、気の遠くなるほど広大な土地があることを、聞いて知ってはいた。しかし、そことおのが立つ大地とを較べてみたことはない。牧宮や五条良氏には、それができたのだろうか。

潮の匂《にお》いが強かった。輸送船が積荷を艀《はしけ》に降ろしていた。船着場にも、俵が山と積みあげられている。長者原で激しい戦が闘われたことなど、まるで嘘のようだった。

「博多にも、征西府の奉行所をひとつ置いた方がよいかもしれませんな、御所様」

「必要かどうかは、十郎太にでも訊いてみるがよい。儂の眼には、商人たちはうまくやっているように見えるが、つまらぬ争い事もあるのかもしれん」

そういう争い事の処理より、武光はしっかりと征西府で博多を押さえておきたかった。交易の利が、どれほどのものかだけは、身をもって知っている。菊池軍が戦を続けてこれたのも、それによる銭があったからだ。

武光は、海に眼をやった。見えはしないが、ここには大きな道があるのか。交易品や銭を運んでくる道。元が襲来してきた道。京のみか、日本のすべての場所に通じている道。私利私欲でなく、博多はやはり征西府が押さえなければならない。ほかの者が、ここを押さえた時の影響が、大きすぎるのだ。

「大宰府へ戻ろうか、武光。儂も、そろそろお悠が恋しゅうなってきた」

「御所様が、そのようなことを言われますか。驚きでございますな」

「なにを言う。男が女を恋しがる気持は、誰よりもおまえが一番よく知っているであろう」

風が、牧宮の直垂の袖をはためかせていた。菊池にも大宰府にもない、潮の匂いに満ちた風だった。

第十一章　高麗《こうらい》の空

1

中国の兵が、九州を侵してきた。

長門《ながと》の、大内弘世《ひろよ》である。九州探題斯波《しば》氏経《うじつね》の要請で、五千余の兵を門司に進めてきたのである。門司城の厚東《こうとう》義武は、征西府に早馬を飛ばして、救援を求めてきた。

「九州以外の兵を、いつまでも九州に置いておくな。ただちに殲滅《せんめつ》せよ。二度と、九州の地を踏もうという気を起こさせるでない」

牧宮《まきのみや》の決断は速く、毅然《きぜん》としたものだった。武光は、ただちに討伐軍を編制し、豊前《ぶぜん》に送りこんだ。牧宮の意識は、海外から侵略を受けたような屈辱と憤《いきどお》りに似たものであったようだ。自ら軍勢を指揮してもいいとまで言ったのである。

「めずらしく、御所様が怒りを露《あらわ》にされておりましたな、頼治殿」

頼治はようやく傷が癒《い》え、昨年の暮から大宰府に戻っていた。

「九州を、ひとつの国と見なしておられる。私に言われました。いまは、武をもって国を治めるしかないと。あと十年、あるいは二十年で、九州の武士たちも戦のむなしさを知るであろうと」

「九州以外の武士たちが戦を仕掛けてくることなど、御所様には許すべからざることなのか」

「他国が、攻めこんできたことと同じでしょう」

「いまは、武をもって治めるしかないか。まことじゃ。征西府のやり方に、九州の武士はまだ馴《な》れてはおらぬ。事あるごとに、他人の領地を窺《うかが》おうとしておるし」

「武光殿は、まだまだお忙しいままだということです」

頼治は、傷を負う以前より、いくらか痩《や》せていた。それが、どこか弱々しくなった印象を武光に与えた。

討伐軍の総大将の武義は、頻繁《ひんぱん》に征西府に注進を入れてきた。大内弘世は、討伐軍が到着すると門司城の囲みを解き、豊前、筑前《ちくぜん》国境にまで移動した。そこで征西府軍とぶつかり、散々に撃ち破られた。

降伏した大内弘世から、二度と九州の地は侵さないという起請文《きしょうもん》を、武義はとっていた。牧宮の下した裁決は、九州よりの追放であり、大内弘世は、そのまま旗を巻いて本拠の周防《すおう》へ戻っていった。

「このまま、武義は豊前に留《とど》まらせます。豊後《ぶんご》の、斯波氏経への圧力になりますので」

「任せよう、武光。この度のことは、斯波氏経がもとで起きたこと。斯波氏経を、これ以上九州に置いておいてはならぬ」

「心得ております。さほど時も必要といたしますまい」

　牧宮が、九州以外の武士に示した嫌悪《けんお》は、武光にはやはり目新しいものだった。心の中で、牧宮はすでに九州をひとつの国としているのかもしれない。

　それも道だ、と武光は思った。足利《あしかが》幕府とこのままなに事もなく済むとは思えなかったが、九州は次第にひとつになっていきつつある。新しい国が、物を置きかえるように、簡単にできはしないだろう。九州の武士の大部分は、まだ中央に足利幕府があると思っている。武光でさえ、時にはそうだった。上の者が思い描いているひとつの国が、下の者たちの心にもはっきりできあがるまでには、まだ十年も二十年もかかるに違いない。

　斯波氏経は、ひと月ほど豊後を右往左往した挙句、武義と一度も闘うことなく、九州を逃げ出していった。周防の大内弘世を頼ったが、相手にされず、むなしく京へ戻ったという。

「これで、九州には九州の武士しかおりません。そしてその頂点が征西府。ついに御所様は、名実ともに九州の覇王《はおう》となられました」

「九州は、九州の民のものよ。儂《わし》のものになったなどとは、さらさら思わぬ。九州以外の武士であれ、戦のために入ってくる者を別として、拒む気もない」

「足利幕府とは、このまま終るとは思えません。いずれまた、新しい探題を送ってくるでありましょう。それが無駄《むだ》だということは、やはり力で教えるしかありません。とりあえず、いまだ幕府方の旗を掲げたままの、大友氏時でありますが」

「いまが時であろう。攻めよ、武光」

牧宮の、果断な性格が顕著になってきた。居室でくつろいでいる時は、温厚でやさしげであり、征西府館《やかた》の表で決断を下す時は、胸がすくほど鮮やかである。

武光は、自ら三千の兵を率いて豊後に進出し、高崎城、松岡城、臼杵《うすき》城と、次々に落としていった。抵抗は弱々しいもので、三城を抜くのに三日で済んだ。大友氏時は、落ちることもできず、武光の配下に生け捕りにされた。

武光の前に引き出されてきた大友氏時は、憔悴《しょうすい》し、物もはっきり言えぬほどだった。これまでの長い年月にわたる征西府への抵抗を考えると、絶対に助命などされるわけがないと思いこんで、最後まで降伏できなかったものらしい。おどおどとした大友氏時は、敵中で捕えられた雑兵《ぞうひょう》のように、憐《あわ》れで小さかった。

「大友氏時殿。命を貰《もら》い受けるとは言わぬ。速やかに髪を落とし、出家なさるがよかろう」

牧宮も、多分殺せとは言わないだろうと考えて、武光はそう断を下した。

島津貞久が、薩摩《さつま》を師久《もろひさ》に、大隅《おおすみ》を氏久に分与し、病で没したのはその年の七月三日だった。九十五歳である。

「谷山で、何年も貞久と睨《にら》み合った。なかなかの武将であった。ほんの数間で、どちらが首を取られるか、という戦までしたことがある」

征西府館の奥の居室にあり、牧宮は直垂《ひたたれ》でくつろいでいた。牧宮と武光の前には、膳《ぜん》が置かれている。時には、ここで夕餉《ゆうげ》をとったり、酒を飲んだりすることもあるのだ。

控えの間には、山鹿忠景の手の者が、常時三名配されている。ふだんならば、頼治も加わるところだが、深手を受けて以来、酒を受け付けなくなっていた。眼の光もどこか弱々しく、牧宮や武光の気にかかっていることのひとつであった。

「少《しょう》弐《に》頼尚《よりひさ》とは、また違う味のある、古武士だったようですな。それがしは、ついに見《まみ》えることはありませんでしたが」

「少弐頼尚はしたたかであり、島津貞久は剛直であった。戦のやり方にも、それが出ていたな」

少弐頼尚は、九州を捨て、ひっそりと京にむかったという。その後どうしたのか、消息を聞くことはなかった。

「それがしなど、死んだらなんと言われると思われます」

「鬼、かな」

「それはむごうござる。いくらなんでも、人ではない鬼とは」

「儂など、魔ものと言われるかもしれぬ。鬼で我慢しろ、武光」

「魔ものと鬼でござるか。そう呼ばれてもいいような気がします。なにかを、なしとげればですが」

「武光は、いくつになった？」

「四十二でございます」

「儂は三十五じゃ。島津貞久や、少弐頼尚にも、三十五の時はあったのだな」

妙にしんみりした言い方だった。島津貞久の死を悼《いた》んでいるだけとも思えない。いつもより、酒を過してもいた。

「なんぞありましたか、御所様？」

「わかるか？」

「余人は知らず、この武光には。言ってくださいませぬか、胸に秘めたりせずに」

「隠す気はない。頼元が、めずらしく夜にここを訪《おとな》って参ってな。老いてその任に耐え難い、と言いおったのだ」

「頼元殿が。おいくつでありましたか？」

「七十五じゃ、もう」

「それほどに」

「いつまでも、頼元は頼元のままでいる、と思っておった。頼元がいなくなることなど、考えもしなかった」

「隠居を願い出ておられるのですな」

　征西府は、政所《まんどころ》を奉行所とし、何人かの奉行の上に頼元がいた。煩雑《はんざつ》な仕事を、七十五歳までよく耐えてきた、と言っていいであろう。ただ、牧宮には、頼元を父のような存在と思う気持があるのかもしれない。父はいつまでも父で、決していなくなることはない、という思いも人は持つことがあるのだ。武政などを見ていると、そう思う。

「隠居をして、いまの忙しさから解き放たれると、頼元は死ぬ。そんな気がしてならぬ」

　かすかだが、牧宮が怯《おび》えに似た色を見せたように、武光には思えた。それは、武光がはじめて見るものでもあった。

「幼きころ、それがしは父の首を見ました。父だけでなく、叔父や兄や見知った郎党の顔が並んでおりました。みんな、首だけでございました」

「博多でだな。鎌倉幕府の探題を攻めたあの戦で、菊池武時は勲功第一の臣と言われたではないか」

「父が教えてくれたのは、勲功などということではありませんでした。負けるというのがどういうことなのか、それを父は首だけになった姿で教えてくれました。それがしが、父から教えられたただひとつのことです」

「三十年も昔のことじゃな、もう」

「八歳で叡山《えいざん》を出られた御所様は、頼元殿にさまざまな思いをお持ちでございましょう。それがしも、母の兄たる恵良惟澄《えらこれずみ》に、甘えるような思いを抱いたこともございます」

「すべて、歳月の流れか」

「御意」

「頼元が、ひそかに隠居の意志を洩《も》らしてから、もう半年になる。急がねばならぬ。わけもなく、儂はそういう気分に駆られていた」

武光は、膳の箸《はし》に手をのばした。牧宮とは逆に、酒はあまり進まない。八歳にして叡山を出、西への旅にむかわなければならなかった、牧宮の宿運はよく理解しているつもりだった。しかし、それに供奉《ぐぶ》し、旅の苦難のすべてを背負っていたのは、頼元ではなかったのか。そして、頼元の長い旅は、京へ戻ることによってようやく終るのだ。

「頼元殿の隠居は、認めるしかありますまいな。老齢であることは事実で、若い者にはわからぬつらさもあるのかもしれません」

「なにも、なにひとつとして報いてはやれぬな」

「官位も、領地も望むようなお方ではありますまい。この際でござる。吉野に次の征西将軍宮の西下を奏上されてはいかがでございますか」

「儂が東上すれば、九州が手薄になる。そのための新しい将軍宮か。そう言って、頼元を騙《だま》すのか。頼元がなんと言おうと、儂は東上する気はないのだぞ」

「御所様には、お世継がありません。月王丸殿をそうすることを、御所様はお望みになってはおられないはずです。お世継を隣国から迎える、と思われればいいことです」

「姑息《こそく》じゃな」

「御所様のお世継は必要でございます。それは、九州の武士たちのためでもあります」

牧宮が正室も迎えずただひとりでいることと、世継を迎えることでは、武士の感じ方が違う。これは本音だった。征西将軍宮が、九州に腰を据《す》えたという感じになるのだ。

「考えておこう、武光。もともと、新しい宮の西下は、儂が考えたことでもある」

牧宮が、また盃《さかずき》を呷《あお》った。止めようとした手を、武光は途中で引いた。酔い潰《つぶ》れることが、牧宮にもあっていい。いや、時にはそうなることの方が、人間らしいのだ。

「今夜は、武光が潰れた御所様を茵《しとね》にお運びいたしましょう」

「潰れるものか」

牧宮が笑った。

大友氏時を放逐して、九州はほぼ統一したといってもいい。島津は征西府と正面から争おうとはせず、ほかに有力な豪族もいない。現状から、少しずつひとつの国というかたちを作っていく。もはや夢ではなかった。そうなりつつあるのだ。

「十万の精兵」

「はっ、なんでござるか？」

「九州には、十万の精兵がいれば充分だと思わぬか。武士の数が多すぎる。武士はなにを作りもせぬ。十万の精兵で九州を守れば、民はもっとやすらかになるだろう」

「つまりは、征西府の軍勢を十万に増やすということですか？」

「そして、守護も国司もなくなる。つまりは、ひとつの国を十万の精兵が守るのだ。武士を捨てたくない者は、その十万に加わればよい。そうするためには、富だな。富があれば、領地にしがみついて、戦などもしなくてよい。ほかに暮せる方法がいくらもあるからだ」

「しかとはわかりませんが」

「九州というひとつの国が富む。外敵に対しては、十万の精兵が当たる。兵は、領地を持つのではない。征西府が、銭によって充分な手当てをする。それなら、守るべきものは領地ではなく、この国そのものということになる。政治《まつりごと》を整え、軍備をする。そうやって、国はできていくのではないだろうか」

「武士は、代々武士でありました。躰《からだ》にしみついた武士を、たやすくは拭《ぬぐ》い落とせません。難しいことでございますぞ」

「そういう武士が、どれほどおる。この国に、十万もおるか。武士を捨てきれなければ、十万の軍勢に加わればよいのだ。おまえがそうする。武政がそうする。武政の子がそうする。三代もそれが続けば、領地にしがみつく武士のありようは、まったく新しいものに変ってくる」

「三代、でございますか」

「武士の世でなく、民の世にするためには、それほどの時はかかろうよ」

「三代、同じ夢を抱き続けることが、果してできましょうや」

「酒が言わせているのだ、武光。しかも、相手がおまえだときている」

「そうでございますか」

武光も盃を呷った。ただ酔うために飲むのは、久しぶりだという気がする。悪いものではなかった。戦が一段落したという、解き放たれたような気分もどこかにある。

「高麗へ行ってくるぞ、武光。この国を富ませるための交易は、どうしても高麗を通さなければならん。高麗には南浦《なんぽ》がいる。月王丸も行っているかもしれぬ」

「本気でござるか」

「本気なら、悪いのか？」

「結局、御所様は海が好きなのだ。それがしはそう思いますぞ。しかし忘れてはなりません。踏みしめる大地があるからこそ、海もある。船で一生を送れるわけではありません。海に、御所様を奪われるような気がする。だから、言っておきます」

「酔ったな、武光」

「これしきの酒で」

「高麗へ行くというのは、本気だ。富は力だ。新しい国と言ったところで、力がなければ前よりももっと悲惨であろう。力があってこそ、新しい国も作れる。富があればこそ」

「行かれればよい。好きにされるがよい」

「やはり酔っておる、武光は」

「これしきの酒。それより御所様、征西府の博多の出先は、どこへ建てられるおつもりです。まさか、探題館の跡ではありますまいな」

「おう、犬射《いぬい》馬場のあたりがいいかもしれんな」

探題館の犬射馬場に、武光の父や叔父たちの首は晒《さら》されていた。

「むごい話じゃ、それは」

「鬼の武光が、おそろしくて泣くか」

牧宮が笑い、武光も声をあげた。

二人とも、酔ってはいない。酔った真似《まね》をしているだけだ。九州の、戦乱の火はほんとうに消えたのか。ふと思った。牧宮と、正体を失うまで酔える日が、ほんとうに来るのか。

お互いの盃に、酒を注《つ》ぎ合った。束《つか》の間、眼が合い、それからなにかを紛らわせるように笑い声をあげた。

2

正平十九年の春、懐良《かねよし》は波多《はた》津から船に乗りこんだ。

三艘《そう》の関船《せきぶね》の船隊である。船着場で見送っているのは、阿久里《あぐり》の弟の武《たけし》だった。武は、船よりも陸の方が好きらしい。

「高麗から戻る途中で、おまえの船に出会った。おまえは艀《はしけ》を寄せてきて、儂に太刀を突きつけてきたな」

「若かったのです、私も」

「よく憶《おぼ》えている。あの時、おまえの船に乗せて貰ったのだった」

そして月王丸が生まれた。それは言わなかった。阿久里は、船出の指図をするでもなく、艫《とも》に立って弟の方に眼をやっている。男と同じ直垂姿で、腰には細身の太刀を佩《は》いていた。

船頭の声があがった。

少しずつ、船着場から関船が離れていく。立ち尽した波多武が、大きく手を振った。船頭の威勢のいい声に合わせて、二十梃《ちょう》の櫓《ろ》が一斉《いっせい》に海水《みず》を掻《か》きはじめた。

「春とはいえ、玄界灘《げんかいなだ》は荒れますよ、都竹《つづき》殿」

「儂の躰は、船に合うようにできているらしい。船酔いで苦しんだことはないのだ」

山鹿忠景と明源は、陸上と勝手が違うのか、甲板に坐《すわ》りこんで動かない。

船は、外海に出るとすぐに帆をあげた。細かく編んだ筵《むしろ》である。戦闘の時は、布の帆を使うこともあるらしい。その方が、風を逃がさず、船は速く走ることができる。脚の遅い輸送船を警固していくので、筵の帆だけでも速すぎるようだ。

「輸送船は、対馬《つしま》におるのか？」

「積荷はなんだと思われます？」

「さあな。米か、鉄か、そんなものであろう」

「馬ですよ。牧場《まきば》で育てた馬が、高麗ではいい値で売れます。時によっては、日本人が使うための馬を運ぶこともありますが」

「高麗に、馬はおらぬのか」

「何百頭という馬は、そんなに簡単には手に入りませぬ。関船の中には、高麗の戦で使う馬を乗せて行き、また乗せて戻ってくるものもあります」

船が大きく揺れはじめると、山鹿忠景と明源は甲板から姿を消した。久しぶりの船が、懐良には快かった。大宰府では、頼治が不機嫌《ふきげん》に懐良の代りをつとめているだろう。隠居した頼元の代りは、良遠である。戦の火種もなく、九州は平穏だった。

対馬の泊《とまり》には入らなかった。

外海に出てきた大型の輸送船と落ち合い、そのまま警固していく恰好《かっこう》になった。輸送船は八艘で、甲板にまで馬を積んでいるのが見える。阿久里の説明では、五島の牧場で育てた馬ということだった。

対馬は、確かに高麗との交易では地の利を得ている。高麗へむかう船も帰る船も、必ずここを通らなければならない。

すでに、高麗は見えていた。阿久里が指さすまでもなく、懐良はそれを知っていた。二艘の関船に挟《はさ》まれた輸送船は、這《は》うようにゆっくりと進み、その前を、白地の布に八幡大《はちまんだい》菩薩《ぼさつ》の字を黒く染めぬいた旗を掲げ、懐良の乗った船が進んだ。

「いまは、元朝《げんちょう》が乱れております。そのため、高麗にいる元朝の役人も、横暴のかぎりを尽すのです。いずれ元朝に代る王朝ができ、また高麗はその王朝への朝貢で苦しむことになるでしょう」

「大陸の沿岸や、高麗で動いているのは、日本の水軍だけではない、という話だったが」

「むしろ、高麗の水軍の方が多いくらいです。彼らもやはり高麗の王朝を倒そうとしておりますが、日本の水軍の力が必要なのです」

「阿久里も、戦に出るのか？」

「私は、船を操るだけです。いつも戦があるとはかぎりません。いざ戦となると、馬と兵を関船に乗せ、上陸させると、戻るまで島のかげなどに船を隠して待ちます」

「女子《おなご》は、戦はせぬものぞ」

「船にある時、阿久里は女ではありませぬ。松浦《まつら》党の船は、女は乗せません」

飛沫《しぶき》が、時々頭上から降ってくる。波はかなり高かった。

「まことに、都竹殿は船にお強い。月王も、幼いころから酔ったことがありませぬ」

阿久里と自分の間の子だ。船に弱いわけはなかった。

「対馬からなら、高麗の方が近いのだな」

新しい発見だった。高麗のむこうには元があり、さらに元をいろいろな国が取り巻いている。頭ではわかっていても、実感としてはわからない。日本の島である対馬が、高麗寄りだということも、こうして航海をしてはじめてわかることだった。

富山浦《ふさんぽ》へ入った。

輸送船が船着場へ着き、関船は泊の中に錨《いかり》を入れた。懐良は、船酔いでぐったりした山鹿忠景や明源と、艀を使って上陸した。

南浦と堀田安秋と、そして月王丸が迎えに出ていた。南浦はすでに五十を越えたはずだ。丸めた頭に、高麗の着物がよく似合った。月王丸と堀田安秋は、直垂である。

「以前の富山浦と、いくらかは変っておりますかな？」

「そうだな。まず人と船が多くなっている。建物も、大きなものがいくつかできたようだ。疲れ果てた国とは思えぬな」

「この泊は、交易の基地だからです。物も豊富にあり、銭も落ちます」

「もっと荒れてしまった泊を想像していたぞ、儂は」

南浦の館の場所も違っていた。泊から馬でしばらく走る。泊の近くにいくつかある、倭《わ》館《かん》とは造りが異っていた。高麗ふうの屋敷なのかもしれない。館の周りには塀《へい》が巡らしてあり、胴丸をつけた兵の姿がところどころにあった。

「九州の戦は、ほぼ目処《めど》がついたようでございますな」

通されたのは、博多の水野十郎太の館の客殿のように、背凭《せもた》れのある床几《しょうぎ》が並んだ部屋だった。月王丸は、懐良のそばに腰を降ろした。

「十六になるのだな、月王は。ほんのしばらく見ぬ間に、大きくなるものよ」

「九州で戦がなくなれば、御所様ももっと頻繁に高麗に来られることになりますかな」

「目処がついたといっても、表面だけのことだ、南浦。確かに、少弐、一色《いっしき》、畠山《はたけやま》、大友と、有力な守護たちは姿を消し、島津も貞久が死んで、薩摩、大隅を倅《せがれ》たちが分け合っている。いまのところ、征西府に抗しうる勢力は、九州のどこにもない」

「やはり、足利幕府ですか」

「九州を諦《あきら》めはすまいな。いずれまた、新しい探題を送りこんでくる」

下女が二人、茶を運んできた。

「九州を統一されれば、次は京の足利幕府を攻められますか？」

「東上の兵は出さぬ」

「ほう、なにゆえ？」

こういう話題を、懐良はあまり好まなかった。隣には月王丸もいる。懐良が好まぬことを承知の上で、南浦は言い続けているようだった。

「九州が、ひとつの国であることはできないだろうか。長い間、そのことを考えていた」

「足利幕府より、絶対に強い力を持たねばならぬでしょうな、それは」

九州がひとつの国、と聞いても南浦は驚いた様子ではなかった。どこかで懐良の心を読んでいたのかもしれない。高麗に腰を据えようと思ったことさえ、こういう日が来るのを予想していたからだという感じがある。

「力はつけねばならぬ。それも早急にだ。いまの征西府なら、足利幕府と一度はまともにぶつかり合える力があるだろう。しかし、それでどうなる。死ぬ者の山を築き、民を苦しめるだけだ」

「勝っても、すぐにまた足利は盛り返しましょうな。武士は、棟梁《とうりょう》を求めるものです」

「領地を守らなければならぬからだ。そういう争いは、もう充分ではないか。だから、儂は九州をひとつの国にすることを考えた。全九州で、十万の軍勢があればよい。それは銭で養う。領地を与えたりしないのだ。その十万は、武光のような男が統率することになろう」

「つまり、御所様の言われる力とは、銭のことでございますな」

「九州を富ませる。それで自然に銭は生み出そう。ただ、時がかかる」

「わかりました。十万で九州を守備し、足利幕府に手を出させない力を持つ、と考えてよろしいのですね」

「そのために、三代かかるであろう、と武光と話合った。酔いの戯《ざ》れ言《ごと》に近かったが」

南浦が、かすかに頷《うなず》いたようだった。

懐良は、温《ぬる》くなった茶に手をのばした。自分がなんのために、高麗まで来たのか、言葉では説明しきれなかった。

足利が総力をあげれば、数十万の大軍が組織できるだろう。それが西へ移動していく。迎える征西府が十万。懐良の頭の中には、漠然《ばくぜん》とそういう図式がある。十万での闘い方はいろいろある。相手の兵站《へいたん》を断って、数十万を立往生させることができるかもしれない。うまい工作で、大軍を分裂させることもできるかもしれない。すべてのことをやり尽したあと、正面からぶつかり合う。

その時、若狭《わかさ》の海の沖に、数百、数千の関船が現われ京を窺ったら、どうなるか。それでも幕府は、ぶつかり合いの方を選ぶのか。

そこまで、懐良が南浦にやれと言うわけにはいかなかった。日本と高麗の水軍が、それぞれ集まってきてそういう動きをしてしまう。頼んで、できることではない。結果としてそうなるしかないのだ。

結局は、自分が水軍とどれほど深い関係を持っているかによるだろう、と懐良は思っていた。懐良が、水軍にとってどうしても潰したくない存在なら、そうなることはありうる。

「つまらぬ、夢物語をしたのかもしれんな」

「なんの。九州をひとつの国となそうとは、遠大な事業でございます。男子が一生を賭《か》けてもいいようなものでしょう」

「できるかもしれぬ。できるかもしれぬなら、渾身《こんしん》の力でやってみるのが、儂に与えられた生き方のような気がしてきた」

月王丸がどういう表情をしているのか、気になったが見ることはできなかった。堀田安秋は腕を組んで眼を閉じ、阿久里はじっと懐良に眼を注いでいる。

「高麗の背後には元が控えております。いつも、属国のような立場でいるしかありません。大きなものがそばにいることの不幸を、高麗の民は、何代にもわたって骨身にしみさせてきました。もし九州がひとつの国になるなら、足利幕府の日本との関係は、高麗と元の関係と似て参ります」

地で繋《つな》がっている、幸福と不幸は多分あるのだろう。少なくとも九州は、赤間関《あかまがせき》という海の難所で隔てられてはいる。

「九州と高麗は近い。対馬が間にあり、その対馬は、九州よりも高麗に近い。元朝と足利幕府は、遠いな」

「御所様が思い描かれていることの、すべてではないかもしれませんが、それがしにはわかってきました。高麗を訪われる。なんのためかということを、ここの四人は一応知っておきたかったのです」

南浦は、きれいに剃《そ》りあげた頭を一度撫《な》で、かすかに頷いた。

「月王丸殿、なにか訊《き》きたいことはありませんのか？」

南浦の月王丸に対する口の利《き》き方は、幼いころとは微妙に違っていた。月王丸も、それを不自然に思っているようではない。もはや月王丸は大人の骨格をしていて、陽に焼けた顔には精悍《せいかん》さが漂い出ている。

「わかりませぬ」

「なにが、わからぬのかな、月王丸殿？」

「父上の言われることの、すべてです」

「そうか」

南浦は、大して気にとめたふうでもなかった。大人に反撥《はんぱつ》をしてみたい年頃《としごろ》なのかもしれない。厳しい九州への旅の途次にあった自分にも、思い返せばそういう時期はあった。

それからは、高麗の話になり、すぐに夕餉に移った。

館の離れの一軒屋が、懐良と阿久里と月王丸に与えられた。月王丸と阿久里はさきに戻り、南浦と堀田安秋が庭に残った。夜は更《ふ》けている。九州の春より、空気は冷たいような気がした。

「よくぞ、九州をあそこまでまとめられました、御所様」

南浦の口調が改まった。

「儂がなしたのではない。いろいろな人間が、力を傾けた。思いもそれぞれであった。それはいまも同じじゃ。死んでいった人間も、数えきれぬ」

「ひとつの国になるはずです、九州は」

「急ぐまい。そう思う。しかし老いてもいくのだ」

「高麗と九州の間には、海の民がおります。それこそ、高麗も九州も一緒にした海の民が」

「儂も、それを考えながら船に乗った。あるいは海の民が、二つの国を結ぶなにかになってくれるかもしれぬとな」

「それで、御所様の高麗でのお望みは？」

「高麗王朝の、誰かと会いたい。南浦の客人の都竹としてだ。高麗の水軍の長《おさ》たちとも会いたい。そして大宰府へ戻り、征西府より親書を出そう」

南浦が、夜空を見あげた。星が見えるだけで、月はない。庭のところどころには篝《かがり》が焚《た》かれ、薄明るく樹木を照らし出している。

「どう思う、安秋？」

「正直、御所様のお考えには仰天いたしました。このまま進めば、高麗までをも含めた、新しい国を目指すことになるのではないかと思います」

安秋は、はじめに挨拶《あいさつ》してから、はじめて口を利くのだった。

「大きくなられました。それがしが高麗へお連れいたした時よりも、はるかに」

「知らず、そういう道を歩いていたのだと思う。歩きながら、考えてきた。そして九州がひとつの国と、思い到るようになった」

篝に照らされた堀田安秋の顔が、二度、三度頷いた。実際にそうだった。歩きながら、ほとんど夢のように思い描いていたものが、いつの間にかすぐ近くまで来ていた。

「戦に勝てたのは、天佑《てんゆう》であろう。耐えに耐えて力を蓄えてきたが、最後は運のようなものに助けられた」

「大きな戦は、もう起きませぬか、御所様？」

「足利幕府が本腰を入れてくるまで、九州に戦塵《せんじん》は立つまい。すぐに、幕府が動けるとも思えぬ。その間に、打つ手はすべて打っておきたかったのだ」

安秋がじっと眼をむけてきた。瞳《ひとみ》に、篝の炎が映り、眼が燃えているように見えた。

庭は静かである。なにかに驚いて闇《やみ》に飛び立つ鳥の羽音も、すぐに沈黙に吸いこまれていく。懐良は、堀田安秋の燃える瞳から眼をそらさなかった。

「賭けましょう、御所様に」

「そうか」

言ったのは南浦だった。堀田安秋が、闇の中で声をあげて笑った。その笑い声は、ひとしきり続き、それからまた闇の静寂がやってきた。

「父上、それがしは、妻帯をいたします」

堀田安秋は、南浦の養子である。いつのころから父と呼びはじめたのか、懐良には記憶がない。

「あれはよい娘です。村上義弘《よしひろ》殿も、かねてより勧めておられましたし」

一礼し、堀田安秋は歩み去っていった。

「ようやく決心をいたしました、安秋も。あることにひっかかって、いままで妻帯もせずにおりましたが」

「阿久里のことか？」

「気づいておられましたか」

「気づいても、なにもできなかった。儂がなにかすれば、二人とも傷ついたであろう」

「結ばれぬ男女というものも、世にはあるものでございます。それにこだわって生き続けるのも道、断ち切って生きるのも道。人の道というのは、いくらでもあるものでございますなあ」

その中の、どの道を選んで、自分は歩いてきているのか。いまやろうとしていることが、間違いではないのか。兵だけではなく、民まで殺すようなことを、やろうとしているのではないのか。

「御所様のお考えは、それがしなりに汲《く》み取りました。安秋も同様でございましょう」

「そうか。思いのいくらかは、伝わったか」

南浦が頷いている。

懐良は、暗い空を見あげた。しばらく見あげていると、はじめより星の数が増えてきたような気がした。

3

富山浦から、馬で三里ほど駈《か》けた。

山鹿忠景と明源は、後ろから付いてくる。先導するのは、堀田安秋と十名の忽那《くつな》の郎党だった。高麗の民に化けるでもなく、直垂姿で平然と手綱をとっている。

「ここでございます」

大きな館だった。倭館ではない。石積みの門には、兵が二人立っていた。堀田安秋が、高麗の言葉でなにか言った。しばらく待たされ、一行は門を通された。乗馬のままである。

「ここの主《あるじ》は、高麗王朝の一族ではありますが、王朝での地位は恵まれておりません。ひそかに高麗の水軍と手を結び、元の寧海《ねいかい》や膠州《こうしゅう》を荒らしたりしております」

ようやく馬を降りて、堀田安秋が言った。館の周りには、さらに十名ほどの兵の姿がある。

「元より奪ってきたもので、潤《うるお》っているというわけですな。私兵を二千ほど抱えていて、高麗王朝も手出しができない存在です」

「日本の水軍との関係は？」

「お互いを、利用し合っている、というところでしょうか。それがしは、頭から信用してはおりません。なれど、高麗における力は他に抜きん出ておりまして」

「しかし、鵺《ぬえ》に会うようなものではないのか、それは」

「大事なことは、その男が元朝を倒したがっているということです。日本の水軍が、元を倒すのに力を貸せば、新しい国と手が結べるかもしれません。そうなれば、高麗王朝と結ぶより、はるかに力強いのです」

「それはわかった。その新しい国は、ほんとうにできるのか。できたとして、他に隷属《れいぞく》を求めるような国になりはせぬか？」

「まず、国はできつつあります。ここ数年、元朝は内乱で苦しんでおり、倒れるのは時間の問題でしょう。隷属を求めてくるかどうかは、できてみなければわかりません」

堀田安秋に導かれるようにして、館に入った。土足のままである。すぐに、客殿らしきひと間があった。

現われたのは、四十がらみの痩せた男だった。

「都竹殿ですね。南浦殿から、知らせて貰っています」

流暢《りゅうちょう》な日本語だった。

勧められた床几に、懐良は腰を降ろした。客殿へ入れたのは懐良と堀田安秋だけで、あとは館の入口で待たされている。

「元の各地で、日本の水軍が力になって、反乱が起きました。いま、元は腐った木のように、倒れようとしています」

黙って、懐良は名もわからぬ男の眼を見つめた。かすかに、野卑な光を感じた。

「西浦《せいぼ》と呼んでください。南浦殿にあやかった、倭名です」

「ほう、倭名を持たれている意味は？」

「日本の水軍と、親しくしなければなりません」

西浦がどういう人物なのか、懐良にはまったく読めなかった。南浦が引き合わせようとしているということで、信用するしかない。西浦はしばらく口を閉じ、じっと懐良を見つめ返してきた。

「高麗は、いつも大陸の属国でした。元であれ宋《そう》であれ、いつも属国として扱ってきました。そして王朝は、黙ってそれに従ってきた。私は、それが許せません。小さくとも、国は国です。高麗の民を守るには、国が立派に自分の脚で立たなければならない」

　わかりやすい日本語だった。日本にいたことがあるのかもしれない、と懐良は思った。それも九州などではなく、多分京にいたのだろう。

「あなたが、日本の水軍を動かす力を持っている、と南浦は言っています。ほんとうならば、私の友だちを助けられますね」

「友だちとは？」

「蘇州《そしゅう》にいます。ここからでは日本よりも遠い。そこに、元を覆《くつがえ》そうとしている男がひとりいます」

「朱元璋《しゅげんしょう》ではないのか、西浦殿？」

「違います。朱元璋と並ぶ英雄のひとりで、張士誠《ちょうしせい》と言います」

　堀田安秋が口を挟んだ。

　堀田安秋が、低い声をあげた。

「知っていますね、堀田殿は」

「裏切者ではありませんか。日本の水軍にとって、方国珍《ほうこくちん》と張士誠は裏切者だ。水軍の力を利用して北京《ペキン》への糧道を断ち、元を傾かせた。次には掌《てのひら》を返して、元朝に取り立てられ、栄達を果した」

「確かに、そう見れば裏切りでしょう。しかし、彼らは自らが元朝を食い荒らす虫となったのです。志の根もとにあるのは、いつも元朝を倒すということなのです」

「独立し、呉王を名乗っておりますな、張士誠は」

「王たるべき力は持った男です。紅巾《こうきん》軍出身の朱元璋は、日本の水軍と結びはしないでしょう。中原に乱を起こした時から、農民を中心にした漢の民族の国を作ろうとしています。そして国ができれば、日本の水軍が平和を乱すであろうということを、よく見抜いています。新しい国を作るのは、張士誠でなければならない」

「南浦と、相談させてください」

元の情勢がどうなっているのか、懐良には知るよしもなかった。大宰府にいて、京の情勢さえよくわからない時もあったのだ。

「よろしい。ただ、都竹殿にひと言だけ伝えておきましょう。水軍は、海に生きています。海が国であり、郷里でもあるのです。わかりますか。水軍の国は、海の上にしか作れません。朱元璋は、それがわかっていない」

間違っていることを言っている、とは思わなかった。上松浦党を見ていても、陸はかりそめの宿という感じはある。かなりの兵力を有しながら、領地を拡《ひろ》げようという気などまったく持っていないのだ。

「朱元璋も、元を完全に倒すまで、そして自分と並ぶ者も倒すまで、水軍と結ぼうとはするでしょう。そこまでです。張士誠は、海の上の国ということがわかる男です」

「あなたは、元の代りにどういう国を望んでいるのですか、西浦殿？」

「開かれた国です。好きなように入れ、好きなように出ていける。水軍には、それが必要でしょう。私は高麗の王族だが、いまのままの高麗では、国がある意味がない。もっと開かれた国を作りたいです。それには、元に代る国が、開かれていなくては」

一瞬だけ、懐良は西浦という男に、親しみに似た感情を持った。海が好きなのではないか。そう思えたのである。

「富山浦へ戻ります、西浦殿。日本の水軍を動かす力を、都竹殿は持っています。しかし、元の情勢をよく御存知《ごぞんじ》ない」

「都竹殿は、水軍の家ですか？」

「いや」

「武士でもありませんね」

「自分がなんなのだろうと、私はしばしば考えることがあります。生きているひとりの男。そういう答しか出てきません」

また眼が合った。最初、野卑だと感じた光は、鋭く刺すようなものに変っていた。

相変らず女物の単衣《ひとえ》で、村上義弘は太刀を担《かつ》いで入ってきた。

南浦の館《やかた》の客殿である。南浦は、難しい顔で腕を組んでいた。ほかにいるのは、懐良と月王丸と堀田安秋である。

「これは、八幡大菩薩の旗を、どこへ持っていくかの問題じゃの、堀田殿」

懐良にちょっと会釈《えしゃく》して、村上義弘は言った。張士誠と朱元璋。懐良には、どちらがどちらとも判断はつかない。元という国が、朽ちた大木のように倒れようとしている、ということがわかるだけだ。

「朱元璋は、確かにわれらとあまり関係がない。しかし、王権を奪《と》るのは朱元璋だという見方は、われらの中にも強い」

「張士誠は、われらのみならず、元や高麗の海の民をも、自らの栄達のために利用しただけではありませんか。王権を奪れば、気軽に掌を返す男だと思います。村上殿、方国珍もそうであったでしょう」

「確かにな。しかし、お互いに利用し合っていたというところはある」

村上義弘は、南浦ほど難しい顔はしていなかった。

久しい邂逅《かいこう》であるが、きのう別れたばかりの人間のように、懐良には挨拶した。そういうさりげなさが、懐良は好きだった。海で生きる男とはこんなものなのだ、と懐良には思えてくる。

「西浦が、張士誠と言うとは、思っていなかった。二年ばかり前、朱元璋とは会ってきたはずだ。そのころは、元を倒して新しい国を作るのは、朱元璋をおいてほかにない、と言っていたが」

南浦は、腕を組んだまま喋《しゃべ》っている。懐良と月王丸は、黙って聞いているしかなかった。

「最近、また会ったのではないかな、南浦殿」

「そして、水軍と結ぶ意志をあまり持っていない、ということを確かめたか。西浦が、朱元璋との仲介に立ってくれるものと、儂《わし》は思っていたのだが」

「水軍の力を借りずとも、元を倒せると自信を持っているのでしょう。二年前とは、情勢が違う。西浦は、なんらかのかたちで、元を倒すことに関《かかわ》っておかねばならぬ、と思っているはず。新しい国が作られた時、高麗を高く売るのが目的ですからな」

「張士誠は、元を倒せますか。朱元璋に勝てますか？」

「まあ、急ぐな、堀田殿。儂も広州、泉州、台州と回ってきたが、朱元璋の力は強い。二年前なら、朱元璋は水軍の力を必要としたろうが、いまは独力で元を倒せると思っているはずだ」

「逆に、張士誠は増々《ますます》われわれの力を必要としているわけですな」

「ここにおられる都竹殿にもわかるように言えば、そういうことだな」

「朱元璋には、なにかある。民を魅《ひ》きつける力のようなものです。足利尊氏《たかうじ》が持っていたようなものを、持っている。張士誠は、新田義貞《にったよしさだ》というところです」

「これは、都竹殿にわかりやすいたとえではある」

村上義弘が、声をあげて笑った。

「朱元璋とて、水軍を敵に回すわけにはいかぬはずです。父上、それがしを南京《ナンキン》へ行かせてください」

堀田安秋が言うと、村上義弘の顔から笑みが消えた。南浦が、眼を閉じ頷いた。

「南浦殿」

「止めても、安秋は行くでしょう。賭けられる命なら、賭けてみればよい」

沈黙が、しばらく客殿を支配していた。月王丸は、懐良のそばでじっと動かずにいる。

村上義弘が、かすかに首を横に振った。

「決めたのだ、早く行け、安秋」

「はい」

「できれば、生きて戻ってくれ」

立ちあがった堀田安秋が、頭を下げて出ていった。危険なことを、堀田安秋がやろうとしているのはわかった。止める気はなかった。南浦が、そう判断してやらせようとしているのだ。ただ、堀田安秋は、九州にできるかもしれない新しい国のためだけに、それをやろうとしているのではなさそうだった。水軍のためにやろうとしている。水軍も、それだけでひとつの国のようなものなのかもしれない、と懐良は漠然と考えた。

「月王丸殿は、わかりましたかな、いまの話が？」

南浦の声は穏やかだった。月王丸が頷いたようだった。

「水軍は、いまでこそ元を襲い、物や人を奪ってきたりしております。しかし、本来は海を庭として生きればよいのです。人を殺すこともなければ、物を奪うこともない。そういう水軍にするために、どうすればよいかと安秋も考えているのです」

「戦がなくなればよい。そうすれば、水軍は交易の品を運べます」

「戦は、なくなりました、九州では。征西将軍宮様が、長い月日をかけてようやくそういう九州を作られた。これで、元にも戦がなくなればよいのです」

月王丸がまた頷いた。南浦は、ちょっと笑い、また眼を閉じた。

「南京とは遠いのか、南浦？」

「左様、ここから関東の、鎌倉あたりへ行くほどの距離でありましょうな。もっとも、ほとんどが海で、押し走りをいたします」

「西浦という人物とは、いつでも会えるのか？」

「年に一度か二度は。ふだんは漢城におります。西浦とは、あの館にいる時だけの名で、四年前にそれがしが付けました」

「高麗の水軍は、西浦が動かしているのか？」

「およそ、半分ほどは。自分でも私兵を抱えておりますので」

「高麗王朝の水軍は？」

「なかなかの将がおります。ただ、数は少のうございます」

「都竹殿、それがしはこれにて」

村上義弘も腰をあげた。

懐良は、元と高麗の情勢を、頭の中で整理していた。およそのことは摑《つか》めている。細かいことになると、いろいろあるようだ。九州に運びこまれる銭だけを見ていて考えたこととは、大分違ってもいる。

「月王は、高麗が好きか？」

「はい」

「船を操れると言っていたな。一度、儂を乗せてみてくれ」

「母者と爺《じい》様の許しがあれば」

「儂が母者の許しを貰おう。こうして一緒に暮せることなど、滅多にない。月王ができることは、みんな見てみたい気がする」

「もう、行ってもよいでしょうか？」

腰をあげて月王丸が言った。懐良が軽く頷くと、月王丸は客殿を飛び出していった。いつの間にか、夕刻が近くなっていることに懐良は気づいた。

「難しい年頃なのかな、月王は」

「御所様のことは、いつも気にされております。忽那島でどう過されたか、九州でどう闘われたか、同じことを何度も何度も訊いてこられます」

「それでも、わかってはおらぬのだな」

「戦でどこに傷を受けられたか、誰とどのように闘われたか、みんな御存知です。それから、自分の躰に流れる血のことも」

「やはり、難しい年頃なのだな」

「御所様は、素直なものでございました。せいぜい、戦に紛れこんで人をお斬《き》りなされるくらいで。月王丸殿のことは、それがしはもう知りません。両親がおられるからには、そちらにお任せすべきなのでしょう」

「冷たいことを言うな、南浦。いきなり父親になるというのも、なかなか難しいものだぞ」

「お愉《たの》しみなされませ、それを。御所様とて人の親。悩みもまた、愉しいものでございましょう」

南浦は、遠くを見る眼をしていた。堀田安秋のことを考えているのだろう、と懐良は思った。

戦に紛れこんで人を斬ったのは、十四歳の時だったのか、十五歳の時だったのか。人の死を、それほど大きなものとは考えていなかった。強い者が生き残るのだと、ただ信じていた。強いだけでは駄目《だめ》だとわかったのは、三十歳を過ぎてからだという気がする。強い者が死んでいく姿を、何度も見てきた。

「九州が治まれば、あとは高麗と元ですな」

「安秋は、いつ出発するのか？」

「明日の早朝には。いまごろ、船の仕度でもしておりましょう」

「妻帯してもよい、と申しておったな」

「高麗の、水軍の長のひとりが、安秋を気に入っておりましてな。それがしには、何度も申し入れがありました」

「妻帯し、子を成す。人は、そうやって生きていくものであろう。そういう気になった安秋を、なぜ危険な場所にやる」

「試さなければならぬ運というものが、人にはございます。御所様は、長い月日をかけて、戦でそれを試してこられました。安秋とて、自分の運を試さねばならぬ時があります」

「朱元璋か」

南浦が頷いた。笑ってはいなかった。ただ遠くを見る眼をしているだけだ。

4

富山浦には、交易のための輸送船と、それを警固するための関船が入っているだけだった。

水軍の船は、それぞれ船隠しを沿岸のどこかに持っていて、なにかがあると海上で落ち合って集まり、船隊を作るらしい。忽那の船隠しは、富山浦から十二里ほど離れた、馬山《まさん》と呼ばれるところにあるらしい。村上の船隠しは沖合いの島で、松浦党もそれぞれに船隠しを持っているという。高麗の南岸は、海岸線が入り組み、島も多かった。

「沿岸だと、内海で鍛えた腕がものを言いましてな。儂など、なかなか重宝がられたものです。月王丸様にも、艀《はしけ》でよく潮の読み方を教えたものです」

富山浦から出ていく輸送船を眺《なが》めながら、六兵衛が言った。かつては忽那水軍第一の船頭であったが、老いて船を降り、南浦の館でひっそりと暮していた。関船の傷《いた》みを見つけては、手入れに回すのが仕事らしい。

「月王丸様は、海の子でございます、御所様。はじめて外海にお連れした時も、荒れた波を見て、声をあげて笑われました。この六兵衛が知っていることは、全部教えました。月王丸様ほどに船を操れる者は、村上にも波多にも、そうはおりますまい」

忽那義範《よしのり》であったころの南浦の航海に同道した時、船頭はいつも六兵衛だった。六兵衛がいると、乗っている者はなぜかみんな安心したものだ。言葉では言い様のないそういうものが、海では大事なのである。

「高麗王朝の水軍にも、上手はおるそうだな」

「李成桂《りせいけい》でございましょう。策に長じていて、勇敢でもあります。水師には、ほかにも優れた者がおりますが、やがては李成桂が難敵になるであろう、とお館様は言われております。まだ若く、野心に富んでいて、高麗王も一目置く存在となっております」

船着場の方から、月王丸が歩いてくるのが見えた。直垂《ひたたれ》姿の武士をよく見かける。倭館の商人たちは、高麗ふうの身なりをしたりするが、武士は頑《かたくな》に直垂を脱ごうとしないようだ。

高麗で、これほどの日本人を見かけるとは思っていなかった。足利幕府の息がかかった商人も、やってきているのかもしれない。

月王丸は直垂姿で、三名の若者と一緒だった。ひとりは高麗の水師らしい。

「忽那の船隠しまで、船で父上をお連れせよと、爺様が申しております」

三名の若者は、片膝《かたひざ》をついていた。

「金竜広《きんりゅうこう》という者です。両親を王朝軍に殺され、孤児となったところをお館様が拾われました。儂が仕込みました水師です」

二十歳をいくらか越したと思われる、たくましい青年だった。見あげてくる眼は、どこか悲しげでやさしい。

「この二人は、佐古晋助《しんすけ》と大谷道成と申しまして、忽那きっての水師でございます」

若者を引き合わせる時の口調は、いかにも船頭だった。六兵衛は、それで仕事が終ったとでもいうように、一礼して、踵《くびす》を返した。

「四人で、船隠しに連れていってくれるのか」

「忽那と波多の船隠しは、隣り合っています。父上がお望みなら、波多の方へも」

「波多へは、母者に案内して貰《もら》おう。忽那だけでよい」

乗ったのは、小型の関船だった。八梃の櫓と船体の割りには大きな帆柱が立っている。

山鹿忠景と明源も乗りこんできた。

「出せ」

命じたのは、金竜広だった。日本語は達者らしい。船は、富山浦の泊を出て、滑るように進みはじめた。小さな帆が、ひとつだけあげられている。

「総帆で走らぬのか、月王？」

「風のむきがよくありません。それにここは暗礁《あんしょう》が多く、潮の目も沢山あります。櫓で、機敏に動かなければ、危険なのです」

月王丸は、必要なこと以外、懐良と喋ろうとはしなかった。あまりしつこく話しかけず、懐良はただ潮風を愉しんでいた。

どれほどの時がかかったのか。金竜広が掛け声をかけた。雑兵《ぞうひょう》たちの櫓に力が入った。

舳《へ》先《さき》は大きな岩と岩の間にむかっている。

「ここに、潮の流れがあります。船隠しから出ると、すぐに流れに乗れます」

月王丸が言う。岩と岩の間を抜けると、小さな湾があり、三十艘《そう》ほどの関船が船べりを寄せ合って繋がれていた。

堀田安秋の船が富山浦に戻ってきたのは、出発して八日後だった。

「こんなことが、あってもいいのか」

懐良は呟《つぶや》いた。堀田安秋は、船に乗っていなかった。塩漬《しおづ》けにされた躰だけが、戻ってきたのだ。南浦も、低い呻《うめ》きをあげた。金竜広が、塩の中に手を入れ、泣きじゃくりながら屍体《したい》を抱き起こそうとしている。

「南京で、朱元璋には会ったのか？」

南浦の声は、押し殺したように低い。堀田安秋の従者が、肩をふるわせて頷いた。

「朱元璋は、殿ひとりを城に入れました。中で、どのような話が交わされたのか、わかりません。数人の兵が、殿の躰を担いできて、城外で待つわれらに引き渡しました」

嗚咽《おえつ》がしばらく言葉を途切れさせた。

「安秋は、死んでいたのだな？」

「はい。敵の屍体はうち棄《す》てるところだが、死に方が勇敢だったので、特に返してやると」

「敵か」

塩の中から手を出そうとしない金竜広を、佐古晋助が引き離した。忽那水軍の水師たちが、三十名ほど集まっている。月王丸は、南浦のそばに立って、じっと屍体を見つめていた。

「館まで、担いでいけ」

南浦が命じた。立ち尽したまま、歩きはじめる気配はない。

「軍使のようなものであったのだろう。それを殺すとは、朱元璋はなにを考えているのだ、南浦」

「正式の軍使ではない。そういうことでありましょう」

「朱元璋こそが、と思って行った者を」

「新しい国を作れると見ているのでしょう。その時、略奪をなす水軍は、その国にとって害にしかならぬ、と考えたのでしょうな」

月王丸も、立ち尽していた。懐良は、月王丸の肩に軽く手をかけた。肩はふるえていた。

「月王、人の死は悼《いた》まねばならぬ。しかし、心を揺り動かしてもならぬ」

「悲しむな、と言われるのですか、父上は？」

「人の死に出会った時に、心を乱すなと言っているのだ。戦では、いろいろな人間が死んでいく。その時も、心を乱してはならぬ」

「わからぬ、父上の言われることは」

懐良の手を振り払い、月王丸は走り去っていった。

なにを伝えようとしたのか、と懐良は思った。何人もの死に出会ってきた。そこで心を乱すことはできなかった。それが人間らしいことだとは思っていない。ただ、心を乱してはならなかったのだ。乱れれば、また死なせなくてもいい人間を死なせることになる。

「むなしいな、義範」

昔の名で、懐良は南浦を呼んだ。

「生きることがでございますか」

「小十郎という男がいた。それを忘れぬ。儂にできるのがそれだけだと考えると、どうしようもなくむなしい」

小十郎は、堀田安秋の幼名である。忽那島にいたころ、小十郎とはよく戯《たわむ》れたものだった。

晴れていた。しばらく、懐良は空に眼をやっていた。気づくと、六兵衛もそばに来て立っていた。泣いてはいない。視線が合った時、静かに眼を伏せただけだ。

三人で、館まで歩いた。

兵たちの中にも、泣いている者がいた。庭の中央に、屍体は置かれている。手を合わせている阿久里の姿を見つけたが、懐良は声をかけなかった。居室としてあてがわれている離れに、ひとりで歩いて行き、中に入ると板戸を閉じた。

どこにでも人がいて、どこにでも死がある。それだけのことだと、自分に思いこませようとしているのかもしれない。板戸を閉じた離れの中は薄暗く、庭の騒ぎも遠いものにしか聞えない。

西浦の使いが来たのは、その三日後だった。

山鹿忠景と明源が、配下を連れて西浦の館まで付いてきた。客殿へ入ろうとして、見張りの兵と少し揉《も》めた。西浦が顔を出し、二人も一緒に客殿に通した。

「お呼び立てをしてしまいました。こんな時に、私が南浦殿の館に行くのはどうかと思いましてね。王朝は、私と南浦殿の関係を気にしています。できるだけ会わないようにしているのですよ。富山浦にも、王朝の者が何人かいますから」

「御用ということでしたが」

「明日、漢城へ戻ります。その前に、もう一度都竹殿と会っておきたかった」

「堀田安秋を殺したのが誰であるか、勿論《もちろん》御存知ですね」

「この間の私の話で、堀田殿がああいうことをされたとしたら、なんと言っていいかわかりません。朱元璋は、この二年ばかりの間にすっかり変りました。心を閉ざした、暗い男になってしまっています。足利尊氏だと堀田殿は言われたそうだが、私にはそうは思えなかった」

南浦とは、なんらかのかたちで連絡し合っているのかもしれない。この間会った日が、西浦が漢城から来たばかりだったということは、南浦からあとで聞いた。

「私は、都竹殿が何者だかは知らない。知らないまま、心に抱いた思いだけは、語っておこうと思います。南浦殿が、ぜひにも会ってくれと言ってきた方です。それに、どういう人かは、この間でいくらかはわかりました」

「南浦殿とは、親しいのですね」

「私の、師のような人だと思っています」

「私にとっても、師です」

懐良が言うと、西浦はちょっとほほえんだ。山鹿忠景と明源は、客殿の隅《すみ》でかしこまっている。

「元は倒さなければなりません。そして高麗王朝も。一族である私が言うのもおかしなことですが、民は惨《みじ》めであってはならないのです。多少貧しくともいい。惨めであってはならない。王朝が元にへつらうかぎり、民は増々惨めになっていきます」

「豊かになれるかもしれない、この国は。私はそう思いました。すべてがうまく運べばです。大陸との関係がよくなければならない。しっかりした王朝がなければならない。難しいことは沢山ありますが、豊かになれる国です。それを感じただけでも、来てよかったと思います」

「ありがとう。しかし、ほんとうに難しい。大陸から独立した国をまず作らなければならない。属国のままでは、民はいつまでも惨めです。一部の者だけが富むということになります。大陸から独立しても、この国だけではやっていけない。力を合わせる相手が必要なのです」

西浦が懐良を見つめてくる。どこまで、九州の情勢を知っているのかわからなかった。力を合わせよう、と言われているような気はする。それについて、頷《うなず》いてもいいような気もする。

酒が運ばれてきた。きれいな焼物の盃《さかずき》に、西浦が自ら酒を注《つ》いだ。

「これから、漢城にむかいます。一年は、富山浦に戻らないでしょう。王朝の中で、私と気持を同じにするものは少ない。民の中には多いのですがね。だから、もうしばらくは、耐えなければなりません」

西浦が笑った。はじめに感じた、いくらか下卑たような表情は、ほんとうは悲しみを押し殺した色だったのかもしれない。そう思いながら、懐良は酒を口に運んだ。

「高麗の王朝に、こういう男がひとりいることだけ、憶《おぼ》えておいてください。私たちの星が弱いものでなかったら、また会えるでしょう」

それから西浦は、高麗や大陸の産業の話をはじめた。西へむかう『絹の道』の話が、懐良の心を動かした。西には、まだ国が数えきれないほどあり、『絹の道』を通って人や物が往来したのだという。

「もっとゆっくり話ができればよかったのですが」

懐良が辞去しようとした時、西浦は手を握って言った。

「堀田殿のことは、残念でした。朱元璋に会いに行かれることを知っても、私には止められなかったでしょう。私が王族のひとりであることで、信用しては貰えなかった。いつかは、と思っていたのですが」

西浦は、門まで懐良の一行を見送りに出てきた。

三里の道を、駈け戻ってきた。

富山浦では、見知った顔が懐良を迎えた。水野十郎太である。博多の商人が富山浦にいても、なんの不思議もない。

水野十郎太は、難しい用事で来ているようだった。対馬の宗経茂《そうつねしげ》が、交易品の通過料を法外に上げはじめたというのだ。それも、相手を見て額を変えているらしい。

「村上様とも、いまお目にかかってきたところですが、いたく御立腹でございました」

「対馬の宗は、菊池の荷は関銭《せきせん》なしで通してくれた。少弐頼尚に付いて、征西府と闘ったりもしたが、いまは島へ戻っているのか」

「菊池の荷を関銭なしで通したのは、島代官の裁量でございます。宗経茂にとって最も怕《こわ》いことは、対馬という領地を失うことです。代々少弐家の支配を受け、領地を守るためには、少弐家へ兵も出してきました。少弐家の重しがとれて、勝手をはじめたということでしょう」

「松浦党とも似て、もともと中央の権勢に表面だけで従うというところがあるからな。心の底では、独立独歩と思っているであろう。大宰府を攻略する前に、宗経茂が侍大将として征西府にむかってきたことがあった。若い武安に手もなく撃ち破られたがな。一応は少弐頼尚の命を受けたものの、本気で戦をする気などなかったようだ」

「宗経茂にとっては、放っておいても富を生む、対馬という領地が大事なのでございます。しかしこのまま勝手が続けば、やがて交易にも障りが出ます。村上様は、宗を追い出して水軍の島にしてしまおうとまで言われました」

「それはまずかろう、十郎太」

「はい。代々の領主で、島の人間を根絶やしにせぬかぎりは、あの島を水軍が取るのは難しいと思います」

「儂がよいようにしよう。宗にとっても、船にとってもよければ、誰も文句は出すまい」

「御所様や菊池様にお願いする筋合いでもない、と思っておりました。御所様がおやりくださるなら、それがしは用なしというところでございますな」

それから、水野十郎太は九州の話をはじめた。大きな変化はなにもない。征西府は、徐々にだがその機構を働かせはじめたようだ。

機構を作ったところで、九州の武士がそれに従わなければ、なんの意味もないことだった。いまのところ、戦乱はおさまった。これからも、武をもって武士を押さえることが、しばらく続くだろう。押さえられていると感じる武士は、ほかの力が現われると、そちらへ靡《なび》こうとするはずだ。京の足利幕府がどう出るのか。それが征西府が抱えている当面の問題だった。

「博多は、少しずつ活気を取り戻しております。商人たちも、戦乱の中で底力だけは失わないようにつとめてきたようです」

「大きな戦は、しばらくあるまい」

「商人たちもそう見て、ようやく隠していた底力を見せはじめたというところでしょうか。ですから、なおさら対馬のことは大事になるわけです」

水野十郎太が、博多商人の総意を受けて、高麗までやってきたとは思えなかった。ただ、交易に障りが出ているのは、間違いないことなのだろう。

「御所様、対馬は必要でございます。なれど、あまりに富めば、自らも海の民のひとりだということを、宗経茂は忘れるでありましょう」

懐良は頷いた。

高麗へ来て、すでにかなりの日数が経《た》った。いつまでも、頼治を身替りにしておくわけにもいくまい、と懐良は思いはじめていた。しかし、やらなければならないことは、まだ多く残っている。

「儂が九州に戻った時、対馬の問題は片付いているはずだ。おまえは、交易だけをやっておればよい」

笑って、水野十郎太は頭を下げた。館の庭に、五十名ほどの兵が集まっている。交易船が入り、積荷の警固が必要なのだろうか。兵たちは、整然と列を作り、館の門を出ていった。

5

月王丸は、船隠しの岩に腰を降ろして、むかいの島を眺めていた。波多の船隠しである。忽那の船隠しでも波多の船隠しでも、みんな自分に対する態度は違った。忽那の郎党から殿と呼ばれていた堀田安秋でさえ、月王丸様と呼んでいたのだ。

自分の父親が、いま南浦の館に滞留している都竹殿だということは何年も前からわかっていた。都竹殿とは仮の名で、征西将軍宮だということも知っている。

父らしいことをあまりして貰えなかった、ということを恨む気はなかった。九州に入って二十年以上も闘い続け、ようやく九州を統一したのだ。それほどの大変な仕事を抱えていたら、父らしいことなどやる暇がないことはわかる。何年か前、一緒に湯を使った時、無残に傷だらけの父の裸体を見た。自分には到底真似《まね》のできないようなものが、父の躰《からだ》には刻みつけられているのだと思った。

父のことは、母から語られ、南浦や堀田安秋や六兵衛にも訊《き》き、ほとんど知らないことはないほどだった。九州に入ってきてからの父の働きなど、ほとんど物語のようにさえ、月王丸には思えた。父を自分と置きかえると、血が熱く騒ぐ。胸がいっぱいになって、叫びたいほどの衝動に襲われる。

高麗へ来たのは、ふた月ほど前だった。

毎年、二度か三度は高麗へやってきて、多い時は半年以上暮している。高麗には南浦がいたし、ともに水師の修業をした若者たちもいて、退屈することはなかった。戦もよくあった。船隠しから船が出ていくと、三日ほどして戻ってきて、怪我人を乗せたりしているので、戦があったとわかるのだった。波多津の、のどかな館より、月王丸は高麗の方が好きだった。戦には、まだ出ていない。いつかは出てやろう、と思っていた。そのために、毎日剣を振ることも怠っていない。

父がやってくると聞かされた時は、胸が躍った。母も一緒だということが、嬉《うれ》しくもあった。毎日、岬《みさき》へ出て、入ってくる船を眺めていたものだ。しかし、むかい合って立つと、言葉がほとんど出てこなかった。なぜなのだと思いながら、心は頑《かたくな》になっていくばかりだ。

堀田安秋が死んだ。父も南浦も落ち着いていて、涙も流さなかった。安秋にかわいがられていた金竜広は、塩漬けの屍体に抱きすがって泣いていたが、月王丸にはそれもできなかった。溢《あふ》れてくる涙を、こらえようとしただけだ。父の手が肩にかかり、低い落ち着いた言葉が躰を包みこんだ。人の死に心を乱すな。そう言っていた。その言葉さえも、素直に受けとめることはできなかった。

父は毎日のように、どこかへ出かけたり、館で誰かと会ったりしている。父のそばには、大柄《おおがら》なたくましい武士と、片眼の男がいつも寄り添っていた。その男たちも、月王丸は好きになれなかった。どこへでも付いていく権利が二人にあるのか。そんなことを考えてしまう。三日ほど父が館を留守にした時も、その二人は一緒に行ったようだ。

「爺様」

肩に手を置かれたのでふりかえると、南浦が立っていた。

「なにを考えておられる、月王丸殿。金竜広が心配しておりましたぞ」

「そういえば、いつの間にか剣の稽古《けいこ》の時刻が過ぎてしまいました。爺様は、波多の船隠しになにか御用でも？」

「つまらぬことでしてな。安秋が死んで、全部儂がやらなければならなくなりましたわい」

「安秋が死んだことを、悲しまれましたか、爺様は？」

南浦が、月王丸と並んで腰を降ろした。

「ほんとうは、父上が悲しまれたのか、と聞きたいのでござろう、月王丸殿は？」

「父は、心を乱してはおりません」

「それと、悲しまぬということとは、別のことです。もっと大きくなり、何度も人の死に出会えば、それもわかります。儂など、人は死ぬものだ、とはじめから思うようになってしまいました」

月王丸は、小石を拾って海の方へ投げた。波の音に消されて、水音は聞えない。

訊きたいことが、山ほどあった。そのくせ、言葉になってはひとつも出てこないのだった。南浦は、祖父のようなものである。九州に来た時は、忽那島の館には戻らず、いつも波多の館で暮している。幼いころは、厳しかった。学問もさせられたし、躰を鍛えるために眼の前で太刀を振らされたりもした。子供の腕に大人が使う太刀は重く、放り出そうとすると、叱声《しっせい》よりさきに鞭《むち》が飛んでくるのだった。

都竹が父ではないのか、と母にではなく南浦に何度も訊いた。母には、なぜか訊けなかった。ある日、南浦は月王丸を菊池の征西府へ連れていった。父は征西将軍宮であり、都竹というのは仮の名だと、その時に聞かされた。

九州を二分した、大きな戦がはじまろうとしていた時だった。あの戦で、父は激戦の末深手を負い、死んだという噂《うわさ》が波多津にまで流れてきた。母は心を乱さなかった。少なくとも、乱れを月王丸には見せなかった。いつもは関船の舳先に掲げる八幡大《はちまんだい》菩薩《ぼさつ》の旗に、ずっと手を合わせ続けていただけだ。

「爺様。父上も爺様も、なぜ安秋を止めなかったのですか？」

「止めても、行ったであろうから。朱元璋がこれまでやってきたことが、安秋の心を動かしたのでありましょう。朱元璋が、日本の水軍の長《おさ》のひとりだというだけで、即座に人を殺してしまうほど、心を閉ざしてしまった男だとは、安秋も儂も考えておりませんでしてな」

「父上が高麗へ来られたために、安秋は朱元璋と会わなければならなくなったのではないのですか。あの時の話で、私にはそう思えました」

南浦の眼が、月王丸を覗《のぞ》きこんできた。

水軍が、なぜいま略奪をし、時には元の奥地まで攻めこんでいくのか、月王丸は自分なりに理解しているつもりだった。母にも、幼いころからいろいろ聞かされてきた。

「父上には勝てませぬか、やはり」

「私の問いに、爺様は答えておられませんぞ」

「いや、そうですな。ただ、なぜそんな問いをされるのかと、考えてみましたのじゃ。月王丸殿は、父上を大きな人だと思っておられる。それと同時に、自分も負けぬという気がどこかにあるのです。だから、勝てそうもないと思った時に、すぐに心が閉じる」

「そんなことはありません」

「すぐに答など出ません。時をかけて、考えてみられるがよい」

月王丸は、もうひとつ石を拾って海に投げた。波多の船隠しには、関船が二艘残っているだけで、人も少なかった。今朝、一斉《いっせい》に出航していったのだ。

「爺様」

月王丸は三つ目の小石を拾った。

「朱元璋は、私が殺します」

「なにを言われる。元に代る大国の王になるかもしれぬ男ですぞ」

「どのような大国であろうと、王はひとりの人間。父上は、九州を統一して王になられるのかもしれません。それでもひとりの人間。朱元璋を倒すことで、私は父上にそれを証明してみせます」

「若いのう、月王丸殿は」

南浦が、声をあげて笑った。

「高貴とは、なんですか、爺様？」

「誰ぞに、そう言われましたか？」

「ずっと、考え続けてきたことです」

「さよう、その人に与えられた星とでも思うことですな。父上は、その血ゆえに悩まれた。月王丸殿に、同じ星を与えたくないとも思われた」

「父の血は、流れております」

「星を変えられるのかどうか、儂にはわかりませぬわ。ただ父上は、自分が受けた高貴の血は自分で終りにしようと思っておられる。それも、父上の愛情だと思うことです」

「みなが、私を水師の卵として扱いはしません。郎党たちも、安秋も、爺様までも」

「われらには、その血は拒みようがないのです。拒むなら、月王丸殿自身が、苦しんだ末に拒むこと。崇《あが》める者があるなら、それは血をであって、月王丸殿の心や思いをではありませんのじゃ」

「わかるような気もします」

「父上は、苦しみに苦しまれたはずです。それでもなお、九州を統一するために闘い続けられた」

「なんのためなのです？」

「躰に流れる、自らの血のためではない、と儂は思っております。それは儂が思っているだけかもしれぬ。心に抱いた思い、民への、人への思い。そのために、父上は闘われたのだと、儂は信じますぞ。月王丸殿は月王丸殿で考えてみられるとよい」

「そうします」

「行かれい。月王丸。金竜広が、木刀を持って待ちくたびれておりますぞ」

　頷き、月王丸は腰をあげた。雑兵たちの小屋のそばで馬に跨《また》がっても、南浦はまだ同じ場所に腰を降ろしたままで、その背中はいつまでも動きそうもない岩のように見えた。

金竜広の木刀は、いつも躰と紙一重のところで止まった。

佐古晋助や大谷道成とは、ほぼ互角に闘える。金竜広にだけは、勝ったことがなかった。もっと強かったのは堀田安秋で、金竜広でさえいつも木刀を弾き飛ばされていたものだ。

「月王丸様、儂は朱元璋をこうして打ち据《す》えてやります。いつか、そうしてやる」

「朱元璋は、元に代る大国の王になるかもしれぬ男だぞ、竜広」

南浦に言われたのと同じことを、月王丸は言っていた。

「殿の仇は討たねばなりません」

金竜広が、また木刀を構えた。月王丸も、頭上に木刀を立てた。金竜広には隙《すき》がない。むき合っていると、それがよくわかる。堀田安秋は、隙があるのかないのかもわからなかった。

「行きますぞ、月王丸様」

風。金竜広の木刀が、肩に触れて止まっている。月王丸は唇《くちびる》を噛《か》んだ。いつか、全身に汗が滲《にじ》みはじめていた。三人と代る代る稽古をする。時には、ほかの水師たちも面白がって加わることがあるが、今日は忽那の関船《せきぶね》も出払っていた。

その関船が一斉に戻ってきたのは、全身が汗まみれになり、もう稽古をやめようかと考えていたころだ。

先頭の関船から、父が山鹿忠景や明源と一緒に降りてくるのが見えた。残っていた雑兵が、慌《あわ》てて馬を曳《ひ》き出している。

「剣の稽古か、月王」

そばを通りかかって、父が声をかけた。月王丸の木刀が、金竜広の手首を打った。飛んだ木刀が、父の足もとに落ちた。

「お見事です」

金竜広が言う。父は黙って木刀を拾いあげた。なにも言わず、月王丸の前に進み出てくる。ただ木刀をぶらさげているだけのように見えた。

「儂に打ちかかってみよ、月王」

隙があるのかないのか、月王丸にはよくわからなかった。木刀の先に、父の姿がある。腕をのばせば、届きそうな距離だ。月王丸は、全身の気力を木刀に集めた。踏み出そうとする。足が動かなかった。相手が父だからなのか。それとも別のものに押されているのか。気合。打ちこんだ。父はただ、木刀を横に払っただけのように思えた。手が痺《しび》れている。なんとか、木刀は落とさずに済んだ。

またむかい合った。

父が、なにか自分に語りかけているような気が、月王丸はした。なんなのかは、わかるはずもない。ただ、どこか心の底の深いところに、触れられているような気分があるのだ。

木刀を握って対峙《たいじ》していることを、月王丸は束《つか》の間忘れかけた。

忽那島へやってきた時、父は十歳を少し越えたほどで、一行は十三人だったという。それから三年経って、薩摩へ入った。菊池に辿《たど》り着くまでにも長い時がかかり、大宰府に入るまでにさらに長い時が必要だった。その間、数えきれないほどの戦をくり返している。

血ではない。高貴な血に人がみな靡くなら、大宰府を奪うまで、それほどの時はかからなかったはずだ。

血など忘れてしまえ。自分は、血で闘ったのでなく、この躰で闘い、傷だらけになりながら勝ってきた。父がそう言っているような気がした。

相変らず、父は無言で、木刀をぶらさげて立っているだけである。月王丸は、自然に一歩踏み出していた。父の中に、吸いこまれていくような気分だった。もう一歩。木刀を振りあげる。手が痺れた。手を打たれたわけでなく、木刀を弾かれただけだが、握っていることはできなかった。足もとに落ちていく木刀を、月王丸は違うもののように見ていた。

「金竜広」

父の声が、はじめて耳に届いた。

「よい太刀筋をしている。しかし、歳下《としした》の者に負けてみせるのが、やさしさと思ってはならぬ。剣にはいつも、おのが命がかかっているのだ。それを忘れるな」

「はい」

「堀田安秋は、おまえに負けてみせたことなどあるまい。おまえがかわいかったからだ」

父が木刀を差し出した。捧《ささ》げるようにして、金竜広がそれを受けている。

父は身を翻《ひるがえ》らせると、馬に乗った。駈《か》け去っていく父の姿を、月王丸はしばらく見送っていた。金竜広が言われたことが、自分に言われたことのように感じられた。

「申し訳ありません、月王丸様。御所様の前で、月王丸様に勝ってはならないのだと、ふと思ってしまいました」

「気にするな、竜広」

「御所様は、お強い方です。殿に聞いていた以上に、お強い方だ」

月王丸は、金竜広の声を遠くに聞いていた。耳のそばで聞えるのは、父の声だけである。

6

懐良の出発は、夏の盛りに入ったころだった。

ほぼふた月の高麗滞留になる。その間、何度か水軍の戦に出た。高麗の水軍の長たちとも会った。元の情勢についても、詳しく調べた。

日本の水軍は、結局張士誠と結んで、元の王朝と闘うしかないだろう。元が倒れれば、また水軍のありようは考えなければならない。朱元璋が、新しい国を作ることは、ほぼ間違いないような気がした。それなら、水軍は張士誠と連合を続けるしかない。朱元璋が、本質に排他的なものを持っていることは、堀田安秋の死でよくわかった。それは、王となればもっと顕著になるだろう。

西浦が、高麗を新しくできるかどうか。

それによっても、日本の水軍のありようは大きく変ってくる。南浦を通じて、消息は大宰府にも入るはずだ。

出発は、忽那の関船三艘だった。阿久里も月王丸も、まだ高麗に留《とど》まる。

「九州の、菊池というところにいる刀鍛冶《かじ》が、精魂をこめて鍛えた太刀じゃ。汝《なんじ》の佩刀《はいとう》となすがよい」

船着場のそばで平伏していた金竜広に、懐良は自らの佩刀を差し出した。

「そのような、恐れ多いことは」

「気にいたすな、金竜広。この太刀に魂を入れる武士は、若い方がよいのだ」

太刀を受け取る時の金竜広の手が、かすかにふるえていた。

ふりかえりもせず、懐良はそのまま船に乗りこんだ。南浦は館《やかた》にいるだろう。阿久里と月王丸は、船着場でなく、高い丘から船を見送っているに違いない。別れなど、ひと時のものだった。

二十梃《ちょう》の櫓《ろ》が動きはじめた。

富山浦が遠くなっていく。外海に出ると、帆も掲げられた。櫓と帆の押し走りである。

やがて、島かげから、二艘、三艘と関船が出てきて、船隊を組みはじめた。それはすぐに五十艘を越える大船隊になった。

艫《とも》の矢倉から、懐良は行手を見ていた。対馬があり、九州がある。海の広さから考えると、それは指呼の間と言ってもいい。高麗と九州の間の海は原野のようなもので、関船という馬を操る水軍がいる。

「征西府旗を、いかがいたしましょうか？」

　山鹿忠景がそばへ来て言った。

「まだ掲げずともよい。それより、おまえも明源も、ようやく船に馴《な》れたようだな」

「なんとか。はじめは、気力もなにも湧《わ》いてきませんでした。ようやく馴れたかと思うと、もう九州に戻らねばなりません」

「次に乗る時は、躰《からだ》が揺れを憶えておる。それで楽になっていくものだそうだ」

「御所様も、はじめはお苦しみになられましたか？」

「儂は、この揺れがはじめから心地よかった。おまえたちの苦しみは、だからわからんのだ。悪いとは思うが」

「明源など、死んだように動きませんでした。それでも弱音を吐きません。それがしも、明源を見て耐えられたようなものです」

「武光も、一度乗せてみたいものよ。案外に、すぐ弱音を吐くかもしれんぞ」

「お館の弱音なら、一度でいいから聞いてみたいものでございます」

武光の弱音は、懐良も耳にしたことがない。どんなに揺れる船に乗せ、どんなに船酔いに苦しんでも、決して弱音を吐こうとはしないだろう。

「馬にも、酔うのがいるようで、じっとして元気がありません」

五頭の馬が乗せられていた。甲板の囲いの中で、暴れもせずじっとしている。胴丸を付けた兵たちが、甲板に出てきはじめていた。

忽那の関船が、一艘押し走りで前へ出た。それを合図に、船隊が組み直されていく。眺めていると面白いものだった。あるものは遅く、あるものは速く、そして全体は前へ進んでいる。武光の鳥雲の陣に似ていた。高麗や大陸の沿岸に上陸する時は、もっと無造作だった。時や相手に応じて、水軍も複雑な動きができるということだろう。

「御所様、お仕度を」

山鹿忠景が言った。

沿岸で、兵の動きが見えた。船隊の接近は、かなり前からわかっていたはずだ。一艘だけ前を行く関船が、さらに速さを増し、前方の浜へ突っこんでいった。合図をしてくる。

「宗の軍勢は、ほぼ五百。しかしながら、島民がどう動くかはわかりません」

「上陸できるのは、前方の浜だけか？」

「いえ、浜は多くございます。この浜が、宗経茂の館に一番近いのです」

南浦が付けてくれた、忽那の船頭だった。すでに五十に達していて、六兵衛の次の船頭の棟梁《とうりょう》らしい。六蔵と呼ばれていた。

前に出た関船から、磨《みが》きあげた銅の板に光を反射させて、通信が届く。

「櫓《やぐら》があるそうです。後方の林の中で、船を浜に乗りつけると、それを前に押し出してきます」

「そして、火矢を放つというわけか。よし、船隊を二つに分けろ。二カ所から上陸しよう。正面は避ける。村上は左へ進んで、最も近い浜から上陸。忽那、波多は右へ進んで上陸。速やかに宗の館を目指せ。浜で備えている軍勢は、相手にせずともよい」

対馬の絵図を見て、懐良は言った。

上陸するのは五百。残りの三百は、激しいぶつかり合いになった時の備えである。

「六蔵、宗の水軍は？」

「常に、五艘ほどの関船は動かせるはずです。いきなりこれだけの船隊が現われたら、海上戦は船を失うだけと思ったでしょう」

「押し走りだ。上陸の場所を早く捜せ」

「あの岩のむこうが浜です。そこならば」

船は滑るように進んでいく。浜に近づいた時、それぞれの船から五名の徒《かち》が海に飛びこんだ。舳先《へさき》の綱を、その五名が曳いていく。浜には岩などもあり、また防備のためになにか仕掛けてあることもある。五名が、海底を探りながら安全な場所へ導くのである。水軍の島を攻める時は、それなりの要心が必要だった。

舳先の船底が砂を嚙んだ。渡し板が降ろされる。甲板で、懐良は馬に乗った。

「忠景。征西府旗を掲げさせよ」

言うなり、懐良は渡し板から海へ馬を乗り入れた。大した深さではない。すぐに浜にあがった。征西府旗が、後ろから付いてきている。

走った。道に備えられた兵は、騎馬の集団を見て算を乱した。途中で、村上の騎馬隊が加わり二百騎ばかりになった。

さすがに、館は門を閉じ、矢戦《やいくさ》の仕度をしているようだった。

「忠景、搦手《からめて》に兵を回せ。鯨波《とき》をあげて、攻め入る恰好をさせるのだ」

帆柱で、櫓が組まれた。矢はまだ届かない距離である。組んだ櫓も、大手門から離れた場所に進んでいく。櫓に合わせて、館の兵も移動していくのがわかった。

搦手から鯨波があがった。それを待っていたように、大手門が開いた。明源が配下を連れて入りこんだのだ。懐良は馬に鞭をくれた。開いた大手門から、騎馬隊が館に突っこんでいく。徒も続いた。抵抗はそれほどない。

弓を引きしぼった三名の徒が、ひとりの男を追いつめていた。

「どこの水軍だ。わかった、わかったから、ただで通してやる」

男は叫んでいた。懐良は兵の動きを止めた。手負いの者さえ、お互いにほとんど出ていない。

「宗経茂か？」

「おまえは、村上の水軍か？」

「控えよ。征西将軍宮様の御前であるぞ」

「なんと」

「旗を見よ、宗経茂」

山鹿忠景の声が館じゅうに響いた。

懐良は馬を降り、宗経茂の前に立った。背は低く、でっぷりと肥《ふと》った男だった。懐良に、怯《おび》えた視線をむけている。

「それがしが征西府に弓を引きましたのは、少弐頼尚殿の命によってで」

「それを責めてはおらぬ、宗経茂。宗家は代々、少弐家の支配を受けてきた」

宗経茂は、ようやく落ち着いたのか、懐良の正面にむいて坐り直した。宗の軍勢は、ほとんど闘わずして得物を捨てている。

「少弐頼尚が去ってより、独断が目立つようじゃな。征西府は、敗れた者の土地を召しあげることはない。ただし、対馬は違う」

「独断以外にございません。少弐家が消えてしまったようなものでございますから。それに、対馬だけ召しあげられるとは、理不尽にすぎませぬか」

「言葉が過ぎる」

言って、山鹿忠景が太刀を抜き放ち、一閃《いっせん》させた。宗経茂の烏帽子《えぼし》が落ちた。

「対馬を召しあげる。征西府の代官を新たに任ずることになろう」

「お待ちください。通行料を、征西府に納めます」

「そなたは、少弐の被官である立場を守ろうとして、征西府と闘ってきたはず。代々、少弐の被官ではなかったのか」

宗経茂が唇を噛んだ。

「なぜ召しあげられるかわかるか？」

「わかりません」

「対馬が、海上の要衝であるからだ。島は汝のものであろう。しかし海は違う。公《おおやけ》のものだ。それを、汝の好きにすることは許されぬ」

「対馬の島民は、海で生きて参りました。元寇《げんこう》の折にも、はじめに死んだのは対馬の島民であります。それに対し、幕府はなにもしてくれておりませぬ。少弐家や、後に対馬守《つしまのかみ》になった菊池家の力で、ようやく立ち直ったのでございます」

「わかっている。しかし海で生きる民ならば、ほかの海の民のことも考えるべきであろう。どれほどの通行料を取っていた」

「一艘につき、銭二貫でございました。ただ少弐家がなくなると、おのが力で島を守らねばなりません。ゆえに、銭五貫、時によっては十貫を徴収いたしております」

「法外じゃのう、宗経茂」

「菊池の船からは、一貫だけでございます」

「菊池もなにもない。海は、誰のものでもないのだ。宗経茂、汝を新たに対馬の征西府代官に任じよう。博多に征西府の出先があり、そこの指図を受けることになる。博多の征西府は、少弐頼澄である。少弐家の指図とあらば、汝の先祖たちにも異存はあるまい」

「少弐頼澄殿の」

「ただし、通行料を決めるのは征西府ぞ。関船は無料。輸送船は一艘につき、銭一貫文。その銭は、すべて対馬代官に入る。水軍を整え、島の周辺の海域を安全にいたせ。それが汝の仕事だ」

宗経茂は、考えるような表情をしていた。少弐家へ通行料の一部を納めていたとはいえ、これまでより入ってくる銭は少なくなるはずだ。ただ、交易のための船が増えれば、自然に宗家の銭も多くなる。

「承知つかまつりました」

宗経茂が、両手をついて頭を下げた。計算ができない男ではないらしい。

「よいか、この海域で略奪に遭う船がいたら、責めは汝が負うのだぞ」

「心得てございます。それがし、代々この海域を庭とした宗家の惣領《そうりょう》でございます」

「いずれ、征西府より正式の通達を届けさせる。交易の船は、これから増えよう」

「征西府が、海をそのように扱えば、増えぬはずはございません。高麗との通行の安全は、この宗経茂がすべて承ります」

　懐良は頷き、馬を命じた。

　館の門まで、宗経茂が見送ってくる。恭順の意を表わしているのか、太刀は佩《は》かず、脇《わき》差《ざし》だけだった。宗家の軍勢も、すでに散っている。

「恐れながら、将軍宮様、御直々の出陣のお心は？」

「水軍は大きな力だ。その中で、不当に権利を主張する者があってはならぬ」

　懐良は、見あげる宗経茂に笑顔をむけた。

「それに、海が好きなのだ」

　束の間眼を合わせ、宗経茂は深く一礼した。

第十二章　天の影　地の光

1

正平十九年九月二十九日。長く征西府のために働き続けた、恵良惟澄《えらこれずみ》が死んだ。報われることの少ない、闘いをしてきたと言ってもいい。武光の伯父に当たるというのも、報われない理由のひとつだった。菊池の一族も、領地ではほとんど報われていない。正平二十年に、恵良惟澄の次男惟武が、阿蘇《あそ》大宮司に補任《ふにん》された。長男の惟村は、肥後南部で逼塞《ひっそく》して、動きを見せない。

五条頼元が隠居し、征西府の総奉行には良遠が当たった。軍勢の中でも、老いた者が去り、若い者が増えてきている。

大宰府に、戦のあとはまったく残っていなかった。いま、博多への道が整備されつつある。菊池に繋《つな》がる台《うてな》の道も、幅が拡《ひろ》げられた。

九州は、征西府の武によって押さえられたという恰好《かっこう》だった。それに抗《あらが》う勢力は、いまのところまったくない。武士はそれぞれの領地にひきこもり、征西府の要請に応じて、わずかの軍勢を出すだけである。

冬が通りすぎるのを待とう、と考えている者はいるだろう。ようやく春が到来したと喜んでいる者もいるはずだ。九州から、すべての火種が消えたわけではない。なにかあれば燃えあがるものは、どこにもある。

戦がなくなって、確実に喜んでいるのは民だった。過酷な徴発もなく、家が焼かれることもない。忘れていた平和である。

武光は、久しぶりの隈府《わいふ》城で、留守居の赤星武豊と語らっていた。

「とにかく、加瀬忠明が悲鳴をあげておるわ。出費がかさむばかりで、銭倉が空っぽになっていく。忠明めは、あまりに長く銭を任せられすぎたので、銭倉が空になると心まで空になったような気がするらしい」

大宰府の館《やかた》の建築など、いま思えば童《わらべ》の遊びのような銭しかかからなかった。牧宮《まきのみや》は高麗《こうらい》から帰国すると、道路の整備を命じ、水軍まで作ろうとしているのだった。征西府の銭倉には、まだ余裕はある。ただ、このまま進んでいけば、遠からず銭は尽きるのである。

「なんのための水軍でありましょうな」

「さて、なんのためかな。九州の武士を押さえるために、素速く軍勢を出す。これは水軍があれば速い。兵站《へいたん》も楽になる」

「それだけなら、忽那《くつな》の水軍があろうに。このところ上松浦《まつら》党も、征西府に恭順の意を表わしているそうではありませんか。北九州の水軍を使えばよい。儂《わし》には、御所様が上洛《じょうらく》の準備をしておられる、と思えるのですが」

武豊は、武光の兄に当たる人である。騎馬隊を率いていたが、隠居した木野武茂に代って留守居に就いた。牧宮に上洛の意志がないことを知っているのは、征西府では武光と頼治ぐらいのものだろうか。

「水軍は悪くない。道を拡げるのもです。しかし、急ぐと無理がでる。そのあたりは、お館が自重を促すべきではありませんか」

「わかっているが、いまのところ無理はない。征西府では、全九州からの税の徴収の方法をいま論じておる。いままでより、ずっと軽い税じゃ」

「税はあったものの、集める者がいない。いままでは、そうでしたろう。やはり領主に入るものの中から召しあげるしかありますまい。その分、領主は領民を搾《しぼ》りますぞ」

「領主が領民から取るべき税の率も、征西府で決められる。それが実際に行われるようになるまでに、何年もかかるであろうが」

大事なことには違いなかったが、武光はあまり征西府の評議に出なかった。細かい数字など、頭に入ってもすぐに抜けてしまう。自分は、全九州を睨《にら》んでいればいいのだ、と武光は思っていた。

「関船《せきぶね》は、どれほど造られます？」

「五十。水師も入れて、二千の兵力じゃ」

「土地を持たぬ武士が、どれほど闘えますのかな」

「菊池も、土地を得るために戦をしてきたわけではない。そういう武士がいることは、われらが証明しておるわ。それに、何年もかけてやることよ」

　造船だけは、牧宮は急いでいた。すでに十艘《そう》余りの船ができつつあり、来年のはじめには五十艘になる。松浦党や忽那の水軍の中から水師を選抜し、足りない分は育てようともしていた。

「とにかく、九州は平和でござる。お館も、ひとところの転戦につぐ転戦と較《くら》べて、楽におなりでござろう」

「なんの。手応《てごた》えある戦はないが、これでもなかなか忙しいわ」

　菊池はいま、九州の菊池だった。紛争があれば、どこへでも出かけていく。戦というかたちは少なくなった。紛争はまず征西府に持ちこまれ、そこでなんらかの決定がなされる。それが遵行《じゅんこう》されない時、征西府軍の出動ということになるのだった。

　道は程遠い。牧宮が思い描く、九州全土がひとつの国という考えは、武士に領地意識が残るかぎり、簡単には進むはずがなかった。いまは、すべての武士に、本領を安堵《あんど》しているという状態である。征西府は、税の制度を変えることにより、領主の領主としての性格を弱めようとしているようだった。

「お館、女子《おなご》の方は相変らずでござるか」

「それがおかしい。重い戦を背負っておらぬと、女子にも手が出ぬ。戦がなくなれば、存分に愉《たの》しもうと思っておったのに」

「あれ以上、愉しまれる気だったのか」

武豊が声をあげて笑った。実際、武光はこのところ新しい女を作ってはいない。祖父であった。武政に子が生まれ、それが三歳になろうとしている。賀々丸《かがまる》という名は、武光がつけた。孫を持ったという意識が、どこかで自分を抑えさせているのかもしれない。

「御所様が上洛されるとなると、またぞろ激しい戦でありましょうな」

「まだ上洛はされぬわ」

「上洛されぬとしても、足利《あしかが》幕府の方で黙ってはいませんぞ。新しい探題を送りこんでくるのは必定」

その探題がどういうふうに選ばれるかで、足利幕府の九州に対する態度も読める。いずれにせよ、幕府が総力を挙げてくる前に、九州は強いひとつの国になっていなければならなかった。

隈府城も、尾根続きになっている征西府館も、以前のままである。ただ、人は少なくなった。城下の市の人の数だけが、いまも年々増え続けている。

広福寺の尼了悟から使いがきたのは、明日は大宰府に戻るという日だった。

武光は、賀々丸を馬に乗せて、久しぶりに広福寺を訪《おとな》った。境内には、躑躅《つつじ》が咲き乱れている。賀々丸は、嬉《うれ》しそうに境内を走り回った。

「大保原《おおほばる》の戦以来かのう、武光殿」

祖禅寂照であった。

「おそらくそうだろうと思っておりました。尼了悟からの使いとなればな」

「美しい季節になりましたな」

寂照は、やはり境内を歩いていた気配だった。

「菊池が、このような美しい季節を迎えることができるようになって、私は嬉しい。いままで、血の花が咲きすぎました」

「これ以上、血の花は咲かせたくない。そう思っております」

寂照は、にこりと笑って頷《うなず》いた。相変らず痩《や》せているが、表情は柔和である。束《つか》の間、羨《うらやま》しいような気分が武光を包んだ。

「お躰《からだ》の方は、寂照殿？」

「それが不思議なものでしてな。雲水を続けている間に、病には縁遠くなってしまいました。心が解き放たれておるとは、こういうことかと思います。心が解き放たれておるゆえに、病を得るほどの無理もいたしません」

「それはよろしゅうござる。どうかな、そろそろ腰を落ち着けられては」

「私が腰を落ち着けることは、多分ありますまい。いろいろな土地の知己を訪ねるのが、喜びでございますからな」

「無理にとは申さぬが、寺ならばいつでもそれがしが建立いたします」

「お心遣いだけ、頂戴《ちょうだい》しますよ、武光殿」

尼了悟が出てきて、走り回る賀々丸を眼を細めて見つめた。息子は侍大将に成長した、と伝えていいものかどうか、武光は迷った。武安の母に当たる人である。噂《うわさ》ぐらいは、聞いているだろう。

「時に武光殿。征西将軍宮様はいかがおわします？」

「増々《ますます》盛んであられる。大保原の後も手負われたが、軽くて済み申した」

「無理はいたすな。心のままに、生を愉しもうではないか。そういう御伝言をお預りいたしてきましてな」

「どなたに？」

「宗良《むねよし》親王殿下。征西将軍宮様の兄に当たられるお方でございます」

「吉野におられますか？」

「いや、信濃《しなの》あたりでございましょう、いまは。征西将軍宮様と同じように、幼きころより北陸に行かれ、なんとか兵を集めようとなされながら、今日に到っております」

「北陸で、新田の残党を集めたところで、たかが知れておりましょうに」

「それほど、激しいお方ではない。足利幕府も、放っているほどです。歌をよくなされ、その道で京でも知られるようになりました」

「歌人でござるか」

「その兄君が、征西将軍宮様を、眩《まぶ》しい思いで見つめておられます」

「御所様には、この武光がお伝えしましょう。そういう宮が何人かおられると聞きましたが、ほんとうでございますな」

「兄君は、歌の中に逃げられたのかもしれません。御自分でも、そう思われているでしょう」

寂照は、落ちた躑躅の花を両手一杯に運んできた賀々丸のそばに腰を屈《かが》めた。

「敵の首でござる、爺《じい》さま」

「これは勇ましいことです。爺さまのために手柄《てがら》を立てられたか」

「菊池賀々丸じゃ」

名乗りをあげた賀々丸の頭に、寂照は掌《てのひら》を置いた。

武政の息子は賀々丸で、やはり菊池のために手柄を立てようとする。長じても、それは変るまい。牧宮は、これをどこまでなくそうと考えているのだろうか。かすかな、危惧《きぐ》に似たものが、武光の胸をよぎった。武士が代々受け継いできたもの。それは、武士にとっては命と同じものだ。その強さを、牧宮はどこまでわかっているのか。

「賀々丸殿は、爺さまが好きかな」

「好きじゃ」

　武政が三歳のころと較べると、ずっと自分の意志をはっきりさせる子だ、と武光は思った。それは、自分が老いはじめているからなのか。老いの眼に、幼さが眩しく切ないのか。老いていく。それは抗い難いことであるが、あと二十年や三十年は、と思う気持もある。それぐらいの月日がなければ、牧宮がやろうとしていることの目処《めど》もつくまい。

「お湯など、いかがでございまするか。せめてものおもてなしでございます」

　尼了悟が言った。

　武光は、寂照と並んで本堂の縁に腰を降ろした。

「菊池の城下を、ひと巡りして参りました。人々が生き生きとしている。やはり、平和とはいいものですね。血を流さなければ、平和をかちとることができぬ。この人の性《さが》だけが、私には悲しい」

「やがては、血も流れなくなりましょう」

　言ったが、言葉は初夏の空気の中にむなしく吸い取られていった。血が、歴史だった。

そして、これからもそうだろう。

2

渋川義行が、新探題として西下中という知らせが入った。

武光は、豊前《ぶぜん》に兵四千を集結させた。二千五百は豊前の武士で、千五百が菊池の兵を中心とした征西府軍である。侍大将に武安を付けた。

備後《びんご》にまで進んで、渋川義行は足を止めた。二十日ほど待ったが、策を弄《ろう》している気配もない。やがて、そのまま京へ引き返したという知らせが入った。

新探題の西下となっても、九州の中で呼応して兵を挙げようという者は、ひとりもいなかったのである。征西府は、いま確実に武をもって九州を押さえこんでいる。

「拍子抜けいたしました。周防《すおう》の大内さえ動こうとせず、諦《あきら》めたのでございましょう」

大宰府に戻ると、牧宮と武光に武安はそう報告をした。

翌、正平二十一年になっても、足利幕府はなんの動きも見せなかった。重臣の中で勢力争いが激しい、という噂が流れてくるばかりである。

ある日、武光は牧宮の居室に呼ばれた。頼治が一緒だった。

「養子が欲しいと、吉野に使いを出そうと思う」

「そうですか。二代目の征西将軍宮様でございますな」

「おそらくは、養子として寄越しはせぬであろう。二代目にするしかあるまいな。勿論《もちろん》、その器量を測ってからだが」

「それで、御所様はいかがなされます」

「儂は、もう少し広く考えている。水軍も、場合によっては高麗までをも含めた地域で、なにかをやってみようと思う」

「それは、高麗を攻めるという意味でございますか？」

「高麗王朝は、倒れよう。それよりも元《げん》が倒れるのが早い。元のあとにどのような国ができるかで、高麗に対するわれらの態度も決まるな」

「攻めることもあると？」

　武光はさらに突っこんだ。高麗との戦などが、そうたやすくできるとは思えない。ここは、牧宮の意志をはっきり確かめておくべきだった。

「攻めることはあるまい。ただ、高麗を倒さんとする勢力に、なんらかのかたちで力を貸すことは考えられる」

「それは、水軍を出すということでござるか？」

「それだけとはかぎらぬ。忽那をはじめ、村上や松浦党の水軍は、長く高麗で活動している。それは高麗王朝にとっては許容し難いことであったろうが、征西府にとってはなくてはならぬものだった。その水軍の活動は、高麗の情勢によっては、これからさらに活発になる。そして、征西府がその水軍に保護を与えるというのも、あり得ることだ」

水軍の活動は、交易と略奪である。聞けば、水軍には水軍の条理がある。同時に、高麗王朝にもそれなりの条理があるだろう。条理はひとつではない。だから人は戦をする、とも言えるのだ。

「九州のみがひとつの国ではなく、それ以上の海まで含めてひとつの国とお考えでございますか」

頼治が口を挟《はさ》んだ。牧宮がゆっくりと頷いた。九州と高麗を水軍が繋ぎ、そのすべてを含めてひとつの国にする、とまで牧宮は考えているのかもしれない。

「いずれにしても、元がどうなるか、それによって高麗がどう変るかを見るしかない。それとは別に、吉野から宮を送って貰《もら》うしかあるまいと思う。月王丸をして、征西将軍を継がせるより、よいはずだ。月王を連れてくれば、征西将軍も世襲ということになる」

牧宮は、頂点に立つ人間の世襲というものを否定しているのだろうか。それとも、世襲というものそのものに、疑問を抱いているのだろうか。武士の世襲。つまり家という考え方まで否定すれば、やはり武士の反撥《はんぱつ》は大きいはずだ。

武政を商人にしようと思ったことはない。賀々丸を漁師に育てようとも思っていない。しかし、家督を継いだための不幸というものは、見渡せばいくらでもある。他家に例をとるまでもなく、菊池家もそうだった。武時から武重が継いだ。それはよかった。しかし次の武士《たけひと》は、明らかに継ぐべき人間ではなかった。菊池は滅亡寸前になり、武光がほとんど力ずくで武士《たけひと》の後を継いだ。武士《たけひと》は出家して、いまもまだ雲水の旅を続けている。

「御所様は、すべての世襲がよくないことだと思われますか？」

「家というものはなくなるまい。親子、兄弟の情もある。それが人というものだろう。ただ、頂点に立つ者は、その器量を問われるべきだ」

「問うのも人、問われるのも人。争いはそこで起こります。それがしは、世襲もひとつの知恵と思えてならないのですが」

「そうだな。とにかく、これぞ正義と思いこむことだけは、お互いにやめようではないか。硬直して構えてみても、相手は人だ。人の作ってきた長い習慣だ。吉野から新しい宮を迎えるということだけを、いまは二人に問うだけにしよう」

　異存はなかった。新しい征西将軍宮ができれば、牧宮はもっと思うさま動けるだろう。牧宮が留守の間、頼治が影をつとめる必要もない。

「来年には、新しい宮が来るであろう」

　その宮も、ある不幸の星を負っている、と言ってもいいのだろう。武光は、牧宮の兄に当たる人のことを、ふと思い出した。その宮は、大塔宮《おおとうのみや》のすぐ下の弟で、牧宮が九州に送られたように北陸に送られ、いまも寄る辺なき身を歌で紛らわせているという。祖禅寂照に伝言を託してきたのは、昨年の初夏だった。

後醍醐《ごだいご》帝の皇子で生き残ったのは、いまの帝《みかど》も含めて三人しかいない。武光が知っているかぎりではそうだ。

「武光、水軍がほぼ整っておる。水師の修業に出した者たちも、戻りはじめた。そろそろ、その力を試してくれぬか。九州のどこへでも、速やかに兵を送ることができる」

「試すようなことが、いまの九州では起きませんぞ、御所様」

五十艘の関船は、博多と唐津に半分ずつ配されている。乗りこむ武士たちは、領地などは持たない。征西府が、銭で手当てをしているのである。

陸上の軍勢では、家や主従関係が邪魔をしてなかなかできぬことを、牧宮は水軍で試そうとしているのかもしれない。

「ところで、お悠《ゆう》殿が御懐妊という噂を耳にいたしましたが」

「葦影《あしかげ》だな。どうやら本当らしい。秋には生まれよう。三財《さんざい》長次郎が、ことのほか喜んでおった」

山の民との結びつきが、これでしっかりしたものになるはずだ。星野から聖護寺にいたる、長大な山の砦《とりで》や、日向《ひゅうが》米良《めら》へ到る道も整えられようとしている。九州のどこでも、兵站に心配はなくなった。これは、実際に戦に出る者にとっては、なまじの軍勢の味方などより心強いものである。

頼治が、ひどい咳《せき》をした。

痩せて、伯父の五条良氏に似た面貌《めんぼう》になってきた。不吉なものを禁じえないが、口に出すことはできなかった。牧宮も、心配そうな眼差《まなざ》しをむけているだけだ。

めずらしく、加瀬忠明が武光の館の居室を訪ってきた。

武光より二つほど歳下《としした》であるが、頭は半分白くなっていた。口髭《くちひげ》を蓄えているが、それも似合わない。菊池では五騎十五徒の家だったが、いまは征西府の倉奉行である。百人を越える配下を使いながら、自分も忙しく走り回っている。

「用件の見当はついておる、忠明」

「ならば、御所様に奏上をお願い申す。忠明の髪がまた白くなったと。それがしの髪だけならよい。倉が空になれば、いかにお館とて笑っておれはしませんぞ」

「それほどの逼迫《ひっぱく》か、忠明？」

「それはもう」

久しぶりなので、武光は酒の仕度を命じた。館には三人の女を入れたので、命ずる時は誰か指名しなければならない。ひとりの女に、さらに二人の下女が付いている。

「ほんとうに、おまえの髪は白くなった」

「これもお館のせいじゃ。ほんとうなら、大保原あたりで、華々しい戦功とともに死ねたところだったのに。憶《おぼ》えておられるか、お館。菊池でこの仕事を任された時、死ぬのを禁ずると言われた。死んではならんと。武士であるそれがしにでござるぞ」

「わかった。まあ飲め。おまえがいたおかげで、菊池は大きな戦を幾度も乗り切ることができた。それについては、礼を言わねばなるまい」

「あまりに長いこと、倉だけを女房のようにしておりましたのでな」

加瀬忠明の声が、しんみりしたものになった。酒は強い方ではない。

「倉の銭が減っていくのが、耐えられませんのじゃ。銭は使うためにある、というのはわかっております。しかし、入るより使う方が多ければ、いつかはなくなる。そんな時に戦にでもなろうものなら、と考えただけで身が縮みます」

「大きな戦はしばらくあるまい。それを見越して、御所様は急いでおられるのだ」

博多から大宰府、さらに菊池への道の整備。星野から聖護寺に到る、山岳の防衛線ともいうべき城砦《じょうさい》の増強、さらには造船。牧宮は、休む間もなく働いていた。そして牧宮が動くだけ、銭も出ていく。

「船など、ほんとうはどうでもいいのでござる。百艘造ったところで、征西府の銭倉はびくともいたしません。できてしまえば、あとは大した銭もかかりませんから。問題なのは、水軍の人でござる」

「そんなに大きいのか？」

「一度の額はさほど。だからこそ見過しやすいのですが、戦があろうとなかろうと、決まった額は出ていきます。これが積り積れば、重いものになりますぞ。三年先、五年先のことを考えると、頭が痛みますわ。戦で使った銭は、戦が終れば出ていかぬ。ところが水軍の兵は、戦に関係なく銭を食う。いっそ、豊後《ぶんご》か日向を丸々召しあげて、水軍の兵に分け与えたらどうです」

征西府の銭倉からは、毎年山の民にも決まった額が出ていた。それはかなりの負担だが、払っただけのものは返ってきた。水軍が、それに費やした銭の分だけの働きをするのか、いまのところ武光にもわからない。

「交易が、もっと盛んになるぞ。入る銭も増えよう」

「ならばよろしいのですが。それがしには、水軍の性格がいまひとつ呑みこめません。一艘当たり水師五人。それで征西府の兵を運べばよいではありませんか」

「御所様は、別のことを考えておられるのかもしれん。おまえの言うことだと、船も水師もいらぬぞ。忽那や波多《はた》の船を頼めばいいことだ」

「言われれば、その通りでござるが」

「銭倉の銭が減るのは、それだけの理由か、忠明？」

「もうひとつありますわ。税が入ってこぬ。征西府は、九州全土を押さえております。しかし、税はあまり入ってきません。一応の税の額は決めてあるのに、払わぬ者が多いのです。ということは、実はなにも押さえていない。戦が面倒で、武士は領地にひきこもっているだけということになりませんか。税を徴収できてこそ、はじめて押さえたと言えるのでは」

「その通りだ」

「お館が、なんとかしてくださいますか？」

「征西府の通達を出そう。菊池武光がそれを遵行させるという項を付けてな。御所様は望まれまいが、二、三の武士には見せしめになって貰わねばならぬかもしれぬ」

「当然です。負けた武士さえ、領地も召しあげずに許しているのですぞ。この上、税を納めぬなど、不届千万。征西府が決めた税は、実に緩いものです。それも納めぬとあらば、征西府に叛心《はんしん》があるということで」

「もうわかった。それより、今夜は飲むがよい。おまえとこうして膝《ひざ》を突き合わせるのも、久しぶりだ」

加瀬忠明が頷き、盃《さかずき》を呷《あお》った。すでに、眼のまわりを紅潮させている。

「苦労をかける、などとは言わんでくだされよ。何度それで騙《だま》されたか知れぬ。税をしっかり集めてくださることが、それがしには一番薬でございますぞ」

武光がまだ豊田十郎であったころは、兄弟のようにして暮した男だった。それだけ自分には甘えがあるのかもしれない、と武光は思った。

「時々、怕《こわ》くなります、お館。菊池の軍勢をなんとかしたり、城下の市を栄えさせようとしたりで忙しかったころが、懐《なつか》しゅうござる。いまは、扱う銭が大きすぎる。みんな大きゅうなって、それがしだけが付いていけません。よく、蟻《あり》のように小さくなった夢を見ますわ」

喋《しゃべ》りながら、加瀬忠明は半分眠りかかっていた。空になった盃に、武光はさらに酒を注《つ》いだ。加瀬忠明は酔っていたが、武光は酔いからは遠かった。

一千の軍勢を率いて、武光が肥前に入ったのは、秋も終りのころだった。

征西府通達は二度出した。二度目は、最後の通達だという断りも入れた。それで、かなりの税が納められた。もともと、守護を通して、幕府に納めていたものである。そのころより、かなり率は下がってもいる。戦乱が、いつか武士たちにその義務を忘れさせてしまったのだ。

武光がむかったのは、小城《おぎ》郡だった。筑前《ちくぜん》との国境から南下し、晴気《はるけ》を経て太田庄の近くまで進んだ。途中、何人かの土豪に税を強要した。軍勢に恐れをなして、みんな税を納めはじめた。拒絶したのが、砥山《とやま》重房である。軍勢による威嚇《いかく》を、屈辱と感じたのだろう。そういう土豪が現われるのを、待っていたのだった。

砥山郷を見降ろす台地に陣を張り、三度使者をたてた。三度目は、武政に行かせたのである。

「まったく耳を貸そうといたしません。頑固《がんこ》でございますな。惣領《そうりょう》と弟二人とその一族。郎党まで含めて、三百というところでしょうか」

　武政の報告を聞いて、武光は肚《はら》を決めた。

「戦仕度をしているのだな」

「はい、童まで」

「よし、攻めよ」

「どの程度に？」

「揉《も》み潰《つぶ》せ。一族郎党は逃がすでないぞ」

　武政が頷き、馬に飛び乗った。

　騎馬隊が突っこんでいく。勝負にもならないことはわかっていた。菊池軍一千の精鋭が突っこんだのである。逃げ惑う女子供の姿まで、武光にはよく見えた。

「死者はそれほど出ておりません。手強《てごわ》くたちむかってきた二人ばかりを、やむなく」

「一族の者は？」

「捕えました」

「引き出して、首を刎《は》ねよ」

「はっ？」

「耳がないのか、武政。首を刎ねよと申しつけたのだ。速やかにいたせ」

立ち尽していた武政が、ようやく歩きはじめた。惣領と弟二人。それにそれぞれの息子が四人。武政が、自ら太刀を抜いた。首を刎ねられるなどとは、思ってもいなかったのだろう。砥山重房は、自分ひとりの首を刎ねろと言い募った。武政の太刀が、次々に首を落としていく。

必要な血なのだ。武光は自分に言い聞かせた。夢のため。しかし夢は、かつてはもっと美しく清いものではなかったのか。近づけば近づくほど、血で汚れていくものなのか。

「終りました、父上。とても、ほかの者にさせられることではありませんでした」

「それでよい、武政」

なにか言いかかる武政を無視し、武光は馬に乗った。進路を北にとった。早《はや》駈《が》けである。

追撃を受けているような気分で、武光は馬を走らせ続けた。

牧宮の居室に呼ばれたのは、大宰府に戻った翌日だった。

ほかに誰もいない。二人きりでむき合って坐った。牧宮は、じっと武光を見つめてきた。

武光も眼をそらさなかった。

「右京が知らせてきた。武政にはかわいそうなことをした」

「かつて夢はもっと美しかった。そう思いました。汚れていく分だけ、夢に近づいたということでもあるのでしょうか」

「わからぬ。自分がどこにいるのだろうか、と知らせを受けた時には考えた」

それきり、牧宮はなにも言おうとしなかった。切なさが躰を切り裂くような、沈黙の対《たい》坐《ざ》だった。救いなどは、どこにもない。あるのは、前へ進むための道だけだった。

3

吉野から良成《りょうせい》親王が博多に到着したのは、正平二十二年の春だった。

わずか五歳であり、供奉《ぐぶ》してきたのも八名の公家《くげ》にすぎなかった。出迎えた懐良《かねよし》の脳裡《のうり》に、頼元に供奉されて叡山《えいざん》を出た時の自分の姿が、まざまざと蘇《よみがえ》ってきた。守役の二人を除いた六名の公家は、すぐに征西府の奉行所に配した。文書を司《つかさど》る者の数が、少なかったのである。

良成には居室をあてがい、守役のほかに二人の女を付けた。女官と呼ぶには程遠く、下女と言った方が適当だった。

「これからは、皇子でも公家でもない。武士の上に立たねばならぬ将軍だ。学問のほかに剣も学べ。自分の命を、自分で守れるようになるのだ」

一歳上の兄、後村上帝の第六皇子である。不憫《ふびん》さが胸を衝《つ》いたが、それを抑えてやさしい言葉ひとつ懐良はかけなかった。守役の二人の公家は、ただおどおどとしている。

武光が、孫の賀々丸を連れてきたのは、数日後だった。

「これはよい。良成の遊び相手にぴったりではないか」

懐良がそう言うと、守役のひとりが前例がないと遠慮がちに申し出た。

「前例はこの懐良にある。八歳で叡山を出、九州で戦を重ねた。いまの帝はわが兄で、先の帝はわが父ぞ。その懐良が、九州で血まみれの戦を続けてきた。良成も、そうならねばならぬ」

前例などということが、吉野の朝廷ではまだまかり通っているのだ。滑稽《こっけい》さと、諦めに似た気分が、混じり合ってこみあげてきた。

五条良遠は、征西府令旨《りょうじ》を発し、良成の西下を全九州の武士に伝えた。

征西府は、次第に九州に定着しつつあった。九州の武士たちの意識が変るには、まだかなりの時を待つことになるだろうが、税などは滞りなく納められているのだ。

五月二十八日、頼元が危篤《きとく》に陥《おちい》った。

三奈木《みなぎ》の隠居所への四里の道を、懐良はひと息で駈け抜けた。

「御所様」

枕辺《まくらべ》にいるのは、良遠、頼治父子だけだった。頼元は眼を開いている。なにか喋ろうとしているようだが、言葉にはならなかった。

「御所様を、ずっとお待ち申しておりました。祖父も本望でございましょう」

「頼元は、なにか言おうとしている。頼治、なんと言っているのじゃ」

「御所様とお会いできて、本望であると」

口の動きがそうだとは、懐良には思えなかった。京。そう言っている。しかし声にはならなかった。乾き、色褪《あ》せた唇《くちびる》が、ただ動いているだけだ。

懐良が手をとると、頼元は眼を閉じた。少しずつ頼元が死の中に入っていく。手を握っている懐良には、それがよくわかった。苦しそうな表情は、一度も見せなかった。

「いくつであった、頼治？」

「七十九の天寿を全ういたしました」

端坐した頼治は、懐良を見つめて一礼した。つらい生涯《しょうがい》だったのだろうか、と懐良はふと考えた。萎《しな》びた手には、まだ温《ぬく》もりが残っている。京を夢見て、死んでいった。本物の京を見るより、夢でよかったのかもしれない。九州は統一した。それでもなお、夢は頼元に力を与え続けていた。京の虚飾を見るより、夢に描いていただけの方が幸福だったのかもしれないと考えるのは、生き残った者の慰めにすぎないのだろうか。

「統一された九州を、祖父は見ました。それだけでも、得難い喜びであったと思います」

「頼治、儂を慰めることはない。上洛しようともしなかった儂を、頼元は責めて当然なのだ。頼元の無念さを、儂はやはり背負っていくべきだと思う」

良遠は、じっとうなだれていた。それぞれに思いがある。その思いが、死に行く者とむかい合って、ひとつになることもない。

三奈木の里はのどかだった。新緑が眼に眩しい。はじめて九州を見た時の、緑の深さを懐良は思い出していた。頼元にはふさわしい死に場所だった。そう思うほかはない。

　七月に、少《しょう》弐《に》冬資《ふゆすけ》が豊前に現われ、兵を募った。高率ではないが、征西府の税の取り立てが厳しくなり、武士の間に不満が募っていると予想したのだろう。恩賞に領地を呈示した、巧みな誘い方もした。

「なかなかにしぶとうございますな、少弐冬資も。豊前、豊後を合わせて、三千近い兵が集まっている様子。やはり、支配する者には、必ず反撥する者が現われるものです」

「こちらも、三千ほどの兵を出すか」

「二千で充分でございましょう。徒《かち》を少なくし、騎馬隊を主体として、それがしがあしらって参ります」

　気軽に、武光は出陣していった。

　ちょっとした兵の訓練にでも行くという感じだったが、入ってきた知らせは、あしらうなどというなまやさしいものではなかった。三千の兵を騎馬隊で撃ち砕き、追いに追って屍《しかばね》の山を築いた。容赦のない追撃だったという。少弐冬資は拠《よ》るところさえ失い、九州を捨てて京に逃れた。

　武光が徹底した攻めをしたのは、少弐冬資に続く者が現われるのを警戒したからだろう。どういう戦になるのか、全九州が眼をこらしていたのだ。

もうひとつ、大きな戦があった。

日本でではない。大陸で、元の王朝が倒れかかっていた。倒すための大きな勢力であった、朱元璋《しゅげんしょう》と張士誠がぶつかったのである。すでにここ二年ほど張士誠は押され気味で、最後の決戦を挑《いど》み、敗れたのである。捕えられた張士誠は、自殺したという。

「大陸は、朱元璋のものか」

知らせを持ってきた金竜広に、懐良は言った。すでに二十五歳になり、金竜広は堀田安秋の代りがなんとかつとまるようになったらしい。

「水軍は、張士誠と結んでおりました。いまも、その残党と結んでいます。朱元璋にとっては、建国の際の最大の邪魔者が、その水軍であろうと思われます」

「わかる。元王朝を揺がした力を、そのまま新しい国でも抱えこむことになってしまうからな」

「おそらく、朱元璋は北へ逃げた元を追って、北伐をはじめましょう。同時に、大規模な水軍の弾圧も予想されます。そのために、高麗に攻めこむことさえ、辞さないかもしれぬ、とお館は考えておられます」

「南浦《なんぽ》は、その時期がいつだと言った？」

「おそらくは、来年早々であろうと」

「朱元璋が、水軍を本気で弾圧しようとすれば、当然日本の水軍にも鉾《ほこ》をむけような」

「むしろ、狙《ねら》いは日本の水軍でございましょう。まとまる力が強く、戦闘力に富んでおりますゆえに。高麗や大陸の水軍は、どうしてもひとつにまとまりきれません。懐柔をするのも難しくありますまい」

水軍を弾圧したあと、朱元璋が日本に強い態度を取ることも、当然予想できた。すると交易に障りが出てくる。

伝えることをすべて伝えてほっとしたのか、金竜広が笑みを洩《も》らした。笑うとまだ幼いところが残っていて、鋭い眼がとたんにやさしくなる。

「月王丸は、いま高麗か？」

「はい。時折波多へ戻られますが、高麗におられる時の方が、ずっと長うございます」

金竜広は、懐良が与えた太刀を佩《は》いていた。高麗で会った時より、落ち着きは増している。すでに、戦の経験も積んでいるのかもしれない。

「南浦に伝えよ。征西府には二千の水軍があるとな。まだ海戦はしておらぬが、それなりの働きはできるはず」

「かしこまりました」

「高麗の王朝は、どうする気であろう？」

「すでに、朱元璋と結んでおります。朱元璋のもとへ送る貢物《みつぎもの》の牛車の列が、二里に達したと言われております」

「大陸の属国であることを、自ら肯《がえ》んじるというのだな」

「そういう国のあり方を選んだ、ということでありましょう。西浦《せいぼ》殿も、増々孤立していくことになると思います」

金竜広は、高麗や大陸から、九州の情勢までしっかり頭に入れているようだった。

「月王丸様が、佐古晋助《しんすけ》、大谷道成らとともに、初陣《ういじん》を飾られました。それがしもお供をいたしましたが、見事な戦ぶりでございました」

「そうか、初陣をのう」

「忽那、波多のみならず、あの海域の水軍の総大将になられる日も、遠くないとそれがしは考えます。なにより、人を魅《ひ》きつける力をお持ちです」

それだけ言って、金竜広は辞去していった。

無理をして急いで、やはりよかったのだと懐良は思った。五十艘の関船を建造し、二千の兵を養った。兵はまだ実戦には出ていないが、訓練は重ねている。かつて武光が、阿蘇外輪山で菊池の軍勢を鍛えに鍛えたように、玄界灘《げんかいなだ》で訓練を重ねたのである。

征西府の銭倉にとって、それがかなりの負担になることはわかっていた。しかし高麗での水軍の動きが封じられてしまえば、銭そのものが入ってこなくなるのだ。

賭《か》けに近いことだった。陸上で大きな戦が起これば、水軍に費やした銭が命取りになったかもしれない。戦のない時期はいまだ、と見定めてのことであったが、そういう見通しがどれほど当てにならぬかも、よくわかっていた。武光が、軍勢の力を背景にして税の取り立てをはじめたので、征西府の銭倉はいまようやく好転しつつある。

　十月、懐良は武光を伴って、博多から一艘の関船に乗りこんだ。四十梃《ちょう》の櫓《ろ》と三本の帆柱を備えた、大型の関船である。

　博多湾を出ると、もう玄界灘である。船は揺れはじめたが、武光は平然としていた。馴《な》れているはずの山鹿忠景の方が、気分が悪そうな顔をしている。

「おう、あれは？」

「わが水軍の関船だ。毎日、この海へ出て訓練を重ねてきた」

　壱岐《いき》の島かげから現われた関船は、整然と船隊を組んで懐良の船にむかってくる。帆柱に、旗がひとつ揚げられた。船隊が二つに割れた。むかい合う。片方が寄せ、片方が横に動いた。帆は降ろされ、櫓だけが機敏に動いている。

「なるほど。海戦というのも、陸の野戦に似ておりますな。陣形を組んで、動きながら相手の隙《すき》を探る。ここから見ていても、両軍の将が考えていることが、手にとるようにわかります」

　本質は、陸の戦となんの変りもない。馬と原野が、船と海に変ったようなものだ。陸の戦上手は、さすがにすぐそれを見抜いた。

　船隊は、やがて渦《うず》を巻くようなかたちでぶつかり合った。接触し、相手の船に乗り移る。

帆柱に揚げられた布の色が替る。すると、その船は混戦の外へ出ていく。

「さながら、魚鱗《ぎょりん》の陣を一枚ずつ破っていくような闘いですな。おう、中入れをしてきた船がいる。機を見ていたというところか」

　中入れとは、迂回《うかい》して相手の側背を衝く戦法で、菊池の騎馬隊はよくそれをやった。

「勝負は見えましたな、御所様」

「中入れを許した時に、勝負は決まった。両軍の将の資質を考えると、当然の結果だったな」

「面白いものを、拝見させていただきました」

「ただ見せたわけではないぞ、武光。来年早々には、この船隊を出さねばならなくなりそうだ。その時はじめて、実戦で使いものになるかどうかもわかるだろう」

　懐良は、船頭に命じて帆柱の旗を降ろさせた。入り乱れていた関船が、再び船隊を組み直し、壱岐の島かげに消えていった。

「高麗で、戦がはじまりますのか？」

「いや、おそらくは大陸に近い方になろう」

「朱元璋が、やはり水軍を圧迫してくるわけですな」

「ほぼ、元を倒したと言ってもいいであろう。南浦からの使いが来た。日本の水軍は、まとまることはできるが、中核がない。忽那、村上、波多、佐志と、並んで闘うだけだ。朱元璋の水軍と渡り合うのは苦しい。勝てたとしても、犠牲は大きいはずだ」

　武光には、大陸や高麗の情勢で、懐良が知ることができたものは、すべて伝えてあった。征西府の銭倉が、水軍の働きによって満たされていることは、拒みようのない事実だった。それが止まれば、征西府軍は兵站《へいたん》さえ覚束《おぼつか》ない戦を強いられることになる。

「できれば、交易だけをなしたい。いまの朱元璋では無理であろうがな」

　交易でもたらされる利は、戦の果てに奪い取ってくるものよりはるかに大きかった。軍費もなくて済む。南浦は、高麗でずっとそれを模索し続けていたと言ってもいい。

「朱元璋の水軍がどれほどのものか、南浦も摑《つか》んではおらぬ。とにかく、いまは叩《たた》いておかねばならぬというだけだ」

「九州はどうなさいます？」

「その間は、おまえがいる」

「御所様を戴《いただ》いての戦と、それがしだけの戦では、意味が違ってくることもあります。来年早々の御出陣は別として、度々高麗へ渡られるということになれば」

「そのために、良成を呼んだ。まだ頑是《がんぜ》無いが」

「賀々丸とは気が合われるようで、よく遊ばれております。われらが賭けた夢は、いつかあの世代のものになっていくのでしょうな」

「九州をひとつの国になすということが、どれほど困難なことなのか、改めて考え直している。あえて困難な道を選んだのではないのかとな」

「京へ攻め上ることも、難しい道でございますぞ。時さえあれば、九州をひとつの国になすことはできます。二十年か三十年」

「儂もおまえも、老いぼれておるな」

船は博多港へむかっていた。いま、九州はかたちとしてひとつの国である。征西府も、なんとか機能しはじめている。しかしまだ、かたちだけなのだ。

京で、細川頼之《よりゆき》が幕府の管領《かんれい》に就任した、という情報が入ってきた。

その情報を追うようにして、足利二代将軍義詮《よしあきら》の死が伝えられた。三代将軍は義満で、まだ十歳である。当分の間、細川頼之がすべての決定権を持ちそうだった。

「九州に大軍をむける、という噂がしきりですが」

征西府の評議で、良遠が持ち出した。

「足利義詮らに義満の将来を託された細川頼之は、西国の平定こそ急務と考えているようです。義満が成人するまでには、九州を取り戻しておこうというのでしょう」

征西府の評議には、いろいろな段階がある。良遠を筆頭とする奉行所の評議もあれば、侍所《さむらいどころ》の筆頭として武光が加わる評議もある。最終的な評議は、良遠、頼治、武光の三名に、懐良が加わったものである。良遠が噂を持ち出したのは、その四人の評議の場においてである。

「大軍をむけるというのは、また九州探題を送るということでござるか」

武光は、その噂を信じてはいなかった。懐良も同じだ。軍勢を動かすのがどういうことか、よく知っているからである。数万の大軍を京から出動させるとなると、噂だけでなく、実際の動きがかなりあるはずだ。

公家は、その気になればすぐにでも軍勢が動かせると思っている。だから噂にも怯《おび》える。征西府の奉行所の公家たちは、何人か集まるとその話をしているという。長く征西府軍の中にいた良遠でさえ、その噂に惑わされかかっていた。

「渋川義行の失敗で、よほどの大物でないかぎり、探題はつとまらぬと判断しているようです。むしろ、中国、四国の軍勢を動員し、とにかく九州を取り戻す。その指揮は、細川頼之自身が当たる。取り戻したのち、新探題にしかるべき人物を任命しようというのだろうと思います」

それでは、幼い義満が京でひとりきりになる。細川頼之が出てくるはずはなかった。というより、軍勢をむけてくる気配はないと言ってもいいのだ。新管領、新将軍の続けざまの就任が、そういう臆測《おくそく》を呼んでいるだけだろうと考えられた。義詮の死で、ほんとうは幕府は混乱しているに違いないのだ。

「こちらから、先手を打つという手がござるな」

良遠の話を否定もせず、武光が言った。

「上洛《じょうらく》の大軍を出す構えを見せて、その動きを阻止することはできます。細川頼之は将軍ではない。幕府の命運を賭ける大戦に踏み切れはしまいと思われます」

「上洛の大軍とは、どれほどの？」

「七、八万。全九州の武士に、軍勢の督促をいたします」

「しかし、七、八万もの大軍が、まこと集められますか、武光殿」

「そこが、いまの征西府の力量を測るところでござる。武士にどれほどの威令が届くものか、一度は試みる必要があります。そうやって、少しずつ征西府を中心にした動きをなしながら、九州の武士団を、征西府そのものの軍勢にしていくのです。これはいい機会じゃ。もとより、七、八万の大軍を上洛させられるほど、征西府には力はない。しかし、集めて、赤間関《あかまがせき》を越えるぐらいのことはできます」

　武光が、九州の武士を一度集めてみたいと思っているのは、ほんとうだろう。しかし、発言の真意は別にあるようだった。

「それで、足利軍の動きは押さえられるだろうか？」

「恐らくは。たとえ軍勢をむけてきたとしても、迎え撃つことはできます」

「御所様のお考えは？」

　頼治が訊《き》いてきた。評議では、頼治はほとんど発言をしない。

「足利と闘わなければならぬにしても、できるだけ先へのばしたい。一年経《た》てば一年の分だけ、征西府は強くなれる。九州のまとまりもよくなる。そのためには、京を威《おど》しておくことは必要であろう」

懐良も、本音の一部を述べた。上洛の構えを示せば、心待ちにしている吉野の朝廷への申し訳も立つ。

「では、加瀬忠明に命じて、軍費を整えさせます」

良遠の心には、やはり怯えがあるようだった。頼治は、思った通りなにも言わない。懐良や武光の真意を見抜いたようだった。

4

正平二十三年が明けると、ただちに全九州に軍勢督促状が出された。上洛のためと明記してある。集結は一月二十日。領地に応じた兵の数も決められていた。

兵站を担《にな》う、三財彦次郎が、活発に山の民を動かした。

懐良は、大宰府のはずれにある三財館《やかた》に、悠《ゆう》を訪《おとな》う日が多くなった。明子《あきこ》と名付けた娘が、歩き回るようになっている。束《つか》の間でも、明子の相手をするのが愉しみだった。

三財彦次郎も、弟の光次郎も、姪《めい》を眺《なが》める時は眼を細めている。

「集められるだけの兵糧《ひょうろう》を集めておけ、彦次郎。できれば武器もだ」

「弓矢、槍《やり》などは、かなり集まっております。太刀も菊池から運ばれてくる手筈《てはず》」

三財彦次郎は、今度の軍勢督促が、上洛のためではない、と読んでいた。懐良はただ、大量の兵糧を集めることを命じたのである。八万の兵が上洛するための兵糧ということになれば、ひそかには調達できない。むしろ公然と集めることで、上洛が疑いないものと九州の武士に印象づけることもできる。集めた兵糧は、星野から聖護寺に到る、長大な山岳城砦に蓄えておくのである。いつかそれが必要になる、と懐良は思っていた。星野から聖護寺まで、いくつも城砦が築いてあるが、連山の全部が、城と言ってよかった。どこでも闘えるし、どこでも兵糧を蓄えることもできる。

「手に入るだけの兵糧は集めます。しかし短い間ではかぎりがあります。あそこには、無限の兵糧が蓄えられますぞ」

「まこと、おまえの言う通り、あの連山を砦にしておいてよかった」

「あそこに拠って闘うこともある、と考えておられますか？」

「足利幕府は甘くない。このまま九州を放置するわけもあるまい。本腰を入れて争う時は、兵糧の有無が勝負を決するかもしれぬ」

「少しずつ、九州はわれらが望んだ姿に近づきつつあります。これを失いたくないとは、誰もが考えることでしょう」

「そのためには、備えだ」

「倉奉行の加瀬忠明殿が悲鳴をあげていると、菊池殿が笑っておられました。なにやら、加瀬殿ははらわたを抜き取られる夢を、毎夜見られるとか」

一番つらいのは、加瀬忠明かもしれない。銭倉の銭が、すべて消えそうな勢いだろう。それも取り戻せる。高麗や大陸との交易で、あまり時をかけずに取り戻せるはずだ。

明子が、鞠《まり》を追いかけて転んだ。泣く明子を、悠が抱き起こしている。

「子たちのためにも、足利が九州を諦めてくれればよいのですが」

「諦めさせるほどの力をつけることだ」

すでに、兵は大宰府に集まりはじめていた。いつもは静かな三財館のまわりも、馬蹄《ばてい》の響きに包まれている。

武光が、報告に現われたのは、一月十七日だった。

「総勢八万。出兵を拒んだ者はおりません。島津も、兵を出してきております」

「八万か。いまは利あらずと見て、大人しく従った者も多かろうな」

「半分はそうであろう、とそれがしも考えております。いま、葦影の一党が、長門《ながと》、周防《すおう》あたりで噂を飛ばしているはず。京に届くのも、時間の問題でしょう。その時は、八万が十万、いや二十万の大軍と伝えられているかもしれません。細川頼之は慌《あわ》てますぞ」

「旗を掲げよ、征西府旗を」

「しかし御所様は」

「良成を推戴《すいたい》すればよい。次代の征西将軍もいるのだとな」

「そうでございますか。しからば、賀々丸とともにお連れいたします」

武光が懐良を見つめてきた。

「御所様は、いつ？」

「十九日に、博多から船に乗る」

「御武運を」

武光は、真剣な表情のまま、頭を下げた。頷《うなず》き、庭に眼をやり、懐良は闘うべき敵を思い浮かべた。


櫓のきしむ音。帆もあげられているので、船足は速かった。五十艘《そう》の大型の関船《せきぶね》が船隊を組んだ姿は、壮観だった。

対馬《つしま》から三艘の輸送船が加わり、船足はかなり落ちた。

「富山浦《ふさんぽ》には、姉の船も入っているはずでございます」

波多武《たけし》が言った。水軍の頭《かしら》として、懐良が選び出したのだ。この船隊の二十五艘の指揮は、波多武がとる。残りの二十五艘は、船に弱い山鹿忠景である。弱いなりに馴《な》れていて、船をあまりいやがらなくもなっていた。

生粋《きっすい》の水師である波多武がいるので、陸の戦を心得た山鹿忠景を、もう一方に配したのだ。船の操り方も、懐良とともに覚えた。

「姉は、戦に加わる気かもしれません。いかにもやりそうなことだとは、思われませぬか」

「まったくだ」

潮風の中で、懐良は笑った。

「阿久里《あぐり》を、船に乗せてはならぬぞ。儂《わし》が禁じても、あれのことだ、乗るかもしれん。おまえが、なんとかしろ」

「幼いころより、姉には頭があがりませぬ」

「南浦に相談するがいい。南浦は館に留《とど》まることになっている。どうにでもなろうというものよ」

朱元璋は、明《みん》という国を作るらしい。自らが、明の王である。すでに、北伐の軍勢は出しているという。水軍も、揚子江の河口に五万以上を集結させているという。

昨年から、富山浦の南浦とは、頻繁《ひんぱん》に連絡をとってきた。五万の水軍は、大陸の沿岸から日本の水軍を追い払ったような恰好《かっこう》になっている。このまま時が過ぎれば、結んでいた大陸の水軍は潰される。それはやがて、高麗にまで及んでくるはずだ。

どうやれば、その五万を撃ち砕けるのか、懐良はずっと考え続けてきた。考えられる方法はいくつかあったが、実際にはぶつかって決めるしかなかった。朱元璋の戦は、数で押す戦だという。それは、水軍でも変りはあるまい。

「そろそろ、富山浦です。関船は、忽那と波多の船隠しに入れます。三艘の輸送船を警固して富山浦に入るのは、この船だけです」

富山浦に船隊を入れると、高麗王朝は黙っていないだろう。朱元璋にも聞えるはずだ。当然、五十艘の大型船に対する策は立てるだろう。出会う瞬間まで、存在を知らせないことだ。

五十艘の船隊が離れていった。

懐良の船は、三艘の輸送船を導くようにして富山浦に入り、投錨《とうびょう》した。

船着場には、南浦に命じられたのか、月王丸が三人を従えて迎えに出ていた。

「初陣を飾ったそうじゃな、月王」

「戦というほどのものでは、ありませんでした」

月王丸の言葉遣いは、相変らず硬い。笑って、懐良は用意された馬に乗った。

南浦の館には、忽那をはじめとして、村上、波多、佐志の水軍の長《おさ》たちが、十六名ほど集まっていた。ほとんどが、見知りの顔である。

「朱元璋に、沿岸から追っ払われたという恰好でしてな。面目ない」

老水師が言った。村上義弘の片腕と言われている男である。村上義弘の姿はない。

「どうやって、明の関船をかわすか、という談合をしておりました。同じ型の船が五百艘はおります。こちらの船は、大きいのから小さいのまであって、船足も違います。遅いのに合わせりゃ、追いつかれちまいます」

「追いつかれると、数ではかないませんでね」

もうひとりの水師が付け加えた。全員が頷いている。これまで、十艘規模の関船と遭遇することはあっても、五百艘など見たこともないのだろう。しかも、その五百の全部が大きい。

「儂の連れてきた五十艘は、いくらか小さいが船足は速い。どうやれば朱元璋の水軍に対抗できるか、よく考えてみよう」

懐良の率いてきた関船も、日本の水軍の船と較《くら》べると大きい方だった。それよりさらに大きいという話は南浦からの連絡にあったが、朱元璋は短い間にそれを五百艘建造することができたのか。元を倒す前から、それだけの力を蓄えていたということか。

「張士誠の残党が押さえられちまってましてね。みんな、どこかに隠れたって話です。見つけられた者から、首を落とされたり、ぶらさげられたりしてます」

水師たちの、いささか乱暴な言葉遣いに、懐良は馴れていた。忽那島にいたころから、親しんだものだ。

ひと通りの話を聞くと、金竜広に促されて、懐良は館の奥の南浦の居室へ行った。

村上義弘と、佐志祝《いわう》が絵図を前に坐《すわ》りこんでいる。南浦は、腕を組んで外を見ていた。

懐良と眼が合うと、佐志祝は硬い表情でうつむいた。

「ここは九州ではない。兄の仇を討ちたければ、九州でせよ」

「わかっております。ひと時、九州のことは忘れることにいたします」

「それでよい。朱元璋は五万の大軍だと聞いた。なまじのことでは、撃ち破れぬぞ」

「われらは、せいぜい五千でございます。都竹《つづき》殿の兵力を加えて」

南浦が言った。村上義弘の前では、南浦はいまでも懐良を都竹殿と呼ぶ。村上義弘が、懐良を都竹殿として扱いたがっているからだろう。

「五千対五万。陸の戦では、およそ勝目はないな」

「海の上でも同じでござるよ、都竹殿」

女物の単衣《ひとえ》の懐《ふところ》に手を入れたまま、村上義弘が言った。

「張士誠の残党は？」

「一時は一万ほどおりました。いまでも三千に近いとは思いますが、これが実は水軍としてはあまり使いものになりませんでな。第一、船がない」

「結局は、五千か」

懐良も、絵図の前に坐りこんだ。大陸の沿岸の絵図で、もう一枚高麗の絵図もあった。広い。雷州《らいしゅう》あたりまで含めると、航海をするだけでも大変な距離である。

「こうして見ると、九州は近いのう、村上殿。大陸のどこよりも近い」

「しかも、壱岐、対馬という橋のような島がありますからな。その気になれば、小さな刳《くり》船《ぶね》で、ひとりで漕《こ》ぎ渡ることもできます」

入室を禁じられているのか、南浦の居室には月王丸も入ってこなかった。

かなりの寒さである。九州より、ずっと寒いという感じがする。海に落ちれば、それほど長くは保《も》たないはずだ。それも、水師たちの気を重くさせているのかもしれない。

「高麗の水軍を使ってくれと、西浦から申し出がきております」

「どれほど使えるのか、南浦？」

「あまり使いものには。船足が遅く、しかも大小とりまぜた船隊です。もともと、高麗の水軍は外海に出ることはあまりありませんので、操船も下手です」

「なるほどな」

懐良は、絵図の揚子江のあたりに眼をこらした。ここに五万の大軍と五百の関船。朱元璋は、それをさらに増強させる力を持っているかもしれない。

「朱元璋は、交易を自分ひとりで握りました。明に服属する国とでなければ、交易はなさずということです。思った通り、心を閉ざしきった男ですな」

「服属というと、臣従の礼をとれということか？」

「貢物も差し出せということでしょうな。高麗王朝は、諾々としてそれを受け入れました。西浦は憤《いきどお》り、負けを覚悟で兵を挙げようといたしましたが、なんとか押し止《とど》めたというところです」

「情勢は、ほぼわかった。南浦からの知らせを、大宰府でも何度も読み返していたからな。長く富山浦にいて、情勢を見ていたような気さえする」

「九州では、兵が集められているとか？」

「八万の兵が集まった。いまごろは、赤間関を越えたところに、陣を敷いているであろう。島津も佐志も、兵は出してきている」

　佐志祝が、またちょっとうつむいた。上洛の軍勢だと、高麗では受けとられているのかもしれない。大陸では、四十万や五十万の軍勢は、すぐに動くという話だが、九州で八万といえば、足利尊氏の上洛軍の時しかなかったことだ。

「九州は、大戦にはならぬ」

「そうでござるか。京で義詮死すという知らせが入った時、あるいは上洛軍かと思いましたぞ。都竹殿、言うては悪いが、九州だけで足利には勝てぬ」

「御《ご》懸念《けねん》あるな、村上殿。この都竹が、なにゆえ高麗にあるか、考えてみていただきたい」

「これは、余計なお世話でござったか。長く高麗にいると、日本の情勢はよくわかる。噂《うわさ》ですら、玄界灘に洗われて、真実だけになっておることが、よくあります。そして、いまの九州の力では、足利には勝てぬと思うわけで。島津など、兵を出したかもしれぬが、交易船もよく出しておるわ」

島津は、琉球《りゅうきゅう》とも近い。九州の南端に逼塞《ひっそく》していても、海にむかってはいくらでも手を拡《ひろ》げられるのだ。

「都竹殿も見えられた。とにかく、どう動くかは早急に決めましょう」

佐志祝が言った。南浦が頷く。懐手の村上義弘は、なにか別のものでも見つめるように絵図に眼を落とし、低く唸《うな》るような声をあげた。

相変らず、南浦の館は静かである。葉を落とした庭の木の枝で、見知らぬ鳥が鋭い叫び声をあげた。空は曇天だった。

5

海が荒れた日を狙って、懐良の船隊は進発した。目立ちたくなかったのである。穏やかな日なら、哨戒《しょうかい》のための高麗王朝の船に発見されるかもしれない。

「さすが、冬の玄界灘だな、武」

「これでも、まだいい方でございます。ほんとうに荒れると、地獄としか言い様がありません」

二、三日荒れ続けていて、峠は越えたと高麗の老水師が言った。その判断を、懐良は信じたのである。

一緒に付いてこようとする阿久里は、南浦が軟禁する恰好になった。それでも阿久里は承知したふうではなかったが、月王丸を伴うというと、ようやく諦めたのである。戦場に母親が同行するということを、月王丸がどう思うかを考えたようだった。

「姉には、ほとほと閉口いたしました」

「女は捨てておる。だが、母親までは捨てていなかった」

「姉が討死して、弟が生き残ったりすれば、九州の武士の笑いものでございます」

「これからの戦には、月王丸を伴おう」

船底が波を打ち、飛沫《しぶき》が矢倉まで飛び散ってくる。それでも、海は鎮《しず》まっていく気配だった。波に力がなく、表面だけ荒れているという感じである。

上海《シャンハイ》の沖合いに到着した時は、ふだんの海に戻っていた。すでに玄界灘とは言わない。黄海である。

三段の構えの策を、懐良は立てた。

そのため、上海の沖で一昼夜待った。動いていない船だと、酔う者も出てくるが、それは仕方がなかった。さすがに波多武は平然としていたし、月王丸や金竜広にも酔った気配はなかった。

「月王はどう思う。明の水軍は、何艘ほどで追いかけてくるかな？」

「十艘から二十艘」

懐良もそう思っていた。高麗の関船といっても、小さいものばかりである。せいぜい一艘に十人しか乗っていない。それが八十艘。船足も遅く、海戦になればぶつかり転覆するのは眼に見えていた。明の関船は、ぶっつけることを選ぶだろう。

高麗の関船は、河口の泊《とまり》を襲うはずだ。略奪した品物も積みこんでいる。それを、明の関船が追跡してくる。上海の沖とは、両方の船の速さを計算して、高麗の老水師が決めたものだった。

「金竜広、おまえはあの水師を知っているのか？」

「はい。高麗の六兵衛殿のようなもの、と思っていただければ。もとは王朝の水軍の船頭もやったそうですが、それがしが幼きころよりすでに、王朝に対抗する水軍に身を投じていました」

いま、高麗の関船の指揮をしているのは、その水師だった。そろそろ、約束の刻限になる。物見《ものみ》は、たえず帆柱の上にひとり登っていた。

「おまえたちは、朱元璋の水軍を見たことがあるのか？」

「一度だけ」

金竜広が言った。朱元璋が、南京で力を持ちはじめたのは、何年前からだったのか。少なくとも、この海域では張士誠の息のかかった水軍が動いていたはずだ。それが、いつの間にか五百の関船である。

「船が」

物見が声をあげた。船上が、にわかに慌《あわただ》しくなった。懐良の船の帆柱に、合図の布があげられた。船同士の通信は、掲げた布の色と、銅板を磨きあげたものに光を反射させたものでやる。銅板は、いつも柘榴《ざくろ》の酢で磨きあげられていた。

海上に、ふくらんだ帆が点々と見えた。

懐良の船隊は、高麗の船隊をやり過してから、櫓だけでゆっくり進んだ。進みながら、二手に分れる。やがて前方に、大きな帆が見えてきた。

「八幡大菩薩《はちまんだいぼさつ》の旗を揚げよ」

「ほぼ二十艘。われらを見つけ、真直ぐにこちらに進んできます」

波多武の指揮は落ち着いていた。船と船の間隔を無理なくあけ、お互いに小さな動きの邪魔にならないようにしている。

「総櫓」

船の動きに、ぐっと力が加わった。明の関船が、間近に迫ってきた。合図の布の色を、懐良は変えさせた。山鹿忠景が指揮する船隊が、方向を転じ、一直線に明の船隊に突っこんでいく。懐良はやや左に迂回し、明の船隊の側面を衝いた。

勝負は、長くはかからなかった。明の関船は、大きく張った帆のために、細かい動きができなかった。六艘が火を噴いた。残りの十数艘のうち、五艘にはすでにこちらの軍勢が乗り移っていた。帆を降ろし、櫓で逃げはじめた六艘を、懐良の船隊が追った。このまま進めば、追いついてしまう。櫓を半分に減らした。徐々に、逃げる明の船隊との距離が開いてきた。

「山鹿殿の船隊が追いついてきます」

波多武の声。布の色を変えさせた。五十艘で追うことはない。山鹿忠景にはここで待たせた方がいい。

逃げる船影が小さくなった。すでに、揚子江の河口に入っているのか。さらに追った。櫓は、交代させた。寒風に晒《さら》された船上にいれば、躰《からだ》の動きは鈍くなる。櫓を漕いで暖めておいた方がいいのだ。

「御所様、敵が反転してきます」

波多武は、矢倉の上から船隊の指揮をしている。水師特有の、風の中でもよく透る太い声を持っていた。

「矢戦《やいくさ》の用意だ。舷側《げんそく》には板を出せ」

船上で、忙しく兵が動いた。月王丸も金竜広も、その兵に混じって立ち働いている。

反転してきたというのは、新手が近くまで来ていることを意味していた。ここで多少の時を稼《かせ》ぐ必要はある。高麗の関船は、まだ安全な圏内に逃げきってはいないだろう。

懐良は、二十五艘の船を直線に並べて、反転してきた敵の中に突っこんだ。渦を巻くように、敵の半分をとりこんでいく。矢が飛び交った。火矢がかなり混じっている。船上に、燃えるものはほとんど置いていない。畳んだ帆にも、海水がかけてある。ただ、船は木でできているのだ。

渦の中にとりこんだ敵船が、炎をあげはじめる。三艘が燃えた。太い矢が、船底の武器倉には備えてある。中の空洞《くうどう》に、油が詰めてあるのだ。訓練を重ねながら、懐良が考案したものだった。接近した矢戦で、火矢として使うと効果が大きかった。

「新手」

波多武の声。二、三十艘の関船が見える。さらに後続もいるようだ。矢戦を続けていると、包囲されかねない。合図の布の色を変えた。法螺貝《ほらがい》も吹き鳴らす。

二十五艘が、一斉《いっせい》に走りはじめた。舷側の板は、縄《なわ》を切って海に落としていく。敵の火矢はほとんどそれで受けているので、船体に被害はないはずだ。

「帆を張れ、武。ただし櫓は加減しろ」

総櫓の押し走りだと、逃げ切れてしまう。追いつけるかもしれないと、敵に思わせながら逃げなければならないのだ。

「月王、敵の関船はどれほどだ？」

「同じ型の船が、およそ百二、三十。帆も全部張って、全速で追っていると思います。二十艘が横に並び、指揮船は中央にいます。第一線の後ろは、隊形を組んでいません」

懐良は頷いた。月王丸は、正確に見て正確に伝えてきている。さすがに、波多の水軍の中で育ち、南浦のそばで鍛えられただけはある。

山鹿忠景の船隊が見えた。こちらの動きに合わせながら、先行して逃げはじめる。追ってくる明軍との間は、徐々にだが詰まってきていた。明軍の指揮船は、追いつけると確信して進んできているようだ。外海に出れば出るほど、船が大きな方が有利になる。波の影響が小さいのだ。

「思ったより、多くの敵を引っ張り出せたな、武」

「張士誠の残党が鳴りをひそめ、日本の水軍も高麗に退いてしまいました。久しぶりに大きな獲物《えもの》を見つけた、と思っているのでしょう」

「機を見て、櫓は交代しろ。すべての船に、そう伝えるのだ。兵の躰を冷やしてはならん」

「心得ております」

半日ほど、そうやって走り続けた。追ってくる明軍はかなり近づいて、船上の人影も見分けられるほどになった。まだ矢は届かない。

「そろそろやれ、月王」

「はい」

月王丸の声が響いた。話す時とは較べものにならないほど太い声で、下知《げじ》を下している。

兵たちが、船底から小舟を担《かつ》ぎ出してきた。急造の粗末な小舟で、人ひとりが乗れるかどうかという大きさだった。それぞれの船に、それが十ほど積みこんである。舷側から、次々に放された。船から離れてしばらくして、小舟は燃えあがった。油が積んであり、縄に付けた火が燃え移ったのだ。

夕暮が近くなっていた。明軍は、燃える小舟など意に介さず、真直ぐに突き進んでくる。

「帆を降ろせ。総櫓」

兵が機敏に動いた。

「残りの小舟も全部流せ」

明軍の先頭は、燃える小舟とぶつかりそうになっていた。小舟が転覆する。海面に散った油が燃えあがった。さらに小舟が放される。

「反転」

懐良は声をあげた。合図の布があげられたが、色が見分けにくいほどの薄闇《うすやみ》だった。法螺貝も吹き鳴らす。

帆を降ろしているので、櫓だけの船の動きは機敏だった。いきなり反転したこちらを見て、明軍は慌てて帆を降ろしはじめた。明の船隊の中で、小舟が燃えあがっている。

「来ました」

月王丸が叫んだ。

待機していた、村上義弘が率いる日本の水軍である。大小合わせておよそ百五十艘ほど。

明軍を、側背から衝くかたちになった。

「敵の指揮船に接舷せよ。斬《き》りこむぞ」

すでに闇。燃える無数の小舟が、明軍の船隊を照らし出している。一瞬、美しいと懐良は思った。敵の指揮船が近づいてきた。ぱらぱらと矢が降ってくる。百五十艘の日本の船隊は、横から襲いかかりはじめた。

船に衝撃があった。接舷している。渡された板の上を跳んで、懐良は敵船に躍りこんだ。二人を太刀で薙《な》ぎ倒す。三人目は、金竜広が斬った。反対側にも味方が接舷し、斬りこんできている。月王丸が、二人を相手に斬り結んでいた。太刀の扱いは巧みだ。見る間にひとりを斬り倒し、もうひとりを舷側まで押しこんだ。横から月王丸に斬りつけた敵兵を、懐良はひと太刀で斬り倒した。

「大将を討ち取ったぞ」

声があがった。

「首は落とすでない。帆柱に吊《つる》して、敵に見せてやれ」

すでに勝負は決していた。懐良は自分の船に戻り、矢倉に登った。海面が赤々と燃えている。油に加え、明の関船が何艘も燃えているのだった。

「捕獲できる船があったら、捕獲せよ。速やかに撤収する」

貝が鳴らされた。月王丸たちも船に戻ってきた。大した傷は負っていないようだ。

十日ほど、懐良は富山浦から動かなかった。

一度目は、不意を衝いて敵を策に嵌《は》めた。二度目も、うまく乗ってくるとはかぎらない。捕獲した敵の関船は十一艘。八十艘あまりは燃え、残りは逃げた。味方の損害は軽微である。

「朱元璋は、臍《ほぞ》を噛《か》んでおりましょうな」

山鹿忠景は、一度の戦で船が好きになってしまったようだ。五十艘二千の水軍は、ほとんど無傷だった。こういう戦捷《せんしょう》が、いつまでも続くとはかぎらない。

「疲れておられます、都竹殿」

「そうかな」

南浦の館の離れだった。阿久里は、月王丸と三人の生活が、やはり嬉《うれ》しそうだった。懐良の身の回りの世話は、他人に任せようとはしない。

「忠景殿が言われておりました。短い間に水軍を作り、育てあげた。それだけでも大変なことであったのに、征西府では公務があり、ほかにもやっておられた仕事が山ほどあったと。立っていられるのが不思議だ、と思えることが何度となくあったそうですよ」

「戦がなかった。戦がないうちに、やっておかなければならないことが、山積していたのだ」

この四、五年は、気力をふりしぼってきた。戦に備えるのとはまったく違う、緊張と消耗があった。しかしここで、束の間の平和を喜んでいれば、あとでどれほどのものが返ってくるのか、とたえず考えたのだ。武光も同じだっただろう。精強の菊池軍も、次第に若い世代と入れ替っている。末端の兵にいたるまでそうだ。それを阿蘇外輪山で鍛えあげる仕事は、決して他人に任せようとはしていなかった。

「九州は、まだかたちばかりの国だ。征西府に抗《あらが》う者がないとしても、それは武力で押さえているからだ。それを、まことの国にするためには、あと十年も二十年も、こういう状態が続こうぞ」

疲れている、と思うことはしばしばあった。それは気力で克服できることだ。この気力が萎《な》えないかぎり。いつもそう思った。

張りつめてばかりいたわけではない、と思う。時には、気持を開いて、穏やかな日々も過したのだ、と思う。しかしそれは、常人から見れば短かすぎる時間だったのかもしれない。九州を背負っているのは自分と武光だ、という思いからは、どんな時でも決して解放されはしないのだ。

「少しは休まれるとよい。せめて私のそばにおられる時は」

「こうして三人で暮しているだけでも、儂にはもったいないほどの時だ」

「それでも都竹殿は、次に明軍と闘う時はどうしようか、ということばかりを考えておられる。私にはわかります。それだけ張りつめて、長い時を過してきて、いつか切れてしまわぬかと心配でなりませぬ」

「そういう星なのだ。そうせねばならぬように生まれてきた」

「都竹殿は、自分で星を作られた。私はそう思います。一度作りあげた星は、簡単には捨てることができないでしょうが」

「もうよせ、阿久里」

「はい」

素直に、阿久里は黙った。

「月王は、相変らず儂とはあまり口を利《き》こうとせぬな」

「尊敬の気持が、強すぎるのでございましょう。ここへ戻ってきて都竹殿がおられぬと、どこへなにをしに行かれた、と必ず訊きます。私に訊いたところで、わかりはしないのに」

「いい青年に育ててくれた」

「なにか、血を持っております。母親の私が見ても、怖《こわ》くなるような血を」

「男子《おのこ》とは、そういうものよ」

「でございましょうな。その血が躰を駈《か》け回ると、獣のようなものじゃ。女子にはどうしようもありませぬ」

自分が月王丸ほどの年齢の時を、懐良ははっきりと思い出せた。いつも、むかい合っている敵がいた。その敵のことだけを考えて、一日を過すこともできた。

「次の戦にも、月王は連れて行かねばならぬ。よいな、阿久里」

「私が止めても、二人とも行くに決まっております。無駄《むだ》なことはするまいと、私も心に決めました」

阿久里が笑った。

縁に腰を降ろして庭を眺めながら、懐良はもう明軍との闘いのことを考えていた。

6

渡り板が、かすかな音をたてた。

月王丸は、太刀の柄《つか》に手をかけた。深夜である。兵たちは、泊の小屋で眠っているはずだった。

「何者か？」

誰何《すいか》すると、足音が消えた。風の音と波の音が入り混じっている。

「名乗れ。斬って捨てるぞ」

「月王か」

父の声だった。太刀の柄から、月王丸は手を離した。影が近づいてくる。月の明りで、なんとかその姿が見てとれた。

「船が気になりまして。それに、ひとりだけでいると、船が話しかけてくるような気もします」

「ほう。明朝は出帆ぞ。そうなればずっと船にいなければなるまい」

「その前に、船と語りたいと思ったのです。闘えるのか。どこか傷《いた》んでいないのか。船は答えてくれます。おかしいですか？」

「いや」

月王丸のそばに立ち、父は船縁《ふなべり》に手をかけた。埒《らち》もないことを言ってしまった。そう思った。しかも、よりによって父に対してだ。

「月王は、時々こうしてひとりになるのか？」

「幼いころから。あまり人は知りません。爺《じい》様と死んだ安秋と竜広が知っているぐらいです。あの三人は、時々猫《ねこ》のように歩いたりしますから、見つけられてしまいました」

「儂も、猫のように歩いたか？」

「渡り板が、きしるのが聞えました」

それきり、父はなにも言わず海を見つめていた。月の光を照り返して、海面がきらきらと輝いている。冷たい風が心地よいほどだった。

「月が出ているからかな」

「なにがです？」

「おまえがよく喋《しゃべ》るのがだ」

「時々は、無駄なことも喋ります。たとえ父上のそばでも」

　自分でも、よく喋る、と月王丸は思った。もともと寡黙《かもく》な方ではない。父の前で、あまり言葉が出てこなかっただけだ。

「二十だったな」

「はい」

「元服はせぬか。南浦が烏帽子《えぼし》親になってくれるぞ」

「もういたしました、心の中で。烏帽子を付けろとあれば、勝手に付けます。烏帽子親はいりません。爺様も、無理に元服をせよとは言いません」

「儂も言わぬ。ただ、元服したがっているのではないか、と思っただけだ。勝手に、心の中で元服いたしたか。それはよい」

　低い声で、父が笑った。どこか疲れたような笑い声だった。月王丸は二、三歩父に近づき、そうしてからなぜ近づいたのか考えた。

　圧倒してくるようなものはなかった。それでも、いつもの父だった。こんな声で笑うこともあるのだというのは、新しい発見だった。父については、絶えずなにか発見している。それだけ知らなかったということなのか。ともに暮していれば、やがてすべてがわかってしまうものなのか。それとも、父を知りたいといつも心のどこかで望んでいるからなのか。あまり深くは考えなかった。いまはなぜか、言葉が出てくる。気持も開いている。

「酒がありますが、父上」

「一杯、貰《もら》おうか」

椀《わん》に注《つ》いだ酒を、月王丸は父に差し出した。父は、時間をかけてそれを飲んだ。

「もうよい。二杯目は、これほどうまくあるまい」

「月王丸は、不肖の倅《せがれ》でありましょうか、父上？」

「酔っておるのか？」

「いえ、まだ酒は飲んでおりません。いつも、船に飲ませてから飲みます」

舳先《へさき》に注いでやるだけだった。父はそれを理解したのか、なにも訊いてこなかった。

「なぜ、不肖だと思うのだ？」

「親の言うことを聞きませぬ。母者の」

父の眼が覗《のぞ》きこむように、自分にむけられた。月王丸は、それを見つめ返した。吸いこまれそうな眼だった。この人が、自分の父なのだ。確かめるように、自分に言い聞かせた。母も安秋も六兵衛も、南浦までが、父がどれほど優れた男かを言い続けてきた。反撥《はんぱつ》はしなかった。負けてなるか、という気持だけがある。

「父上、月王丸は妻を娶《めと》りたいと思っております。父上はお怒りになる、と母者は申しました。しかし娶りたいのです。父上がお怒りなら、それはわが身で受けます」

「気負っておるのう、月王。どのような娘を娶りたい？」

「父上が望まれるような女ではありません。なんの役にも立たない女です」

「役に立たぬ？」

「高麗王朝の娘ではありません。九州の守護の娘でも、京の公家《くげ》の娘でもありません。だから役には立たないのです」

「まわりから、役に立つ娘を娶れ、と言われているのだな」

「側室にせよ、と言った者もおります。私は、そんなことはいやです」

父が、また低い声で笑った。問題にもしていないのか。そう思うと、かっと頭に血が昇った。絶対に父に言ってはならぬと、母から強くたしなめられていた。しかし、もう言いはじめていた。

「どのような娘だ、月王？」

「名もない、高麗の貧しい水師の娘です」

「好きなのだな、その娘が」

「誰よりも」

父は、しばらく海を見つめていた。怒っているようではない。やはり、側室にせよ、と言うのだろうか。

「おまえに、妹がひとりいる。三財長次郎という者の娘が、儂の子を生んだ。その女を、儂は慈《いつく》しんでおる。しかし正室にはできぬ。儂が征西将軍だからだ。そう思ってきたが、ほんとうは儂の弱さかもしれぬ。菊池にも、儂の慈しんだ女がいる。その女とは、子を成さなかった。儂のために、淋《さび》しい生涯《しょうがい》を送るかもしれぬと思うと、心が痛む」

「妹、ですか」

「いつか、それはおまえに教えておこうと思っていた。まだ、ようやく歩けるようになっただけの、妹だ。その娘を、征西将軍の娘として育てる気が儂にはない。三財長次郎の孫でよいのだ。その方がよい」

「しかし父上は」

「おまえもそうだ、月王。おまえは、波多水軍の娘が生んだ子であり、南浦という変り者の孫だ。そう扱ってもきた」

「賤《いや》しき血、だからですか？」

「おのが血を、賤しいと言うのか、月王」

静かな言い方だったが、はじめて圧倒されるようなものを、月王丸は感じた。

父の眼が、また自分を見つめてきた。やはり、吸いこまれそうな気がする眼だ。こらえるような気で、月王丸は見つめ返していた。

「おのが血を、賤しいなどとは言うな、月王。高貴だと言う者もいるであろうが、高貴と思ってもならぬ。儂というひとりの男と、阿久里というひとりの女。おまえの血は、ただそれだけを受けた血だ」

「わかりませぬ」

父の手が軽く肩にかけられるのを、月王丸は感じた。

「その娘を娶るかどうか、おまえが決めることだ。困難はあろう。儂がなにか言えば、誰も反対はしまい。しかし、儂はなにも言わぬ。ただ見ていよう」

「お怒りには、ならないのですか？」

「なぜ、怒らねばならぬ。思うさまに生きよ。おまえがそう生きてくれれば、儂の気もいくらかは晴れる。難しい血の中におまえを生み出さなければならなかった、儂の悔いも少なくなろうというものだ」

なにを言われているのか、月王丸にはよく理解できなかった。この人の血を受けた。それは間違いないことだ。そして、自分の肩にあるこの人の手は、切ないほど暖かい。

馬が積みこまれ、出帆した。

総勢三千。忽那、村上、佐志、波多の軍勢も加わっている。百余艘の船隊だった。

外海に出ると、月王丸は馬を一頭一頭検分していった。明らかに元気をなくしている馬もいる。それでも、地上に降り立てば、大抵は元気が戻る。

総帆、総櫓《そうろ》の押し走りだった。評議では、もっと軍勢をふやしたいという意見が強かった。しかし父は、船足を速い方へ揃《そろ》える方が効果的だと判断したようだった。

二日、航行した。

三日目の朝、船隊は陸に舳先をむけた。月王丸は、金竜広や佐古晋助とともに具足を付けた。金竜広は、父が与えた太刀を抜き払い、何度も見つめ直していた。

「人を斬るのは腕だ。太刀ではないぞ、竜広」

「腕はありますのでな。あとは太刀だけです。見れば見るほど、これはよい太刀だ。惚《ほ》れ惚《ぼ》れしてしまいますよ。延寿太郎国村というそうです。御所様よりそう教えられました」

「槍《やり》は使わんのか。菊池に、皆朱《かいしゅ》の槍を許された槍の名手がいるそうだ。戦場では、無敵だと、爺様が言っておった」

「城《じょう》武顕殿でしょう。それがしも、何度か噂を聞きましたよ」

甲板で法螺貝が吹き鳴らされた。

月王丸も金竜広も、外へ飛び出した。陸地《くがち》が近づいてきている。父の姿は、舳先にあった。腕を組み、陸地を見据《みす》えている。百余艘の関船が、舳先を並べた。

父の手が挙がった。船は、一斉に陸地にむかって走りはじめた。浜にいる明軍の兵が、算を乱して逃げ出すのが見えた。せいぜい五十ほどの敵だ。

船底が砂を噛んだ。

馬が曳《ひ》き降ろされていく。父は先頭を歩いて、浜に立った。その周辺に兵が集まっていく。月王丸も、自分の馬を曳いて父が見えるところに立った。

「怯《ひる》むな。敵は蹴散《けち》らす。大軍に遭遇したら小さくかたまって中央を突破する。怯めば遅れるぞ。儂と、この旗を見失うな」

波多武が掲げているのは、八幡大菩薩の旗だった。

父が馬に跨《また》がった。確かめるように、父は軍勢の前を一度横に走り、ひと声太い声をあげて馬に鞭《むち》をくれた。

進軍を遮《さまた》げるものは、ほとんどなかった。五十や百の軍勢は、馬蹄《ばてい》で蹴散らした。旗が、風を切ってぱたぱたと音を立てている。耳に快い音だった。

五百ほどの軍勢が遮ってきたが、一気に突破した。

「駈けよ、駈け続けろ」

父の声が聞えた。どこまでも駈けられる、と月王丸は思った。

父が手を挙げた。軍勢が止まった。

「左翼、佐志、忽那、山鹿忠景。右翼、村上、波多。残りは中央で旗に続け。いいか、横に拡がるな。中央に寄りながら、前へ進むのだ。左翼、右翼の順で前へ出ろ。中央の旗が突っこんだら、続け」

前方に、数千の軍勢が陣を敷いていた。三千から四千だろう、と月王丸は見た。

父の鞭が宙に躍った。月王丸も、必死に馬腹を蹴っていた。突っこんでいく。なにも考えなかった。最初にぶつかった敵を、斬り倒す。さらにまた敵。叫び声をあげながら、月王丸は太刀を振った。

「よし、突破したぞ」

ぴたりと自分に付いて離れようとしない、金竜広にむかって言った。父はすでに駈けはじめていた。また、前方に兵が並んでいた。構わずに突っこんでいく。敵が崩れた。

水軍の泊に到着した時、全員が返り血を浴びていた。馬を倒された者は、ずっと遅れている。ここまで駈け続けてきたのは、二千騎ほどのものか。

「山鹿忠景、五百騎を率いて、船を襲え。上流の船から、燃やしていくのだ。できれば、十艘でも二十艘でもいい、奪え」

馬はもう限界に近かった。帰りは、駈けるというわけにはいかないだろう。

騎馬の侵入に気づいたのか、前方に続々と兵が出てきた。船は、河の中央あたりに並んで繋《つな》がれている。すでに夕刻近くなっていた。いつの間に、これほどの時が過ぎたのだ、と月王丸は思った。

「ここまで、生きて来ることができた。死に場所はここだと思え。よいか、八幡大菩薩の旗だけは見失うな」

父の太刀が中天に翳《かざ》された。それが敵にむかって振り降ろされた時、月王丸は駈け出していた。

敵は、万を越える規模だろう。ただ、まだしっかりと陣を組んではいない。そこに、騎馬が突っこんでいった。すぐ横を、金竜広が走っている。太刀が風を切る音が、月王丸にも聞えてきた。

徒《かち》が三名、槍を突き出している。その一本を、月王丸は手で摑《つか》んだ。もうひとりに太刀を叩きつける。三人目の槍が、脛《すね》の肉を抉《えぐ》った。言葉にならない叫び声をあげ、月王丸はその兵の首を飛ばした。槍を奪っていた。馬上で、それを振り回す。

「駈け抜けますぞ、月王丸様」

金竜広の声。馬腹を、蹴りに蹴った。右手に太刀、左手に槍を持っていた。敵の中を駈け抜けた。すぐ前に、八幡大菩薩の旗がある。父の姿もあった。

駈け抜けてきたのは、一千ほどの者だった。軍勢が集結したのを確かめると、父はちょっと河の方に眼をやった。薄闇の方々から、火があがりはじめている。

「いま一度、駈け抜ける。生きて駈け抜けた者は、ひた走れ。川下にむかってひた走り、敵の関船を見たら乗り移るのだ。よいか、二艘でも三艘でも、上流から流れてきているはずだ」

河の上の火が、大きくなっていた。山鹿忠景の襲撃が成功している。もっと燃えろ。数百の関船を、焼き尽してしまえ。

「行けっ」

父の声。駈け出した。敵の陣形は、はじめより堅くなっていた。馬が遮られる。槍を突き出して、強引に道を切り拓《ひら》く。躰が、すでに自分のものではなかった。槍と太刀が、自然に動いている。

簡単に突破はできなかった。破っても破っても、人の壁があった。敵にも、騎馬隊が出てきたようだ。すでに数万。そう思えた。前方で、騎馬隊とぶつかった父の馬が倒れた。見ていたが、すぐには近づけなかった。馬上の二人が、馬から落ちた。父。敵の馬を奪って跨がっている。

父にむかって、月王丸は駈けた。金竜広はまだそばにいる。肩を、矢で射抜かれた。馬からは落ちなかった。太刀を振りかざして、敵の弓隊の中に駈けこむ。ぐらり、と躰が揺れた。地に投げ出されていた。跳ね起き、斬りかかってくる敵を二人倒した。三人目。斬り結ぶ。四人目、五人目。むかってくるのが見えた。四人目、五人目の二人が、倒れた。

「乗れ、月王」

父だった。馬を一頭曳いている。月王丸はとび乗った。父を追うようにして、走った。法螺貝が聞えていた。ようやく、敵を突破した。走る。前にも後ろにも、走っている味方がいた。どれほど走ったのか。前方に騎馬隊がいた。

「味方です、月王丸様」

太刀を振りかざした月王丸を、金竜広の声が押さえた。山鹿忠景だった。

八幡大菩薩の旗。父。敵を突破して駈けてくる味方を迎えるように、馬上の父は胸を張っていた。

「月王丸様、早く船へ。ここは、忠景が防ぎまする」

上流の空が、夕焼けのように赤くなっていることに、月王丸ははじめて気づいた。船にとりつき、よじ登った。八艘の敵の関船を奪ったらしい。船には、次々に味方が乗りこんできた。櫓につく者。帆の準備をする者。船底には、手負いの者が運ばれた。

山鹿忠景の騎馬隊が、敵にむかって突っこんだ。敵を押し返す。闇の中だが、上流の炎の明りが、ここまで届いているような気がした。父が、船に乗りこんできた。すでに甲板は兵でいっぱいだった。

「忠景の軍勢を拾いあげろ。それから岸を離れるのだ」

山鹿忠景の騎馬隊が戻り、態勢を整えて、もう一度突っこんでいった。まだ、敵の中から駈け出してくる味方がいるのだ。山鹿忠景は、三度突撃を試みた。それから、軍勢も船にとりついてくる。

「山鹿忠景様、お討死」

誰かが報告していた。父は、一度頷《うなず》いただけだった。敵が船に寄せてきた。すでに矢が届く距離だ。月王丸は船縁から手をのばし、舷側にとりついた兵を、必死で引きあげた。

船が、岸を離れていった。櫓の音。追ってくる船はいないようだ。流れに乗って、船は風のように進んだ。潮の匂い。海に出たのだ、ということだけを月王丸は感じた。

「御覧ください、月王丸様。味方の船が待っておりますぞ」

海上の火。まるで陸地でもあるように、点々と並んでいる。

「生きているな、竜広」

「そう、生きております」

「父上は？」

「味方の損害の報告を受けておられます」

「大きかったのか？」

「まず、五百は戻らぬかと」

かなりの兵を失った。しかし、明の水軍を潰滅《かいめつ》させた。あれほどの船を、すぐに建造することはできないだろう。その間に、こちらは何度も攻めることができる。

船縁にもたれて腰を降ろした月王丸の顔を、飛沫《しぶき》が濡らした。

第十三章　勇者たちの宴《うたげ》

1

　吉野の、後村上帝の崩御が伝えられたのは、大宰府に戻ってすぐだった。四十一歳だった。懐良《かねよし》より、たったひとつ上の兄に当たる人だ。懐良も、すでに四十歳に達していた。

「良成《りょうせい》には伝えたのか？」

「はい、それがしが自分で」

　無表情に、頼治が言った。一番つらい役目だったはずだ。それを、頼治は無表情の中に隠していた。いつか、そうなってしまったのだ。

　長門《ながと》にまで進んだ八万の兵は、二月の中旬にはそれぞれの領地に戻ったという。大宰府には、また静かな日々があった。

高麗《こうらい》へ遠征した水軍は、払った犠牲は大きかったが、確かに大きな効果をあげた。山鹿忠景以下、五百を越える死者を出した。手負った者も多かった。しかし、朱元璋《しゅげんしょう》は、水軍の主力のほとんどを失った。張士誠の残党が息を吹き返し、日本や高麗の水軍と連合して、元《げん》に代った明《みん》を、散々にてこずらせているらしい。あの戦の直後から、水野十郎太が扱う交易品の量も、飛躍的に多くなった。明の水軍に邪魔をされることが、まったくなくなったのだ。

「御所様。しばらく菊池へでも行かれたらいかがです。大宰府におられれば、気持も躰《からだ》も休まりません」

「疲れているように見えるか、頼治？」

「みんな、疲れはじめております。御所様も、武光殿も、私も」

「四十歳か。長かったと思うし、束《つか》の間だった気もする」

「月王丸様が、逞《たくま》しく成長されていたとか。一度、お目にかかりたいものです」

　妻を娶《めと》りたい、と言っていたことを、懐良は思い出した。月王丸にも、やはり血の苦しみはあるようだった。自ら克服するしかないことを、誰よりも自分が一番よく知っている。それを伝えようとしたが、うまく伝わったかどうかわからなかった。

「やがては、水軍の頭《かしら》になるであろう。南浦《なんぽ》も村上義弘も、やはり老いた。これからは、月王の時代だ」

「その水軍でございますが、山鹿忠景に代る人物として、河野通直《みちなお》はいかがでございましょう。まだ若こうございますが」

河野通盛《みちもり》の孫である。懐良が忽那島《くつなじま》にあった十四歳のころ、四国から攻めこんで来るのは大抵河野の軍勢だった。ところがその後、河野通盛は幕軍に攻められたのであった。一族の土居、得能《とくのう》は征西府に加担したため、本家の河野まで攻められたのだ。通盛は憤死し、その子通朝《みちとも》は敗死した。通直は通盛の孫で、孤児になったところを、海賊衆が拾って育て、二年前に征西府に送ってきたのだ。

「まだ、二十歳ほどであったな」

「はい。海賊衆に育てられたためか、操船もうまく、船戦《ふないくさ》にも長《た》けているようでございます」

「波多武《はたたけし》に預けてみろ。武が使えると見れば、山鹿忠景の代りにいたそう」

頼治が退出すると、懐良はしばし瞑目《めいもく》した。帝《みかど》であった人にではなく、兄であった人に対する瞑目だった。

朱元璋からの親書が懐良のもとに届いたのは、翌年のはじめだった。

即位を告げ、同時に倭人《わじん》の明への侵寇《しんこう》を責めていた。中止させなければ、日本に軍勢をさしむけるであろう、という恫喝《どうかつ》まで含まれている。

「文章不遜《ふそん》なり。黙殺せよ」

「されど、御所様を日本国王と認めて、送ってきた親書でありますが」

良遠は、外交というものに気を遣っているようだった。

「国王と認めてならば、さらに不遜である。礼節にもとるものに、なにゆえ返書などをしたためねばならぬ」

朱元璋が、独力で反明勢力の水軍を排除できないことを、公《おおやけ》に示したような親書だった。倭寇と高麗や明で呼ばれる水軍の活動は、増々《ますます》盛んになっていた。明からの略奪が増えている。高麗とは、むしろ交易の方が多かった。明は、服属してくる国としか交易をしないと、公言しているのである。

征西府は、大宰府に確立したころを第一段とすれば、すでに第二段に入っていた。奉行所のありようが整えられ、九州の訴訟はすべて決裁できるようにされつつある。その決裁を遵行《じゅんこう》させるための力として、武光を頂点にする征西府軍がある。ひとつの国家の形態をとりはじめたと言っていい。

「加瀬忠明の機嫌《きげん》が、このところようやくよくなってきました。銭倉を見なくとも、忠明の顔を見れば、銭倉の銭がどれほどかわかりますわ」

武光は、このところ三財館《さんざいやかた》に懐良がいる時を狙《ねら》って、訪《おとな》ってくるようになった。征西府の居室にも、従者が何人かいるが、公の場所という感じが否《いな》めなくなってきているのだ。

「良成も、賀々丸と気が合うようだな」

「遊びといえば、戦の真似事《まねごと》ですな。大人たちの頭に、いつも戦しかないからでございましょう。幼き者は大人の鏡のようなものかもしれません」

武光は、うまく明子をあやしながら言った。人見知りをする明子が、武光にはなぜかなついている。武光が持っている心根のやさしさが、明子を相手にしている時だけは、むき出しになってしまうのだ。

悠《ゆう》が、酒を運んできて明子を抱きあげた。武光と二人の時は、湯よりも酒を飲むことの方が多くなっていた。酒が紛らわせるものがある。求めているのは、それかもしれなかった。

「四国を、なんとかしなければならなくなるかもしれません」

「河野一族の、通直がいる。場合によっては、水軍を預けて差しむけなければならんな」

足利《あしかが》幕府管領《かんれい》、細川頼之《よりゆき》の本拠は四国だった。上洛《じょうらく》の兵を警戒するために、京の防備を固めると同時に、四国にも微妙な動きを見せていた。四国に、直接的に幕府の力が入ることになると、すぐに九州侵攻に結びつく。脇腹《わきばら》に太刀先を突きつけられるようなものだった。

静かといっても、大宰府には水面下の動きが多くあった。そのひとつをも、懐良も武光も見逃すまいとしている。

「細川頼之が、どういう武将かにもよるのですが」

武光がほのめかしたのは、暗殺の可能性だった。かつて、少弐頼尚《しょうによりひさ》は何度も刺客を送ってきた。それは、いかにも少弐頼尚らしい考えだった。兵を失うよりは暗殺で決着がつけばという考えを、卑怯《ひきょう》とばかりは言いきれない。兵を失わず、戦をすることもない。そのために汚れる手なら、喜んで汚そうというのである。

「なにか、そういう気配でもあるのか？」

「いまのところ、それがしの杞憂《きゆう》でございます。しかし、幕府に動きがなさすぎます。九州の武士に、足利義満の名で親書くらいは送ってもよさそうなものですが」

「心しよう。明源が、葦影《あしかげ》から配下を回して貰《もら》ったようだ。大宰府や菊池にいるかぎり、それで充分だろうと思う。儂《わし》ではなく、おまえに刺客が送られることも考えておけよ、武光」

「不死身じゃとも言っておれますまい。要心は怠っておりません」

征西府軍の力は、いまのところ九州では絶対だった。それも、武光がいて、菊池軍団があるからだ。武光ひとりを失えば、征西府軍は潰滅《かいめつ》しないにしろ、その求心力は失ってしまう。

武光の頭の白髪《しらが》は増えていた。髭《ひげ》にまで、白いものが混じっている。武光だけではなかった。悠に櫛《くし》を入れさせると、懐良の白髪を無邪気に数えたりする。

「酒がうもうございますな、このところ」

「儂もだ。ただ酒を愉《たの》しんでいるのではない、という気もする」

征西府は平穏である。高麗の戦で、懐良は何カ所かに傷を受けていたが、それもすっかり癒《い》えていた。湯浴《ゆあ》みをする時、自分の躰に刻まれた傷の多さに、改めて驚くことがあった。背中にもいくつか傷があるはずだが、それは見えはしない。

よく生きている。いつもそう思った。生かされているのかもしれない、とも思う。

九州の統一さえ果せば、新しい国家を作りうると考えていた。実際に統一してみると、その夢はさらに遠い彼方《かなた》にあった。見果てぬ夢を追い続けているのかもしれない。その思いは、たえずある。一歩ずつ近づいている、という気がすることもある。

夢と、自分の年齢が競い合っていた。生かされている。それがいつまで続くのか。

博多の水野十郎太が、西浦《せいほ》の書簡を携えてやってきた。

達筆であり、言葉遣いに誤りもなかった。倭寇への防備を固めるように、洪武《こうぶ》帝より高麗王朝へ命令が下ったと書かれていた。朱元璋が明国王に即位し、洪武帝となったのである。高麗王朝は、命令を受けたところで実行する力はないが、ここ二、三年で李成桂《りせいけい》なる者が王朝軍の中で頭角を現わし、やがては水軍の手強《てごわ》い敵になるであろう、というようなことが書き連ねてあった。

「西浦殿は、自分の軍勢で立ちあがろうとはなされぬようだな」

「二千の私兵ではとても。高麗王朝は弱体といったところで、ひとつにまとまってはおります。じっとこらえておられるのでしょう」

「李成桂なる者、機を見るに敏なようだな」

「王朝の中には、元に頼ろうとする一派もあるそうです。王朝が二つに割れる時を、待っているようにそれがしには思えます」

　高麗の情勢は、水野十郎太以外からも届いていた。いまのところ、水軍は大いに活動できる状況にあるようだ。明の水軍を叩《たた》き潰《つぶ》したのが、やはり大きかった。朱元璋は、元王朝の造船所をそのまま奪い、関船《せきぶね》の建造をしていたのである。その造船所も、張士誠の残党が襲って、すぐには使いものにならないようにしたようだった。

「時に十郎太、九州をどう見る？」

「どうと言われますと？」

「商人の眼で、九州を見ているであろう」

「産業が栄え、国の力がどれほどのものになるか、ということでございますな」

　水野十郎太は、年齢相応の落ち着いた眼差《まなざ》しを懐良にむけてきた。五条良氏の書簡を携えて拝謁《はいえつ》を求めてきたころは、まだどこかに野性の匂《にお》いをさせていた。いまではそれを、ほとんど完璧《かんぺき》に商人の物腰で包み隠している。

「国として力を持つためには、あと二十年の歳月が必要でありましょう。国の力は、簡単にできあがるものではありません」

「二十年と見るか」

それでようやく、足利幕府と対等の国家になれるということなのか。商人の眼は、武士とはまったく違うところにむく。

「軍費が、かかりすぎております」

「それは、水軍を作って維持しているというようなことではないな」

「はい。水軍はよろしゅうございましょう。本来ならば九州をひとつの国になど夢物語に近いことでございます。あの水軍のありようを見て、もしかすると二十年もあれば、と考えたわけです」

「軍費とは？」

「征西府の軍費のことではございません。征西府は、むしろ少ない軍費でよく闘ったと考えます。しかしながら、九州には諸将がおります。それぞれが、武力を抱えております。島津を見たところで、氏久、師久《もろひさ》兄弟で、十万を越える兵を養っているはず。さらに薩摩《さつま》、大隅《おおすみ》の土豪を加えれば、二国で十五万近い兵を養っているのではありますまいか。全九州を見渡せば、それこそ数えきれないほどの武士がおりましょう。それを養うのは、すべて軍費であります」

「つまりは、九州の力で養う兵の数が多すぎるということだな」

「征西府の裁量ひとつでその数が決められるようになった時、九州はまことの意味でひとつの国となり、足利幕府が攻めこむこともできない力を持つことになりましょう」

「国家というものだけを考えれば、単純なことだ。儂にもよくわかる。しかし、脈々と生きてきた、武士の家というものがある。それが、何代にも何十代にもわたって日本を支えてきた」

「それを認めてしまえば、足利幕府の国となんの違いもありません。それなら、領土が広い方が強いわけで」

　征西府軍十万。これは前から考えていたことだった。そして武士という名も存在もなくす。考えてみるだけで、実行するとなると気の遠くなるような道だった。

「交易によって銭を得る。それはできます。しかし、御所様だけがおやりになるわけではありません。なにゆえ、足利尊氏《たかうじ》は九州争乱のもととなるような、九州探題を置いたと考えられますか。少弐頼尚で、九州統轄《とうかつ》は充分。いや、一色範氏《のりうじ》より、はるかに事なく九州は治ったでありましょう。しかしそうすれば、博多を少弐頼尚が押さえることになります。つまり交易を」

「足利幕府は、いまも交易に眼をむけているだろうとは思う」

「博多の商人の中には、ひそかに幕府と結んでいる者が、いくらでもおります。商人は、節操よりも利を選びます。それこそが商人の節操だと申しあげてもよろしいでしょう」

「わかった、もうよい、十郎太」

「出過ぎたことを、申しあげました」

すべて、わかっていることだった。それを変えていくのは、やはり歳月なのだろう。人間の一生で、足りるような歳月ではないのかもしれない。

「菊池におられたころ、ここまで来られるのに五十年と考えておりました。それほどの時はかかりませんでした。それがしの眼も、あやふやなものでございます」

「慰めを申すでない」

「慰めなど。商人は、銭になることしかいたしませんぞ」

高麗や九州の話は切りあげ、懐良は南の海のことを水野十郎太に尋ねた。

明国の沿岸に沿って南へ南へ下っていけば、別の国があるのだという。水野十郎太は、商人らしい嗅覚《きゅうかく》でそういう国のことも調べているようだった。一年が、ずっと夏だという国もあるらしい。遭難した水師の中で、死んだと思われながら、南の国へ漂着し、そのままそこに住んでいる者もいるはずだという。

海の道は無限だった。極めた者はいない。しかし船があるかぎり、どこへでも行けるはずなのだ。水師の中には、いつかはと思っている者もいるだろう。

「月王には会ったか、十郎太？」

「はい。すでに立派な水軍の大将になっておられます。人を魅《ひ》きつけるなにかを、お持ちでございますな」

月王丸が妻を娶ったという話は出なかった。まだ、なにかにひっかかっているのだろうか。懐良としては、待つ以外になかった。

「いつか、月王に船を一艘《そう》やりたい。関船ではないぞ。三倍も四倍もの大きさのある船で、どんなに長い航海にも耐えられる。それで月王に、無限の海の道を歩かせてやりたい」

「水軍の大将ではいけませんか？」

「それはそれでよい。儂の夢のようなものだ」

懐良は、館の外に眼をやった。晴れた寒い日だった。一年がすべて夏の国。言葉で考えてみたところで、よくはわからなかった。

2

鳥が啼《な》いていた。

すでに空は白みはじめている。

今川了俊《りょうしゅん》は結跏趺坐《けっかふざ》を解き、居室の縁に出て、庭の紫陽花《あじさい》に眼をやった。朝露が、葉をかすかに濡《ぬ》らしている。ところどころ露は玉になり、少しでも葉が動くと、転げ落ちて砕けてしまいそうだった。

屋敷では、まだ起き出している者はいないようだ。静寂の中で、陽の光だけが少しずつ強さを増してきた。時折、露の玉が鋭い光を放ち、その瞬間だけ砕けることのない固いもののように思えるのだった。

九州探題に決定したのは、昨日である。

渋川義行が探題に任じられ、西下したものの、九州に入ることができず引き返してきた。それから、九州探題は五年近く空席のままであった。

幕府は、その間九州を放置しておいたわけではない。探題の人選が難航をきわめたのである。山名時氏が、一子師義《もろよし》を推薦し、一度は落着しかけた。しかし、山名師義の武将としての実績に疑問を呈する声が出て、実現しなかった。

一色範氏から渋川義行まで、四人の九州探題がことごとく失敗している。もはや失敗は絶対に許されないところにまで、幕府は追いつめられていた。

吉野との争いは終熄《しゅうそく》したわけではないが、圧倒的な優勢はすでに覆《くつがえ》されようもないものになっていた。長く吉野の軍事的な柱石であった楠木《くすのき》一族も、正成《まさしげ》の子の正儀《まさのり》の代になってついに幕府に帰順した。昨年のことである。しかし九州に征西府があるかぎり、足利幕府は日本の統一政権とは言い難いのである。

尊氏公も義詮《よしあきら》公も、自ら大軍を率いて九州を攻めようとまでしたが、果せなかった。そしていま、三代将軍の代になった。義満として元服したとはいえ、いまだ十三歳である。

幕府の全権は、管領細川頼之にあった。その細川頼之が抱えた最大の難問が、九州探題の選任であった。侍所頭人《さむらいどころとうにん》、引付頭人を歴任し、幕府内で管領に次ぐ職掌にあった了俊は、細川頼之の苦衷をずっとそばで見てきた。

自分に回ってくるかもしれない、という気持は漠然《ばくぜん》とあった。ほかに人物がいないのである。

義詮公の時ならば、自ら願い出たかもしれない。自分をここまで取り立ててくれたのは、義詮公である。すべてについて、兄のように慕われていたと言ってもいいであろう。三十八歳の若さで義詮公が没した時、了俊も出家したのである。それまでは、今川貞世といった。

三代将軍のために、あえて火中の栗《くり》を拾おうという気が、了俊にはなかった。ただ、細川頼之に頼まれれば断りきれまい、とも思っていた。

すべての検討を加えた末の依頼が、昨日だったのである。

九州の情勢が幕府にとってどれほど困難なものか、了俊も詳しく知っていた。征西将軍宮と菊池武光を撃ち破れるほどの武将は、幕府のどこを捜してもいないのである。

了俊にも、自信があるわけではなかった。細川頼之が、了俊以外にはいないと決めたのである。幕府内で、異を唱える者はいなかった。誰もが、息をひそめてじっと見つめているという状態だった。

自分の人生に、いま一度の大きな試煉《しれん》が与えられた、と思うほかはなかった。

居室に戻ると、了俊は手を打って宿直《とのい》の従者を呼び、湯を命じた。

「仲秋《なかあき》様がさきほど見えられ、客殿でお待ちでございますが」

湯を運んできた従者が言った。

「通すがよい」

ふだんなら、仲秋は直接了俊の居室に訪いを入れてくる。早朝だから遠慮をしたのか、と了俊は思った。歳《とし》の離れた弟で、いまは侍所頭人である。その職掌も、了俊が譲ってやったものだった。一時了俊は、引付頭人と侍所頭人を兼任していたのだ。訴訟と御家人の統率を、一手に握っていたことになる。

「お目《め》醒《ざ》めでござったのか」

仲秋が入ってきて言った。用件はわかっていた。九州下向に同道すると言いにきたに決まっている。仲秋は風貌《ふうぼう》も雄々しく、果断な性格をしていて、一族の中では武将として最も頼りになる男だった。ただ、侍所頭人の要職にある。それを辞任させて同道することに、了俊はためらいを感じていた。

「出立はいつでござる、兄上？」

「どこへ出立するのだ？」

「冗談はやめてくだされい。西でござる。いま、西が幕府にとっては最大の懸案。兄上がそれをお引受けなされたのは、まさに国のためだとそれがしは思っております」

「九州へは行かぬ、仲秋」

「なんと」

「一度、遠江《とおとうみ》へ帰る。なまじの覚悟では、いまの九州とは闘えまい。領国の家人たちをまとめ、万全の準備をし、後顧の憂《うれ》いをなくしておかねばならぬ」

それに、覚悟も決めなければならないのだ。長い闘いの覚悟、死の覚悟。生きて敗北することなど、今川の名が許さなかった。それは、仲秋に言わなかった。言えば、仲秋の心を煽《あお》るだけである。

「では、出立は？」

「来年になるであろうな」

「ならば、この仲秋も遠江へ御一緒いたしましょう。それがし、凡愚にして、なんら兄上のお役に立てないことを、いつも心苦しく思っておりました。戦なれば、多少はお役に立つはずです」

「九州へともに行くというのだな」

「申すまでもないこと」

「考えておこう、仲秋。まだ時はある。おまえもよく考えるがいい」

「兄上」

「もうよい。おまえの気持はわかった。儂はこれから、細川頼之殿のもとへ行かねばならぬ。そのあと出仕する。引付頭人の後任も決めなければならぬのでな」

仲秋は頷《うなず》いて笑顔を見せた。同道することは決めていて、それができないとは疑ってもいない表情だった。

堀川の屋敷から細川頼之のところへむかう間、了俊はずっと領国遠江のことを考えていた。領国の経営は、これからの了俊の課題であった。駿河《するが》は兄範氏が受けているが、やがては駿河さえも領国に加えることになるかもしれない。父範国は、それを強く望んでいるのである。

「今川殿。御足労をかけましたな」

客殿に出てきた細川頼之は、気軽にそう言って対坐《たいざ》し、一枚の書きつけを差し出した。

「御分国、ゆめゆめ相違あるべからず」

受け取り、声に出して了俊は読んだ。九州探題として赴任中、遠江の領国は保証するという意味である。将軍義満の名で出されていた。

「これはお心遣いをいただきました」

了俊は、静かにそう言った。喜びを、露骨に表わすことはしない。若いころからそうであった。人の情念は、態度の中にほのかに漂うだけでいいのだ。

「儂は、せいぜい四国を固めよう。できることは、それぐらいのものじゃ」

「助かります。四国が安定していなければ、九州で思うさまの動きができませぬ」

「今度九州を制圧できなければ、あと二十年は無理であろう。その間に、征西府が弱ってくれればよい。さらに強くなっていけば、もう手の施しようはない。中国、四国を呑《の》みこみ、やがて京も」

「上洛の軍勢を出さぬ。そこが征西府の怕《こわ》いところですな。上洛の軍勢が来れば、対処のしようもありました。軍勢を出すたびに、力は弱くなっていったでしょうし」

「まさしく。九州だけに根を張って、京には眼もくれていないように思える」

細川頼之は、痩《や》せた渋面をさらに顰《しか》めた。沈着な男である。こうして対坐していても、心の底までは測りきれないなにかを感じさせる。

「一度遠江に帰り、九州への出立は来年のはじめにいたしたい、と考えております」

「それまでに、九州の武士には通知を出しておこう」

「それについて、お願いしたき儀がございますが、申しあげてもよろしいでしょうか」

「おお、なんなりと言ってくだされい。正直なところ、幕府は今川殿だけが頼りでござるからな」

「さきほど、四国を固めると仰《おお》せでありましたが、中国へもそれがしの下向を知らせていただきませぬか。はじめは、兵站《へいたん》を中国に頼らざるを得ません」

兵站という言葉を使った以上、単なる通知で済まないことは、細川頼之にはわかったはずだ。幕府からの協力の要請。それも命令に近いものになる。

「わかった。大内や山名には儂から伝えよう。御家人たちには、義満様の名をもって通達する」

「お願いの儀とは、それだけでございます」

「そうか。とにかく、九州は取り戻さねばならぬ。元服されたとはいえ、義満様は十三歳。自ら政事《まつりごと》をなされるまでに、九州は取り戻しておきたいのじゃ」

「それがしにとっては、最後の大仕事ということになります」

「いくつになられたか、今川殿は？」

「四十五歳でございます」

「よい歳じゃ」

「死んでも、それほど惜しくはありません」

言って、了俊は低い声で笑った。いまさら、細川頼之と肚《はら》の探り合いをしても仕方がないことだった。すでに、九州へ行くとは決めたのだ。

「幕府第一の歌人を、九州へやって、儂はさぞかし恨まれるであろうな」

「なんの。歌は九州から送れます。戦は、京ではできませぬのでな」

「まこと、今川殿ほどの歌人は、もう武士の中には現われまいな。しかも、武門の誉れも高く、それを守り抜いてもこられた」

　細川頼之が並べる歯の浮くような言葉も、大して気にはならなかった。細川頼之は足利義満の管領であり、了俊の失敗はそのまま義満の失敗ということになる。義満の失敗でも、責めを負うのは細川頼之である。了俊の九州探題が決まってから、細川頼之とは利害を同じにする立場に立ったのだった。幕府内でも、最も警戒の必要のない人間と言っていい。細川頼之は、自己の命運を了俊に託したのだ。

「いつ、遠江に発《た》たれる？」

「さて、引付頭人の後任は、すでに決定いたしましたか？」

「吉見氏頼を考えておるが、まだ決定はしておらぬ」

「新任の引付頭人が決定するまで、それがしが京を離れるわけには参りますまい。決定があり次第、引き継ぎを済ませて発つことにいたしましょう」

　それから、話題は京の歌壇のことに移った。了俊は、勅撰集《ちょくせんしゅう》にいくつか歌が入れられた歌人である。武士の中に、ほかにそういう者は少なかった。眩《まぶ》しい眼で自分を見ている武士がいることを、了俊は知っていた。

　それを自慢したことは一度もない。歌のわからぬ人間との、歌についての話は、ただ退屈なだけだった。

　細川邸を辞去すると、了俊はそのまま幕府に出仕した。

旅立つ日まで、平常な心でいようと自分に言い聞かせていた。いたずらに逸《はや》ったところで、九州の情勢は変りはしないのだ。

3

久しぶりに、隈府《わいふ》城の城塔から、武光は城下を眺《なが》めていた。

武光も武政も、大宰府にいることが多い。その間の菊池の束ねは、赤星武豊である。菊池軍五千五百のうち、二千は常時大宰府に詰めていた。五百は留守居の守備隊であり、残りの三千は、九州各地の制圧に回り、その必要がない時は、阿蘇《あそ》外輪山で訓練を重ねている。武光は、九州南部を巡る軍勢を指揮することが多かった。ただ、大きな戦に発展するものはなにもない。時が許す時は、阿蘇外輪山の訓練に立ち会うのだった。いざという時は、自分が動かす軍勢である。訓練の指揮も、自分でやっておきたかった。

孫の賀々丸を伴っていた。大宰府だけでなく、菊池もよく見せておいた。訓練も、参加できないまでも、その息吹《いぶ》きぐらいは嗅《か》がせることができる。

孫の中では、武光は賀々丸を最も気に入っていた。ようやく八歳だが、童《わらべ》とは思えぬ、太いところがあった。それは、父の武政には欠けているものである。

すでに、乗馬は巧みにこなす。剣の相手をしてやっても、剛直な太刀筋で、気力を剣先に集中させることを、本能的に知っているようだった。武光が睨《にら》みつけても、懸命にこらえて、決して眼をそらそうとしない。菊池の武士の中で、武光と睨み合って眼もそらさずにいられる者が、何人いるのか。打ちすえても、涙を見せたこともない。

牧宮《まきのみや》は政務に追われ、それでも時間を見つけると水軍を鍛えていた。伊予の河野通盛の孫で、通直に期待をかけているようだ。波多武がいかにすぐれた水師でも、その旗のもとには松浦《まつら》党の一部しか集まらない。河野通直なら、内海から熊野《くまの》の水軍まで集められるかもしれないのだ。九州を守るためには、海の防備は絶対に必要だった。ただ、通直にはどこか、信用しきれない感じを武光は持っていた。

九州は相変らず平穏であるが、それだけに大きく変えられないもどかしさがあった。たとえば島津なりが反征西府に回れば、これを叩く戦の過程によって、さまざまなものを大きく変えられる。軍勢督促のやり方にしてもそうだし、税の徴収のやり方もそうだった。いまのままでは、一年でやりたいことが、どうしても三年から五年はかかる。徐々に、不満を吸収しながら変えていくしかないのだ。牧宮も、水軍について同じことを考えているようだった。高麗の王朝に反する水軍は相変らずだし、高麗に拠点を置く日本の水軍も、足利幕府を海外から脅《おびや》かす力にまではなりえていないようだ。

今年の三月、明が送ってきた趙秩《ちょうちつ》という使者を、蒙古《もうこ》の子孫であろうと言い、斬《き》り捨てようとしたことなど、明に対する姿勢を示す意味はあったものの、これまでの牧宮では考えられないことだった。

交易だけは増え続け、おまけに水軍の明国からの略奪品もあり、銭倉を管理する加瀬忠明だけは機嫌がよかった。明国は敵であると、牧宮も高麗に拠点を置く水軍も決めているようだった。明国が服属を求めてくる以上、それに応じられないことは武光にもわかった。

「爺《じい》さま、戦の稽古《けいこ》にはいかれませんのか？」

城塔にいる武光を捜し当てて、賀々丸が昇ってきた。

「賀々丸、よく見ておけ。これが菊池じゃ。この隈府城は、いくつもの城に取り巻かれて守られておる。後ろの山には、隠し砦《とりで》もある。誰にも攻め落とすことができぬ城じゃ」

「城を守るのは人であって、城ではありませんのじゃ、爺さま」

「ほう。賀々丸が考えたことか？」

「葦影という者が、教えてくれました。城下で、油の商いをやっております」

「葦影の言ったことは正しい。しかし、城がなくてもいいということではない。城に頼る気持を起こしてはならぬ、ということだ」

「はい」

「賀々丸は、いずれ大将にならなくてはならぬ。ひとつのことだけが正しい、とは思ってはならぬぞ。必ず、別のことも考えてみるのだ。それから、正しいと思うものをひとつ選べばよい」

若いころからいままで、武光はそうしてこなかった。正しいものは、常にひとつだった。

それはそれで、間違ったとは思わない。ただ、賀々丸には自分と少しだけ違う生き方をさせたいという思いが、どこかにあった。

大きすぎるものと、むかい合うことになってしまったのか。いままでは、顔のある敵だった。どれほど手強くても、太刀で闘うことができた。いまむき合っているのは、平穏な、太刀を抜き払うこともない九州である。

牧宮も、同じようなものにむかい合っているのかもしれない。九州を統一するまでは、耐える時は耐え、突っ走る時は遮二無二《しゃにむに》突っ走った。こうして九州がかたちの上ではひとつになると、次になにをやればいいのかわからなくなる。どういうかたちにしたいという思いはあっても、どうすればそうなるかは手探りをするしかないはずだ。

たとえ牧宮が、武士の家のない国をめざしたとしても、そのために統一した九州は、武士の家の集まりでしかない。統一の中心的な力となったのも、菊池という武士の家だったのだ。九州の武士の家をすべて消し去ったのではなく、武士の家が別の武士の家を力で屈服させているというのが、いまの状態だった。

時をかけるしかない。それはわかっていた。しかし、どれほどの時があるのか。

「爺さま。戦の稽古には行かれませんのか？」

賀々丸が同じことを繰り返した。訓練が、よほど好きらしい。いまに、反吐《へど》が出るまで戦をやらなければならなくなる、という言葉を吞みこみ、武光は賀々丸の頭に手を載せた。

「そうじゃ、賀々丸。おまえに滝を見せてやろう」

「川にある滝でございますか？」

「そこに、御所様と儂が彫った、不動明王の線刻がある。それも、おまえに見せてやりたい。なに、馬で駈《か》ければすぐじゃ」

武光は、賀々丸を抱きあげて城塔を降りた。時々、こうして抱いてみる。抱くたびに、賀々丸は重くなっているのだった。


滝の音。

岩場でも、賀々丸は巧みに馬を操って付いてきた。武政にはできなかったことだ。笑いかけても、賀々丸の表情は真剣だった。

「馬はここでよいぞ、賀々丸」

岩に降り立ち、手綱を木の枝にひっかけて、賀々丸ははじめて笑顔を見せた。岩場には、わずかな土を捜すようにして根を張った樹木が、数本ある。

蔦《つた》を頼りに、滝のそばまで降りた。牧宮とともにここで滝に打たれたのは、どれほど前のことだったのか。あのころは、水を弾《はじ》き返す若さがあった。いまの力が衰えたとは思わない。あのころの若い力とは、違う質の力になっていると思うだけだ。

「これじゃ、賀々丸。不動明王が背負っている火焔《かえん》は、儂が彫った」

「鬼のような顔じゃ。なにをする人ですか、爺さま？」

「世に正義をなすために、天から降りてこられた方じゃよ」

「天とは、空のことですか？」

「空とも少し違う。なかなか説明はできぬわ。もう少しおまえが大きくなったら、天と空の違いもわかってくる」

賀々丸の小さな手が、岩に彫られた線をなぞった。それだけだった。賀々丸は不動明王にそれ以上の関心は示さず、むしろ滝の水の方に気を取られているようだった。手を出して、指さきを濡らしたりしている。

ふっと、武光はなにかが近づいてくる気配を感じた。

「賀々丸。儂の背中につかまれ」

「もう行くのですか」

「仕方がない。邪魔が入ったようだ」

賀々丸を背負い、蔦につかまって武光は素速く岩場に登った。

人の姿は見えない。背後で滝の音が聞えるだけだ。賀々丸を岩に降ろし、武光はじっと待った。姿は見えないが、近くにいる。それがはっきりと五感に感じられる。

岩のかげから、人が現われた。少し離れたところからも、顔だけ覗《のぞ》いている。全部で四人。武光は、むこうから近づいてくるのを待った。警固の者は連れてきていなかった。

賀々丸と二人で厩《うまや》へ降りて行き、馬を曳《ひ》き出したのだ。厩番は、武光に直々に声をかけられ、恐懼《きょうく》して行先さえも訊《き》かなかった。

「賀々丸、動くでないぞ」

四人は、徐々に包囲の輪を縮めてきた。商人の風体だが、太刀は持っている。慎重すぎる近づき方だった。武光はちょっと背後の滝に眼をやり、足場を測った。

「盗賊ではなさそうだな。菊池武光と知ってのことか」

返事の代りに、鳥の啼声《なきごえ》のような、カン高い気合があがった。一歩だけ、柄《つか》に手をかけて武光は前に出た。斬りかかってくる太刀。さほどの力はなかった。抜き撃ちにひとりを斬りあげ、腰を回転させて太刀を返しながら、もうひとりの胴を払った。血が飛んだ。武光の方から前へ出た。ひとりの太刀を弾き飛ばし、もうひとりを真向から斬り下げた。脇《わき》差《ざし》を抜いて突きかかってくる男の胴を、腕ごと薙《な》いだ。

「刺客に雇われるほどの腕も持ってはおらぬのに」

呟《つぶや》いてふりかえると、賀々丸が太刀を抜いていた。怕がってはいない。固いが、構えはちゃんとしていた。切先には、覇気《はき》さえも見える。

「血に酔いもしなかったか。立派なものじゃ」

武光は、直垂《ひたたれ》の袖《そで》で太刀を拭《ぬぐ》い鞘《さや》に収めた。賀々丸も、武光の真似をするように太刀を拭った。顔にも、かなりの返り血を浴びている。

「死にましたのか、爺さま？」

「三人はな。ひとりは虫の息じゃ。もう話もできぬだろう」

賀々丸は、意識もせずに太刀を抜き放ったようだ。まだ躰の中に殺気も残っている。無意識に太刀を抜くなど、何人か斬った人間でなければできることではなかった。

「強いのう、賀々丸は」

「爺さまの後ろにいたので、泣かずに済みました」

賀々丸に、ようやく子供らしさが戻ってきた。武光は、賀々丸の頬の返り血を、指さきで拭ってやった。

「爺さまの太刀は、よく斬れる」

「太刀も使い方なのじゃ、賀々丸。儂は何人も人を斬ってきた。どうやれば斬れるか、戦で覚えたのよ」

「賀々丸は、いつ戦に出られます？」

「もう少しじゃ。倒れている者どもを、よく眼に焼きつけておけ。負けるとは、こういうことじゃ。ただの骸《むくろ》になるということじゃ」

屍《しかばね》を見ても、賀々丸は大して怕がっているようではなかった。しばらく眼をくれ、老人のような渋面で二度ほど頷いた。

葦影は、武光と賀々丸を奥へ導いた。どう見ても、油を商う商人である。奥と言っても狭い家で、裏口のむこう側はもう倉だった。

「お二人とも、血を浴びられましたな」

「新しい直垂を用意してくれぬか。このままでは、警固の者が責めを負わされる。賀々丸と二人で、市の見物でもしていたということにしたい」

「申しつけてございます。どこで襲われたのでございますか？」

下男が二人いるようだった。ほんとうの下男なのか、配下として使っている者なのか、よくわからない。

「滝だ。刺客をやるほどの腕ではなかった。刺客としか思えない襲い方であったがな」

「なるほど、やはり」

「やはりとは、葦影？」

「お館様の首に、とんでもない銭を懸けた者がおります。腕はなくとも、銭に眼がくらむ心はありますからな」

「儂の首に銭か。なかなか面白いことを考える男がおるのう」

「男ではありません」

「女ということか。どういうことだ？」

言った武光の顔にむけられた葦影の視線は、笑っているようでもあった。

「どうも盗賊のようで、昨今の菊池や博多は仕事ができると思っているのでしょう」

「見知りか、葦影？」

「お館様の方が、よく知っておられました」

「気を持たせるでない」

「武澄様が亡《な》くなられた時のことを、思い出していただければ」

「あの折の」

武澄は、出入りの薬草屋に毒を売られ、それを飲んで果てた。薬草屋が武澄邸へ出入りできるようにしたのが、武光が阿蘇から伴って囲っていた女だった。千秋という名で、まだ二十歳ほどだったはずだ。

「お館様が、鞘ごと太刀で打たれました。よほどのお怒りが籠《こも》っていたと見え、肩から腕の骨が小砂利のように砕けておりました。やむなく、それがしが阿蘇へ運び、腕を切り落としました。隻腕《せきわん》のまま、生きのびてきたようでございます」

苦い思いに駆られ、武光は眼を閉じた。下男が戻ってきて、新しい直垂の用意ができたと告げた。下男は、武光と賀々丸が何者であるのかは知らないらしい。

「女子《おなご》が、自分ひとりの意志で、お館様のお命を狙ったとは、それがしには思えません」

「女の恨みとは、深く長いのかもしれぬ。まして隻腕にされたとなれば」

「それにしても、腑《ふ》に落ちません。あるいは阿蘇という地に関《かかわ》りがあるかとも思えますが。

調べてもよろしゅうございますか？」

「よい、捨ておけ」

葦影が、許可を求めてくることなどなかった。必要となれば、黙っていても調べてしまう男だ。許可を求めてきたこと、阿蘇という地名を出したこと。二つを考えれば、阿蘇惟《これ》村《むら》という名が出てくる。武光の従兄弟《いとこ》であり、恵良《えら》惟武の兄である。阿蘇惟村は、阿蘇大宮司領の隅で逼塞《ひっそく》している。恵良惟澄《これずみ》の跡を継いだ、惟武の方がはるかに勢いがいい。惟村を討ってみても、仕方がないことだった。最後は討とうとしなかった、恵良惟澄の気持もある。

「千秋は、菊池にいるのか？」

「おります」

「さりげなく、追え。九州から出た方がよい」

たとえ女でも、武安にすれば父の仇である。いるとわかれば、平静ではいられないであろう。武澄の妻も、いまは尼了悟として静かな日々を送っている。

「ところで葦影。なにゆえ、菊池で油屋などをはじめた？」

「おかしなことが多うございまして。菊池、博多、大宰府と、どうも京の者が開いた店が増えております。それも、京より来たということは伏せて」

「そうか」

「あるいは、細川頼之の策ではないかと。一昨年の、上洛《じょうらく》の構えを見せた長門への進出が、よほど衝撃を与えたのかとも思われます。あの直後より、京の商人が入りはじめましたゆえ」

「そちらの方は、おまえに任せよう。それにしても、油屋がよく似合うぞ」

「それがしも、寄る年波に勝てず、右京に任せることが多うございます」

「まことは、いくつだ、葦影？」

「七十二歳になります」

「なんと、信じられぬのう。楠木正成殿にゆかりの者と儂は見ておるが、ならばそれほどの歳であっても不思議はないか」

「楠木様に夢は賭《か》けましたが、一族ではございません」

　店先で下男と喋《しゃべ》っている賀々丸の声が聞えた。もう新しい直垂に着替えているようだ。武光も立ちあがり、血糊《ちのり》の付いた直垂を脱ぎ捨てた。

「おまえが抱いている夢は、どうした。もう色褪《あ》せたか」

「確実に、近づいております。しかし、ひと夜の夢かもしれませぬな」

「おまえが百まで生きたら」

　言いかけて、武光は途中でやめた。葦影もなにも言わない。なにかを面白がって笑う賀々丸の方へ、穏やかな視線をむけただけである。

4

ひと月ほどの、領国遠江への滞留のあと、今川了俊は再び京の堀川の屋敷へ戻ってきた。遠江に、心にかかることはなにも残っていなかった。あれこれと、領国経営に関する指図を出すかたわら、了俊は九州のことを徹底的に調べ直した。それも三十年ほど前からだ。なぜ九州がいまのような状態になったのか、過去から調べていくしかなかった。

堀川へ戻ってからも、すでに京における公職はなく、じっくりと調べを継続することができた。征西将軍宮が、九州へ入ったころの事情はよくわかった。しかし谷山で、なにゆえ数年を空費したのか。島津貞久ほどの武将が、数度の合戦に及びながら、なにゆえ征西府を潰すことができなかったのか。

発端はそこであった。

そこで生きのびたがゆえに、やがて菊池に入り、大宰府をも陥《おとしい》れることになる。

調べれば調べるほど、征西将軍宮の人となりが、了俊の頭の中ではっきりしてきた。

「まさに、恐るべき相手じゃ」

訪《おとな》ってきた仲秋に、了俊は洩《も》らした。仲秋は、侍所頭人を辞し、了俊とともに西下する準備にかかっていた。子息の義範、満範、弟の氏兼も同道する。京へ残ることを、仲秋が肯《がえ》んずるわけがなかった。途中で、了俊も仲秋に翻意させることを諦《あきら》めた。なんといっても一族では最も頼みになる弟であり、九州を知るほどに仲秋の助けは必要だと思うようになったのである。

「征西将軍宮でござるか。それとも菊池武光でござるか？」

「二人ともじゃ」

「二人が、征西府として一体である、という意味でござるな」

「これは、今川家の存亡を賭けた戦になるぞ、仲秋」

「甘く考えてはおりません。一色範氏殿から渋川義行殿まで、九州探題がどういう目に遭ったか考えれば、兄上の仕事がどれほど困難かは承知しております。だからこそ、管領も兄上を選ばれたのでありましょう」

「いままでのことを、すべて捨てて、まったく新しい敵とむかい合う、という気でなければ、この戦は勝てぬ」

「少弐や大友や畠山《はたけやま》など、九州で征西府と闘った経験を持つ大名たちを、それがしも折を見て訪ねてはおります。並々ならぬ敵を相手にするのだと、話を聞くたびに思います」

「まだ、恐しいことがある」

「なんでござる？」

「征西府は、なにを目指しているのだろうか、と儂はずっと考え続けてきた。恐しいことよ。これほどのことを考え、実現に近づきつつあるとは、まさに驚嘆のほかはない」

「だから、なにを、兄上？」

「新しい国じゃ。九州を、新しいひとつの国にしようとしている、としか思えぬ」

「ひとつの国というと、九カ国を、すべて征西府領とするという意味でござるか？」

「違う。儂もまだ、うまくは説明できぬ。いままで、考えられもしなかったことを、征西府は考えていると思う。国のようなもの。国家と言おうか。だから足利幕府は、下手をすれば高麗《こうらい》と同じような、九州という隣国を持つことになる」

「高麗と同じような。つまり、九州に、王なり将軍なりがいて、日本とは違う国になるということですか？」

「そうとしか思えぬ。いまの征西府のありようを考えればな」

「細川頼之殿は？」

「ひたすら、上洛軍を出すのではないかと警戒しておられる。四国には、管領になられてから手を打たれたようだ。そろそろ実が現われそうだと言っておられるが」

「兄上は、上洛軍など出すはずがない、と考えておられるのですね」

「出すはずもないわ、あの征西府では」

了俊は、冬枯れの庭の樹木に眼をやった。贅《ぜい》をこらした庭ではない。佐々木道誉《どうよ》などが贅をこらした庭を造って自慢していたが、了俊にそういう趣味はなかった。庭の木も石も池も、自然のままのたたずまいを感じさせる方が好きなのだ。

歌人として京で一流のひとりに挙げられている了俊の屋敷には、仲秋のように無骨な客ばかりではなかった。真の風雅を愛する客たちは、この庭を穏やかな眼差しで見つめるだけである。

　この庭とも、別れなければならなくなった。未練はある。庭にだけでなく、いろいろなものに未練はある。それが人なのだ。未練が心の襞《ひだ》を作り、歌を詠《よ》ませることも九州ではあるだろう。

「それがしも、考えてみます。兄上が言われることを、できるだけ理解して、征途につきたいと思っております」

　仲秋の言葉が改まった。

　侍所頭人を辞めたことについて、了俊はなにも言わず、仲秋も黙していた。しかし、せっかく兄に譲られた幕府要職を棒に振って悪かったという思いが、仲秋の心のどこかにあるのかもしれない。

「仲秋、今川は足利一門きっての名流ぞ。それを忘れまい」

「はい」

　仲秋は素直に頭を下げた。了俊は、ただ言っただけではなかった。自らの足利一門の血をことあるごとに確かめなければ、今度の新しい敵にはたちむかえないかもしれない、という思いがどこかにあった。

命松丸《めいしょうまる》にあてがった居室は、毎夜遅くまで灯《ひ》が消えることがなかった。

了俊の居室から、縁を少し歩けば命松丸の居室が見える。了俊が遠江に帰国していた折も、命松丸は居室に籠りきりだったという。

「よいかな」

声をかけ、了俊は命松丸の居室の板戸を引いた。

「これは、殿。灯がお目障りでございましたか」

「なんの。毎夜精が出ると思っているだけじゃ。この明りでは暗すぎる。燈台《とうだい》などをもっと増すがよい。暖も取れ。炭はいくら命じても構わないのだぞ」

「勿体《もったい》のうございます。こうしていられるだけでも、望外の幸せ。まして炭など」

命松丸は、卜部《うらべ》兼好《けんこう》の門人であった。

了俊が卜部兼好に出会ったのは、十八歳のころだった。京極為基《ためもと》について京で歌を学んでいた。為基のところへしばしば出入りしていたのが、兼好だったのである。それ以来、戦などで途切れたことは何度かあったが、兼好の死の直前まで交遊があった。

命松丸は、厖大《ぼうだい》な師の遺稿を、赤貧の中でまとめようとしていたのである。見かねて了俊は命松丸を屋敷に招いた。それ以来、歌人である了俊の従者のような立場にいた。

卜部兼好からは、いろいろなものを教えられた。武士である了俊が、すべてを受け容《い》れられるというものではなかったが、師礼をとるのに値する人物だった。その遺稿にも大きな関心がある。ただ、いまはもう命松丸に任せるしかない。

「儂が九州に赴いても、おまえがここにいられるように取り計ってある。そんなに急ぐこともなかろう」

「急いでまとめておきたいものがあるだけです。あとは九州でやります」

「なにを言う。儂は九州へ戦に行くのだぞ」

「それがしは、従者です。お供をするのが当然だと思うのですが」

「おまえが、戦をするというのか？」

「戦の役には立ちますまい。なれど、殿は戦だけをなさるわけではありますまい」

「従者がいなければ、歌を詠めぬと思うか。それに、九州にいる相手は、儂の生涯《しょうがい》にとって間違いなく最大の相手なのだ」

「ならば、なおさらでございます。頭の中に、戦だけを置いておくのはいかがなものでございましょう。戦をふっと忘れたくなった時、及ばずながらそれがしがお話の相手などをできると思うのです」

　命松丸は、すでに三十を越え、出家していた。卜部兼好の門人の中では、目立たない大人しい男だった。自分の意志をはっきり述べることも、めずらしい。

「京にいてよい、と申しておるのだぞ、命松丸」

命松丸が、床に両手をついた。

「九州に行きたいのでございます。戦の邪魔にはなりません。従者として、殿に仕えさせてくだされい。殿からは、学びたいと思うことも多くございます」

「京にいれば、道が開けるかもしれぬ。それがわからぬか」

「主《あるじ》のいない京に、未練はありません」

「困ったな」

「困らないでください。殿に仕えることによって、それがしはそれがしで学びたいのです。いま京を見渡して、殿ほどのお方がほかにありましょうや。残念なことに、武将としても非凡であられる。それは言いますまい。それがしが、九州にお供すればよいことです」

「もうよい。儂にも考えさせよ」

言って、了俊は積みあげられた卜部兼好の遺稿のひとつを手にとった。

「つれづれなるままに、か」

「師兼好の面影《おもかげ》が彷彿《ほうふつ》いたします。『徒然草《つれづれぐさ》』と題され、かなりの分量になっております」

「兼好殿らしいのう」

生きることと、死ぬこと。その意味を、兼好はいつも了俊に考えさせた。死の諦念《ていねん》のさきにあるものが、四十を越えたころから了俊も見えはじめたような気がしていた。

それを語るべき兼好は、すでにいない。

「一緒に行くか、命松丸」

思わず、そう言っていた。兼好ならば、迷わず同道したであろうとも思った。

「まことでございますか」

「兼好殿は、流れに身を任せて愉《たの》しむ人でもあった。いま、それを思い出した」

「ありがとうございます」

「おまえに、戦はさせぬぞ」

言って、了俊は久しぶりに声をあげて笑った。学問や歌の仲間。それも別れ難い人々であった。命松丸が近侍してくれれば、戦ですさむ心の慰めになるかもしれない。

「九州は、やはり大敵でございますか？」

「おまえも、そう思うか？」

「それがしごときに、わかるはずもございません。ただ、命の力に似たものが、西からは感じられて参ります」

「戦は儂がする。おまえは、兼好殿の残されたものを、ひとつひとつ整えるのが使命だ。学問において使命を持てるというのは、幸福なことだ」

夜は更《ふ》けていた。時々、冬の風が庭を吹き抜ける。あとは、燈台の油が燃える、ちりちりという音が聞えるだけだった。

細川頼之が、堀川の屋敷を訪ってきた。最後の話合いのつもりのようだ。供回りもそれほど連れず、了俊と二人だけで語ろうという態度である。

「すでに、九州には周到に手を打ってあるようだな、今川殿」

「憚《はばか》りながら、それがしが出した通達など、これまでに数えきれないほど出されたものと同じでございましょう。九州の武士たちにとっては、一片の紙きれにすぎません」

「であろうな。儂も、紙きれだけで九州が動くとは思っておらぬ」

「四国には、動きがあるようですな」

「河野通直なる者、征西府の水軍を擁して四国を攻める構えでござってな。それがしとて、四国が今川殿の首を締めることになれば、面目が立たぬ。打てる手はすべて打った」

「九州では、実際に軍勢を進めぬかぎり、これ以上の展開は望めますまい」

「儂は、博多や大宰府や菊池に、何人か商人を送った。商人ならば、それほど怪しまれることもあるまいと思ってな。今川殿が探題をお引き受け下さる前じゃ。管領となって義満様を補佐することになった時、やはり一番気にかかったのは九州だった」

「商人でございますか。それは助かります。このところ、ずっと兵站のことを考えておりました。中国から受けることはできそうですが、九州に入ってしまえばどうなるかわかりません。物を動かす商人がいてくれれば、なにかと心強うござる」

「好きに使われるがよい。もともとそのためのものじゃ」

細川頼之の眼が、かすかに動いた。それを了俊は見逃さなかった。

「商人のことで、なにか？」

「うむ、博多じゃ。高麗との交易」

「征西府が握っておりますな」

「博多を、最初に奪ってはくれぬか、今川殿。幕府には、交易が生む銭が必要だ」

細川頼之は、少しでも博多の交易に食いこむために、商人を送ったのかもしれない。幕府の財政が逼迫《ひっぱく》している、ということはないはずだ。幕府の要職に長くいた了俊には、それがよくわかっていた。とすると、細川頼之は、自分の利益を考えているのか。そんな人物ではないはずだった。もし考えていたとしても、それを直接了俊に言うほど不用意な人間でもない。

考えられることは、幕府権力のさらなる強化である。義詮の代には、京を奪われることがしばしばあった。義満が成人するまでに、細川頼之は幕府権力を絶対的なものにしておきたいのかもしれない。いまの状態では、有力な大名が離反すれば、一時的にせよ幕府は京を捨てなければならないだろう。

あるいは、と了俊はもうひとつのことを考えた。

一度で九州が制圧できないほど、情勢は深刻だと考えているのかもしれない。まず、自分に博多を押さえさせる。どれほど征西府が強くても、中国からの支援があれば四年や五年は保《も》つ。その間に、交易であがった利で、幕府の権力を確立させる。それから新しい九州探題が、制圧に乗り出す。いや、その場合、九州探題ではないだろう。義満自身が、征《せい》夷《い》大将軍として、九州を制圧する。先代や先々代と違って、義満は戦を知らない。幕府の権力が確立され、同時に九州制圧がなせれば、義満はすべての武士から、名実ともに将軍と見られる。

「本末転倒ではございませんか、細川殿」

注意深く言葉を選んで、了俊はそれだけを言った。

「読まれたかのう」

「それがしは、九州を平定すれば、自然博多は手に入る、と申しあげているだけです」

「今川殿は、義詮様とは格別のお仲であった。なにかあると、義詮様はいつも今川殿を呼ばれておった。その義詮様が最も心に残されたのが、義満様じゃ」

「それゆえ、九州平定をなし、先の将軍のお心を安んじるのが、それがしの使命と思っております。九州を平定してはじめて、義満様も真の将軍になられます」

しばらく、沈黙が続いた。

了俊は、確かに前将軍義詮の信任を得ていた。しかし、それには了俊の父範国の、薄氷を渡るような決断があったのである。

了俊は、細川清氏に属して戦に出、戦捷《せんしょう》を収めたが、細川清氏は恩賞の約束を守らなかった。怒った了俊は、領国へ帰った。十年以上も前のことになる。やがて細川清氏は義詮の管領となった。しかし、諸大名との軋轢《あつれき》が絶えなかった。守護職をめぐる争いから、佐々木道誉が、義詮に巧みな讒言《ざんげん》をしたのである。義詮は細川清氏を討とうとした。清氏は若狭《わかさ》に走って、南朝に降った。

その時、両者を斡旋《あっせん》していた父の範国が、遠江から了俊を呼んで細川清氏と差し違えさせようと、義詮に申し入れたのである。了俊と清氏の間には、恩賞をめぐって恨みがあるという理由だった。そうすれば、戦にならずに済む。そのことを、了俊は上京してはじめて知ったのだった。義詮は、子ひとりの命に代えて戦を回避しようとした範国の忠誠に、大きく心を動かすことになった。

しかし、父の真意は、もうひとつほかのところにあったのである。若狭へ逃れた清氏が、盛んに了俊さえいてくれたら、と人に洩《も》らしていたという。そのままでは、清氏と了俊は一体と義詮に見られかねなかった。窮余の一策であり、父範国の機転と決断力を示すものであった。清氏はすでに石塔《いしどう》頼房や楠木正儀らと上洛をうかがっており、了俊の出る幕はなかった。時期がずれていたら、了俊は清氏と差し違える以外になかっただろう。

その後、清氏は四国へ逃げ、細川頼之に討たれた。そして了俊は、義詮の寵愛《ちょうあい》するところとなったのである。

あのことがあってから、了俊はいつも人の言葉の裏の裏までを読もうとするようになった。

「わかり申した。今川殿を探題として推挙したそれがしが、このようなことを言うべきではなかったな。忘れてくだされい」

あっさりと、細川頼之は言った。幕府第一の人物と言われているだけのことはあった。管領の名で、決して無理押しはしてこない。

「もうひとつ、余計なことをしてしまった」

「といわれますと？」

「京で逼塞《ひっそく》している九州の大名たちを、戻したのでござるよ。少弐冬資《ふゆすけ》、大友親世《ちかよ》、それに畠山殿の一族じゃ。在地の武士との縁も深かろうし、九州で逼塞している一族郎党も多いはず」

少弐冬資の名に、了俊はひっかかるものを覚えた。筑前《ちくぜん》、豊前《ぶぜん》を領地とし、大宰少弐として九州に号令を下していた少弐家と、少弐家さえも一守護として扱わざるを得ない九州探題には、どうしても妥協できないところがあった。初代探題の一色範氏が失敗したのも、少弐頼尚との軋轢が原因であった。

「お気遣いをいただきました」

「そうか。余計なことをしたと、気を揉《も》んでいたところだった」

「管領から命じていただければ、それがしも安心して彼らを使えます」

少弐冬資は、筑前を望むだろう。特に、博多と大宰府を回復したがるはずだ。九州探題の利害とは、正面から衝突する。征西府に付いている冬資の弟の頼澄を使おうという了俊の考えは頓挫《とんざ》するが、ある程度細川頼之の顔も立てておかなければならなかった。

細川頼之が帰ったあと、了俊はしばらく客殿に坐《すわ》って動かなかった。

5

月王丸が、金竜広らを伴って征西府の懐良を訪ったのは、建徳二年のはじめだった。

高麗からの大量の交易品を、月王丸が指揮する関船の船隊が警固してきたのである。およそ、輸送船四十艘《そう》分の交易品であった。それはいま、水野十郎太をはじめとする博多商人の手によって、全九州にむかって流されている。交易とは、本来そのようなものである。京に運ぶ者もいるようだが、征西府は黙認していた。交易とは、本来そのようなものである。京に運ぶことを禁じれば、服属する者としか交易をしないという、明国と同じになるのだ。

「正月は、波多津で過したのか、月王？」

「はい。久しぶりの波多津の正月でありました。母者が、このところどうも元気がなく、それが気がかりでございます」

「阿久里《あぐり》が、病か」

「病を得た、というほどではないと思います。しかし、具足を身にまとっていたころの、元気はありません。髪にも白いものが増え、それを隠そうともしておりませんでした」

いつの間にか、月王丸は二十三歳の、立派な大将になっていた。金竜広や佐古晋助《しんすけ》や大谷道成も、堂々たる侍大将である。

このところ、懐良にとっては時の流れが速かった。というより、自分がやろうとしていることが、遅々として進まない、と言った方がいいのかもしれない。

河野通直に預けた水軍は、四国でかなりの被害を受け、波多武の水軍も、高麗王朝の水軍との闘いで、疲れを見せはじめていた。九州の内部も、武士たちがそれぞれおのが領地に籠り、懐良が考えた土地の改革も、まだ端緒についてもいない。九州の土地のすべてを正確に計測し、税をかける基本にしようと考えたのである。現実は、武光が軍勢を率いて納税を遵行《じゅんこう》させるのが精一杯だった。武士の家のありようと、正面からぶつかってしまったのである。

「父上も、お歳《とし》を召されました」

「すでに、四十三になった。武光など、五十に達してしまったわ」

もう少し時が欲しい。懐良も武光も、それを切実に望んでいた。あと十年、九州にこの平穏が続けば。しかし、足利幕府は、数年ぶりに、新九州探題を任命した。幕府の中枢《ちゅうすう》で要職にあった、今川了俊である。いま、九州の武士たちの心に小波《さざなみ》が立ちはじめていることが、懐良にははっきりとわかった。

「時には、休まれた方がよろしいのでは。武光殿もです。水野十郎太によると、お二人とも周囲を驚かせるほど動き回っておられるとか」

「躰《からだ》が二つ、いや三つ欲しいと思う」

「それがしは、まだよろしいのじゃ、月王丸殿。武政や武安が代りをつとめますからな。御所様の代りは、誰にもできぬ」

若いころよりも、疲れは激しくなった。それは躰の疲れだけではないのだ。しかしまだである。これしきのことで、と思う。武光は五十に達しても、武政や武安とともに戦陣の中にあり、劣ることはない。大きな戦はないが、全九州に眼を配り、たえず出陣をくり返すことは、一度の大きな戦より、はるかに疲労は大きいはずだ。

「五条頼治殿は？」

「このところ、躰がすぐれぬ。床に就く日が時折あってな。月王が来ると知れば、喜んで出てきたであろうが」

「私の、父上への進物は、武光殿も頼治殿もおられるところで、披露《ひろう》したかった」

「ほう、なんだ？」

月王丸が、改まった表情をした。その背後で、金竜広が笑みを噛《か》み殺したようだ。

「子が生まれました。男子《おのこ》でございます」

「まことか？」

「父上も、これで爺様でございますぞ」

「おまえが好きだと言っていた、高麗の水師の娘との間の子か？」

「はい。母上も、すでに子をなしたということで、認めたようでございます。小さな守り札をひとつ、持たせてくれました」

暖かいものが、懐良を包みこんだ。月王丸をはじめて抱いた時とは、いささか違う。人に祖父と呼ばれるまで、生き抜いてきたのかという思いもあった。じっと懐良を見つめている。それに軽く頷《うなず》き返し、懐良は眼を閉じた。すでに、月王丸の息子が生まれる時代になったのか。

「名は、なんという？」

「竜王丸と名付けました」

「おめでとうございます」

武光が頭を下げた。

「竜王は、水師に育てます。高麗でも日本でもない、ただの水師に。水師にも領地があり城もある、と思っておりましたが、海が友であり城であって、なんの不思議もありません」

「そうか、竜王か」

「海は広うございます。無限と言っていいかもしれません。竜王は、その海を友として生きさせます。南へ南へと行けば、さらに国があり、豊かな島々もあると聞きます。その島と明を結ぶ船。明と高麗を結ぶ船。高麗と博多を結ぶ船。品物が、入り混じります。そして、すべての国が栄えます」

「儂《わし》は阿久里に、おまえを水師として育てよ、と申しつけた。立派な水師になった。しかし水軍とは縁がきれなかった」

「竜王も、水軍と無縁ではありません。それは、戦をするための水軍ではありません。守るための、つまり交易の船を守るための水軍です。竜王には、そういう交易の船を、できるかぎり多く持たせようと思います。私の、幼いころからの夢でありましたから」

月王丸も、好きで水軍の長《おさ》になったわけではないだろう。長になるべき血を、生まれた時に受けてしまった。しかし、夢は竜王丸に受け継がせることができる。

懐良は、海で生きたいという夢を、月王丸に託したことを改めて思い返した。確かに、月王丸は海で生きている。そして、そこで抱いた夢を、竜王丸に託そうとしている。

夢とは、こうして姿を変えながら、受け継がれていくものなのか。

「酒宴の仕度じゃ」

武光が従者に命じていた。

その夜、月王丸は征西府館の、懐良の居室に泊まった。

語り合うことは、ありそうでなかった。訥々《とつとつ》と、阿久里のことなどを語った。

「九州がどうなろうと、それは父上の夢でございます。私には私の夢。竜王には竜王の夢。それでよろしいのでしょう。脈々と、夢を抱く血は流れております」

月王丸も、懐良に対坐《たいざ》して、臆《おく》するところがなかった。若さが眩《まぶ》しい、と懐良ははじめて思った。そういう眩しさが、かつては自分にもあったのだろうか。

かすかな気配で眼醒《めざ》めたのは、深更だった。月王丸は眠っている。

静かに身を起こし、懐良は外へ出た。月の光の中に、片膝《かたひざ》をついた右京の姿が見えた。

「夜中に御無礼の段、お許しくださいませ」

「どうした。右京らしくもない」

「さきほど、葦影が身罷《みまか》りましてございます」

「葦影が、死んだ？」

「病でございました。昨年の暮、一度倒れました。それ以後、本復したように見えたのですが、また倒れ、眠るような往生を遂げましてございます」

「そうか。葦影が、死んだか」

「身分賤《いや》しきにもかかわらず、御所様には情をかけていただき」

「儂の方こそ、葦影にはいろいろと教えられた」

「夢を追う喜びを、感じ続けることができた生涯であった。幸福であった。二日前、そう言って笑っておりました。この言葉だけ、御所様にお伝えせんものと、無礼も顧みず」

「葦影は、儂にとってなんだったのであろうか、右京」

「わかりませぬ。いまのそれがしには、人は死ぬのだということしか、わかりませぬ」

「おまえにとっては、父のようなものだったのだな」

月の光が、右京の頰の涙を輝かせていた。人は生き、人は死ぬ。竜王丸が生まれたことを、聞いたばかりだった。

「行くがよい。人知れず葬《ほうむ》ってやれ。それが葦影の望みでもあろう」

懐良は眼を閉じた。葦影の存在は、不思議なものとして自分の心から消えることはないだろう、と思った。いつかは、葦影がなんだったのか、自分にとっては夢の化身だったのか、おのが夢からの使者だったのか、わかる日が来るかもしれない。

眼を開いた時、右京の姿は消えていた。

「起きているか？」

茵《しとね》に戻り、懐良は言った。

「はい」

「ひとりの男が、死んだ。阿久里がひそかにおまえを生んだと、儂に知らせてくれた男じゃ」

「そうでございましたか」

「儂の夢を彩《いろど》ってくれそうだった者たちが、次々に死んでいく」

「生まれ出る者もございます、父上」

月王丸は、茵から動かず、眼も開いていないようだった。

「人の死に、心を乱してはなりませんぞ」

「いつだったか、同じことをおまえに言ったな」

「堀田安秋が死んだ時です。あの言葉を、私は自分の生きる覚悟としてきました。水軍を率いていれば、死ぬ者も多く出ます。父上の言われたことが、ようやくいまになってわかるようになりました」

「外は、月が美しい」

「月の光は、人の悲しみだけを照らします。海の上にいると、それがよくわかります」

「大人になったのう、月王は」

「父上が、老いられた。そう言うのは失礼かもしれませぬが、私が大人になる分だけ、父上は老いられるのです。そしてやがて、私も老います」

「おまえと、父と子であってよかったと思う。竜王とも、一度会ってみたいものじゃ」

「いつなりと。父上さえその気になられれば、私はいつでもお迎えに参ります。父上に見ていただきたいと思うものが、沢山あります。わが妻、わが子。そしてわが海」

が、懐良にははっきりとわかった。

茵の中で、懐良は眼を閉じた。眠りは訪れてこなかった。月王丸も、眠ってはいないの

「遠いのう、高麗も」

四日大宰府に滞留し、博多に出て月王丸は帰っていった。

「高麗にいる日本の水軍の勢いは、いいようですな」

酒を口に運びながら、武光が言う。三財館《やかた》の一室であった。

「交易がこれほどの銭を生むとは、それがしも考えたことがありませんでした。昔、忽那《くつな》義範《よしのり》であったころの南浦殿が、それがしを訪ねられ、軍費の話を切り出されたことがありました。菊池には、よい鉄が出て、刃物がありましたからな。それで、少しでも銭が入れば、と思いました。それが、見る間に銭倉がいっぱいになった。あの頃、御所様も革でいろいろなものを作る試みをなされ、それを交易品に出しておられましたな」

「考えてみれば、あの頃の交易はまだかわいいものであった。月王が警固してきた輸送船が積んできただけのものを集めるのに、半年はかかったのではあるまいか」

「幕府が、博多を欲しがるはずです」

「征西府の水軍に、勢いがないのが気にかかる。波多武も河野通直も、必死でやってはいるのだが、少しずつ勢いが落ちていく」

「働きすぎでござるな。日本をすべて合わせると、水軍の数はどれほどか見当もつきません。幕府に従っている者だけでも、およそ千五百艘。五万になります。それが、徐々に内海や四国に集結している。征西府の水軍は、大型の関船とはいえ、いま六十艘で二千五百足らず」

「高麗にいる日本の水軍が味方してくれたとしても、六千にも満たぬか」

高麗の、反王朝方の水軍が加われば、と懐良は思った。一万六千から二万六千になる。それについては、西浦《せいぼ》と何度も使いのやり取りをした。結局は、高麗の水師たちは、あまり日本に来たがらないのだ。西浦がいくら日本に行けと言っても、従う者は少ないらしい。張士誠の残党を、とも思ったが、こちらはまとまりが悪く、盗賊にすぎない者たちがかなり混じっていた。

征西府水軍を、五千に増やすことについて、加瀬忠明に検討させた。船はともかく、兵を養う銭が、やはり問題だった。征西府の財力は、底がまだ浅いのだ、と加瀬忠明は言った。交易などでかなりの額が入ってくる。しかし、過去何十年も、何百年も、武士を、人を養い続けてきた、土地というものがない。それが底の浅さなのだと言った。

底を深くするには、蓄えに蓄えを重ねるか、税の制度を基本から変えるしかないようだ。制度を変えることによって、領地が絶対である武士の意識を変える。それにはやはり、数十年の時が必要だろう。

「新しい九州探題は、まだ京を進発しておりません。ただ、執拗《しつよう》なほど九州の武士に通達を出し続けております。これまでの探題にはなかったことです」

「今川了俊という男、京では名の知れた歌人と聞いたが」

「武将としての経歴も、なかなかなものです。足利幕府は、今川了俊を出すことで、賭けに出たのかもしれません」

「まだ京にいるというが、不思議に儂の心を騒がせる。やはり、いままでの探題とはどこか違うようだな」

「進発してからの動きは、逐一報告が入るようにはなっております。その動きに合わせて、迎え方を考えるしかありませんな」

「いらせられませ」

明子が出てきて、武光に挨拶《あいさつ》をした。悠が新しい酒を運んでくる。日向米良《ひゅうがめら》では、酒がよく造られているようだ。三財館の酒は、ほとんど米良から運んできたものだという。

「明子殿は、もう五歳におなりか」

武光の口調は、明子に対する時はいつもやさしい。明子と賀々丸の縁組みを、と一度赤星武豊が言い出したことがある。武光は言下に否定し、懐良はただ笑っていた。家と家の結びつき。それも菊池と三財と懐良の、三者の結びつきになる。武豊でさえ、すべては家という考えが根底にはあるのだ。

「お悠殿に似てこられた。女子はのう、明子殿、心根のやさしさじゃ。男は、いつもそれを求めているのですぞ」

明子ではなく、悠が声をあげて笑った。

「武光殿も、やはり心根のやさしさをお求めになるのですか？」

明子を生んでから、悠は以前よりさらに印象がふっくらとして、おっとりした感じになった。それが、懐良には好ましかった。気を遣うことはほとんどない。それでいて、ふと気づくとそばにいる。そんな感じなのだ。

「それがしが求めているのは、女子の心根のやさしさだけですぞ、お悠殿。だから女子の気持もそれがしに靡《なび》く。この歳になって、ようようそのことに気づきましたわ。それまでは、なぜ女子が寄ってくるのか不思議でなりませんでしたわい」

「お戯《たわむ》ればかり。その怖《こわ》いお顔で睨《にら》みつけられると、女子は動けなくなってしまうのではありませんのか」

今度は、武光が声をあげて笑った。しばらく、戯《ざ》れ言《ごと》が続いた。その間、懐良は明子を膝に抱きあげていた。

「葦影が、死にましたな」

悠が明子を連れて部屋を出ると、武光がぽつりと言った。

「武光、われらは、夢をかたちとして見過ぎているのではないだろうか。九州統一が夢であった。その夢が果されると、真の姿がかたちとして見えてしまう。だから次の夢を求める。そのために、人が苦しんだり、死んだりしていく。夢とはむごいものだ、と儂は時々思うようになった」

「それがしは、もっと気軽に考えることにいたしましたぞ、御所様。たとえば、酒の中にも夢がある、というふうに。夢の行先など、わかりません。だからこそ、夢」

口もとに笑みを浮かべながら、武光が盃《さかずき》を口に運んだ。庭で、明子がはしゃぐ声が聞える。空気はまだ冷たく澄んでいて、春には遠かった。

6

三百ほどの軍勢で、了俊は山陽道を下った。

急がなければならない旅ではない。春が訪れつつある街道の風光を愉しみながら、悠然《ゆうぜん》と歩を進めた。三百は、すべて一族郎党である。二千ほどの兵を率いて、弟の氏兼が先行していた。氏兼はすでに四十を越えていて、了俊とはそれほど変らない。物腰が柔らかく、在地の武士たちにそれほど反撥《はんぱつ》もされないだろう、という理由で先《さき》駆《が》けの将に選んだのだ。

氏兼は、律義《りちぎ》に自筆の書状で、行先の様子を告げてきた。それとは別に、九州の情報も了俊のもとには届けられている。

「ほどなく尾道《おのみち》でございますぞ、兄上」

仲秋が馬を寄せてきて言った。京を進発してから、仲秋は決して了俊のそばを離れようとしなかった。自然、麾下《きか》の大将という恰好《かっこう》になっている。了俊の、緩い進軍にも苛立《いらだ》った様子はない。

ずっと、この旅の印象は、就寝前にしたためていた。『道ゆきぶり』と題し、書いたものは命松丸に保管させている。歌もいくつか詠んだ。

知れば知るほど、九州の情勢は容易ならぬものだった。細川頼之は、本拠の四国に水軍を集め、河野通直の指揮する征西府の水軍と対峙《たいじ》していた。何度か海戦に及んだが、追い払うところまではいっていない。

征西将軍宮が、忽那島から薩摩に入り、島津とどういう戦をしたのか。どうやって菊池に入ったのか。菊池武光が、庶子にもかかわらず、どうやって惣領《そうりょう》になり、征西将軍宮を迎えたのか。

ほとんどが、わが事のように頭に入っていた。

征西将軍宮も菊池武光も、稀代《きだい》の驍将《ぎょうしょう》である。どちらかひとりをとっても、生涯に一度出会えるかどうかの相手だった。それが二人揃《そろ》った。

外見こそ、了俊は悠然と進軍していたが、心の底では、怯懦《きょうだ》に似たものを克服しようと必死だった。その心の揺れ動きがわかっているのは、命松丸だけだろう。態度にも表情にも出なくても、書いたものには出ているはずだった。自分の弱さや臆病さを、心の底に封じこめるのではなく、文字として吐き出そうとむしろ了俊はつとめていた。心の底から摑《つか》み出し、掌《てのひら》に置いて見つめていれば、やがてそれはなんでもないものに変っていくかもしれない。

用意された陣屋に入ると、了俊はすぐに氏兼、仲秋と二人の息子を呼んだ。命松丸にも座をはずさせて、五人だけの評議である。

「安芸《あき》の毛利元春を呼べ。安芸国内の地頭職を預けよう。熊谷直氏にも一族を率いて備後《びんご》に出向くように通達を出せ」

進発前に、了俊は安芸守護職に就いていた。中国では、安芸だけに不安がある。背後をしっかり固めるのは、戦の定石だと思っていた。

息子の義範と満範にとっては、はじめての戦らしい戦のはずだ。二十四歳と二十二歳である。息子たちには、了俊が落ち着いていると見えているはずだ。

「どのあたりで、中国の軍勢を募るかですが。兵站《へいたん》も考えれば、周防《すおう》あたりが上策かと」

仲秋が言った。いよいよ、了俊が九州進攻に本腰を入れはじめた、と思ったようだ。

「軍勢は募らぬ。中国の兵を、たとえ十万九州へ持っていったところで、征西府には勝てぬ。それほど甘い相手ではないぞ」

「しかし、二千三百の軍勢だけでは。渋川義行などと較《くら》べると、兄上の声望は天と地の開きがあります。十万が十五万でも、その気になれば集められます」

「数で決着がつくなら、とうに前の探題がつけているはずだ。無論、軍勢は集める。こちらから、兵の数を割り当てよう。せいぜい一万でよい」

一万という数で、義範も満範もはっとしたように顔をあげた。少なすぎると思ったことが、了俊にははっきりとわかった。

「よいか、征西府を相手に、数の戦はできぬ。大軍には、強さもあれば弱さもある。大軍の弱いところを、征西府軍は槍《やり》のように突いてくるだろう」

「しかし、寡兵《かへい》をもって、征西府軍を撃ち破る方策がございますか？」

「どうであろうな。おまえたちはなんと考える」

父親に見つめられて、二人の息子は眼を伏せた。

「征西府との戦は、いままで頭を押さえられ続けてきた九州の武士が、どれほど征西府と闘えるかにかかっている」

「それは、わかります」

義範が小さな声で言った。残りの三人も頷いている。

「九州の武士の尻《しり》を叩《たた》くだけでは駄目《だめ》だ。われらが、死ぬ覚悟で闘えるかどうか。死ぬことができるかどうかだ。この五名の中で、生き残るのが誰であれ、最後のひとりまで闘い抜くのだ」

菊池武光の武名は高い。父の武時がいて兄の武重がいる。京でもよく知られているのだ。

征西将軍宮が、これほど非凡な武将であるとは、了俊も調べるまでは想像していなかった。

菊池に征西府を置いた時の、征西将軍宮と菊池武光の武力は、守護の五人の大名に挟《はさ》まれるようにして、実にささやかに息づいていただけだ。菊池だけを、懸命に守っていたという感じである。耐えに耐えたと言っていいだろう。そこに足利直冬《ただふゆ》が入り、ただでさえ複雑だった九州の情勢が、混迷をきわめた。その混迷の中で、征西府と菊池は実に巧みに連合離反を利用して、這《は》いあがってきた。足利直冬が九州を捨てた時、いつの間にか守護級の力を備えていたのである。

それからは、九州の中心的な勢力として、少弐頼尚と並んでいたほどだ。畠山が敗れ、大友が敗れ、初代の九州探題一色範氏も九州を追われている。

大保原《おおほばる》の大会戦で、少弐頼尚は負けるべくして負けた。勢いが違ったのだ。あの時も、兵の多さが役に立ってはいない。

「九州へ入れば、それぞれが一軍の大将となって闘う。ともに闘える時より、孤独に闘うことの方が多いであろう。それも、いま申し伝えておく。二度とは言わぬ」

孤独が人を強くすることはある、と了俊は信じていた。特に、二人の息子にはそれが必要なのである。自分の下に置いておけば、下知《げじ》を受けることが習い性となってしまう。

「そこまでわかればよい。義範、大友親世と話合って、高崎城の絵図を作れ。親世なら、馴《な》れ親しんだ城であろう。絵図を作ったら、ひそかに人を送って、城の内を変えろ。どのように変えるかも、親世と詰めればよい。決まったら、おまえひとりで儂のところへ報告に来い」

「高崎城の守りを固くするわけですか」

「豊後《ぶんご》に、拠点がひとつついる。やはり高崎城であろう。一年は落ちぬ城にしてくれ」

「一年」

義範が眼を剝《む》いたが、了俊はもうそちらを見なかった。

「われらは、いかがします、兄上？」

「まだ時がある。あとはこれから考えよう」

九州を押さえるには、どうしても水軍が必要であった。その水軍については、了俊はまだ結論は出していない。征西府の水軍のありように、ただ驚いているだけである。六十艘、兵二千五百の、それほど大きくはない水軍だが、兵五万を越える幕府方の水軍と、互角に渡り合っている。領地などは持たず、兵はすべて銭で養っているという。

「しばらく、この地に滞留する。義範は忙しいぞ、よいな」

それで、評議を終えた。

了俊は居室に入ると、九州の絵図を拡《ひろ》げた。豊後高崎城に印を打ち、それから長い時間絵図を見続けていた。

九州全体が、一頭のけものの頭のように見えてきた。そのけものを、これから狩り出すのである。どこをどう攻めればいいか、まだ見えてこなかった。

命松丸が、めずらしく外出していて、戻ってくると了俊の居室に声をかけた。

「なに、寂照殿が？」

「はい、間違いはございません。雲水姿で、飄々《ひょうひょう》と歩いておられました。木原の、小さな寺に入られたようです」

木原まで、了俊の陣屋から一里というところだった。

「行ってみるか」

了俊は気軽に腰をあげた。祖禅寂照は、時折京の歌会に顔を出したりする僧で、了俊も面識があった。どこかつかみどころがなく、しかし悲愁に満ちた歌を詠む。鋭さと茫洋《ぼうよう》とした大きさをあわせ持っていたが、本人はいたって穏やかで、その人間性に了俊は好感を持っていた。

警固を五人ほど付けて、馬を走らせた。木原のさきに氏兼が陣を敷いているので、尾道からだと陣内を駈けているようなものである。

命松丸が導いた寺は、山門だけが立派で、境内はさびれ舎殿も粗末なものだった。

「これは今川殿。尾道からわざわざ訪《おとな》ってくださいましたのか」

そう言ったところをみると、寂照は了俊が尾道にいることを知っていて、素通りしたものらしい。

「命松丸が、お見かけしたと申しましてな。旅の無聊《ぶりょう》をかこっていたところです」

「生憎《あいにく》でございますが、私は今川殿とここで親しく話をするわけには参りません」

「ほう。京では、堀川の屋敷を訪ねてくださったこともあるのに。なにゆえでござろうかな？」

寂照は、腐りかかった縁に坐り、にこやかに了俊を見つめていた。

「今川殿は、九州探題となられ、西下される途次でございますな」

「まさに、そうでござる」

「とすると、征西府と闘われる。私は、今川殿とは話をしない方がよいと思います。今川殿の方が、避けられるはずです」

「異なことを申される。寂照殿を、それがしが避けるとな」

「理由も申しあげましょう。私の俗名は、菊池武士《たけひと》といいました」

「菊池といわれると」

「さよう。菊池家の、第十四代の惣領でございました。菊池武光は、私のひとつ上の兄に当たります。庶子なれど、自らの力で惣領の座につきました」

「出家した武光殿の先代が、寂照殿でござったのか」

それだけ言って、了俊はしばらく寂照の顔を見つめていた。

「いや、驚き申した。このような縁というものも、人の世にはあるのですね」

「この身は俗世を離れております。なれど、今川殿には御迷惑がかかるかもしれませぬゆえ、尾道は通り過ぎて参りました。どうか、御寛恕《かんじょ》のほどを」

　言って、寂照は合掌し、頭を下げた。思わず、了俊は笑いはじめていた。寂照の歌の、茫洋なものの中にある鋭さが、はじめてなんであるのか理解できたような気持だった。

「許せませぬな、寂照殿」

「困りましたな。命松丸殿、兼好法師ならば、このような時にどうされましたかな？」

「お笑いになられましたろう。師は、奇縁という言葉がお好きでしたから」

「こうなったら、ここの住持に湯などを振舞っていただきたいと思います。法体と申されながら、この了俊の前を素通りされた。まさに許し難きことです」

「今川殿も、義詮公が逝去《せいきょ》された時、法体になられたのでしたな」

「私の出家は、寂照殿とは意味が違います。世を捨てたわけではありません。前将軍への、心からの弔意ということでしょうか」

　命松丸が庫裏《くり》に湯を頼みに行っても、寂照は止めようともしなかった。了俊は、寂照のそばに腰を降ろした。

「俗世では、大変な兄上をお持ちでしたな、寂照殿は」

「それはもう、驚くばかりです」

「その兄上と、それがしは闘うことになっております。ですから、いろいろ調べもいたしました。知れば知るほど、敵として出会いたくはなかったお人です。征西将軍宮様もまたしかり」

「菊池の民は、武光が惣領となって、幸福でした。戦で踏み躙《にじ》られることもなくなりましたのでな。武光もまた、幸福であります。征西将軍宮様のようなお方と、出会えたのですから。夢をあわせ持つことができる。同じ夢を見ることができる。そういう相手に、人は生涯《しょうがい》で出会うことがあるのでしょうか」

「武光殿は、出会われた」

「星でございますなあ、それは」

「それがしの星は、時代の英雄を討つ、ということなのでしょうか」

寂照の表情は、まったく変らなかった。了俊も、寂照を相手に肚《はら》の探り合いをする気などない。時代の英雄を討つ。正直な気持だった。九州に近づくにしたがって、次第にそういう気持になってきたのだ。

湯が運ばれてきた。

「征西将軍宮様と菊池武光殿は、とてつもないことをなさろうとされておる。それがしはそう思いました。夢とはそれですな。二人が持っている同じ夢とは」

「とてつもないこととは？」

「九州を、新しい国にしてしまおうということです。征西将軍宮様は、そこの王になられる。考えるだけでも、とてつもないことです。九州では、それが実現されかかっている。それがしが敗れれば、おそらく実現するでしょう」

「ほう。新しき国でございますか」

寂照は、椀《わん》を掌で包んで持ちあげた。大して心を動かしたようではない。たちのぼる湯気が、かすかに寂照の顔をぼやけさせた。

討っていいのだろうか。ふと、了俊はそう思った。足利一門の名流として、幕府の根底を崩そうとする者は、断固討つべきである。それが、国家のためであり、民のためでもある。九州を平定しないかぎり、この長い戦乱は終らない。

しかし、西から自分の心に押し寄せてくるこの息吹きのようなものは、なんなのか。邪悪なものは、なにも感じられない。むしろ、心が洗われるような感動さえあるのではないか、と思えてくる。時代の波。それも、誰も作り得ず、それゆえ誰ひとり考えもしなかったような、新しい時代の波。自分は、それを押し潰《つぶ》すことになってしまうのではないか。不安に似たものがよぎったのは、束《つか》の間だった。すぐに、了俊は九州探題の顔を取り戻した。

「寂照殿。九州へ行かれるのですな」

「決めたわけではありません。ただ、足が自然に西へむいております」

「あのお二人に会われる？」

「それもわかりません。足のむくままということで」

「ひとつ、書き付けを差しあげたい。それをお持ちになっていてくださいませんか」

「ほう、どのような？」

「この今川了俊に、いつなりとも面会できるという書き付けです。今日は、たまたま命松丸が見つけました。それがしは、これからしばらくは戦陣にあります。失礼ながら、ただ訪われるだけでは、会えぬこともあるかもしれません」

「私が、戦をなさっている今川殿をお訪ねすると？」

「そういう気持になられた場合に、すぐに会えるようにしておきたいのです。あのお二人は、それがしの敵でござる。しかし、どこかで繋《つな》がっていたい。それが、寂照殿ということになります」

「お断りしましょう。出家の身の私が、そういうことに関《かかわ》るべきではありません」

「だからこそ、お願いしたい。言うまでもなく、軍使などの役目を果していただこうというのではありません。どこかで、あのお二人と繋がっていたいのです。九州探題ではなく、人間としてお願いしている。書き付けをお持ちだからと言って、無理に私を訪ねてくださる必要もない。お心のままになさって結構なのです」

寂照は、荒れた庭に眼をやっていた。自分がなぜ、菊池家の先代の惣領にこんなことを言いはじめたのか、了俊はよくわからなかった。わからないまま、すでにどうしても必要だと思えている。

「お預りしましょう」

短く、寂照が言った。了俊も、それ以上なにも言わず、ただ頷いた。

第十四章　浦ふく風のしるべ

1

客人がいた。

武光は、頭を下げてちょっとほほえんだ。

星野胤親《たねちか》である。大保原《おおほばる》で深手を負った牧宮《まきのみや》が、傷を癒《いや》すために運ばれた、星野の妙見城の城主である。近年は、星野から聖護寺まで、長大な山の城砦《じょうさい》ともいうべきものを、山の民が築き、三財《さんざい》彦次郎とともにその指揮に当たったはずだ。すでに還暦を迎えた、温厚な武将である。

「星野が、いかに要害無比の地か、という話をしていたところだ」

武光も、大保原で傷ついた牧宮を警固して、しばらく星野に滞陣していた。確かに星野に通じるのは二本の道しかなく、それを閉じてしまえば、峻険《しゅんけん》な山に囲まれた孤絶した場所となる。地形を見て、誰も襲ってくることはないと、安心したものである。

「攻められる心配がない、と思うとのんびりしてしまうものでしてな。さほど征西府の役にも立たず、恐縮していたところです」

「なんの。御所様に対する御忠節は、いつも心にしみております」

星野胤親は、兵百を征西府に常駐させていた。それは、武光の指揮に組み入れられ、菊池の軍勢とまったく同じ扱いになっていた。

「新しい九州探題が西下しつつあると、深山にまで聞えて参りましてな。気になって降りてきたところです」

「いまだ、備後《びんご》に留《とど》まったままなのです」

「渋川義行のごとく、途中で引き返すということは、ありませんか？」

「ありません。機を見て進むつもりでしょう」

実際、九州の武士には執拗《しつよう》な働きかけが続いていた。武士たちの心の小波《さざなみ》も、次第に大きくなっているはずだ。その働きかけの細かさは驚くほどだったので、あるいは星野胤親にもなんらかの働きかけがあったのかもしれない。

今川了俊《りょうしゅん》は、九州の武士の心の中を、じっと備後で窺《うかが》っているのだ、と武光は思っていた。静かである。多分備後は、静かなはずだ。兵を募りはじめたという報告も入ってこない。そして、九州だけがざわざわとしはじめている。

「やはり、なにもありませぬか、武光殿？」

「もはやふた月近くなろうとするのに、兵を募ることさえやっておりません」

五条頼治の問いに、武光は穏やかに答えた。頼治の顔を征西府の謁見《えっけん》の間で見るのは、久しぶりのような気がした。やはり顔色はよくない。わずかずつだが、確実に病は頼治を蝕《むしば》んでいるようだった。

「頼治殿、一度星野へ来られませんか？」

「はあ」

「なにもないところですが、気持は鎮《しず》まります。それに、よい薬草があり、薬草医がおります」

「それがしの病は、どうやら気のもののようで、新しい九州探題が西下して来ると聞いただけで、元気が出て参りました。御所様の麾下《きか》の軍勢を束ねるのは、それがしかおりません」

「それはそうでござるな」

牧宮は、あえて行けとは言わなかった。言えば頼治が傷つく、とわかっているのだろう。誰の眼にも頼治の病は軽くないが、征西将軍宮麾下の先頭に立つことを止めることもまた誰にもできないのだった。

「新探題の兵力などは？」

「二千五百。もっともこれは、今川了俊の手兵の数でござる。これにどれほど武士が靡《なび》くかは、やってみなければわからぬ。頼治殿は、御所様の麾下を従えて大宰府にいていただきたい」

「わかっております。しかし兵を募らぬとは、なにを考えているのでござろう」

「攻められるのはこちら。いまは待つしかありませんな」

「探題の話は、いまはよい。武光、せっかく星野胤親が訪ねてくれた。せめて、博多でも見て貰《もら》うよう、手配いたせ」

「そうでござるな。大宰府にこられたのなら、博多まで」

「海とは縁のない暮しをしております。博多のことなど、話に聞くだけで」

しばらく、他愛《たわい》ない話が続いた。

「星野の兵どもに、会ってやりたいのでござるが、武光殿」

星野胤親が、武光の方を見て言った。

気づいて、武光は胤親とともに謁見の間を退出した。

「かなり進んでおりますぞ、武光殿」

やはり星野胤親は、頼治の病のことを気にしたのだった。端坐《たんざ》している姿を、武光も痛々しいものとして見ていた。

「昔から、頑固《がんこ》なお人であった」

「でしょうな。御所様も、無理に勧めることはなされなかった。ほんとうにひどくなれば、星野があることを念頭に置いておいてくださいませんか、武光殿。大宰府にいたのでは、心が乱れすぎる」

「かたじけのうござる。頼治殿とは、若いころよりずっと一緒に御所様にお仕えしてきた。御自分の意志を、ほとんど表に出そうとされぬ方でしてな」

星野の兵は、折よく大宰府にいた。博多に武義をつけて五百、豊前《ぶぜん》に武政の率いる一千で、五百が大宰府にいた。菊池の三千は出動命令を待っている。ほかに武安が率いる諸将の兵三千が、豊後国東《ぶんごくにさき》に布陣していた。

星野胤親は、百人の兵がかたまっているところを見つけると、嬉《うれ》しそうに駈《か》け寄った。兵たちも、主《あるじ》に会えて嬉しそうである。せいぜい三百の兵の中から、百を征西府に出してきているのだった。

ひとりひとりの兵の名を、星野胤親はしっかり憶《おぼ》えているようだ。まるで父親のようなものだった。これが、武士の家なのである。やがて解体を目指しているとはいえ、星野胤親の姿はやはり武光の心を乱した。

探題軍のかすかな動きが伝えられてきたのは、六月の末だった。豊後の都甲《とこう》という豪族が、備後まで今川了俊を出迎えに出たという。二百ほどの軍勢を伴っていたというが、それがいつ九州を出たのかはわからなかった。

続いて、内海に集結していた幕府軍の水軍が、日向《ひゅうが》方面に南下しつつあるという報告が入った。軍議では、ただちに日向に兵をむけるように進言する者が多かったが、牧宮も武光も頷《うなず》かなかった。上陸のための兵が集結していた、という気配はどこにもないのだ。

「陽動じゃな、武光」

牧宮も、それを見抜いていた。しかしなんのための陽動なのか、いまのところわからない。

「敵を、九州に引き入れるしかありません」

「兵站《へいたん》を断つためには、山中に引きこむことだ。うまく乗ってくれれば、主力を一撃で叩《たた》ける」

牧宮はそう言った。軍議に集まった諸将にむけた発言だったようだ。

軍議を終え、牧宮の居室に行った時、牧宮の表情が険しいことに武光は気づいた。軍議の場では、穏やかな表情をしていたのだ。

「おかしいぞ、武光。なにかいやな感じがする。胸騒ぎというやつだ」

「落ち着かれることです、御所様。放っておいても、敵は最後には大宰府に参ります。大宰府で迎え撃つ。そういう気になれば、なんら恐れることはありません」

「わかっている。そういうことではないのだ。いままで、儂《わし》はこういう胸騒ぎを感じたことはない。たとえば、死がそこにある。そういう感じなのだ」

牧宮が、こういう取り乱し方をしたのを、武光は見たことがなかった。たとえ死を前にしても、端然としていられるはずだ。黙って、武光は対坐した。

「悪かった、武光。なにやらわからぬものが、襲いかかってきたような気がしたのだ。もう消えた」

頼治の死を感じたのではないか、と武光はふと思った。身近な者の死が、若いころよりもこたえてしまう。それは、武光も感じていることだった。齢《よわい》を重ねるというのは、そういうことなのか。

「戦は、それがしにお任せくだされ、御所様。菊池軍の精兵五千のみでも、今川了俊を撃ち破ってみせますぞ」

「今川了俊の、戦のやり方はわかっているのか？」

「侍所《さむらいどころ》頭人《とうにん》、引付頭人のころは、それほど戦に出ておりません。それ以前にはしばしば戦に出て、それなりの戦功を立てております。京における、武将としての評判は高く、緻密《ちみつ》な戦をすると聞いております」

「であろうな。すべての備えを整え、ここぞという時に、全力を傾ける。いまの動きを見ていれば、そういう武将であろうと想像はつく」

「ここぞという時を、作ってやればいいのです。いや、潮合いというものですな。作らずとも、必ずここぞという時があります。そこに全力を傾ける武将ならば、狙《ねら》うはそこひとつ。つまらぬ陽動に惑わされてはなりません」

「全力を注いできた時、それを叩くか。おまえらしい」

「水軍の陽動は、なんのためと思われます？」

「豊後の、高崎城ではないか。大友一族は京にいたはず。大友氏時の倅《せがれ》ぐらいは、伴ってきているかもしれんぞ」

「それがしも、そう見ました。豊後にまず拠点を作り、九州の武士の動向を見定める。高崎城あたりが最適かもしれません。とすると、高崎城に拠《よ》ることそのものも、陽動と言っていいですな」

　豊後高崎城ならば、中国、四国からの兵站を受けやすい。しかも豊後は、反征西府の武士が最も多い地域と言ってもいい。九州への瀬踏みは、豊後でしてみればいいのだ。今川了俊は、間違いなく大宰府直撃を狙っている。しかし、拠点が豊後だけというのは、やはり危険である。大宰府を挟《はさ》み撃つ態勢をとるとすれば、肥前か。

「武光、このふた月ばかりの間に、高崎城にはなんの動きもないのか？」

「迂闊《うかつ》、というより、監視の態勢はとっておりませんでした」

　高崎城を拠点にするならば、事前に備えを強化し、兵糧《ひょうろう》なども運びこんでいるはずだ。それを阻止しても、意味のないことだった。別のところから上陸し、別の拠点を作るだけのことだろう。

「落とせるか、武光？」

「その気になれば、どれほど備えが固くても、ひと月あれば」

「簡単に落とすと、今川了俊を九州に引きこめぬな」

「まあ、眺《なが》めておりましょう。国東に布陣している武安は、後方に退《さ》げております。国東には要害をひとつ残しただけで」

　牧宮は眼を閉じ、しばらく考えるような顔をしていた。戦の時、牧宮はあまりこういう表情をしない。別のことを考えているのだ。

「さきほどの、胸騒ぎのことでございますか？」

「どうにもわからぬ。なにかいやな気がした。いまそれを思い出そうとしても、うまく思い出せぬ。黒い雲が、心の中をよぎったとでも言おうか。この戦はしてはならぬ。誰かがそう囁《ささや》いているような気もした」

　牧宮も武光も、そういうことを気にするところがあった。それで、窮地を逃れたことも何度かある。ただ、自分が感じたことを行動に移すだけで、それを人に語ることはあまりない。語るとしても、すべてが終った時だ。牧宮を襲った胸騒ぎというのは、よほど大きかったのか。

　大宰府に早馬が到着したのは、七月三日だった。

「御所様、今川了俊の嫡男《ちゃくなん》義範が、田原氏能《うじよし》とともに、昨夜高崎城に入ったそうです」

「ほう、子息を出してきたか」

「かなりの覚悟、と見てよいでしょう。了俊は、まだ備後を動いていないと思いますが」

先発が部将ではなく嫡男であるということは、どれほど本腰を入れているかを九州の武士に示す意味もあるのだろう。ほぼ時を同じくして、九州の武士に嫡男を豊後に先発させたという通達が届いた。何度目の通達になるのか。はじめは、いつものように京から舞いこむ通達にすぎなかったはずだ。それが二度三度と重ねられ、そのうち京からのものだったのが、尾道からになり、嫡男を先発させたというものになった。

「歌人としても名高いと聞きましたが、人の心のありようをよく知っておりますな」

「通達も無駄《むだ》ではない、ということを教えてくれているな」

　軍議では、高崎城の攻囲を主張する者が多かった。武光は、もうしばらく待つべきだと言った。時を置くことによって、探題軍に靡こうとしている武士の動向を見ることができる。早々に征西府軍が出動すると、いまの萎縮《いしゅく》した九州の兵は、抜きかかった太刀を納めてしまう。

　今川了俊が、備後尾道から安芸沼田《あきぬまた》にまで進んだという知らせが入ったのは、それから数日後だった。弟の仲秋を大将とする軍勢は、そのまま長門《ながと》にまで進みそうな気配だという。

九州に、また通達の雨が降った。

「征西府の令旨《りょうじ》も、負けずと出しております。いまのところ、これぐらいしか対抗の方法がありませんでな」

五条良遠も、よく軍議に顔を出してそういうことを言った。

七月二十三日になって、高崎城の探題軍はようやく外へ出て、国東に築かれていた要害を襲った。要害の守備は五十名ほどで、簡単に潰《つぶ》された。今川仲秋が、二千の兵を率いて下関に到着したという知らせも入った。

豊後が、にわかに騒々しくなった。探題軍に呼応しようと、豊後国府近辺に集まってきた武士が、二千に達しようとしている。その一部は、すでに高崎城に入っているという。

「菊池武政。豊後の征討を命ずる。兵三千を率いて、速やかに豊後にむかえ」

軍議で、牧宮の下知《げじ》が下った。

武政には、高崎城を包囲して待て、と言い含めてある。三千の兵の中に、菊池の兵は五百しか加えなかった。

「まだ、安芸か、今川了俊は」

牧宮が言った。このところ、軍議を終えると牧宮の居室でしばらく話をすることが多くなった。

「九州の武士は、焦《じ》れはじめております。それが了俊の狙いでもあるのでしょう。一旦《いったん》九州に入れば、焦れた分だけ武士たちは勢いづくでありましょうから」

「思った通りの戦をするようだな」

「九州の機が熟するのを、まだ待つでありましょうな。それまでに、もうひとつは手を打ってくるでしょう」

「迷っていることがひとつある。水軍を博多に集結させるべきかどうかだ。場合によっては、高麗《こうらい》にいる水軍も呼び寄せてもいい」

「ここは御所様、今川了俊をただ待つことにいたしませんか。むこうがすべての手を打って、それから持てる力を集中してくるのなら、こちらも持てる力のすべてを、その時の了俊にだけぶっつけましょう。狙われるとしたら、次は肥前ですが、松浦《まつら》党は完全に取りこむことはできません。博多に強力な水軍がいれば、松浦党はこちらに靡くでしょう」

「わかった。海の上の戦ではないな、今度は」

「戦場は大宰府だけ。それでよいのです」

大宰府近辺の原野まで今川了俊を引きこめば、たとえ数万の軍勢であろうと破る自信が武光にはあった。

2

高崎城の攻囲が、思ったほど厳しくなかった。

攻囲の将は菊池武政で、城より半里ほどのところに布陣しているだけだという。兵力は三千。積極的な攻めに出てこないのが、了俊には不可解だった。

「どう思う、明真？」

「城攻めは犠牲が大きい、と考えているのではありますまいか。兵糧を止めて、干上《ひあ》がるのを待つ戦法と思えますが」

斎藤明真は、もと六郎左衛門といい、了俊が出家した時にそれに倣《なら》ったのだった。四十二歳で、十四歳の時から了俊に近侍していた。戦にかけては天性のものを持っていて、たびたび了俊は助けられていた。

「対城《むかいじろ》も築いておらぬそうだ」

「城から引き出そうと目論《もくろ》んでいるのかもしれません。野戦においては、菊池軍は九州第一と言われております」

「野戦か。菊池の闘いぶりを調べても、野戦にはめざましいものがある」

「その気になれば、征西府はもっと軍勢を集めることができるはずです。義範様は探題軍の第一陣。渾身《こんしん》の力で叩こうとしてきて当然とも思えるのですが」

斎藤明真も、菊池の穏やかな対応を計りかねているようだった。

城から出て闘った、という知らせが入ってきた。ひどいぶつかり合いにはならなかったらしい。お互いにあしらったという感じだ。菊池武政の率いる軍勢に、菊池軍はあまり含まれていないらしいこともわかった。

「野戦に誘っているわけでもなさそうだ。漫然と城を囲んでいる。それだけではないか」

「どのような武将でも、城の攻囲ではそれなりの工夫を示すものです。義範様には、あまり誘いに乗られぬよう、殿から言われた方がよいと思います」

「こちらが考えていないような策が、菊池武光にはあるというのか？」

「わかりませんが、菊池武光は、九州の一角を侵されて、黙って見ている武将とは思えません。それが黙って見ているのは、なにかあると考えた方がよろしいでしょう」

暑い季節になっていた。陣屋の外は蟬《せみ》がかまびすしい。了俊は扇子で胸に風を入れた。まだ安芸に留まったままである。秋には九州に入ろうと考えていたが、これはもう少し待った方がよさそうだった。

菊池武光は、一度や二度の大戦を、勢いで乗り切って勝った、という武将ではない。戦に戦を重ね、二十数年をかけて九州を統一した男だった。

「水軍も、動いておらぬのだな」

「四国方面では、活発です。四国から上陸されると困る、と考えているのでしょう。博多のあたりには、まったく動きはありません」

「緒戦から、意外な迎え方をしてくれるものだ」

「とにかく、九州探題としての通達だけは、出し続けておきます。九州の武士の家では、すでにわれらが通達が束になっておりますぞ」

「それでよい。束があれば、少しは心も動こうというものだ」

「女子《おなご》に言い寄る時と同じでございますな」

斎藤明真の欠点は、風雅を解さないことだった。それが疎《うとま》しい時もあったが、戦陣では情を交えない明確な発言が快くさえあった。

仲秋は、すでに下関に到着し、いつでも九州に渡れる態勢にある。ただ、その前にやっておかなければならないことがあった。九州へ渡った時の、背後の固めである。それには、大内一族の誰かと、婚姻によって繋《つな》がりをつけておくのが一番いい。仲秋をさきに長門にやったのは、そのためでもあった。

「受けの姿勢というのは、強うございますぞ、殿」

「自信があるから、そういう姿勢もとれるということだな。菊池武光は、やはり受けの姿勢に入っておるか」

「そう思います」

「菊池武光の戦歴を調べて、儂は怕《こわ》くなった。ここだけの話だがな。あれほどの戦をした者は、もう幕府にもいなくなったのではないのかな」

「九州だけは、ずっと戦乱が続いておりました。京の戦乱は、まことの戦乱ではありません。京を欲する者が現われれば、幕府は簡単にそれを与え、それから締めつけただけです。

いわば、京は守るに難しい城のようなもの。奪い合っても意味はなく、最後はまことの力を持っている者が、そこへ帰るというだけのことでした」

「九州では、二十年以上も、食うか食われるかの戦を続けてきたのだな」

「怕くなるのが、当然でございます。甘く見れば、前の探題と同じ轍《てつ》を踏むことになります」

「明真、菊池武光の戦を、おまえもずっと調べてきたのだろう。おまえが大将なら、どう闘う？」

「闘いません。虎《とら》の尾は踏まず、避けて通るのが賢明というものでしょう」

「儂は、闘わざるを得なくなった」

明真がにこりと笑い、剃《そ》りあげた頭にちょっと手をやった。

「いまのやり方しか、ありますまいな」

「勝てると思うか？」

「以前、京に逃れてきた少弐《しょうに》頼尚《よりひさ》殿とお会いしたことがあります。菊池武光を最もよく知る武将でありましょう。菊池の戦についていろいろと訊《き》いたのは、やはり武士として関心があったのだと思っておりました。殿が、九州探題になられるなど、その時は考えてもおりませんでしたので。いま思えば、漠然《ばくぜん》とした予感のようなものがあったのだ、という気もいたします」

「やはり、少弐頼尚は、大保原の話をしたか？」

「いえ」

明真がまた笑った。この男が笑うのは、いつも肚《はら》になにかがある時だ。

少弐頼尚といえば、尊氏《たかうじ》公のもとで転戦を重ね、尊氏公の九州落ちの時もほとんどひとりで支えた男である。尊氏公が九州探題を九州の諸将の上に置いたため、矜持《きょうじ》を傷つけられ、一時は直義《ただよし》公の養子であった足利直冬《あしかがただふゆ》を担《かつ》いだこともあった。衆目が認める、九州第一の武将であったことは間違いがない。

「針摺原《はりすりばる》の話をなされましてな」

「一色範氏《のりうじ》殿が、散々に撃ち破られたというあの戦じゃな」

「その前に、菊池武光は敗れたそうです。少なくとも少弐頼尚殿も一色範氏殿も、そう思ったそうです。なにしろ、万余の大軍に、ほぼ一千騎ほどで突っこみ、一色殿に追い立てられたといいますから。しかし、一色殿はいつの間にか筑前《ちくぜん》まで追い、少弐殿の城を囲んでしまったそうです。一色殿と少弐殿は、いつかは争わなければならず、しかしそのどちらもがきっかけを作るのではなく、菊池武光が作ったきっかけで、争うことになったわけです」

「それで菊池武光は？」

「ほとんど兵を失うこともなく、山中に消えたそうです」

「そんなことがあったのか」

一色軍に囲まれた少弐頼尚は、一時は自刃《じじん》も覚悟したという話だった。そこへ菊池軍が救援に現われ、針摺原で一色軍とぶつかった。あの戦に勝ち、征西府と菊池軍は、はじめてほかの大名と並ぶ力を持つことになったのだ。

少弐頼尚をいためつけるだけいためつけさせ、それから一色軍を撃ち破った。つまり菊池武光は、二人の大名を同時に破ったことになるのか。

「一色軍をおびき出して自分にぶつからせた。少弐頼尚殿は、そう確信しておられました。いまだから確信できるが、菊池武光と闘わなければならない時は、考えないようにしていた、と言われました。考えれば、恐しくて闘うこともできなかったろうと」

「すごいものだな」

「だから、それがしは闘いを避けます」

「苛《いじ》めるな、明真」

「まこと、九州探題だけは、お止めしたいと思いましたぞ、殿」

「もう、ほかに人はなかった。細川頼之《よりゆき》殿も、九州を捨てるかどうかの瀬戸際《せとぎわ》に立たれておったのだ。受けぬと言えると思うか」

「それで、九州を平定できれば、手柄《てがら》は細川様のものでございますか」

「そこまで、儂も人はよくない。九州には、交易の富がある。つまり、儂は実を手に入れればよいのだ。名誉は、細川殿にお譲りしてもよいわ」

「そこまで肚をくられたなら、なにも申しますまい」

「勝てばいい。それだけのことだ」

明真は笑っていなかった。それにむかって、了俊は笑ってみせた。


安芸を進発し、長門にむかったのは八月の末だった。

高崎城の攻囲は続けられていたが、相変らず積極的に攻める気配はない。一時豊後府中に集まりはじめていた武士も、少しずつ散りはじめているという。

軍勢の数が、多くなっていた。五百だったものが、すでに一千を越えている。特に軍勢を募らなくても、この状態だった。

大軍を率いて九州に入る気が、了俊にはなかった。自分が最も動かしやすい兵の数があればいい。それは、せいぜい五千というところだ。五千の軍勢ならば、長門に到着してからでも充分集められる。

一日二里ほどしか進まない、蟻《あり》の行列のような行軍だった。途中で、随行していた九州の諸豪族を、船で西下させた。それぞれが旧領地へ戻り、そこで探題方の旗を掲げればいいのだ。それが征西府に対する二つ目のゆさぶりになる。三つ目は、四国に集結している水軍がなにかやるはずだ。

こうやって、ゆさぶりをいくつか重ねながら、敵に近づいていく。その間に、敵は動き回り、了俊はその動き方をよく見て、分析することができる。それが基本的な了俊の戦のやり方なのだが、ゆさぶっても敵が動かないとなると、やはり考えこんでしまう。まして相手は、菊池武光なのだ。

一日二里ほどの行軍でも、すぐに周防《すおう》が近づいてきた。物見遊山《ものみゆさん》の旅に近い。実際了俊は、名の知れた神社や寺に寄り、風光のよいところでは滞留し、時間を潰した。仲秋と大内一族の婚姻が、まだはっきり決定していないのである。

「九州が、遠い幻のように思えて参りました」

「無理もない、命松丸《めいしょうまる》。まこと九州は幻じゃ。幻を少しでもうつつの姿に近づける。そのためにかけている時なのだ。いたずらに費やしているのではない」

「戦むきのことは、わかりません。ただ、心の中で、九州が少しずつ大きくなってきます。少なくとも心の中では、幻に近くなっていくのではないでしょうか」

もっと速く進軍しろと、命松丸は言っているわけではなかった。そういうことには無関心で、ただ心のありようだけを了俊に語っているのだった。戦の話をしなくて済む相手がいて、よかったと了俊は思っていた。これほど長い準備が必要だとは、考えてはいなかったのだ。京の幕府も、苛立《いらだ》っているだろう。肥前の、探題方に付こうと考えている武士からも、矢の催促が届いていた。諸将の中にも、早く九州に入らなければ、時期を失ってしまうと考えている者がいるようだ。

時期はまだ来ていない。九州は熟れきってはいないのだ。

「命松丸、矢立を」

旅の途中で出会ったものをしたためたり、歌を詠《よ》んだりすることはやめていなかった。

渋川義行の前の探題の斯波氏経《しばうじつね》は、それぞれの船に二、三十人の遊女を乗せて九州に入ったという。その遊び気分が、ひと時京でも噂《うわさ》になったが、了俊はいま、なんとなく理解できるような気分だった。斯波氏経は、身ひとつで九州に入るには、余りに気持が重すぎたのではないのか。それでも、有効な手を打とうとはしなかった。ただ投げやりに、遊女を船に乗せた。

他人の心のことだ。ほんとうのところはわかるはずもない。ただ、斯波氏経がそう告白したとしたら、自分は信じるだろうと了俊は思った。

「命松丸、国とはなんであろうか？」

「難しい問いでございますな」

「九州が征西府国、あとは幕府国。そういうふうに考えられるか？」

「かつて、平将門《たいらのまさかど》が、関東に国を作ろうといたしましたな」

あれとは違う。中央の権力に対して、別の権力を樹《た》てるというやり方と、征西府の方法は明らかに違う。はじめから、意志と思想に貫かれている、と了俊は思っていた。

それを確信したのは、征西府の敗者の扱いである。降参半分の法が幕府ではよく行われていた。降参すれば領地の半分は保証するということで、相手から降参人を続出させ、血みどろの戦が避けられたのである。ところが征西府は、半分どころではなかった。降参すれば、領地はそのままなのである。はじめは、戦略として稚拙だ、と了俊は感じた。降参したといえども、もともと敵なのである。できるかぎり、力を削《そ》いでいた方がいい。

　ところが、九州でそれは成功していると言ってもいい。領地を失う可能性のない戦。それでも戦は確実に減ったのだ。

　いままでと、まったく違うことを征西府は考えているのかもしれない、と了俊はある時思い到った。半分でも領地が削られるとなれば、やはり武士は懸命に戦をする。しかし土地が関係ないとなれば、戦をする気などあまり起こさないのだ。たとえ戦があり、手柄があったとしても、恩賞も銭で出ている。

　領地と武士を切り離す。そういう考えが、征西府にある。確信したのは、二千の水軍の兵が、すべて銭で養われていると知った時だった。

　すべてのものの基本に、領地というものを置かない。それを、戦の敗者の扱いで、征西府は少しずつ武士の間に浸透させようとしているのではないのか。

　やはり、新しい国だった。ただ、新しくなる前のものが、いまはまだ残っている。

「新しいものを認めない。これは歌でも同じだが、認めないものは次第に形骸《けいがい》と化していく」

「国の話でございますか。それとも歌の話でございますか？」

「両方だ」

「殿は、これから闘う征西府というものを、認めておられるのですか？」

「今川は、足利一門きっての名流。なにゆえ征西府を認めねばならぬ」

「それは、殿がいわれた通り、新しいからでございます」

「新しいものが、悪いという結論が出されたのだ。だから、儂が討とうとしている」

「足利幕府にとって、悪いのでございますか。それとも、民にとってなのですか？」

「両方だ」

「なんでも、両方でございますな」

了俊の中にある恐れと迷いを、命松丸は見抜いているようだった。それがいやだとは思わなかった。やはり、武士でない者が従者にひとり付いていてよかったのだ。武士なら、こういう話を理解しようとさえしなかっただろう。

周防の国府に入ったのは、九月二十四日だった。ここで長門に使者を出した。斎藤明真である。十日ほどをかけて、明真は大内弘世の娘と仲秋の婚姻をまとめた。

仲秋は、すでに長門で五千を越える軍勢を集めていた。あとは、船がととのえばいいだけである。了俊は、はじめて大内氏を中心とする中国の諸将に、軍勢督促状を出した。十二月一日までに、下関に集結である。

「おまえに預けておこう、命松丸」

「これは『道ゆきぶり』の最後のところでございますな。確かに、お預りいたしました」

京から長門まで、十カ月に及ぶ長い旅は終ったのである。

3

建徳二年十一月、今川仲秋が五千の兵を率いて肥前松浦に上陸した。肥前の軍勢がそれに加わり、一万ほどになっているようだ。

征西府に与《くみ》する土豪を破りながら南下し、途中で転じて東進するであろう、というのが軍議における大方の予想だった。牧宮も武光も、ほぼ同じ予想だった。すでに高崎城には今川了俊の嫡男義範がいて、これで了俊が門司から九州に入ってくれば、大宰府は囲まれた恰好《かっこう》になる。

各個撃破はしない、と武光が言い放ったので、征西府の軍議は、待つという雰囲気《ふんいき》が強かった。

軍勢は動いているものの、大宰府にまだ緊迫した空気はなかった。高崎城と肥前の今川仲秋の動きを知らせる注進は、毎日のように入ってくる。それも、軍議における予想を越えるものではなかった。

「見事な包囲網だな、武光」

牧宮が、苦笑しながら言った。今川了俊は、まだ下関に留まっているようだ。どこまでも慎重で、腰を据《す》えた男だ。門司に渡ってから、網を絞りはじめるつもりだろう。

「御所様もそれがしも若ければ、西に東に軍勢を動かし、いたずらに兵を失う戦をしたでありましょうな。今川了俊の重い腰に付き合うには、相当の忍耐がいりますぞ」

「この戦が、足利幕府との決戦になる。お互いにそう思っているから、耐えられるのだ」

牧宮は、居室にいつも九州の大きな絵図を拡《ひろ》げているようになった。ひとりの時は、それに見入っていることが多いらしい。絵図の上の方には、壱岐《いき》、対馬《つしま》があり、さらに高麗の南端まで描かれている。こうして見ると、高麗までがひとつの国のようだ。

「武政、武安は大宰府に呼び戻しておきます。いろいろと、忙しい役をさせねばなりません。菊池にある三千の兵も、すぐに出動できるよう備えてあります」

「今川了俊に、早く菊池の騎馬隊を見せてやりたいものよ」

「一度だけでございましょう、今川了俊が菊池の騎馬隊を眼にするのは。一度で撃ち破ります。そして今度だけは、今川了俊の首も取ります」

この戦が終れば、足利幕府は再び探題を送ることなどできないだろう。たとえ送ってくるとしても、十年はかかるはずだ。その間に、九州は牧宮が考えているように変ることができるかもしれない。変ってしまえば、足利幕府の日本は、その存亡を賭《か》けないかぎり九州と闘うことはできないはずだ。

この一戦で、大きな戦は終りになるかもしれない、と武光は思った。長い道だった。どれほど長い道であろうと、終りというものはある。終ったところから、別のなにかがはじまる。そのはじまるものを、牧宮も自分も、老いた者の愉《たの》しみとして穏やかに眺めることになるのだろうか。

「見よ、武光。この海の広さを」

牧宮が、絵図を指さした。九州の南に、ずっと海が拡がっていることは、武光も知っていた。それがどれほど広く、そのさきにも国があるのだということも、聞いて知っている。牧宮は、そこにまた新しい夢を見つけているのかもしれない。その新しい夢には、自分は多分付いていけないだろう、と武光は思った。この人は、夢に生き続けることができる人なのである。

九州の統一さえ、自分にとっては遠い夢だった。牧宮の存在がなければ、菊池の土豪で終ったに違いない。ともに背負うことができるものを、牧宮が見せてくれた。背負い続けることができる若さも持っていた。

「この戦が終れば、御所様は海へ出られませ。月王丸殿が、導いてくれましょう。九州の御心配は、もういりません」

「おまえにも、高麗を見せたい。明《みん》の、信じられぬほど広い大地も見せたい。海もな。海が儂の夢を育ててくれたと思う」

「それがしには、九州がありますぞ。九州が安定しなければ、御所様に海に出ていただくわけには参りませんのでな」

「そういう仕事は、若い者に任せるのだ。武政がいる。賀々丸も成長しよう。儂はやはり、夢を育《はぐく》んだ海を、おまえと一緒に見たい」

不意に、熱いものが武光の胸にこみあげてきた。久しぶりだった。武光は絵図から眼をそらし、縁の外の庭に顔をむけた。この人と闘い続けてこれたのは、この熱いものがあったからだ。自分の心の中に、いつも夢を注ぎこんでくれたからだ。

武光はもう一度絵図に眼を戻した。九州のまわりを海が取り巻き、その海は夢の拡がりのようにどこまでも続いていた。

館《やかた》の居室に、右京が坐《すわ》っていた。

「葦影《あしかげ》と同じような現われ方をするようになったな、右京」

「それがしも、こういう現われ方が似合う歳《とし》になりました。なれど、葦影ほどに人を食った真似《まね》はまだできません。現われるだけでも難しいものでございますな」

「今川了俊が、そろそろ九州へ入るころか」

「御賢察。下関に、中国の軍勢を集めております。それほどの大軍にする気はないようですが、大内弘世、義弘父子をはじめ、安芸の毛利など、およそ七、八千の軍勢にはなろうかと」

「いささか多いな。画策していた大内との婚姻が整ったか」

「九州の武士が、それほど探題には同心するまい、と大内弘世は読んだようです」

「征西府にも、同心するまいよ。つまりは、風むきを見るということだ」

何年かをかけて、征西府は武士の牙《きば》を抜いてきたと言ってもいい。今川仲秋の軍勢も一万を越えていないし、今川義範はせいぜい二千ほどの兵で高崎城に籠《こも》っている。

京へ逃れていた少弐や大友が戻ってきても、それほどの数が集まるとは思えなかった。

「肥前に放ってある者どもからも、報告が入っております。今川仲秋は、それほど急いではおりません。恩賞で釣ってはいますが、軍勢は一万を越えず、時として土豪の攻撃を受けております」

「戦ぶりは？」

「いまのところ、小さな策を使うようなことはしないようです。軍勢の扱いには長《た》けていて、機を見て総攻撃で決着をつけようとする戦ぶりです」

「兄の影響かな」

「高崎城の防備の兵は、必死です。もし落ちることがあれば、今川了俊の九州入りに支障が出ると考えているのでしょう。あの城の役目は、それだけと思われます」

「それで、下関の軍勢は、いつ九州へ入ると見た？」

「わかりません」

「わからぬとは？」

「今川了俊は、なんとか征西府の動きを見きわめようとしております」

「しかし動きがない。つまり、儂に誘えと言っているのだな」

「いずれは、九州に入って参りましょう。しかしこのままでは、来年の春までも待ちかねません」

「わかった。高崎城でも締めあげてみようか。いずれにしても、儂が動いた方がいいのであろう？」

「今川了俊の眼は、おそらくお館様だけにむいているであろうと」

武光は頷き、音もなく消えていく右京の姿を見送った。最後にこちらが考えこむようなことを言い、その間に消えていく葦影の芸当は、まだできないらしい。

すでに夜も更《ふ》けていて、大宰府は静かだった。武光は太刀を執り、鞘《さや》を抜き払って縁に出た。月が、刀身を照らす。あまり反りはなく、肉厚の刀身である。たえず手入れをしているので、錆《さび》などはまったく浮いていない。湖水を思わせるような刀身に、しばらく眼をやっていた。冷気が身を切ってくる。びゅっと、武光は一度太刀を振った。重たい太刀を使ってきたものだった。菊池の刀鍛冶《かじ》が、精魂をこめて鍛えたものである。庭の樹木に残っていた数枚の葉が、風もないのに落ちた。太刀風が届きでもしたのか。

この剣に、どれほどのものを賭け、どういう思いをこめてきたのか。

冷気に身を包まれたまま、武光はさらにしばらく縁に立ち尽していた。

眼《め》醒《ざ》めた時は、まだ暗かった。

上体を起こそうとした時、不意に躰《からだ》が揺れているような気がした。いや、躰ではなく、自分の周囲が揺れている。

埒《らち》もない。呟《つぶや》いた。一度眼を閉じ、しばらくして開くと、揺れはもう止まっていた。地震などではなく、船でゆっくりと揺られているような感じだったが、もうその感じは思い出せなかった。

征西府館に出向くと、馬を見ていた武安が驚いたように声をあげた。

「りつ殿となにか？」

「気を回しておるのか。年寄は朝が早いものよ」

武光は、いまりつという博多から連れてきた女を側《そば》に置いていた。まだ十八の商家の娘で、出会った時の奔放さが気に入ったのだ。正面から揶揄《やゆ》したのは牧宮だけで、さすがに武政も武安もなにも言わない。

「だいぶ前になるが、菊池に千秋という女が現われた。おまえの父を、毒殺する手引をした女とでも言おうか。隻腕《せきわん》になっておった。儂が打ったあとが、腕を切り落とさなければ癒《い》えなかったらしい」

「どうなされました、その女を？」

「追い払った。多分、九州にはいないであろう」

「そうでございますか」

武安は、馬の背に手をかけた。

「あれから、儂は側に置く女子には気をつけておる。武澄を失ったのは、儂の生涯《しょうがい》でも痛恨事のひとつであった」

「代りに、それがしが働きます。父の戦には及ばぬかもしれませんが」

笑うと、武澄の面影《おもかげ》がある。武政と較《くら》べるとずっと端正な顔立ちの、頬のところに大きな太刀傷があった。不思議に、武光は顔に傷を受けたことがない。

「出陣いたすぞ、武安。肥前から来ている兵を三百ほど連れていこう。高崎城じゃ」

「菊池の軍勢はいりませぬか？」

「いらぬ。軍議もせぬ。これから、御所様にだけお伝えしてくる。仕度をしておけ」

「それがしもでございますか？」

「たまには、供をせい」

「はい」

「急ぐぞ。明日の夜には高崎城を囲む軍勢の中に入る。明後日の朝、並び鷹《たか》の羽の旗を、今川義範に見せてやらねばならん」

一礼すると、武安が大声で兵たちを叱咤《しった》しはじめた。兵たちの吐く息は、白い。

牧宮に出陣を伝えて戻ってきた時、三百の軍勢は揃《そろ》っていた。武光の馬の轡《くつわ》は武安がとっている。


高崎城が、どれほど固められているか、一見してすぐにわかった。特に、火による攻めを警戒している。城砦《じょうさい》全体に、石の部分が増えているのだ。それは、火には強いが、木と較べると脆《もろ》いものでもあった。石を崩されると、すべてが崩れかねない。

「すぐに攻めますか、お館」

「待て。軍勢が出てくるに違いない。それを討て。今川義範は討ってはならぬ」

「はて、なにゆえでございます？」

「おのが頭で考えよ、武安。戦は高崎城だけではない。肥前には今川仲秋、下関には今川了俊。肥前はともかく、今川了俊はいまだ九州に入ろうとせぬ」

「あ、今川の本隊を、九州に引き入れるための城攻めでございますか」

「倅がここで死ねば、今川了俊は作戦を変えるだろう。弔合戦に及ぶぐらいなら、こんなところには、はじめから倅はよこさぬ。明らかに、この城は本隊を九州に進めるための備えなのだ」

「わかりました。これまでだと、一千ほどの兵で、こちらの陣を攪乱《かくらん》しようとして出てきます。ただ、今川義範は一度も出てきてはおりません」

攻囲の兵は三千で、筑前、豊前、豊後の征西府の呼びかけに応じた兵である。菊池の軍勢は、いま一兵も混じっていない。

城には、正面に押し出されてきた並び鷹の羽の旗が、すでに眼に入っているはずである。籠城《ろうじょう》のはじめのころなら、警戒するだろう。すでに五カ月以上経過し、城の将も兵も倦《う》みはじめているはずだ。

予想した通り、陽が高くなったころに、城門から一千あまりの兵が出てきた。

「武安。あの軍勢を潰せ。指揮する者の首は取り、一兵も城に帰すな。おまえが使いたい兵を、一千だけ率いるがよい」

武安も、一時期攻囲の指揮をとっていたので、使いやすい兵は見分けているはずだった。

「筑前の兵を使います」

言い残し、武安は馬で駈け去った。

武光は、床几《しょうぎ》を動かなかった。敵が、真直ぐにこちらへむかってこようとする。騎馬が三百余。兵糧は充分とみえて、兵の動きはよかった。

武安の徒《かち》が出てきて、敵の騎馬を遮《さえぎ》る恰好になった。一瞬、逡巡《しゅんじゅん》した敵の将は、徒を馬蹄《ばてい》で蹴散《けち》らすことを決めたようだ。まだ距離はある。敵に勢いがついた。その時、敵の背後に、武安の騎馬隊の姿が現われた。百五十ほどだ。間髪を入れず、敵を背後から攻めたてていく。敵は、強引に徒を蹴散らし、武光の本陣に突っこんでこようとした。側面から、残っていた武安の軍勢が、騎馬隊を先頭に襲いかかる。敵が崩れるのに、大して時間はかからなかった。敵と城門の間を、巧みに騎馬隊が遮っていた。

追い撃ちに討たれる敵の姿だけになった。城からの救援はまだない。指揮者のものなのか、槍《やり》に突き立てた首が軍勢の頭上にかざされた。勝負になっていなかった。

「すぐに、全軍で城を攻めよ」

「胸がすっきりいたしました。いままで、あしらうだけにせよと命じられていましたので」

「武安、勢い余って、城を落としてはならぬぞ。兵の損耗も出してはならぬ。落ちるのではないかと、今川義範に思わせるだけでよい」

武安の太刀が、宙で躍った。

全軍が、鯨波《とき》をあげながら城にむかって突っこんでいく。

武光は、騎馬隊が、衣類を剝《は》ぐように、逆茂木《さかもぎ》を縄《なわ》で引いて城から引き剝がすのを見ていた。楯《たて》で、馬も人も敵の矢から守られている。

やがて城壁がむき出しになった。

火矢が、城内に射こまれていく。徒は、すでに城壁にとりついていた。城壁の一部が、打ち崩されていく。城内の兵が慌《あわ》てているのが、武光のところからもよく見えた。ここで大手門か搦手《からめて》の門を攻めれば、城はたやすく落ちる。武安は、敵が集中している、城壁の崩れた部分にこだわって攻めていた。攻めあぐねている、という感じがある。やがて、武安の右手が挙がり、兵が退《ひ》きはじめた。

「よし、いまのでよい。攻囲の輪を縮めよ。兵糧、兵のみか、蟻の一匹も通さない構えを作れ」

「落とせる城を落とさぬというのは、なかなかにつらいものであります」

武安の下知に従い、攻囲の輪が小さく緊密になった。攻囲の軍勢を外から牽制《けんせい》しようにも、府中あたりに集まっていた兵は、五カ月以上に及ぶ膠着《こうちゃく》に倦んで、ほとんど散ってしまっている。

「お館、なぜはじめにこの城を落としておかなかったのですか？」

「籠城したばかりのころは、敵も緊張している。簡単に外に出てくることもなかっただろう。長い攻囲を受け、敵も倦みはじめた。この城に拠るかぎり、絶対に安全だと思うようになったのだ。武安、兵というのはそういうものだ。兵を扱う時は、緊張を緩めさせてはならん」

「七月にここを攻めていれば、こちらの犠牲も大きかったということですな」

「後は待つだけだ。五百ほどの巡回の兵を出し、外に散った敵がまとまらぬようにせよ。

豊後で蜂起《ほうき》しようと目論んでいる武士と結びつくと、面倒だ」

武安の、元気のいい下知が飛んだ。

五日、待った。

十二月十九日。今川了俊の本隊が、ようやく九州に渡りはじめたという知らせが入った。小倉の手前の赤坂あたりに、布陣する構えだという。

「倅の死は、見るに忍びぬということですか」

「違う。死なせたくない倅なら、高崎城などにはよこさぬ。今川了俊は、それほど甘い武将ではない。本隊が大宰府を攻める時、この城が側面からの脅威をわれらに与えることを心得ているから、失いたくないのだ。それに、儂の戦のやり方を、ある程度摑《つか》んだつもりにもなったはずだ」

武光は、陣払いを命じた。武安は、なかなか上手《うま》い戦をした。城の中の今川義範は、かろうじて城を守りきった、と思っただろう。

攻囲を解いた兵が、隊伍《たいご》を作りはじめた。武光の馬の轡をとって、武安が曳《ひ》いてきた。

4

門司から進軍する間に、加わってくる兵が少しずつ増えた。八千足らずの軍勢であるが、赤坂に滞陣している間に、いつの間にか一万五千を越えていた。それでも、九州の軍勢の集まりは、予想した通りあまりよくない。仲秋の軍も、一万以上には増えないようだ。やはり、九州の武士には菊池軍に対する恐怖が、拭《ぬぐ》い難くあるらしい。

高崎城に対する、菊池武光の攻撃は鮮やかなものだった。特に、城を出た一千が、完膚なきまでに撃ち破られたらしい。城壁も一部が毀《こわ》され、義範はかろうじて防ぎきったのだという。その後、攻囲の輪が厳しくなった。放置すれば、落ちるのは時間の問題だと思えた。

攻撃は、攻囲軍の中心に菊池の旗が現われたその日、ほんの短い時間の間だけだった。それだけで、ほとんど無傷だった高崎城が、落城寸前にまで追いつめられたのだ。あの城の戦略的な価値を捨てきれず、了俊は来年の一月の終りから二月のはじめと考えていた九州侵攻を、ひと月半早めた。

「誘いこまれたのではないかな、明真」

赤坂に滞陣して何日か経《た》つと、了俊はそういう気分に襲われた。すでに高崎城の攻囲は解かれ、義範や田原氏能との情報の交換もたやすくできるようになっていた。

「腑《ふ》に落ちませんか、あの城攻めが？」

「儂が九州に入るのを見透すようにして、攻囲を解いた。誘いこまれたのかもしれぬ、という気がしてきた」

「放っておけば、高崎城は落ちました。だから侵攻を早めたのではありませんか。高崎城は、落ちずにあります。豊後の兵が、再び集まりはじめているようでもありますし」

「しかし、もう一度総攻撃をかければ、落ちたかもしれぬぞ。それさえも、菊池武光はしようとしなかった」

「誘いこまれたのかもしれない。そう思っているのはよいことだろうと思います。少なくとも、なにも考えないよりは」

　斎藤明真も、内心では誘いこまれたと考えているのかもしれない。いずれにしても、九州へは入らなければならなかった。足利幕府に与しようという九州の武士は、すでにしびれをきらしていたのだ。

　肥前の仲秋、豊後の義範。それを本隊に加え、大軍で大宰府を攻めるか、三方向からの攻撃にするか、了俊はまだ決定していなかった。菊池武光の動きを見てだが、大宰府に戻るとまた動かなくなっている。

「仲秋を、もう少し動かしてみようか、明真」

「征西府は、本気で肥前の防衛を考えているようには思えませんが」

「それも、仲秋を動かしてみればよくわかるではないか」

「すぐにでございますか？」

「年が明けてからでいい。それまでに、こちらの兵力はもう少し増えよう」

「先年、義詮《よしあきら》公御逝去《ごせいきょ》の折、征西府は七、八万の大軍で上洛《じょうらく》の構えを見せました。事実、長門にまでは進出しております。あの時と同じ数の兵が、いまの征西府には集まるわけがありません」

斎藤明真は、早く攻撃を開始すべきだ、と言っているように思える。逆に、多少時をかけたところで心配はない、という意味にもとれる。お互いに考えようということなのだろう。自分の中で結論を出すと、必ず具体的な進言をしてくる男だ。

「どう見た、あの城攻めを？」

「口ほどにもない、とまずは言えるでしょう。仮にも総大将が出動し、落とせなかったわけですから。ただ、決断は速く、行動は迅速です。それをどう見るか。なにゆえ、菊池武光自身が、高崎城まで出かけていったのか。それをどう考えるか」

「やはり、われらを誘い出したとしか、言えぬではないか」

「では、そうしておきましょうか。少弐頼尚殿と一色範氏殿を、お互いに気がつかないまいつの間にか闘わせてしまった男です」

「つまりは、そういう戦をする男か」

「ですな」

斎藤明真が、頭に手をやって笑った。

了俊は、また軍勢を集約すべきか、三つに割ったままでいるべきか、考えはじめた。九州に入ってから、頭にあるのはそのことばかりである。

肥前にある今川仲秋は、ここひと月以上、目まぐるしく兵を動かし続けていた。一万ほどの軍勢を二手に分け、反対方向へ進撃させるということもやった。ぶつかる敵は、せいぜい一千ほどの土豪だけである。

自分が肥前に入ってからひと月後、兄の了俊が豊前赤坂まで進んできた、という知らせを受け取った。

兄がなにを考えているか、仲秋には推し測るしかなかった。京から長門までの進軍も、実に十カ月を費やした、遅々たるものであった。

幼いころから、兄になにか尋ねようとする習慣が、仲秋にはなかった。その前に、兄がなにか言ってくれる。そのまま言うことを聞いていると、間違いはなかったのだ。

自分のようなものが、幕府の侍所頭人にまでなれたのも、兄の働きのおかげだった。足利一門の名流というだけでは、それだけの要職には就けない。兄は一時、侍所頭人と引付頭人を兼ねていて、侍所頭人の方を自分に譲ってくれたのだった。

十八も年齢が離れているということもあるが、兄というより父に対するものに近い感情を、仲秋は持っていた。いつも絶対であり、いまも絶対なのだ。

肥前で暴れてみろ、と兄には言われていた。難敵にぶつかるかもしれないという思いは、あっさりとはぐらかされた。手応《てごた》えのない敵が、かたちばかりの反抗をしてくるだけである。それでもまだ、兄は筑前に自分を呼ぼうとはしない。

兄の大宰府攻略の作戦を、仲秋はほぼ読んだつもりでいた。豊後と肥前から、いまなら挟撃《きょうげき》できる。それをすぐにやろうとしないのは、まだ読みきれぬなにかが、兄にあるからだ。

自分なら、すぐに挟撃を開始するだろう。そして読みきれていなかったなにかにぶつかり、痛い目に遭うかもしれない。そういう自分に手を差し出してくれたのは、いつも兄だった。読みきれていなかった部分を指摘し、軽率だとたしなめる時も、兄の言葉には厳しさと一緒にやさしさがあった。

自分が兄のためになにかできるとしたら、命を捨てることしかない、と仲秋は思っている。躰が頑丈《がんじょう》なことと、いつでも命を捨てる覚悟があることだけは、兄に自慢してもいい。

「満範、無理をするでないぞ」

陣屋から出てきたのは、義範の弟の満範である。兄は、義範を豊後高崎城にむかわせ、満範を自分に付けた。父親のもとで甘やかさないというわけなのだろう。

仲秋も、満範を容赦なく引き回していたが、この二、三日風邪《かぜ》気味なので、陣屋の一室を暖かくして、そこに引き籠らせていた。仲秋は、いつも諸将たちと一緒である。ひと月以上も転戦していると、どの将がどういう戦を得意としているか、ほぼ読めてくる。それをわからせるためのひと月だったのかもしれない、と仲秋は思っていた。

「叔父上、父上はまだ大宰府を攻められませんのか？」

「時期が来れば、いやでも攻めなければならん。兄上は、なにかを測っておられるのだ」

満範は、甥《おい》という感じより、弟に近い。年齢も六歳しか違わなかった。

「これ以上肥前にいたところで、大した敵はおりませんのに」

「兄上は、豊前から大宰府を窺《うかが》っておられる。われらが、一万の軍勢を擁して大宰府の側背に位置していることが、無駄《むだ》だと思うのか？」

「いえ、それは」

「戦場では、大将の決断がすべてなのだ。まして大将は、幕府に並ぶ者なき智謀の将といわれる今川了俊ぞ。つまらぬことを考えてはならぬ」

浦ふく風のしるべ。長門で、兄が詠《よ》んだ歌の一節である。

いま兄は、風のしるべを待っているのだ、と仲秋は思う。そして自分にも、耐えてそれを待てと言っている。

勝事《かっこと》は千さとの外に顕《あら》はれぬ浦ふく風のしるべまちえて

歌にはうとい自分が、これだけはなぜか心にしみるように感じ、戦陣の中でも憶《おぼ》えている。長門を発《た》ち肥前に入る自分への、はなむけだったのかもしれない。

「満範、風邪はどうなのだ？」

「すっきりいたしません。大きな戦でもあれば、風邪も抜けようというものです」

義範にしろ満範にしろ、一軍の将たりえない、と仲秋は思っていた。義範が高崎城を守り抜いているとしても、それは大友一族の田原氏能がついているからだ。不満はあったが、今川了俊の名門の血と学問の部分を、甥たちが受け継げばいい。これから幕府では、そういう力が幅を利《き》かせる時代になることは、仲秋も感じていた。武将として傑出した部分は、自分が受け継げばいいのだ。いつでも、代りに死ぬつもりでいればいい。

「満範、陣屋へ入っておれ。これから諸将との談合があるが、おまえまで出ることはない」

「はい」

素直に立ちあがって、満範は暖かい陣屋へ戻っていく。特別の扱いをしたわけではない。いても邪魔なだけだ。ただ満範は、特別に扱われていると思っている。それも不満だったが、仲秋はなにも言わなかった。

建徳三年の正月の数日を、武光は久しぶりに牧宮と隈府《わいふ》城で過した。

九州に引き摺《ず》りこみはしたものの、今川了俊は容易に動かず、と見たのである。豊前赤坂に敷いた陣も、そのままである。中国の兵がさらに集まってきて、軍勢は二万を越えはじめている。大軍になれば、兵站《へいたん》に無理が出て長期の滞陣は脆くなる。それを、門司、下関を結び、長門から兵站を受けることで解決している。赤坂を動かないのも、その兵站線を切られることを警戒してと思われた。

「しぶとい戦をいたすのう、今川了俊は」

何度か、牧宮はそう洩《も》らした。しびれを切らしているのかもしれない。齢《よわい》を重ねるごとに自分は気が長くなったが、逆に牧宮は短気になったような感じがある。

もともと牧宮は、武光でさえ驚くほどの激しいところを持っていた。若いころは、忍耐強くそれを押さえ続けていた。長く苦しい菊池征西府までの旅が、そういう忍耐力を作りあげたのだろう、と武光は思っていた。大宰府に入り、九州を統一したことで、本来持っていた激しさが出てきたのかもしれない。

それに、一度統一を果した九州を、足利幕府に侵されているという苛立ちもあるだろう。それは武光にもある。ただ、攻めにくい。肥前の今川仲秋が、巧みな戦をする。それを潰す気なら、菊池の軍勢を持っていかなければならないだろう。すると赤坂の今川了俊の本隊は大宰府を衝《つ》く。赤坂を襲おうとすれば、下関へ退くだろう。門司に軍勢を集結させ、中国からの侵入を阻止すれば、豊後の高崎城に兵を送りはじめるだろう。

要するに、機が熟していない。今川了俊の方も、赤坂から動けずにいるのだ。

「今川了俊は、なかなかこちらの懐《ふところ》に飛びこんでくれません」

征西府は、非常時の最大の兵力である一万五千の、召集を開始していた。大宰府に一万を配し、高良山《こうらさん》に五千を配することも、すでに決めてある。高良山の五千は、豊後の今川義範や肥前の今川仲秋を同時に押さえることになる。決戦となれば、軍勢督促状を出す。それに応じる武士が、二万五千はいるはずだ。四万の大軍があれば、敵が十万を越えようと勝てる、という自信が武光にはあった。

「足利幕府が総力を挙げて九州に送れる軍勢がどれほどなのか、見きわめるのはこれからだな」

牧宮は、決戦のために足利幕府の力を探ろうとしているようではなかった。九州を国として守る。直接的な最大の敵は、将来もやはり足利幕府だ。それに手を出させないために、どれほどの軍勢があればいいのか。

十万の精兵、と以前牧宮は言ったことがある。磐石《ばんじゃく》の守りに充分な数である。九州全体の武士の数の、数分の一にすぎない。それが早く整備できれば、あとは民が富むことを考えればいいのだ。

「水軍が、どうも足利幕府に押されている。六十艘《そう》とは少なすぎるのだ。河野通直《みちなお》も波多《はた》武《たけし》も、懸命に踏ん張ってはいるがな」

「仕方がありますまい。吉野では、幕府と手を結ぶか闘い続けるか、この間まで揉《も》めていたとか。吉野のためにという水軍は、減ってしまっております」

「十万は集まらぬ、と思っているが、どうだろうか？」

牧宮は、足利幕府の決戦における総兵力を言ったようだ。武光も、そう思っていた。およそ七、八万の軍勢になるだろう。しかも、長期の駐留はできない。あくまで、決戦のための兵力である。今川了俊も、そこのところを考えて、赤坂の兵が無闇《むやみ》に増えることは避けているようだ。長門には、九州に渡る準備をしている軍勢が、かなり集まっているという。

二日に一度は、右京から知らせが入る。一党を、肥前、豊前、豊後、長門と散らせているようだ。今川了俊が、分散した戦線を集約しはじめた時が、決戦だろう。

明源が、牧宮と武光が二人だけの時に現われた。牧宮に寄り添っているはずだが、滅多に姿は見せない。配下は二十名ほどのはずだ。今川了俊は暗殺の気配を示してはいないが、自分の要心も武光は怠っていなかった。

明源に導かれて、広福寺の山門をくぐった。

誰が待っているのか、牧宮も武光も見当はついていた。雲水姿のままの祖禅寂照が、舎殿の縁で庭を眺《なが》めていた。

寂照は牧宮に一礼すると、穏やかな笑みを浮かべた。

「また、寂照殿の嫌いな戦だ」

「そのようでございますな。今川了俊殿も、どうも気が重いようで、あちらこちらと逗《とう》留《りゅう》しながら九州へ入った私と、同じころ到着されました」

今川了俊と寂照が面識があるとは、武光は知らなかった。京にいる時も多いという寂照が、今川了俊と会っていても考えれば不思議はなかった。

「今川了俊とは、どのような男でござる？」

武光は、率直に訊《たず》ねた。

「私が知っている今川殿は、歌人であり、すぐれた学者でもあります。それ以上のことは、なにもわかりません。勅撰集《ちょくせんしゅう》にも歌が入っておりますのでな。人となりは、それでわかるでしょう」

「戦のやり方を見ていても、人となりはわかります」

「であろうな、武光殿なら」

尼了悟が湯を運んできた。そのまま、両手を膝《ひざ》に置いて坐る。

寂照は、顔を牧宮の方へむけた。ちょっと見つめてから、書状を差し出す。牧宮は、いぶかしそうにそれを受けとった。

「兄宮様からでございます」

「いま、どこにおられる？」

「北陸でございました。それは一年以上も前のことで、いまどちらでございましょうな」

牧宮は、書状を開いた。達筆な字が、武光の眼にも入った。

牧宮の兄とは、いまはもうひとりしかいない。宗良《むねよし》親王であり、とうに六十を越えていると、武光は聞かされていた。後醍醐《ごだいご》帝の皇子も、いまは二人だけなのである。

「くれぐれも、無理はいたすなということじゃ。もはや、戦などという心境とは遠いところにおられるのであろうな」

　書状を巻きながら、牧宮は事もなげに言った。

「お二人が会われる機会が、この後あるとも思えませんが、兄宮様は穏やかで、気品のある歌を詠み続けておられます。北陸を転々とされ、定まった居もない不遇の中におられますが」

「その兄と較べると、儂《わし》には思いのまま生きた幸福があるのだろうか、寂照殿」

「申しあげられません。人の幸、不幸は較べられるものでもありません」

「さながら、それがしと寂照殿を較べるようなものですな。時には、寂照殿のような生き方が、羨《うらやま》しいと思えることがあります」

　言った武光に、寂照は穏やかな眼をむけてきた。

「酒を慎まれるがよい、武光殿」

「そう見えますか？」

「見える。酒が悪いわけではない、愉しみに飲むのなら」

　毎夜、かなりの量を飲む。乱れたことはない。心も躰もだ。酒とも闘っている、と時々思うことがある。寂照は、武光のそういう飲み方を見抜いているのかもしれない。

　九州の四季の話になった。尼了悟が、時折言葉を挟《はさ》んでくる。冬枯の野の美しさを語る寂照の言葉を、武光は黙って聞いていた。

5

二月に入り、武光は兵を動かした。

肥前の今川仲秋に、武政をむかわせたのである。ただ、武政には策を与えてあった。まともなぶつかり合いはせず、仲秋の軍を筑前に引きこみ、今川了俊の軍と合流させようというのである。

「勝つな、と言われるのですね」

「勝負の時ではない、ということだ。あの兄弟を合わせたところを攻める。われらにとっては、それが一番よい」

兵を分散させておきたい了俊と、ひとつにまとめたい自分の争いだ、と武光は見ていた。ついに武光がこらえきれずに軍勢を動かしたと、今川了俊は見るか。それともその底にある真意を読みとって、武政の軍をあしらうだけにするのか。まるで他人の戦でも見物するような気分さえ、武光にはあった。

「武政は、どれほど戦がうまくなったかな」

牧宮も気にして、毎日の注進を待っているようだった。武政に、菊池の軍勢はやはり一兵もつけなかった。

今川了俊が、赤坂から博多方面に移動をはじめたのは、武政が出ていった直後だった。

博多をめざしているように武光には思えた。それまでの動きからは考えられないほど、軍勢の動きは速かった。およそ三万五千で、博多のはずれの高宮に布陣した。

「博多を取る気はないようだな」

「あそこは、戦をする上で役に立つ場所ではありません。それに、博多を破壊したくないとも、今川了俊は考えているようです」

「足利幕府は、やはり交易には眼をつけているということか」

「少なくとも、今川了俊は」

三万五千で、見事な陣形を組んでいた。高宮は、赤坂よりははるかに大宰府に近い。決戦の肚《はら》を決めたのか、と武光は思った。ただ、陣形は攻めるものではない。まだ、守ろうとしている構えである。

肥前で今川仲秋と武政がぶつかった。武政の軍勢は五千である。高良山に配した軍勢を動かしていた。

「軍勢督促状を出そう、武光殿」

良遠が、耐えきれぬという表情で詰め寄ってきた。今川仲秋の軍勢が加わると、敵は四万五千の大軍になる。

「門司に、長門からの軍勢が渡りつつあるという知らせもあります。いましばらく、見物しようではありませんか」

「しかし」

「こちらの兵力を、最後まで相手に探らせないというのも、重要でしてな。今川了俊は、いまそれを探ろうと懸命なはずです」

　大宰府に一万、肥前に五千。それですべてだと思うほど、今川了俊はこの戦を簡単なものと考えてはいないだろう。二日後には、高宮の今川軍は四万以上にふくれあがった。

　攻めては退き、攻めては退きということを、武政はくり返していた。はじめから退く気でいれば、それほど兵を失わなくても済む。業《ごう》をにやした今川仲秋は、全軍をもって追撃の態勢に入った。武政は肥前に入っても三日ほど逃げ回り、ようやく大宰府へ戻ってきた。今川仲秋の軍が、追撃を諦《あきら》めて高宮の今川了俊の軍に合流したのである。

　高宮の軍勢が六万近くになり、さらに増え続けていた。

「軍勢を集めてくだされい、武光殿」

　良遠の言い方は、ほとんど懇願に近かった。武光は、武政の五千を天拝山《てんぱいざん》に配しただけで、新たな兵を集めようとはしなかった。牧宮は、さすがに落ち着いている。

　三月の終りになると、今川軍は七万を越えた。豊後の今川義範の軍が加われば、どれほどの大軍になるか見当はつかない。ただ、豊後から今川義範が出てくることはできないはずだ。大友親世《ちかよ》が了俊について兵を集めようとしているが、兄の大友氏継がそれを遮ろうとしている。大友一族内部の争いが収らないかぎり、豊後を離れることはできないのだ。

「ほぼ、兵は集まりきったようだな、武光」

「弟が合流してきたのは、今川了俊には誤算でしたろう。その誤算を抱えたまま、決戦に持ちこもうとはしないはずです」

「それで」

「菊池に、五千ほどの兵が集まっております。武安に命じ、それを筑後から肥前にむかわせましょう。今川了俊は、慌てるはずです」

大宰府に一万、天拝山に五千。しかも筑後、肥前で別の五千が動き回る。今川了俊にしては、いくら大軍を擁していても、落ち着きが悪いはずだ。

「武政と同じことを、武安にやらせるのか」

にやりと笑った牧宮を見て、武光は頷《うなず》いた。

門司からの兵站線は切っていない。それでも、今川了俊は大軍を抱えた不安があるだろう。これだけ悠々《ゆうゆう》と京から歩を進めてきた男だ。兵站の不安で決戦を挑《いど》みたくなどないはずだ。

「総攻め」

注進が入り、征西府の奉行所は浮足立って、いまにも菊池へ逃げ出しそうな感じだった。今川軍は、すべてを呑《の》み尽すような勢いで南下してきている。

「今川仲秋の軍一万が、肥前にむかっております」

右京の配下からの注進だった。今川の本隊は、大宰府から三里ほどの佐野山に布陣している。

「さすが壮観だな、軍勢も五万を越えると」

佐野山が見えるところまで、馬で出かけた牧宮が暢気《のんき》なことを言った。陣形を見て、攻める気があるかどうか見分けている。武政や武安にも、できはしないだろう。

兵を増やそうという気が、武光にはまだなかった。こちらが、今川了俊を苛立たせてやる番である。

「肚を据えた戦をするものよ、武光は。あれほどの大軍を前にして、まったく動揺を見せないなどということは、儂にもできぬかもしれぬ」

「御所様ならば」

肥前では、今川仲秋が武政を追った時と同じように、武安を追い回していた。武安は、逃げ続け、離れると不意に仕掛けたりして、今川仲秋をいつまでもそらそうとしなかった。

大宰府のそばまで全軍を進めながら、今川了俊は耐えに耐えていた。いつの間にか、着ているものを全部剝ぎ取られて、裸にされたような気分だった。征西府軍は、まだその全《ぜん》貌《ぼう》を見せていない。

佐野山まで進んだのは、仲秋の軍を動きに紛らわせて肥前にやるためだった。しかし同時に、征西府軍五千も肥前に入っていた。こちらの考えを見通していたに違いない。

菊池武安が率いている征西府軍五千は、どこからか湧《わ》き出してきたようだった。大宰府には、一万五千がいる。

「ついに、ここまで引き出されてしまったな。大宰府は目と鼻のさきだ」

「菊池武光、なにを考えているのか。このまま坐《ざ》して大宰府でわれらを迎え撃とうというのでしょうか。いくらなんでも、大宰府の防備がそれほど固いとは思えません」

「こちらを丸裸にしてみただけだ、明真。そして、じっと見ている。分析に分析を重ねたであろうな。こちらが分析しようにも、動いているのは肥前の五千だけだ」

「菊池武安の五千は、どこにいたのでございましょうか？」

「菊池であろうな」

了俊は、内心の苛立ちを決して明真にも見せなかった。諸将を集めた軍議でも、ここまで征西府を追いつめてきたのだと言って、悠然としていた。

いつまでも、形勢を観望しているわけにはいかなかった。高宮にいた時より、兵站ははるかに不安である。

仲秋は、いつまでも菊池武安を追い回していた。何度も策に嵌《は》めようと試みたらしいが、菊池武安は乗ろうとしなかったという。

初夏に入り、佐野山の陣の緑はいっそう鮮やかになった。

「九州は豊かな大地でございますなあ、殿。海もあり、山もある。眺めていると穏やかな気分になってきます」

命松丸だけは、了俊の苛立ちがよくわかっているはずだった。日々の陣中での書きものは、すべて命松丸に管理させている。

「京を出て、すでに一年半が経とうとしている。菊池の軍勢と干戈《かんか》を交えるどころか、まだその姿さえ見ておらぬ」

「ほう、大宰府にいるのは、菊池の軍勢ではございませんのか？」

「征西府軍として、諸将から集められた軍勢が、表に立っている。菊池軍は、鞘《さや》に収められた太刀のようなものよ」

「攻められませんのか、相手がその太刀を抜く前に」

「儂が狙《ねら》い、測り続けてきた機というものがある」

「臨機応変という言葉がございます」

「儂とて、攻める機はないものかと、眼を凝らして窺ってきた。不思議だ。これだけの大軍を擁しながら、儂の方に機はなかった。菊池武光が、機を与えようとせぬのだ」

「軍配を振ればよい、というものではありませぬのか、攻めるとは？」

「大軍が寡兵《かへい》に敗れた例は、いくらでもある。囲むとしても、大宰府、有智山《うちやま》城、天拝山と広い範囲を攻囲せねばならぬ」

「恐れておられるように見えます、殿は」

「かもしれぬ。毎夜、眠る前に儂は絵図に見入っている。この大軍で大宰府を攻囲すれば、どうなるかを考える。儂が菊池武光なら、兵站を切るであろう。そしてただ待つ。それで大軍は内側から崩れる。力攻めに出ようとすれば、菊池武安の軍のほか、まだ現われていない数万が、側背を衝いてくる」

「聞くと、複雑なものでございますな、戦というものは」

命松丸の言い方は、まるで他人事《ひとごと》のようだった。それが快くもあった。戦場で、自分を他人のように見ることなど、とてもできない。それを命松丸が代りにやる。

七月も終りになった。

大軍を擁したまま九州に滞陣するのは、そろそろ限界である。大宰府には、少しずつ兵が増えはじめているようだった。一万五千が、いつの間にか二万五千になっている。

大宰府を出てきてくれれば、と了俊は思い続けていた。佐野山まで陣を進めたのも、敵が出てくるに違いないと思ってのことだ。しかし動かない。

「機かもしれませぬな、殿」

斎藤明真が言った。敵が出てくるという意味である。このまま大宰府を攻めても、敵は有智山城と天拝山に拠《よ》るだろう。両方とも簡単には落とせない。攻囲中に遊軍の攻撃を受ける。

どうしても本隊同士でぶつかり、撃ち破ったあとの大宰府攻撃でなければならない。

「征西府は、ようやく軍勢督促状を出したようです。あと一万は集まるでしょう」

総計で四万。こちらは七万を大きく越えている。ここで征西府軍を撃ち破れば、九州のすべての地に戦線を展開できる。しかも、圧倒的にこちらが有利だ。

「耐え続けてよかったのかな」

「うかつに攻めて失敗するより、ずっとよかったとそれがしは思います。菊池武光も、大軍の重圧に耐えきれず、決戦の肚を固めたのでございましょう」

「ならば、肥前の菊池武安も、大宰府にむけて逃げてくるな。それが、菊池武光の決戦の意志をわれらに教えてくれる」

「まこと、仲秋様もよく辛抱なされました。戦う意志がなく、ただ逃げるだけの相手を、ずっと追い続けておられたのですから」

「あれも、戦がなんだかわかっているようだな。決戦の先陣は仲秋に命じよう」

征西府軍は、まだ増え続けていた。分析に分析を重ねて想定した兵力と、最終的には変らないだろう。

仲秋の軍が、菊池武安と正面からぶつかり、敗走させたという知らせが入った。菊池武安は大宰府にむかって逃げているという。

そのまま追ってもよいか、と仲秋の早馬は訊《き》いてきた。つまり決戦がまだならば、肥前に兵を留《とど》めるということである。

「速やかに、本隊に合流せよ」

了俊の下知に、諸将が勇み立った。斎藤明真が、すぐに早馬を飛ばした。

八月に入っていた。

菊池武安の軍を追うようにして、仲秋が戻ってくると、佐野山の麓《ふもと》に素速く陣を敷いた。守りではなく、攻めの陣形である。

全軍の緊張が高まってきた。

「力攻めはなりませぬぞ、兄上」

本陣に入ってきて了俊の顔を見るなり、仲秋が言った。

「菊池武安を肥前で追い回しながら、それがしはずっとなにゆえ征西府が全軍で押し出してこないのか、と考えておりました。こちらがしびれを切らして、大宰府に攻めこむのを待っているとしか思えません」

「それにしては、仲秋、おまえは攻めの構えをとって布陣したではないか」

「構えだけでござる。菊池武光という武将、変幻の戦をすると見ました。こちらも、相手の読みを狂わせておくべきです」

攻めの構えを見せながら、攻めない。すると、しびれを切らすのは相手の方だ。それは了俊も考えたことだった。

敵は四万に増えていた。

了俊は、自分の息を数えでもするように、敵の動きを見つめていた。二万が、天拝山の北に集結中、という知らせが入った。

了俊は動かなかった。並び鷹の羽と征西府旗。それがどこに、いつ出てくるか。

「息が詰まります、まことに」

斎藤明真が言った。中国から来援の諸将はともかく、九州の諸将の眼の光に、隠しきれない恐怖の色を了俊は読みとっていた。

これが、菊池武光なのだ。動く前に、すでに知る者を怕《こわ》がらせている。大軍であるということも、いまはなんの慰めにもなっていない。

しかし、原野戦で数万の兵同士のぶつかり合いとなれば、数が勝敗の大きな要素になる。相手が誰であろうともだ。

八月七日、了俊は仲秋を先陣に置いた五万を、一里ほど前へ進めた。これで天拝山まで一里、大宰府まで二里である。

「ついに秋《とき》が来た。征西府軍との決戦ぞ。浮足立つな。どっしりと構えていれば、数が生きる。抜け駈けもならぬ。本陣が進むまで、じっと陣形を守れ」

最後の軍議で、はじめて了俊は肚の底から声を出した。斎藤明真を中心にして、諸将の間で細かい打ち合わせが行われる。細かいが、その場でどうにでも柔軟に動かせるようにもなっている。

万全であった。一分の隙《すき》もないはずだ。

八月八日。

「並び鷹の羽の旗」

注進が飛びこんできた。二万の軍勢の先頭で、並び鷹の羽の旗がついに出てきたという。

了俊は血が全身を駈けめぐるのを感じた。こういう戦は、はじめてである。武門の冥利《みょうり》に尽きる戦と言っていい。

赤鳥の笠《かさ》じるしが、了俊の馬の前に掲げられた。これまで、守り神のようにして掲げてきた笠じるしである。

二万余の軍勢の先頭で、了俊は佐野山を下っていった。

第十五章　雷鳴の時

1

武光は、すでに探題軍の動きを頭から拭《ぬぐ》い去っていた。対峙《たいじ》した時、どう動けばいいか決めればいい。決めた通りに動くだけの力を、将も兵も持っているはずだった。

菊池の軍勢を中心とした騎馬隊五千。この動きで、すべては決まるだろう。城《じょう》武顕の騎馬槍隊も、その中に加わっている。

牧宮《まきのみや》は大宰府にあった。征西府旗は、館《やかた》の城塔高く翻《ひるがえ》っていなければならないのだ。出陣の時、牧宮は城塔で太刀を抜き放って見送っていた。武光も、太刀を抜くことでそれに応《こた》えた。この一戦にこそ。互いにそう言い交わした抜刀だった。

軍勢は、整然と進んでいく。すぐに天拝山《てんぱいざん》に達した。二万の軍勢と合流し、四万になった。左右両翼に武政と武安を配した。率いる軍勢は一万ずつである。

「敵は五段に構え、さらにその後ろに二万の本陣」

注進が入った。武光は、右翼の武安を少し前へ出し、左翼の武政を退《さ》げた。そのまま、斜めになった陣形で前進していく。覇気《はき》がみなぎっていた。叫び声をあげたいほどの感動があった。この戦が、すべてを決する。夢を遮《さえぎ》っていた壁を、勝つことで打ち崩せる。そういう戦ができるところまで、九州は来ているのだ。

風が吹いていた。みずみずしい緑の原野が風で揺れ動いている。

「武義、騎馬隊を五百ほど率いて先頭に立て。武安の先は越すな。鶴翼《かくよく》に拡《ひろ》がって、敵に近づくのだ」

「どれほどまでに？」

「五町。敵が押し出してくるようなら、退《ひ》けばよい。緒戦のきっかけを、おまえが作れ」

「わかり申した」

武義が駈《か》け去っていく。弟の中で、いま戦に出られるのは武義だけだ。

敵が見えてきた。前方のなだらかな斜面に、整然と布陣している。ほぼ半里というところか。武光は進軍を止めた。正面からぶつかる感じになる。今川了俊《りょうしゅん》は、陣形を崩そうとはしないだろう。武義の騎馬隊が、五町ほどの距離を置き、鶴翼に拡がりはじめている。

「城武顕。あの陣をなんと見る」

「数にものを言わせ、兵で厚い城壁を作りましたな。この城壁が、矢も射れば太刀も出す。なかなかに手強《てごお》うござる。さすがに足利幕府第一と言われた今川了俊。水も洩《も》らさぬ、見事な備えでございます」

「破るには？」

「右から攻め、左から攻める。第一段だけをでござる。それで崩すしかありますまい」

「中央突破は？」

「騎馬槍隊で、三段までは破れます。それで敵に押し包まれましょうな」

城武顕はすでに初老で、髪も髭《ひげ》も半分以上白い。それでも、往年の覇気は失っていなかった。実戦でも、若い者に劣らぬ働きができそうだ。

今川軍は、両翼に騎馬を集めていた。どこから攻めても、騎馬隊が素速く遮ってくるだろう。乱戦になると、数の力がほんとうにものを言いはじめる。武光は、じっと今川の陣を睨《にら》み続けた。弱いところは、必ずある。弱いところのない陣など、ありえないのだ。

「城武顕。死ねるか？」

「戦場に立った武士は、死んでおります。改めて訊《き》かれたくもないことでござる」

「長い戦をしてきたものよの、おまえとも」

「お館は、無双の将であった。そういう将のもとで闘うことこそ、武士の喜び。どこで死ぬかだけ、言ってくださればよい」

「敵の本陣の前で死ね」

「心得申した」

武光は、前進を開始した。武義の騎馬隊は、まだ鶴翼に拡がったままである。軍勢の中心に、騎馬を集めていった。徒《かち》は横に拡がりながら後方についている。牧宮がこれを鳥雲の陣と言い、それからは菊池の武士だけでなく九州の武士たちはみんなそう呼んでいるらしい。

敵の前衛まで、およそ十町。

騎馬隊を三段に構えていった。徒はさらに横に拡がり、さながら鶴翼と魚鱗《ぎょりん》を組み合わせたような感じだ。魚鱗の後ろで鶴《つる》が翼を拡げている。鶴がぐいと首をのばし、翼が大きく宙を掻《か》く。武光の頭には、おのが陣形が鳥の姿のようにして思い描かれていた。

「翔《と》べる」

声に出ていた。武義の騎馬隊がすぐ前にまで近づいていた。武義は敵ではなく、武光の方にじっと眼をむけ、軍配の動きを見逃さないようにしていた。

了俊は、床几《しょうぎ》でじっと筑前《ちくぜん》の原野を見つめていた。

背後には二万の麾下《きか》、前方には五万余の軍勢が、しっかりと五段の陣を組んでいる。これほどの戦をすることは、生涯《しょうがい》二度とないだろう。

悔いのない陣を敷けた。そういう陣が敷ければ、負けるという気はしない。負けるはずのない陣だ。見渡していると、美しいという気さえしてくる。

五百騎ほどの敵が突出して、鶴翼に拡がっている。その後方で、敵の全軍が動きはじめていた。機は、もう避けようもないところへ来ている。避ける気もない。この時だけを、待ちに待ったのだ。

敵の徒が横に拡がっている。菊池武光は、倍の軍勢を擁する自分と、鶴翼で闘おうという気なのか。そんな馬鹿《ばか》な真似《まね》をするはずがなかった。しかし、敵は横に拡がり続けている。そして近づいてくる。

「あれが鳥雲の陣か、明真」

「鳥が集まっては散っていくさまに似ているので、そう名付けられたと聞いております。まさに変幻の陣。敵の陣形が鶴翼だとは思ってはなりませんぞ」

「聞くまでもない。しかし、数万の軍勢が、動きながらかたちを変えてくるとはな」

「菊池軍のみであれば、疾駆しながらそれをなすと言われております」

「む、あれは」

前列の五百騎の数が減っている。三百、二百。瞬間、騎馬隊が消えていくような錯覚に、了俊は襲われた。横に拡がった騎馬隊が、縦に一直線になって突っこんでくる。それがわかったのは、先頭の騎馬が大きくなってきたからだ。

「仕掛けてきたぞ」

馬蹄《ばてい》が、地に響いた。ぶつかる。そう思った瞬間、敵は正面で二つに割れ、横に拡がっていった。徒が薙《な》ぎ倒されている。鮮やかな動きだった。最前段に混乱が拡がっていく。二つに割れた騎馬隊は、そのまま両翼の了俊の軍の騎馬隊にむかっていくようだ。

「並び鷹《たか》の羽」

了俊は呟《つぶや》いた。正面に、紛れもないその旗が見えたのだ。白馬に跨《また》がった武将。あれが菊池武光なのか。

「第一段の立て直しを急げ」

下知《げじ》した時、菊池武光の手が挙がるのが見えた。再び、騎馬隊が突っこんでくる。一千余りか。速かった。二つの塊になって正面にぶつかってくると、また左右に割れた。

了俊は、思わず床几から腰をあげた。突っこんできた騎馬隊の後ろに、槍の穂先を並べた騎馬槍隊が、さらに続いていたのだ。第一段を。言おうとした時、その一隊は乱れた第一段を蹴散《けち》らし、第二段に突っこんでいた。

「押し包め。押し包んで討ち取れ」

言った時、三波目の騎馬隊の攻撃を受けた。第一段は散り散りになり、第二段も引き剝《は》がされた。すさまじい攻撃だったが、執拗《しつよう》ではない。すぐに左右に分れていく。騎馬隊の間に、騎馬槍隊を挟《はさ》んで攻撃をしてきたようだ。騎馬槍隊は少なく、せいぜい五百というところか。馬上で縦横に槍を操るには、相当の修練が必要なはずだ。

「押し包め。槍を押し包むのだ」

叫んだ時、また騎馬隊が突っこんできた。次々に、騎馬隊がくり出されてくる。まるで地から湧《わ》くように現われる。そう思った時、了俊ははじめて、一度攻撃をかけてきた者が、また攻撃していることに気づいた。

「両翼の騎馬隊を前に出せ。動きを、敵の騎馬隊の動きを止めよ」

反対にむかって回る二つの輪。敵の騎馬隊は、言ってみればそういう動きをしていた。それを止めないかぎり、五段の構えも、ひとつずつ弾き飛ばされていく。

ようやく、味方の騎馬隊が動き出した。二つの輪が、消えた。代りに、徒が突っこんできている。出ていった味方の騎馬隊は、不意を衝《つ》かれて混乱しはじめていた。敵の騎馬隊が、百騎ほどずつ、いくつもに分れたのだ。それが小さくかたまり、目まぐるしく駈け回る。

「なんという、戦だ。なんという、闘い方だ。あれに、どうやってたちむかえというのだ」

「殿。本陣の兵を前にお出しください」

「まだだ、明真」

「しかし、このままでは」

「待て。待つのだ。ここで慌《あわ》てて、全軍を出してはならん」

騎馬槍隊が、第四段を突き破ろうとしていた。押し包もうにも、敵の徒がかなり深くまで食いこみ、乱戦になっている。

「散った兵をまとめさせよ。戦線に戻らなくてもいい。とにかくまとめ、小さくかたまらせておけ。敗走すると厄介《やっかい》だぞ」

「殿、第四段が」

「第五段を、前に出せ」

「それでは、本陣が裸になりますぞ」

「構わぬ。第五段、前だ。それから法螺《ほら》を吹いて、騎馬隊を退げよ」

明らかに、敵の騎馬隊とは動きが違っていた。手もとに退かせ、立て直した方がいい。しかし、どうやって立て直すのか。

第五段が、第四段と重なった。騎馬槍隊は、反転しては突っこんでくることをくり返している。果敢で、しかも執拗だった。先頭で、朱に塗った槍を振っているのは、老将である。あれが城武顕か、と了俊は思った。

騎馬隊が退きはじめた。それを、追い撃ちにしてくる。かなりの犠牲が出るだろうが、潰滅《かいめつ》するよりはいい。第四段と第五段が破られそうになっていた。本陣は丸裸である。しかし背後に、二万の軍勢を擁している。

「散った兵をまとめよ」

了俊はもう一度叫んだ。

騎馬隊が、再び中央にむかって突っこんできた。大きなひとつの輪のように回って、味方の兵を蹴散らしていく。

「殿、本陣の兵を」

「まだだ。第四段、第五段に死力を尽せと伝えよ」

ここで全軍を出せば、敗走した時どうにもならない。敵の最後の一撃だけは、絶対に撥《は》ね返さなければならないのだ。

騎馬隊の輪が小さくなり、ひとつにかたまった。総攻撃の構えである。

「退げた騎馬隊を、両翼から突出させよ。挟み撃つ恰好《かっこう》だ」

斎藤明真が、落ち着いた声で下知を伝えている。意外に素速く、味方の騎馬隊が出てくるのが見えた。第五段は、まだ踏ん張っている。後方が本陣で、戦を放り出しても逃げる場所がないのだ。

「馬曳《ひ》けっ」

了俊は叫んだ。二万の本陣の軍勢を両側に出した。まだ無傷である。

敵の騎馬隊が、一斉《いっせい》に突っこんできた。味方の騎馬隊も、両側から突っこむ。第五段が破れた。

「ここが死に場所と思え。儂《わし》が先頭に立つ。遅れるな」

了俊は太刀を抜き払った。

白い馬の武将が見えた。信じられぬほど大きなものを、見るような気分に襲われた。

波が引いていく。そう感じた。敵が退いている。追撃をかける余裕などなかった。白い馬の武将は、全軍が退くのを見届けたように、馬首を回して駈け去った。

すでに十町ほどさきで軍勢は陣形を組み、二度目の攻撃に移ろうとしている。


駈け戻ると、武光は軍勢を見渡しながらゆっくり馬を進めた。大きな損害はない。正面から大軍にぶつかったにしては、驚くほど損害が少ない。会心の用兵ができた。騎馬隊が思う通り動いてくれたからだ。諸将の騎馬隊も混じっている。それが菊池の騎馬隊と同じように動いてくれれば、と思っていたのだ。

武政が、各隊の損害を細かく集めて報告に来る。最初の陣組みのまま立て直す必要がないことは、わかっていた。

「あのまま押し続ければ、本陣を崩すこともできましたのに、父上」

「戦は、無理をしなければならない時もある。しかし、無理をする必要のない時、無理をしてはならんのだ。よいか、武政。いつも、兵を失うまいという心を忘れてはならぬ」

今川了俊は、城武顕が四段目を破ろうとした時、素速く第五段を前へ出してきた。本陣前が裸になるのも構わずにだ。背後の、二万を越える本陣の軍勢とともに、自ら立ちむかってくる意志を持った、と武光は見た。だから、一度兵を退かせたのである。

「しかし父上、敵は陣形を組み直しております。散らばった兵も、集まりはじめているようです」

「あのまま突っこめば、二万の無傷の敵とぶつかり合ったであろう。しかも決死の軍勢だ。勝てたとしても、犠牲は大きい。気というものがある。それをそらすのだ。決死の軍勢も、一度気をそらせば、決死ではなくなる」

「わかりました」

「使い分けだぞ、戦は」

敵は、一度征西府軍の恐しさを、身をもって感じたはずだ。どれだけ備えを固め直したところで、兵の心の恐怖感まで拭い去ることはできない。もう一度攻めつければ、たやすく崩れていくはずだ。

それにしても、今川了俊はさすがと思わせる武将だった。五段の構えのすべてを破られるまで、本陣の軍勢を動かそうとはしなかった。並みの武将なら、四段目を破ったところで、すでに本陣の軍勢を出していたはずだ。それならば、攻めようもあった。ぎりぎりまで追いつめられても耐える。それから撥ね返す。それも自らが先頭に立ってである。踏ん張りどころを心得た武将だった。

「お館、騎馬隊は第一段で、すでにいつでも突っこめる準備ができております」

武安が馬を飛び降りながら言った。

「慌てるな、武安。徒を一万ほど、両翼から進めよ。二町進んだら、そこで止めるのだ」

「徒を？」

「また騎馬隊の突入がある、と敵は読んでいる。まずそれをそらす。次に待つ。待てば待つほど、敵の恐怖心は大きくなる」

「なるほど」

武光は、床几に腰を降ろして敵の陣を見据《みす》えた。さすがに堅陣である。すでに混乱は収り、本陣の二万も後ろに退がりつつあった。ただ、はじめの陣形とはどこか違う。堂々としたところがなく、守りに心を砕いている。

すでに勝っていた。次の総攻めは、今川了俊の首を取るためである。小細工の必要はない。正面から攻めていけば、敵はどこからでも崩れる。

やりましたぞ、御所様。そう言いたかった。並び鷹の羽の旗に眼をやった。強い風に靡《なび》いている。雲の動きが激しかった。心の中で、ふるえているものがある。眼を閉じた。気力が全身に漲《みなぎ》っている。静かだが、確かなものとして、いまこの全身と全霊があった。

武光は腰をあげた。

「総攻めに移る。なんの策もいらぬ。ただ本陣をめざして駈けよ」

鯨波《とき》があがった。それは全軍に波のように拡がっていく。

曳かれてきた馬に、武光は乗った。

不意に、視界が白くなった。なにが起きたのか。考えるよりさきに、さまざまなことが、すさまじい速さで頭をよぎった。牧宮との出会い、数えきれないほどの戦、夢。なにかが終る。そう思った。眼を開いた。旗。征西府旗と並び鷹の羽。進んでいく。遠くなっていく。人の名。呼ぼうとした。誰の名なのか。呼ぼうとし続けた。浮かんだ顔が、表情を失い、闇《やみ》に呑みこまれていく。

2

散った兵をまとめ、陣を組み直した。

それから、二万の軍勢を本陣の後方に退げた。陣は、一応整っている。それが見かけだけにすぎないことを、了俊は誰よりもよく知っていた。全軍を覆《おお》っているのは、覇気ではなく、恐怖である。

敵は、ただじっと構えている。まるで、こちらが慌てて陣を組み直すのを、笑いながら見ているようだ。

気力が萎《な》えていた。最後の最後で、一度だけは敵を撥ね返そう。そう思ったものが、いつの間にか消えている。捨て鉢《ばち》な気力。それがはぐらかされたのではないのか。そのために、敵は一度退き、待ったのか。白馬に跨がった、菊池武光の姿が浮かぶ。恐怖というより、畏敬《いけい》に近いものが、了俊の心にあった。あれほどの武将に討たれるのであれば。

「兄上、それがしに一万騎をお与えください。一万騎あれば」

仲秋が、自ら馬を駆って本陣に来た。

蒼白《そうはく》な顔をひきつらせているが、心まで恐怖に染まりきってはいない。一万騎をもって敵に突っこみ、死中に活を求めるというのだろう。

「ならぬ。なんのための死か」

「勝つためでござる」

「いまの兵が、おまえに付いていくか。掛けよ、仲秋」

床几でむかい合った。仲秋は頬に傷を受け、腕と膝《ひざ》にも血の滲《にじ》んだ布を巻きつけている。

「やはり、負けと思うか？」

「恐るべきは、菊池武光。数万の軍勢が、まるで手足のごとく動いておりました。なんとしてもと思いながら、気づいた時は三町も押され」

「仲秋、負けと思うかと訊いているのだ」

落ち着いた静かな声で、了俊はもう一度問いかけた。仲秋がうなだれる。全軍を覆っている恐怖を、仲秋もはっきりと感じているのだろう。

「所望がござる」

「なにを？」

「兄上の、その具足。そして赤鳥の笠《かさ》じるしを」

落ちよ、と仲秋は言っていた。自分が落ちる間、今川了俊として本陣を守り抜くと言っている、と了俊は思った。そして、今川了俊として討たれると。

「つまらぬことは考えるな、仲秋」

「つまらぬことではござらぬ。兄上の命があるかぎり、再び大軍を集めることもできましょう。ここは一度、中国に落ち、時をかけて兵を集めてください。一度は干戈《かんか》を交えた相手。やがて弱いところも見えてくるでありましょう。菊池武光とて、鬼神ではございません」

「一度だけだ、仲秋。ただ一度の勝負を期して、儂は万端の備えで九州に入ってきた。儂を未練な武将にはいたすな」

「ほどなく、敵は」

「生はいつも死の中にある。死ぬことはいとわぬ。心静かに、征西府軍の総攻めを迎え撃とう」

了俊の眼を見つめたまま、仲秋は動こうとも言葉を出そうともしなかった。了俊は、仲秋にかすかに頷いてみせた。

徒《かち》が両翼に拡がりはじめている、という注進が入った。拡がるというより、両翼から騎馬隊の前に出てきている、と見た方がよさそうだった。

「第一段の前に、騎馬隊を出します、兄上。敵は、ぶつかるまでに変幻に動きましょう。せめて、騎馬であれば」

いくらかは敵の動きに付いていける。仲秋は最初に敵とぶつかろうという気だろう。そして、最初に死のうというのか。

床几から立ちあがった仲秋が、一礼して駈け去った。

「明真。本陣の二万も元のまま動かすな」

「心得ております」

斎藤明真が頭に手をやった。あまり追いつめられたような表情はしていない。

「肚《はら》が据ったのう。明真」

「なにやら、ほっとしたような心持ちでございましてな。死ぬことなど、大したことではないと思えてきました」

「兵たちひとりひとりがそういう心持ちになれば、反攻のしようもあろうというものだが。厚い雲が頭上にある。恐怖という厚い雲が」

その頭上の雲は、時が経《た》てばさらに厚くなる。菊池武光は、そのことも見抜いているのだろう。

頭の中に、いくつか言葉がよぎった。その言葉が、はっきりと歌になっていくことはなかった。ただ、自分がいままで摑《つか》もうとしていた言葉とは、まったく違う新しいものであるような気がする。

「命松丸《めいしょうまる》」

「ここにおります、殿」

命松丸も、具足を付けていた。了俊の従者なのだ。ただ、その具足も太刀も、まったく似合っていない。

「言葉が、頭を流れていった」

「新しきものの、前兆でございましょうな。やがて、いままでとは違う新しい歌を、お詠《よ》みになるでしょう」

「やがてか」

了俊は軽く笑って、敵の軍勢の方へ眼を戻した。命松丸は落ち着いている。軍勢の頭上を覆った厚い恐怖の雲にも惑わされていない。

「明真。儂の馬もこれへ曳け」

「攻めに出られるおつもりか、殿？」

「なんの。馬上から戦を見ていたい。それだけだ」

敵の軍勢から鯨波があがった。それにすら、味方の軍勢は押され、動揺を見せている。

「来るぞ、明真」

肚を据えて、了俊は声を出した。すでに斎藤明真も馬上姿である。

鯨波が収っても、軍勢は動きはじめなかった。風が強い。まがまがしいほどの風だ。ただ待った。待つ以外に、できることはなかった。心気は澄んでいる。勝敗もすでに頭にはない。

「おかしくはありませんか、殿？」

どれほどの時が経ったのか。明真が呟くように言った。動き出さないというのは、やはり訝《いぶか》しいことだった。もう、潮合いはきわまっている。

旗が揺れ動くのが見えた。かすかだが、敵の軍勢から張りつめたものが消え、別のものが覆いはじめたような気がした。それがなんなのか、了俊には判断がつかない。

「あれは」

斎藤明真が指さした。

たった一騎が、了俊の本陣にむかって疾駆してくる。朱塗りの槍《やり》を、真直ぐ本陣の方へむけていた。なにが起きたのか考える前に、了俊は騎馬武者の姿に見とれていた。

「通してやれ、明真」

「しかし」

「恐らくは、城武顕であろう。なにゆえかはわからぬ。ただ、一騎を数万で押し包むこともなかろう。大事ない、通せ」

　斎藤明真が下知を下す。それでも騎馬武者は、先頭の仲秋の軍勢とぶつかった。二人、三人と槍で馬から突き落としている。下知が伝わった時、騎馬武者も数カ所を斬《き》り立てられていた。槍だけでなく、具足まで赤く染まっている。

開かれた道を、騎馬武者は一直線に突き進んできた。

「今川了俊殿、見参」

気力に満ちた声だ。白髪《しらが》混じりの老将の声とは思えないほどだった。

「城武顕か」

「おう、わが名を御存知《ごぞんじ》か。主《あるじ》、菊池武光の命により、城武顕、今川殿の首を頂戴《ちょうだい》いたす。お覚悟のほどを」

　城武顕が、朱塗りの槍を頭上で振り回した。槍が起こす風が、了俊のところまで届いてきたような気がした。城武顕が、また突っ走りはじめる。すでに、それほどの隔りはない。かっと見開いた眼が、了俊にははっきりと見えた。

「射落とせ」

　斎藤明真の声が聞えた。数本の矢が、城武顕の躰《からだ》にむかって吸いこまれていった。それでも、城武顕は突っこんでくる。了俊の従者たちが、素速く前に回り、人垣《ひとがき》を作った。さらに数本の矢が飛んだ。

「馬だ。馬を射よ」

斎藤明真の声が続く。胸と首を射られた馬が前脚を折り、横に倒れた。城武顕は、しっかりと両脚で鞍《くら》を挟みこんだまま、一緒に倒れた。数人が駈け寄るが、止《とど》めを刺そうとはしなかった。

「すでに、息絶えているようでございます」

仲秋の軍勢が動きはじめるのを、了俊は見ていた。

前方に展開していた敵が、波が引くように退がっていく。信じられない光景だった。仲秋は、誘い出されたようにそれを追っている。およそ、五、六百騎。あとは付いていこうとしていない。

「なにか、策ではないでしょうか、殿」

「わからぬが、なぜ菊池武光は退かなければならぬ。城武顕は、なぜたった一騎で討死をしなければならぬ」

「仲秋様の騎馬隊は、探りを入れているのでございましょうか？」

「いや。仲秋は、前衛で気を張りつめていた。退がる敵を見て、思わず出たものであろう」

いつでも、襲ってくる敵の中に突っこむ。そういう気構えでいれば、敵の動きのおかしさを読むこともできなかっただろう。

「全軍を前に出せ、明真」

「よろしゅうございますか？」

「よい。誘いならば乗ろう」

誘いであるはずはなかった。了俊の心の中に、なにか漠然《ばくぜん》とした予感のようなものがあった。そんな天佑《てんゆう》が、果してあっていいものだろうか。

半里ほど進んだ。その間に、本陣の軍勢を前に出し、徒はすべて後方に移した。

「急ぐな、明真。粛々と進めばよい、大宰府まで」

「大宰府まで、でございますか」

了俊は頷いた。半里を進む間に、予感は確かなものとなっていた。

仲秋の五、六百騎だけが、すでに見えなくなるほど遠くまで進んでいた。七万の大軍が、ゆっくりと前進していく。兵たちに、次第に活気が戻ってくるのがわかった。

天拝山に一千の軍勢、と注進が入った。

了俊は全軍を停止し、五千の兵を天拝山にむけた。天拝山に拠っているのは、菊池武安らしいという。

すでに、陽が落ちかかっている。

五千の軍勢で締めつけさせた。かなり強い抵抗はあったが、正面からぶつかってこようとはせず、菊池武安の軍勢は夜陰に紛れて消えた。

陣を固めさせた。夜襲に備えて、篝《かがり》の数も多くした。負けるはずが、いつの間にか勝ち軍の動きになっている。天拝山を奪ったころから、軍勢の上を覆っていた恐怖の雲も、強い風に吹き流されたようだ。

大宰府は近い。四万の大軍は、どこへ消えていったのか。闇がすべてを吸いこんでしまったのか。雨が落ちてきた。遠くに雷鳴がある。

明朝を期して、宝満山《ほうまんざん》有《う》智山《ちやま》城を攻める、と仲秋から注進が入った。城に籠《こも》る兵は、わずかなものらしい。激しくなった雨の中を、五千の軍勢が仲秋の支援に出発した。

稲妻が、一瞬本陣の前の原野を照らし出す。ただ一騎、白い馬の武将が駈け抜けるのを、了俊は見たような気がした。

3

武政に率いられた軍勢が戻ってきた。

知らせを受け、懐良《かねよし》は征西府館の城塔に昇った。胸騒ぎがした。いつか、これと同じ胸騒ぎを感じた、と思った。

「御所様」

頼治も昇ってきた。

武政の軍勢が見えた。凱旋《がいせん》ではない。しかし追われてもいない。軍勢を、大きな悲しみが包みこんでいる、と懐良には感じられた。

「儂は大広間で待つ。武光をそこへ運び入れよ」

「運び入れる、のでございますか？」

「見よ」

武光の白い馬だった。馬だけである。その前に、板を担《かつ》いだ徒の姿があった。

「そんなことが」

「儂は、大広間で待つぞ。おまえは迎えに出てやるがいい、頼治」

懐良は、城塔を降りた。館の中は騒然としはじめている。

人気のない大広間に端坐《たんざ》し、懐良は眼を閉じた。なにも思い浮かばなかった。死は、いつもそばにあった。それが自分に襲いかかってこようが、武光に襲いかかってこようが、なんの不思議もないのだ。

騒然とした気配が近づいてきた。

楯《たて》の板に寝かされたままの武光が、運びこまれてきた。懐良は立ちあがり、武光のそばにもう一度端坐した。

眼は閉じている。血に染まってもいない。眠れるな、これで。声にはならなかった。一度だけ、まだかすかな体温が残る武光の顔に、懐良は掌《てのひら》を当てた。

「長い間、苦労をかけた」

啜《すす》り泣きが、いくつか起きた。眼を閉じた。涙は出てこない。はじめて、単身で薩摩《さつま》に潜入して自分と会った時の、豊田十郎武光の姿が、懐良の脳裡《のうり》に浮かんだ。

「長い闘いだった」

懐良は脇差《わきざし》を抜き、武光の手に握らせた。武光に与える、二本目の脇差である。一本目は、武光に与えるのではなく、父武時、兄武重の武勇に与えるのだと言った。この脇差は、おまえに贈るものだ。言葉にはしなかった。言葉はむなしく、もうなんの意味も持たない。

「有智山城に兵を入れよ。天拝山も固めるのだ。菊池軍だけでも、大宰府は守れる」

ふり返り、懐良は言った。

「まだ」

武政の声だった。

「まだ戦をなさろうというのですか、御所様。父は、死にました。それでもまだ、戦を続けられますか」

「なに」

「控えよ、武政殿。御所様の、そして武光殿の前であるぞ」

頼治が言うと、武政は両手をついてうなだれた。

「武政。武将として生きたくば、立て。伏すは恥辱ぞ。菊池武光の嫡男《ちゃくなん》ならば、ここで立って見せよ。それが、武光が育てあげた菊池軍に対する、おまえの役目ぞ」

無言で、武政が腰をあげた。顔が腫《は》れ、眼が皺《しわ》のようになっている。

「有智山城へ参ります」

「それでよい」

　武政が出ていったあと、大広間を沈黙が包んだ。外は雨になっている。雷鳴も近づいてきていた。

　頼治が、ほかの者を退《さ》がらせた。

「にわかの病だったようです。最後の攻撃の鯨波《とき》を聞きながらの死であった、と従者は申しました。馬上にて、軍配を摑んだまま」

　それだけ言い、頼治は平伏して退出した。

　むかい合った。もう一度、武光の顔を懐良は手で触れた。不意に涙が溢《あふ》れ、頬を伝って膝にこぼれ落ちた。

「許せ、武光」

　掌で涙を拭った。もう、涙は出てこなかった。

　どれほどの時を、そうやって坐《すわ》っていただろうか。

　頼治が声をかけ、賀々丸を伴って入ってきた。賀々丸は、大宰府の中の菊池の館にいたはずだ。

　懐良に一礼し、手を合わせ、賀々丸は武光に近づいた。見開いた眼を、武光からそらそうとしない。無言の中で、握りしめた賀々丸の手だけがふるえていた。

賀々丸が立ちあがった。

「なんとした、賀々丸？」

「大御所様。爺《じい》さまの弔合戦をいたさねばなりません。敵は、大宰府に迫っているということです。この賀々丸が、軍勢を率いて、敵の大将を討ち取ります」

「爺さまが聞いて、喜んでおろう。すでに、わが軍勢は備えておる。おまえは、もっと成長するまで待つのだ」

「天は、この賀々丸に歳《とし》をくれませぬか。三つでも四つでもよい。天は、賀々丸に歳をくれませんのか」

「待つしかないのじゃ、賀々丸。おまえの爺さまも、儂も、心に思いを抱いていつも待っていた。それを忘れるでない」

賀々丸は、懐良を大御所と呼び、良成《りょうせい》を新御所と呼んでいる。

ふと、懐良は、かつて自分と武光がやってきたことを、良成と賀々丸がなぞるのではないか、という思いに包まれた。それが幸福なのかどうかは、誰にもわからない。

守役の郎党に連れられて、賀々丸が帰っていった。

外はすでに暗く、雨が激しい。

「武政殿は、兵五百で有智山城にむかわれましたが、すでに攻囲されていたそうです。攻囲の兵の数は、いま増えつつあります」

「大宰府よりさきに、有智山城が落ちるか。中の兵は、二百足らずであろう」

「はい。天拝山には、武安殿が拠っておりますが、いかんせん兵が少なく、大軍がそばにいるために、援兵も出せません」

「どれほどの大軍だ」

「七万ほどの。武安殿は、戦場からそのまま天拝山にむかわれましたが、従った兵は一千ほどだそうです」

よほどの衝撃が、菊池軍にはあったのだろう。

「高良山《こうらさん》だ、頼治。まず、奉行所の者どもや女たちを、退かせよ。ひとまず高良山に拠り、機を見て菊池へ帰せ。それから、軍勢も移動する。七万の大軍がいるなら、武安も戻ってこよう」

「心得ました。御所様は、いかがなされますか？」

「いましばらく、ここにいよう。今夜じゅうに、儂も高良山へ移る」

頼治が退出した。

また、武光と二人きりになった。話すべきことは、なにもない。懐良は、ただ武光を見つめていた。人の死に心を動かさない。武光もそうだった。長い闘いが、そういう自分を作らせてきたのだ。

「御所様」

武安が、濡《ぬ》れた姿で平伏していた。

「お詫《わ》びのしようもございません。勝ち戦を、むざむざと捨ててしまいました」

「天拝山からは、いつ戻った？」

「はい、ただいま」

「大宰府は守りきれぬな、武安」

「勝ち戦でございました。それも、胸のすくような。あと一度の攻撃で、今川了俊の首は取れました。退却を命ずる武政殿を、ついに止めることができず、このような姿を晒《さら》しております」

床に滴《したた》り落ちた水は、雨の雫《しずく》ではなかった。武安の肩が、わなわなとふるえている。

「武政殿が、御所様に無礼を働いたとも聞いております」

「武政のことはよい。気にいたすでない。武政はいま、有智山城のそばにいるが、攻囲が厳しく近づけぬようだ」

「高良山へ、お落ちください。この武安が、身に代えてお守りいたします」

「軍勢をまとめるのだ、武安。悲しみが大きかろうと、武光が精魂をこめた菊池軍団は、絶対に乱れさせてはならぬ。落ちるとは思うな。軍勢を整え、高良山に移動すると思え」

「はっ」

「重ねて言う。武政も苦しんでおる。責めてはならぬぞ」

武安が平伏した。

頼治が、麾下の者たちを連れて入ってきた。具足姿である。

「武光殿の死は、伏せてあります。どこからか洩れるにしろ、今川了俊は半信半疑でありましょうから」

「有智山の武政も呼び戻せ。菊池の軍勢が揃《そろ》ったら、三つに分けて高良山に移動させよ。儂は、最後の隊で行こう。武光の躰は、第一隊で運ぶがよい」

頼治が、いくつか下知を出した。

大宰府に菊池軍が揃ったのは、夜半だった。

雨はさらに激しい。

武政の率いる第一隊が、高良山にむけて進発した。すでに、奉行所の者たちはかなりの道のりを進んでいるはずだ。第二隊を指揮したのは、まだ十歳の菊池賀々丸だった。自ら名乗り出て、祖父の白い馬に跨がったという。

「御所様、そろそろ」

武安が来て言った。武光も、すでに大広間にはいない。

「明朝には、七万の大軍が征西府館を押し包みましょう。すでに、大半の者は高良山へむかい、殿軍《でんぐん》の二千が残っているのみでございます」

「捨てるか、大宰府を」

「御心中は」

「よい、武安。十一年にわたって、よくもちこたえたものだ。さまざまな思いがあるが、それもここへ残していこう」

武安が、また肩をふるわせた。

「頼治、征西府旗はいずれに？」

「はい。麾下の軍勢で守って参ります」

懐良は立ちあがった。

雨の音が大きくなったような気がした。雷鳴はすでに遠ざかり、雨だけが激しくなっている。太刀に手をかけた。武安が飛び出していく。征西府館はひっそりとしていて、門前にいる軍勢も、声ひとつあげなかった。

「高良山にむかって、進発いたす」

懐良は、肚から声を出した。雨が具足を打つ。心も打つ。それを振り払うように、懐良は軍配を一度振った。

前方は、どこまでも深い闇である。

4

大宰府に入った了俊は、即座に全九州に通達を出した。

続いて、大宰府の機構を整え、訴訟なども受け付ける態勢を作った。命松丸が意外な手腕を発揮して、すぐに小さな幕府のようなものができあがった。しかしまだ、訴訟などが持ちこまれるはずもない。征西府軍は高良山に拠って、大宰府を窺《うかが》っているのだ。

高良山の征西府軍はおよそ三千。ほかに菊池に四千。合わせて七千というところだった。

菊池軍は五千で、そのほかに恵良惟武《えらこれたけ》の軍勢など、二千が加わっている。

菊池から高良山の征西府へは太い兵站《へいたん》線があり、容易に切れそうもなかった。むしろ、博多を押さえきっていない探題軍の方が、いまだ兵站には不安があった。

「各地へ、それぞれがむかって貰《もら》わねばならぬ。およそのことだけは、決めておきたい」

大宰府の機構がようやく落ち着いたころ、了俊は一族を集めて言った。九州を制圧するのに、一族を立てる方がいいのかどうか、よくわからない。すでに、大豪族は独立独歩の構えを示し、いくつか豪族同士でぶつかったところもある。

「肥前に仲秋、豊後《ぶんご》に義範、日向《ひゅうが》に氏兼、薩摩、大隅《おおすみ》に満範と決めておこう。筑前、豊前《ぶぜん》は大宰府で治められる。筑後、肥後は、みんなで当たるしかあるまい」

役割を決めたところで、すぐにそこへ行けるわけではなかった。豊後では大友親世《ちかよ》、氏継兄弟の争いが予想されたし、日向は島津が長年狙《ねら》っていたところである。肥前の武士は、情勢いかんによっては、いつ征西府につくかわからない。

こうやって全九州を眺《なが》め直していると、大宰府にあった征西府が、十年以上も九州を統《とう》轄《かつ》し、武士たちの力を少しずつ削《そ》ぎ、ほとんど全九州をひとつの国のようにしようとしていたことが、奇蹟《きせき》としか思えないのだった。

征西将軍宮と菊池武光の結びつきが、どれほど大きな存在となり得ていたのか、いま身をもって了俊には理解できた。足利幕府という旗を立てたところで、集まってきているのは恩賞目当ての武士ばかりである。

大宰府周辺に一万、肥前、筑前、筑後の国境が交錯するところに一万。了俊が、九州探題として集めうる兵力のすべてがそれだった。いつまでも、中国の軍勢を九州に留《とど》めておくわけにもいかなかったのだ。それでも、いまだ五千の中国の軍勢が残っている。五千は自分の軍勢であるから、九州で集めたのは一万にすぎない。

「難しいものよのう」

「時が、解決してくれると思えます。まだ、九州探題が九州の武士に馴染《なじ》んでおりません」

大宰府に入って、三月である。斎藤明真も、忙しく飛び回っていた。僥倖《ぎょうこう》によって手に入れた大宰府である。失うことは許されなかった。

三月が、あっという間という感じだった。時折静かな心持ちになるのは、ここ数日のことだ。

八月の戦のことを、よく思い出すようになった。思い出すたびに、恐怖は強くなる。全身に粟《あわ》が生じる。眠っている間に夢で見た時は、汗にまみれて跳ね起きる。

菊池武光になにかあった。それは間違いないだろう。死んだのか、病に倒れたのか、判断はつかない。あれほどの勝ちを収めていた軍勢が、一斉に退《ひ》いてしまう理由は、菊池武光に異変が起きたこと以外考えられなかった。

死んだのだ、と了俊は思っていた。しかし、高良山の征西府軍は、守りを固め、容易には攻め落とせそうもない態勢を作っていた。菊池にいる四千も、無気味である。

「時折、八月の戦のことを夢に見ます。九分通り負けていて、あとは殿の首が飛ぶことしか残っておりませんでした」

もしそうなっていたら、九州はどうなったのか。口々に九州探題におのが権利を主張しはじめた武士たちは、征西府に対しても同じことを言ったのか。

足利幕府の力が九州に入ってくることは、当分は考えられないはずだ。すると残された道は、征西府への服従しかない。服従している間に、次第に武士としての牙《きば》を抜かれていく。そして九州は、征西府が治めるひとつの国となり、足利幕府の日本とはまったく違うものになったかもしれない。

とんでもないことを考えたのか。それとも自分が凡庸《ぼんよう》で、その考えに付いていけないだけなのか。了俊は、よくそう思った。

「そろそろ、高良山の攻撃のことは考えた方がよろしゅうございますな、殿」

「毛利元春が言うように、筑後川を挟んで軍勢を配置しておこうかとも思っておる。それで征西府軍は、大きく動くことはできまい」

「高良山に拠《よ》ってから、また粘り腰を見せはじめましたな。大宰府を捨てた脆《もろ》さが、嘘《うそ》のようでございます」

もともと、腰は強いのだ。それは、これまでの闘いを見てみればわかる。高良山を落とすには、まず兵站を断つことが考えられるが、とてもそんなことができる状態ではなかった。

このところ、了俊は水軍について調べていた。菊池の兵站が、船によってなされていると思えたのだ。しかし、水軍の大きな動きはなかった。征西府の水軍は、四国で幕府方の水軍に押され、半分は潰滅《かいめつ》寸前にある。残りの半分は、博多から肥前沖で活発に動いていたが、征西府が大宰府を捨ててから、あまり姿を見せなくなった。高麗《こうらい》の水軍と結びついたのかもしれない、と考えられた。

ほかに兵站の道があるとすれば、山である。

九州山脈は深く、迂闊《うかつ》に兵を入れることはできない。山の民が、ということを了俊は考えた。もし征西府と山の民が結びついているのなら、かつて足利幕府の最大の敵であった、大塔宮《おおとうのみや》と同じ方法である。大塔宮は、父である後醍醐《ごだいご》帝とともに、京の政権を強化するための軍勢を作り出そうとしていたが、征西府は、それを九州で独自にやっていたことになる。

菊池の強力な武士団に、海の民、山の民を加えた軍勢。それを考えると、征西府がどういう国家を目指していたかも、見えてくる。

なんとしても、惜しい。時折、そういう心境になって、了俊は戸惑った。

征西府の明使《みんし》に対する応対を知った時からである。明は、服属した国とのみ交易を行うと宣言し、征西府にも使者を送ってきていた。服属ということを、征西府は毅然《きぜん》として撥ね返しているのである。

天下は天下の天下にして、ひとりの天下にあらず。明快に、征西将軍宮は答えている。国王として、諸外国にも恥じない態度である。いま、明との交易を望んでいる足利幕府は、細川頼之《よりゆき》などを中心として、貢物《みつぎもの》をなににするか検討中だという。了俊が京にいれば、身を賭《と》してでも止めただろう。銭に眼がくらんで、誇りというものを見失っているのである。

九州がひとつの国家で、征西将軍宮が国王だとしたら、明も侮《あなど》り難い国と認めたに違いない。国の頂点に立つ人間は、誇りを捨ててはならないのである。

征西府が、再度ひとつの国家として明に対することはないだろう。そうしたのは、誰でもなく、了俊自身である。それも、天から与えられた幸運を摑むような勝ち方でである。潰《つぶ》してはならない相手なのではないか。心の底にかすかに漂っていたその思いが、いまになって確かなものになりつつある。どうにもならなかった。九州を平定して、幕府内で揺ぎなき力を持った自分が、明に対して恥ずべきではない態度をとるしか、方法は残されていない。

翌年になって、了俊はようやく再び大軍を組織しえた。

五万弱の軍勢で、筑後川を挟んで高良山の征西府軍と対峙《たいじ》したのである。征西府軍も、九州の武士に働きかけ、一万を越える軍勢を集めていた。

高良山の仮の陣屋で、懐良は武政と武安を呼んで話しこんでいた。

大宰府を捨てて、すでに四カ月以上が経った。その間、高良山の備えを固め、同時に菊池の防備も組み直した。いつ、今川了俊が軍勢を送ってくるかもわからず、休むことない活動を余儀なくされてきた。

高良山も、いまでは一応固まっている。今川了俊が筑後川のむこうに陣を進めてくるまで、思った以上に時間がかかったのだ。いま、五万の兵が湿地を避けて川むこうに展開している。

「お疲れのようです、御所様」

武政と武安が退出すると、頼治が言った。

「おまえの病はどうなのだ、頼治？」

「これは、持病でございます。今日、明日にどうということはございません」

「疲れた、と思う。しかし、このまま引き退がるわけにも参らぬ」

「今川了俊は、着々と九州に手を打っております。筑後、肥後を、遠巻きにするようなやり方でございます。これに対抗するのはなかなかに難しく、父は菊池より征西府令旨《りょうじ》を数多く出しておりますが」

「いまさら、令旨でもあるまい。良遠には、時を待てと伝えてくれ」

「時を待つのでございますか」

　ずっと、耐えて待ち続けた。そして、一度は九州を手中にした。武光という、大きな男がいたから、できたことだ。武政と武安にどれだけ武光の代りがつとまるのか。このままずるずると戦を続け、やがて征西府そのものが潰《つい》えていくのか。

「星野胤親《たねちか》殿から、何度も誘いが参っております。征西府を、星野に移されてはと」

「吉野の二の舞いじゃな。星野は、吉野以上に要害の地だが、京に対する吉野が、大宰府に対する星野よ」

「行かれる気には、なりませんか？」

「頼治、おまえは儂《わし》になにを勧めている」

　安息を得よ、と頼治は言っているように思えた。人には、確かに安息を求めていい時がある。五条頼元がそうだった。頼元は、安息の時を持つ資格を持っていたのだ。しかし、自分に、その資格があるのか。安息の時もないまま、自分のために死んでいった者たちが、どれほどいるのか。

死ぬまで闘う宿運を負った。高良山に移ってきてから、懐良はそう思うようになった。それを、逃げるべきではないのだ。

すでに、征西将軍を、良成に譲る肚は決めた。これからは、良成や賀々丸の時代になっていくだろう。懐良と武光がやったように、良成と賀々丸も菊池から出発すればいい。博多を押さえられたとはいえ、高麗との交易の道はどこかで開けるはずだ。それまで、菊池軍を養う銭はある。星野から聖護寺に到る山稜《さんりょう》に蓄えた厖大《ぼうだい》な物資もある。

自分は、ひとりの武将として、ただ闘って死ねばいいのだ。

「御所様は、闘い続けてこられました。どれほどの闘いだったか、八歳の時より側《そば》近くお仕えしたこの頼治が、一番よく知っております。休んでくれと、死んでいった者たちも、申すに違いありません」

「もう、よせ、頼治」

懐良は、ぼんやりと宙に眼をやった。休みたい。休もうとしている。もしかすると、そうなのかもしれない。ただ、死ぬことによって、休もうとしている。

「武政と武安が、そろそろ動きはじめる。菊池軍五千は、戦って敗れたわけではない。健在なのだ。その力を出す時が、ようやく来た」

「武政殿は、ようやく気を取り直されたようです。息子の賀々丸殿が、幼いながら稀《まれ》に見る気力を持ったお方ですから。父親として、もう一度という気になられたのでしょう」

「武安もおる。そして、ここぞという時は、儂が陣頭に立とう」

「御所様の御決心が変らぬのなら、この頼治も闘います。麾下《きか》の者どもはそれがしが育てあげた軍勢。いまだ力は衰えておりませぬ」

休め、と頼治に言ったところで、聞きはしないだろう。死以外に休もうと思わない自分に、人に休めという資格はないとも懐良は思った。頼治とは、いつも二人でひとりのようにして生きてきたのだ。

「良量《よします》や頼経は？」

「ともに、麾下の軍勢に加えます。公家《くげ》として息子を育ててはおりません」

大宰府に、頼治が慈《いつく》しんだ女がひとりいる、という話は聞いていた。その女をどうしたのか、懐良は訊《き》けずにいた。悠《ゆう》や明子も、捨てるように大宰府に残してきたのだ。その後の消息は知らない。

「城彦六が、騎馬槍隊を巧みに使いこなすそうだ」

城武顕は、ただ一騎で今川了俊の本陣に突っこみ、討死していた。敵の本陣の前で死ね、と武光が命じていたという。武光の死の後を追うために、その命に従ったのか。

「御所様、私でよければ、酒の相手などをいたしましょうか。高良山に来られてから、酒も断っておられるのではありませぬか」

「酒はいいのだ。武光と、飲みすぎるほどに飲んでいた」

頷《うなず》いたが、頼治は立ち去る気配を見せなかった。端坐したまま、かすかに笑みを浮かべている。

「米良《めら》の酒がございますぞ」

「なに、米良だと」

「さきほど三財《さんざい》彦次郎、光次郎兄弟が、運び入れて参りました」

「そういうことは早く言うのだ、頼治」

「その前に、お話ししておいた方がいいと思いましたので」

言われて、懐良は三財一族がなんのために高良山へ来たのか理解した。

「ここへ呼べ、頼治」

頼治が手を打った。

明源に導かれて、三財彦次郎と光次郎が入ってきた。

「菊池武光殿は、まさに不慮の御最期《ごさいご》で」

「武光のことは言うな、彦次郎。それより、お悠や明子は？」

「米良の近くの、はじめて御所様がお悠にお会いになった館《やかた》で、二人とも元気にしております」

「大宰府を離れる時、別れを言う暇もなかった。気にかかってはいたのだが、高良山でもなにかと忙しい」

「白いものが、増えられました」

「髪か。自分が若くはないと思いはじめてから、どれほどの時が過ぎたであろうか」

「九州へ渡られてから、三十有余年になるのですね。闘いの続いた日々としては、長すぎます。御所様は、長い歳月にわたって、われら山の民に、夢を与え続けてもくださいました」

彦次郎は、懐良の眼を覗《のぞ》きこむように見つめながら言った。

従者が、酒の仕度をして運んできた。

「米良は、山深き里なれど、よいところでございます」

無口な光次郎が言う。うつむいていた明源が、よく光る片眼だけを懐良にむけた。

黙って、懐良は頼治が注《つ》いだ酒を飲んだ。二杯目も、頼治はすぐに注いできた。高良山の陣屋は、冬でも火を入れていない。酒が躰に沁《し》みた。

「米良に、館を構えられるお気持はございませんか、御所様。二代目の征西将軍宮となられる方もおられるわけですし」

彦次郎の方が、いつも口は滑らかだった。

「おまえたちが、儂のことを考えて来てくれたのは、よくわかった。だが、米良には行けぬ」

「なにゆえ。明子殿もおられます」

「米良で静かな日々を送れと申すか、光次郎。儂も、ふとそんな日々が欲しいと思うことはある。しかしできぬのだ。足利幕府は、儂の命があるかぎり、安心はせぬであろう。必ず軍勢を送ってくる」

「その時は、われらが力にて」

「ならぬ、光次郎」

光次郎の声は、短く、押し殺したように低かった。兄の前で、これほど言葉が多いのもめずらしい。光次郎は、じっと懐良から眼をそらさなかった。

「光次郎。彦次郎もよく聞け。山の民は、戦をしてはならぬ。戦をさせようと、儂は一度も思わなかった。いまさら、なにゆえ足利幕府の軍勢と争わねばならぬのだ。五条良氏が、最後に会った時に儂に言った。戦を忌《い》み嫌い、武士を捨てて山に入った人々の末裔《まつえい》が山の民であるとな」

「しかし、御所様」

光次郎は、眼に涙を溜《た》めていた。懐良は、笑顔を光次郎にむけた。

「おまえたちまで、戦をしようとは思わないでくれ。これは儂の願いでもあるのだ。儂のことを思って言ってくれているのだ、ということはよくわかる。ありがたいことだ。いいか、彦次郎、光次郎。儂は戦のない国を作りたかった。九州を、そうできると思った。いまは、難しいことだとも思っている。それでも、おまえたちの心の中に、儂の抱いた夢は残る。それだけでいいのだ。おまえたちに戦をさせるぐらいなら、儂はなんのために三十有余年を、戦に費やしたかわからなくなる」

　頼治が、懐良の盃《さかずき》に酒を注いだ。

「二人とも、飲め。明源もだ」

　さらになにか言おうとした光次郎を、彦次郎が穏やかな仕草で止めた。

「御所様。明子殿は、三財一族が天から授かった姫として育てます。米良へ来られた時は、いつなりとその成長を御覧になれます」

「忘れぬ。明子は、いい伯父たちを持った」

　頼治が、三人にも酒を注いだ。

　彦次郎が、気持を引き立てるように、山の冬の話をはじめた。

　二人が帰っていったのは、夜になってからだった。懐良は、頼治と櫓《やぐら》に昇って眼下の筑後川の方へ眼をやった。今川の陣は、篝《かがり》が点々と焚《た》かれている。

「九州で、儂が行くところはないのか、頼治」

「御所様」

「ふと、そう思った。おのが生きる大地と定めたこの九州に、儂が行けるところはない。

それでいいのだとも思う。安息を求めて生きてきたわけではない。闘うことだけが、儂の生きる道だった」

「いまでも、征西府に与《くみ》しようという武士が、各地で蜂起《ほうき》しております」

「征西府のために起《た》っている武士は少ない。ほとんどは、おのが利益のためだ。かつては、それが当たり前だった。時が、十年も二十年も戻ったようなものだ」

「まだ、闘い続けられますか」

「この地で果てようと、武政や武安に、そして良成や賀々丸に、してやれることはしておきたいと思う」

空には、星が満ちていた。月はない。冬の空は、むごいほど澄み渡っている。

第十六章　夢の海

1

筑後《ちくご》川の陣から、了俊《りょうしゅん》は九州各地へ兵を出した。探題軍が、筑後川の北岸に集中したという感じで、大宰府には守備の兵を置いているだけだ。川のむこうの高良山《こうらさん》は、山ひとつが城砦《じょうさい》のようになっていた。大軍で、少しずつ時をかけて締めつけていくしかない。

仲秋は肥前にあって、徐々に在地の武士を固めつつあった。それでも、肥前の軍勢としてこの陣に呼ぶまでには、程遠かった。各地で、反探題の兵を挙げる土豪も多かった。探題に反対するがゆえに、それは征西府に与《くみ》する恰好《かっこう》になる。

九州を統一することの難しさが、改めて思い直される。征西府が統一に乗り出した時は、土豪だけでなく、畠山《はたけやま》、大友、少弐《しょうに》という守護たちはいたし、初代の九州探題もいたのだ。尊氏《たかうじ》公の庶長子で、直義《ただよし》公の養子となった足利直冬《あしかがただふゆ》も入っている。複雑きわまりない離合集散の中で、征西府が生きのびてきたのは、やはり征西将軍宮と菊池武光の結びつきが強かったからか。そして、菊池武光が、稀代《きだい》の武将であったからか。

本陣には、ほとんど館《やかた》のような建物を建てていた。各将にもそれぞれの陣所があり、兵たちもそこにいる。

了俊は、時に大宰府へ出かけ、時に博多へ出かけ、時に肥前や豊前《ぶぜん》の反探題勢力を討ち、そして本陣では高良山との対峙《たいじ》を指揮するという、眼の回るような忙しさの中にいた。悠々《ゆうゆう》と京から十カ月もかけて九州へ進んできたころが、嘘《うそ》のようだ。

高良山を落とす手だてはなかった。何度か兵糧《ひょうろう》を断とうと試みてみたが、逆に筑後川を渡河してきた敵に陣中を掻《か》き回されるという有様だった。油断すると、すぐに後方の兵《へい》站《たん》を断たれ、立往生してしまう。菊池の兵は動きが速く、迎撃の態勢を整えた時は、すでに消えている。留守の間は総指揮を任せている氏兼も、歯噛《はが》みして報告することが多かった。

高良山を落とさないかぎり、征西府の本拠たる菊池の制圧は難しく、各地での蜂起《ほうき》を叩《たた》くこともままならないのだった。すでに、高良山の征西府軍と対峙して、一年近くが経《た》とうとしている。その間に、十数度の戦をしたが、どうしても筑後川を越えることができなかった。

九州各地には、執拗《しつよう》なほど手は打っている。したがって、筑後川の陣の兵が減ることはなかったが、こちらに味方してくる者がいれば、その者と対立する相手は征西府に与してしまうという、泥沼《どろぬま》のような連鎖は、容易に断ち切ることができなかった。

「何年も、腰を据《す》えるというわけにはいきませんぞ、兄上」

肥前の仲秋も、苛立《いらだ》って時折本陣へやってくる。力攻めができるほど、まだ高良山は弱っていなかった。

「政治戦だ、これは。そう思わぬか、仲秋。菊池の征西府からは、令旨《りょうじ》やら通達やらが濫発《らんぱつ》されている。それでも、征西府は九州を統一した実績を持っているのだ。令旨が紙きれで終らぬ場合が多い」

「こちらも、足利幕府という後盾があります。幕府からの通達であれば」

「だから、政治戦だというのだ。どちらの紙きれが重いかということで、武士の靡《なび》く方向も決まる」

「征西府も、よくぞ九州を統一できたものです。菊池武光の軍略があったればこそでしょうが」

「われらは救われた。武光が死んだことによってな。しかし征西府はそれを公《おおやけ》にせぬ。紙きれが軽くなるからだ」

「根較《こんくら》べのような戦をするしかありませんのか？」

「いましばし待て。政治戦では、どう見てもこちらが有利なのだ。征西府軍の力も、少しずつ衰えよう」

仲秋も、肥前の武士の去就が定まらないことに、かなりの焦《あせ》りを持っているようだった。それも、高良山を落とせば一変するだろう。征西府は大宰府を捨てたが、高良山に拠《よ》るかぎり、まだ探題とは五分だと見ている武士が多い。

斎藤明真も、本陣への兵站を担当して、荷駄《にだ》の警固に忙殺されていた。たまに本陣に留《とど》まっている時は、大きな嘆息ばかりをついている。

祖禅寂照が訪ねてきたのは、高良山との対峙がすでに一年数カ月を経過したころだった。

「どうであろう、寂照殿。菊池は、幕府と和を結ぶという気はありませぬか?」

挨拶《あいさつ》もそこそこに、了俊は切り出した。菊池家の本領安堵《あんど》。場合によっては、肥後一国の守護に任じてもいい。考え続けた結果だった。菊池が幕府方ということになれば、征西府は消滅を待つしかなくなる。各地で蜂起している武士たちも、拠るところを失う。菊池の存在さえを認めれば、九州は平定したも同じ状態になるのだ。

「無理でございましょうな。足利尊氏殿は、楠木正成《くすのきまさしげ》にどれほどの領地をもって誘われました。六カ国ではありませんでしたか」

それでも、楠木正成は動かなかった。

「楠木は、三代にして幕府に靡きましたぞ」

「菊池は無理でしょう。武光の孫は、賀々丸といいます。賀々丸は、気味が悪くなるほど、幼いころの武光に似ています」

「楠木も、幕府に靡かなければいずれ滅びた。菊池もそうだろうと思います。なぜ、いたずらに滅びにむかうのですか？」

「私には、わかりません。ただ、命と家名があることが、滅びではないというのは、考えが狭いという気もいたします。滅びざるものについての考え方は、それぞれに違うのではないでしょうか」

誇り、信念といったものと、人は命を引き換えにして悔いないこともある。自分も、そうかもしれない。とすると、菊池一族を滅亡させるまで、九州の統一はできないということなのか。

「滅びにむかうことで、ほんとうに生きることができる。そういう場合もあると、それがしにも理解できます。人は、厄介《やっかい》なものを持つものですな」

「つらいものでしょう。滅ぼした方にとっても」

「九州探題を受けたことを、時々悔いたりもしています。そっとしておけば、九州にはなにか新しいものが生まれたかもしれない」

かすかにほほえみながら、寂照は了俊の話を聞いていた。

「菊池武光はすでに亡《な》い。それはわかっているのです」

「ほんとうに、亡いと思われますか？」

「弟たちや息子たち、それにほとんどの諸将が、すでに死んでいると思っております。昨年の、菊池武光との戦は、思い出してもふるえるほどのものでした。七万の大軍が、なすすべもなく撃ち破られ、それがしの首も取られていたでしょう。ところが、われらはなぜか、最後の闘いを交えずして、勝ちました」

「だから、武光がすでに亡いと」

「ほかに、考えようはありません」

「今川殿は、私の問いのほんとうの意味が、おわかりのはずです」

了俊はうつむいた。わかりすぎるほど、わかっている。

「菊池武光は、菊池の武士たちの心の中で生きている、ということですね」

「それから、征西将軍宮様の心の中でも」

「まことに厄介な敵です。大宰府をあっさり手に入れた時は、九州平定に半年もかかるまいと、甘い考えを抱きました」

「私が今川殿をお訪ねしたのは、お別れを申し述べるためでした」

寂照が言った。

「別れとは？」

「菊池へ参ります。自分がやるべきことを、ひとつ見つけました」

「菊池武光殿の菩提《ぼだい》を弔われる？」

「菊池の戦によって潰《つい》えた命のひとつひとつを」

「山に入ります。寂照はどうしたろうと、今川殿が心にかけられるかもしれない、と思いました。お知らせだけ、しておきます。それで、お忘れください」

「そうですか」

「実は、心の底で寂照殿を心待ちにしていました。菊池への講和の使者は、ほかに頼むこともできません。菊池武光が武士たちの心の中で生きているとしたら、それもはかない望みだったということですか」

「人の世の戦の悲しさは、消えることがないのですね。それが、わかってきました」

それから寂照は、しばらく歌の話などをした。途中から命松丸《めいしょうまる》も加わり、久しぶりに快い時を了俊は過した。束《つか》の間のそよ風のように寂照が去った時、書き付けが一枚残されていた。今川の陣屋に出入り自由という、了俊自身の書き付けである。裏に、一首したためてあった。それを命松丸が声をあげて読んだ。

袖《そで》ふれし花も香を忘れずばわが墨染をあはれとは見よ
「寂照殿は、菊池の衰亡を、やはりどこかで悲しんでおられるようだ」

「それでも、講和の使者はお受けになりませんでした」

「講和というのが、ひと時のことに過ぎぬ。そう思われたのであろう。戦がこの世から消えぬ悲しさを、語っておられた」

講和という言葉は、命松丸との間だけで何度か交わされてきた。仲秋にも氏兼にも斎藤明真にも、一度も出しはしなかった。

「命松丸。儂《わし》は大宰府へ行くぞ」

「いよいよ」

「肥前の武士には、軍忠状を与えよう。豊前の武士の言い分も聞いてやろう。九州北部をとりあえず鎮《しず》め、兵を集める」

いま高良山と対峙している軍勢は三万から四万だった。時によって変る。仲秋の支援に出したりもするのだ。

大宰府で、再度兵を募る。四万は集まるはずだ。総勢八万。兵站もしっかり整えれば、ひと月で高良山は落とせる。その時機が、ようやく近づいていると了俊は思った。高良山は、眼に見えぬほどだが、少しずつ衰えてきたのだ。

「この試みは一度だけだろう。儂が思う兵力が集まらず、集まったとしても高良山を落とせなかったとしたら、九州の風は征西府にむかって吹くことになる」

「そろそろ時機かもしれぬと、私も思っておりました」

「肥前、豊前を話合いで鎮めるまで、兵を募る話は内密ぞ。誰もが、自分を高く売ることしか考えておらぬ」

「急がれぬよう、しかし遅れませぬよう」

　笑いながら、命松丸が言った。

2

菊池武政が陣中で倒れたのは、文中三年の五月二十六日だった。

倒れた時は、すでにこと切れていた。眼から血を噴き出して、死んだのである。三十三歳の若さだった。武政は、菊池軍の大将として、ようやく落ち着きを見せはじめていたところだった。

「心労が大きすぎたのかもしれぬ」

血にまみれた武政の顔を拭《ぬぐ》ってやりながら、懐良《かねよし》は呟《つぶや》いた。菊池軍は混乱をきわめていた。後継は賀々丸と決まり、武安がその補佐に当たることになった。落着を見るまで、二十日も要したのである。

　賀々丸は、十二歳になっていた。

　今川了俊の陣営の兵は、少しずつ増えはじめている。肥前、豊前で思いきった妥協をし、大宰府で今川了俊が兵を集めはじめたのが、ひと月ほど前だった。すでに、五万を越え、六万に達しようとしている。それが、七月の終りには七万になった。

武安が、兵站を断とうと盛んに兵を出したが、二年近い対峙の間に蓄えたものが大きいのか、今川軍は微動だにしなかった。

「大御所様の命は、身に代えてそれがしがお守りいたします」

まだ元服もしていない賀々丸の健気《けなげ》な言葉が、懐良には痛々しいものとしか感じられなかった。

高良山を捨てて菊池に入ることは、九州平定が振り出しに戻ることを意味していた。それも時の勢いなら、仕方のないことかもしれない。ただ、手を拱《こまね》いていることを、賀々丸も武安も肯《がえ》んじないだろう。絶望的な戦にむかう可能性はあった。

「騎馬隊、騎馬槍隊を中心として、二千ほどの兵を備えさせてくれぬか」

ある夜、懐良は武安を呼んで言った。

「兵二千を、いかがなされます」

「まだわからぬ。儂が狙《ねら》った時機が来れば、出陣しよう」

「御所様自らでございますか？」

「若い者に負けぬ、などとは言わぬ。ただ、試してみたい。儂のためではなく、おまえたち若い者のためにだ」

「わかりました。この武安も、お供できるのならば、兵を備えさせましょう」

「賀々丸も伴う。幼いとはいえ菊池の当主。賀々丸のそばには、おまえがいてやればよい。武光も許すであろう」

「わかりました」

賀々丸を伴うということに、武安はちょっと不安を覚えたようだ。固い表情で退出していった。

「やはり、おやりになりますか」

頼治が入ってきて言った。

「わかるのか？」

「それはもう。このまま潰え去るのを待つお方とも思っておりません。それがしも、存分の働きをさせていただきます」

「若い者たちのため、と儂は武安に言った。だが違う。武光のためだ。武光に、儂はなにひとつしてやることができなかった。おまえにもだ」

「死場所を、定められましたか？」

「そんな場所があるなら、赴いてみたいものよ。儂は、死にむかって走ることを許されておらぬ、と思っておる」

「御自分を、死者との絆《きずな》で縛りすぎてはおられませぬか」

「かもしれぬな」

頼治は、それ以上は言わなかった。

懐良は、風の音を聞いていた。風は哭《な》くようでもあり、叫ぶようでもあった。風に死者たちの声を聞く。そんな心境になってはいない。なってはならないのだ。

心の中で、冷えていくものがある。ずっと熱くあり続け、時には身を焦《こ》がした思いが、知らぬ間に冷えようとしている。しかし、いまひと時、冷やしてはならない。冷やすことを許されもしない。

波多《はた》津から月王丸の使いが来たのは、二日後だった。阿久里《あぐり》の病は、少しずつ回復にむかっている、とあった。高良山へ会いに行くとも書いてあった。

間が悪い時にと思いながら、懐良は月王丸を心のどこかで待っていた。

会っておきたい人間がいる。それは、死にに行く者の心なのだろうか。菊池にいる笙《しょう》子《こ》とも、久しく会っていない。明子は、もうかなり大きくなっているだろう。思いはとめどなく、自らの生を辿《たど》るがごとくに湧《わ》き出してくるのだった。

武安に兵の備えを命じた十一日後、懐良は陣屋の外に気配を感じて、茵《しとね》から身を起こした。

「入るがよい、右京」

音もなく、右京が入ってくる。

「摑《つか》めたのだな」

「はい。明十月四日。早朝の進発にて、軍勢はおよそ一万」

「よく摑んでくれた、右京」

「御所様。なにとぞ、お命だけは粗末になされませぬよう」

「按《あん》ずるな、右京。だが、生死は思慮の外にある。やはり、運を試すということになるのかな」

「これ以上、それがしがお役に立つことはないと存じます」

「うむ。大儀であった。償ってやるものがなにもなくて、済まぬ」

「恐れ多いことを。御所様の耳や眼として、いささかのお役に立ったことだけで、望外の幸せでございます。どうか、おすこやかに」

抑揚のない言葉を出しながら、右京の頬は見る見る濡《ぬ》れていった。懐良は眼を閉じた。

その間に、右京は消えた。

「いるな、明源」

「はい」

隣室から声がした。

「すぐに、頼治と武安を起こせ。ここへ呼ぶのだ」

しばらく待った。

武安と頼治が、一緒に入ってきた。

懐良は燈台《とうだい》の下で絵図を拡《ひろ》げた。

「夜明けまでに、二カ所から渡河せよ。それぞれ兵は一千ずつ。敵の巡回に出会わぬよう、大きく迂回《うかい》して渡るのだ。敵の陣も、避けねばならぬ。狙うはただひとつ。今川了俊の首だ」

武安が眼を見開いた。

「明朝、一万の兵を率いて今川了俊は、大宰府を発《た》つ。道筋は、眼をつぶっていてもわかる」

「賀々丸殿は、どういたしますか？」

「麾下《きか》の兵百とともに、儂が伴おう。武安、武光の具足をこれへ。太刀も忘れずにな。儂の馬は、白を用意せよ」

「それでは」

「菊池武光として、今川了俊の首を取ってやりたい。これは儂の思いじゃ。他愛《たわい》ない思いかもしれぬが、そうしたい」

「兵も、奮い立ちます」

二人が出ていった。

月王丸はついに来なかった、と懐良は思った。筆子に会うこともできなかった。菊池で、ひっそりと尼のような暮しをしているという。高良山にいる間に、会いに行けないことはなかったのだ。なにかが、自分を押し止めていた。

武安が具足を運びこんできた。

身につける。菊池武光。おのが名のように、懐良は口に出した。太刀を抜き払う。菊池の刀鍛冶《かじ》が、精魂をこめて打ったという、厚重ねの太刀である。

頼治に伴われて、賀々丸が入ってきた。懐良は、幼い眼の中をじっと覗《のぞ》きこんだ。猛々《たけだけ》しい光がある。それは懐良と見つめ合っても怯《ひる》みを見せなかった。

「戦じゃ、賀々丸。おまえの爺《じい》さまの戦を見ると思って、儂の戦を見よ」

「はい」

「血に怯《おび》えるな。死を恐れてもならぬ。勝敗も天が決めることだ」

「わかっております」

「よし。頼治と武安は進発せよ。いつもやる夜襲と同じように振舞うのだ。大宰府は近いぞ。儂が到着するまでに、陣形は組んでおけ。南北に鶴翼《かくよく》を拡げ、側面から今川了俊の本隊を衝《つ》けるようにな」

二人が出ていった。しばらくすると、遠くでかすかな馬蹄《ばてい》の響きが重なった。

具足をつけた賀々丸は、顔を持ちあげ、胸を張って懐良と対坐《たいざ》している。それは、はっとするほど武光の姿に似ていた。明源が声をかけてくるまで、懐良は無言で賀々丸とむかい合っていた。

「参るぞ、賀々丸」

はい、と言って賀々丸が立ちあがった。白い馬が待っていた。征西府旗と並び鷹《たか》の羽の旗が、並んでいるのが篝《かがり》に照らし出されている。

「なぜ、並び鷹の羽の旗があるか、わかるか、賀々丸？」

「私の旗です。菊池賀々丸、菊池軍の総大将でござる」

「よし」

　懐良は馬に乗った。冷えてはいない。冷えかかったものが、再び熱く燃えあがっている。馬に鞭《むち》をくれた。闇の中に飛びこんでいく。背後に付いている賀々丸の気配だけを、懐良は感じとろうとしていた。

3

　鶴翼に拡がった兵を見渡すと、懐良は賀々丸を連れて、軍勢の前を一度走った。

「よいか。征西将軍がこれにある。武勇並びなき、菊池軍の総大将もこれにある。幾万の敵であろうと、怯むでない。雑兵《ぞうひょう》には眼をくれるな。今川了俊の首ひとつ。ほかのものはいらぬ」

　懐良は、太刀を抜き払った。右翼を指し、太刀を動かす。次に左翼。正面にむかっては太刀を振る。軍勢は、懐良の思い描いた通りに動きはじめていた。さらに太刀を動かす。軍勢が陣形を変えていく。まごうことなき、鳥雲の陣である。

「先鋒《せんぽう》、城《じょう》彦六。ただし、敵に遭遇するまでは、征西府旗の後ろじゃ」

三百の騎馬槍隊が、征西府旗の後ろに付く。風の中を進軍した。すでに夜明け。大宰府の今川了俊は進発しただろう。大宰府まで二里。懐良は軍勢を止めた。

「ここで待つ」

太刀の指示に従って、軍勢は再び鶴翼に拡がりはじめた。動きに、なんのよどみもない。

「賀々丸。おまえの爺さまは、たとえ五万の軍勢でも、この鳥雲の陣で思うように動かした。見事とは思わぬか。鳥が散り、集まってくる」

「はじめて見ました」

「敵を前にして、この陣を使える者は、菊池武光しかおらぬ。よいか、儂をおまえの爺さまと思え。いま、儂には爺さまが乗り移っておる」

「爺さま。注進でございますぞ」

明源だった。今川軍が、一里に迫っているという。高良山では、残りの兵が渡河の構えを見せて、敵を牽制《けんせい》しているころだろう。

鶴翼を崩さずに、懐良は待った。

注進を受けて前方に出た了俊は、信じられないものを見た思いに襲われた。

紛れもなく、菊池軍の並び鷹の羽の旗。もうひとつ、征西府旗も翻《ひるがえ》っている。それも、鶴翼に陣を敷いた中央である。そして、白い馬の武将。

秋の冷気の中で、全身に汗が噴き出してきた。

「およそ二千。騎馬隊が中心です」

注進の声も、一瞬うつろに通りすぎてしまいそうだった。およそ半里。風に靡く草以外、両軍を遮《さえぎ》るものはなにもない。

了俊が下知《げじ》を出そうとした時、軍勢が動きはじめた。眼を疑った。鶴翼で進んでくるのではなく、陣形を変えながら進んでくる。鳥雲の陣に間違いはなかった。白い馬の武将が先頭に出た。

「射よ。矢を射よ。近づけるな」

ばらばらと矢が放たれた。それは、ほとんど全部、白い馬の武将には届かず、草の上に落ちた。無駄《むだ》に消えていく矢を見て、ようやく了俊は自分を取り戻した。

「二段の鶴翼を拡げよ。敵は寡兵《かへい》じゃ。押し包んで、動きを封じる」

太刀を抜き放った。掌《てのひら》が水に漬《つ》けたように濡れている。二重の鶴翼を作った味方が、少しずつ前進していく。

不意に、白い馬の武将の太刀が、宙で翻った。敵の軍勢が三つに割れた。近づいてくる。唇《くちびる》を嚙みしめて、了俊は恐怖に耐えた。最初の騎馬隊が、鶴翼の中央を削り落としていった。その抉《えぐ》れた口が、二番目の騎馬隊でさらに深くなった。槍の穂先を並べた騎馬隊が、正面から突っこんでくる。すさまじい圧力だった。布陣の一番厚い部分が、突き破られようとしている。

敵が退《ひ》いた。

陣形を立て直す暇が、了俊にはなかった。両翼の兵を、中央に集めただけだ。

騎馬隊が突っこんでくる。それは浅く前衛を削りとり、そのまま横に回った。反対側から、もう一隊の騎馬隊がまともに突っこんできた。横からの挟撃《きょうげき》を受け、そこを防ごうと兵が両脇《りょうわき》に寄った。動くなと命ずる暇もなかった。正面から、騎馬槍隊が突っこんでくる。先頭には、朱塗りの槍を突き出した武将がいる。城武顕。そんなことがあっていいのか。

「殿、後方へ」

斎藤明真が叫んでいる。唇を噛みしめたまま、了俊は前へ出た。

「怯むな。敵は寡兵ぞ。正面の槍を、人垣《ひとがき》で止めよ」

敵が退いた。

次はどうくるのか。ただ恐怖に耐えて、踏みとどまることしか、了俊にはできなかった。

味方は中央に、小さく集まりはじめている。

全軍が、ぶつかってきた。石が槌《つち》で打ち砕かれたように、味方の軍勢が割れた。二度、三度と、退いてはぶつかってくる。敗走をはじめた兵がいた。懸命の叱咤《しった》を了俊は飛ばした。

敵が二つに割れた。真中を、騎馬槍隊が突っこんでくる。深く楔《くさび》を打ちこまれた。そこに、騎馬隊が襲いかかってくる。

「兵を散らすな。散らさず、退《さ》がれ。筑後川の味方まで、わずか二里ぞ」

全軍が退がった。騎馬槍隊が、執拗《しつよう》に攻撃を仕掛けてくる。次第に、兵が散りはじめる。

「今川了俊はいずこぞ。征西将軍宮と菊池賀々丸参上。その首、貰《もら》い受ける」

征西将軍宮。了俊は、さらに踏みとどまろうとした。恐しい戦だ。なんという戦だ。それでも、眼は閉じなかった。征西府旗が、真直ぐに自分の方へむかってきた。

「殿、御免」

誰だかはわからなかった。兜《かぶと》を取られていた。

「今川了俊、これにあるぞ」

叫びながら敵に突っこんでいく。馬が走りはじめていた。斎藤明真が、並んで走っている。背後から、雷鳴のような地響きが追ってきた。

「返せ、明真」

「なりません。ここはひた駈《が》けて、筑後川の陣へ」

風が、兜のない頭を打った。駈けに駈けた。返そうという気も、すでに失《う》せた。命。それが、前へ前へと逃げていく。懸命に、それを追った。

「今川了俊」

背後に声が追ってくる。いま、了俊には恐怖以外になにもなかった。前方に軍勢が見えた。矢が頭上を飛んでいく。軍勢の中に突っこんだ。背後から、一撃を受けた。天地が回った。

眼を開いた。

床の木と茵が見えた。背中に痛みが走り、了俊は低く呻《うめ》き声をあげた。

「殿。明真でございます」

「陣屋か、ここは？」

「はい。申し訳ございません。征西将軍宮のひと太刀を、ついにかわすことができませんでした。この明真がそばにいながら」

「傷は？」

「肩から背中にかけて。深こうはございますが、お命には関《かかわ》りません」

「そうか。九死に一生を得たか。二度目だ。幕府第一と言われたこの今川了俊も、征西将軍宮や菊池武光と較べると、なにほどのものでもないな」

うつぶせのまま、しばらくは動けないだろう。濃い敗北感と、屈辱がないまぜになってこみあげてきた。涙が出そうな気がした。しかし、落ちてくるものはなにもなかった。

「筑後川の陣の中まで躍りこんでくるとは」

「まさに、身の縮む思いでございました」

「それで、敵は？」

「去りました。風のように。わが軍で、即座に追えた者はありません」

「そうか」

了俊は眼を閉じた。二頭の白い馬。二人の武将。その二つの像が重なり、ひとつになって駈け寄ってくる。幻だとわかっていても、了俊は思わず身を動かし、痛みに低い呻きをあげた。

4

深夜だった。

燈台の炎が、ちりちりと音をたてている。

茵のそばで眠りこんでいるのは、月王丸だった。太刀を脇に引きつけ、よく焼けた赤《しゃく》銅《どう》色《いろ》の太い腕を組んでいる。

夢だろう、と懐良は思った。矢を三本受けた。腿《もも》も斬《き》られた。筑後川の敵陣に、今川了俊を追って背後から雪崩《なだ》れこんだのだ。ひと太刀は浴びせた。二の太刀は届かなかった。

自分は死んでいるのだ。そう思った。

ならば、月王丸だけでなく、明子にも会えるかもしれない。

眼を閉じた。なにもなかった。これが、死というものなのだろうか。なにもないところを、歩いているような気がする。歩き続けると、いつかは武光に会えるのか。

外が明るくなっていた。

「眼醒《めざ》められましたか」

「生きているのか？」

「二日、眠っておられましたが。なんの、そう簡単に死ぬ躰《からだ》ではないようですぞ、父上」

「水をくれ」

月王丸の手が、頭の後ろに回ってきた。椀《わん》の水が、少しずつ口に流しこまれる。躰の中で、息を吹き返したものがある。それがはっきり感じられた。

また眠った。

眼醒めた時、月王丸のほかに、見馴《みな》れた顔が並んでいた。頼治は、腕に傷を受けていた。武安も足を投げ出しているようだ。

「賀々丸は？」

「これに控えております」

幼いが、しっかりした声だった。

「手負うたか。肩じゃな」

「もう、傷は塞《ふさ》がりました。若いので、回復は早いそうです」

「討ち洩《も》らしたな」

「爺さまの戦を、この眼でしっかりと見ました。忘れませぬ。菊池の軍勢の無双の強さを、賀々丸は忘れませぬ」

「御所様。賀々丸殿は、筑後川の敵陣にもともに斬りこみましたぞ。若き武光殿を見ているようでした」

「済まなかったな、賀々丸。おまえの爺さまなら、今川了俊をたやすく討ち取っていたであろう。やはり、おまえの爺さまには、戦ではかなわぬ」

「御所様。申しあげねばなりません。敵が八万にまでふくれあがっております。高良山は、支えきれません。無念ですが、菊池へ落ちます」

「そうか、武安」

「父上は、私がお連れしますぞ、海へ」

月王丸の声には、童《わらべ》をあやすにも似た響きがあった。

「海？」

「さよう。高麗《こうらい》のほかにも、海のむこうにはさまざまな国がございます。傷が癒《い》えられても、右足は思うように動かぬかもしれません。なに、船の上では、それほど駈けることもございません」

「儂は、九州を離れることはできぬ、月王丸」

「死者はみな、父上が九州を離れてくださることを、望んでおります」

「死者の思いが、なにゆえに」

　懐良は、月王丸のぞんざいなもの言いに、かすかな笑みを洩らした。

「わかるから、わかるのです」

「儂は、九州にとってどういう人間であったのだ。頼治、どう思う？」

「夢で、この大地を彩《いろど》られました。もはや、闘いは不要です。どうか、月王丸様とともに。私も、お供いたします」

「そうか」

　懐良は眼を閉じた。熱いものが、眼の端から耳の方へ流れ落ちていく。それを、月王丸の大きな手が拭った。

「賀々丸」

「はい」

「よくぞ、闘った。爺さまも、驚いておろう。良成《りょうせい》を頼める者は、おまえしかおらぬ。武安に助けられ、早く成長せよ」

「新御所様は、この賀々丸がお守りいたします」

「頼治。おまえは星野へ落ちよ」

「なぜでございます？」

「あの地は、病によい。絶対に侵されることのない、要害でもある。征西府旗を、おまえに預けよう。良成と賀々丸がもし必要とすることがあれば、渡してやれ」

「私は、御所様と」

「もういいのだ。儂が闘いをやめるように、おまえもおまえの生を生きよ。長くともに暮してきた。だから、おまえと儂に別れなどはない。星野にあろうと、儂とは一体だ。別れの言葉も言わぬ」

頼治がうつむいた。頬を涙が濡らしていく。

眼を閉じた。

すべてが、夢だったのか。そして、夢のまま、この身とともに潰えていくのか。

「父上、孫も大きくなっております。躰じゅう傷だらけの爺さまに会える日を、愉《たの》しみにしておりますぞ」

抗《あらが》いようもない疲れが、懐良を襲ってきた。眠りたい。眼醒めることのない眠りの中に、落ちていきたい。それを思うだけだった。

風が吹いていた。心の中を、吹き抜けていく。眠りは、まだ来ない。自分が眠りはじめるのを、懐良はじっと待った。

音が聞えてきた。風の音。そして波。躰が揺れているのか。海が見えた。どこまでも、果てることのない海だった。夢と海は似ている。そう思った。陽の光が海面に射《さ》して、鮮やかな照り返しが交錯している。眠ろうとしている自分を、懐良は感じた。
光。風。夢。海。
遠くなった。

（完）

年表

一三二九　元徳一	懐良親王誕生	
一三三一　元弘一		元弘の変
一三三三　元弘三	菊池武時、鎮西探題を襲撃するが、失敗し討死 少弐貞経、大友貞宗が鎮西探題を襲撃　北条英時敗死	六波羅陥落
一三三四　建武一		建武の新政 護良捕えられ、鎌倉に流される
一三三六　延元一	菊池武敏、大宰府有智山城を攻め、少弐貞経自刃 菊池武敏、多々良浜にて足利尊氏に敗れる 尊氏東上 懐良親王、九州へ出発	足利尊氏、新田義貞・北畠顕家らに敗れ、九州に逃れる 湊川の戦いで楠木正成戦死 南北朝分裂
一三三九　延元四	懐良親王一行、忽那島に到着	後醍醐天皇死去 義良親王が後村上天皇となる
一三四二　興国三	懐良親王、忽那島を出発し、薩摩山川津に到着　谷山入城 懐良親王、島津貞久と薩南にて戦い、勝つ	

一三四五　興国六	豊田十郎武光、菊池の第十五代惣領となる	
一三四七　正平二	薩摩の南軍、瀬戸内の水軍の支援を得て、島津貞久を破る 懐良親王、肥後に進出	楠木正行、紀伊、河内に蜂起
一三四八　正平三	懐良親王、菊池隈府城に入城	河内四条畷にて正行戦死 高師直に攻められ、後村上天皇吉野より賀名生へ移る
一三四九　正平四	足利直冬、中国探題となり備後へむかう 尊氏、直冬の追討を決定、直冬は九州川尻へ逃れる	足利直義と高師直の確執始まる 観応の擾乱
一三五〇　正平五	直冬、少弐頼尚と共に大宰府にて挙兵、博多にて一色範氏を破る この頃より倭寇がしきりに高麗の沿岸を侵す	直義、南朝に帰順
一三五一　正平六	一色範氏、九州探題を解任され、直冬が正式に探題となる 月隈・金隈の戦い	尊氏軍、直義軍に敗れ和睦するが、不和となり、直義は鎌倉へ逃走 尊氏、南朝に帰順
一三五二　正平七	直冬、長門に遁走し、少弐頼尚と共に征西府に帰順 一色範氏、征西府を離脱	直義、毒殺される 南朝、京都を一度は回復するも、また奪還され賀名生に戻る

一三五三	正平八	針摺原の戦い 阿蘇惟時死去	南朝、再度京都を回復 鎌倉からの尊氏の上京を知り、南朝軍撤退
一三五四	正平九		北畠親房、賀名生にて死去
一三五八	正平一三		尊氏死去、義詮が将軍を継ぐ
一三五九	正平一四	筑後川（大保原）の戦い	細川繁氏、九州に派遣されるも病死
一三六〇	正平一五	五条良氏死去	
一三六一	正平一六		九州探題として斯波氏経派遣
一三六二	正平一七	長者原の戦い	
一三六三	正平一八	島津貞久死去	斯波氏経帰京
一三六四	正平一九	恵良惟澄死去	
一三六五	正平二〇		九州探題に、渋川義行任命さる しかし、九州の地を踏まずに引き返す
一三六七	正平二二	新征西宮として良成親王、西下 五条頼元死去	足利義詮死去、新将軍に義満
一三六八	正平二三	征西府軍、長門へ東上するが挫折 ※中国にて朱元璋が明を建国	後村上天皇死去　長慶天皇即位
一三六九	正平二四	明使、懐良親王に倭寇の禁止を求める	楠木正儀、北朝に帰順
一三七〇	建徳一	今川了俊、九州探題に任命	

一三七一 建徳二	今川了俊、九州に上陸	
一三七二 建徳三 文中一	了俊、七万の軍勢にて大宰府包囲 征西府高良山城へ後退 菊池武光死去	
一三七四 文中三	菊池武政死去	
一三九二 元中九		南北朝合一

参考文献（順不同、敬称略）

『征西将軍宮』藤田　明、東京宝文館、一九一五年
『菊池勤王史』平泉　澄、皇学館大学出版部、一九四一年
『中世九州の政治社会構造』山口隼正、吉川弘文館、一九八三年
『九州中世史の研究』川添昭二、吉川弘文館、一九八三年
『姿としぐさの中世史』黒田日出男、平凡社、一九八六年
『中世の愛と従属』保立道久、平凡社、一九八六年
『異形の王権』網野善彦、平凡社、一九八六年
『中世民衆の生活文化』横井　清、東京大学出版会、一九七五年
『中世日本文化の形成』桜井好朗、東京大学出版会、一九八一年
『日本の海賊』長沼賢海、至文堂、一九五五年
『九州南北朝戦乱』天本孝志、葦書房、一九八二年
『中世日朝関係と対馬』長　節子、吉川弘文館、一九八七年
『鎮西御家人の研究』瀬野精一郎、吉川弘文館、一九七五年
『日本の歴史　9　南北朝の動乱』佐藤進一、中央公論社、一九七四年
『歴史紀行　瀬戸内水軍』森本　繁、新人物往来社、一九八七年
『中世日朝貿易の研究』田村洋幸、三和書房、一九六七年

『中世再考』網野善彦、日本エディタースクール出版部、一九八六年
『倭寇』田中健夫、教育社、一九八二年
『中世の九州』外山幹夫、教育社、一九七八年
『南北朝の動乱』安藤英男、新人物往来社、一九八四年
『日本中世の女性』田端泰子、吉川弘文館、一九八七年
『九州中世社会の基礎的研究』森本正憲、文献出版、一九八四年
『中世文芸の地方史』川添昭二、平凡社、一九八二年
『分裂と動乱の世紀』瀬野精一郎、旺文社、一九八一年
『大明国と倭寇』田中健夫編、ぎょうせい、一九八六年
『征西将軍懐良親王の生涯』坂井藤雄、葦書房、一九八一年
『図説　和船史話』石井謙治、至誠堂、一九八一年
『日本の海賊』村上　護、講談社、一九八二年
『純忠星野氏』今村和方、星野氏史実顕彰会、一九三四年
『倭寇史考』呼子丈太朗、新人物往来社、一九七一年
『中世海賊衆の形成と伊予国忽那氏』岡田政男、岡山史学会、一九七〇年
『日本水軍史』佐藤和夫、原書房、一九八五年
『征西将軍宮と五条氏』福岡県教育会、一九三六年
『松浦党研究　1～10』松浦党研究連合会編、芸文堂、一九八〇～八七年

『忽那家文書』景浦　勉編、伊予史料集成刊行会、一九六四年
『大原戦史』田中耕祐編、小郡市郷土史研究会、一九七二年
『誠忠菊池累代史』陸上自衛隊第八師団司令部、一九六九年
『菊池武光』川添昭二、人物往来社、一九六六年
『海賊松浦党』呼子重義、人物往来社、一九六五年
『今川了俊　新装版』川添昭二、吉川弘文館、一九八八年
『卜部兼好　新装版』冨倉徳次郎、吉川弘文館、一九八七年
『菊池氏三代　新装版』杉本尚雄、吉川弘文館、一九八八年
『荘園分布図　下』竹内理三編、吉川弘文館、一九七六年
『皇子たちの南北朝』森　茂暁、中公新書、一九八八年
『九州中世史研究』川添昭二編、文献出版、一九八二年
『日本常民生活絵引』澁沢敬三、平凡社、一九八四年

一九八九年九月　新潮社刊
一九九三年八月　新潮文庫

解説

天野純希

実は本稿の依頼をいただいた時、受けるかどうか少し迷った。

というのも、僕にとってこの『武王の門』は、歴史小説の本当の面白さを知ったと同時に、人生を大きく変えられた作品でもあるからだ。この小説が書かれていなければ、僕はきっと小説家になっていない。

いささか大仰な書きようだが、要するに「推《お》し作品について語る時、好きすぎて語彙《ごい》力が低下する」というオタクあるあるな事態に陥らないか、心配だったのである。とはいえこんな機会はそうそうないので、過去の自分の体験も踏まえて、この作品の推しポイントについて語ってみたい。

僕が初めてこの小説を手に取ったのは、今から三十年前、十四歳の時だ。

その頃、すでに司馬遼太郎や吉川英治、山岡荘八らの小説をいくつか読んで、歴史小説というものをわかったつもりになっていた僕（我ながら、何ともいけすかない子供だろう）は、父の本棚にあったこの小説を何気なく手に取った。だが、読みはじめてすぐに気づいた。これは、今まで読んできた小説と何かが違う。物語は、義範《よしのり》という男が夜の海を見つめる場面から始まる。どうやら、戦《いくさ》が近いらしい。だが、誰と誰が戦おうとしているのか。さらには、ここがどこで、どの時代なのかさえ、すぐには明かされない。

やがて、戦場に一人の少年が現れる。今作の主人公、牧宮懐良親王《まきのみやかねよししんのう》だ。後醍醐《ごだいご》天皇の皇子に生まれ、幼くして九州平定を命じられた征西将軍宮である。

カバー裏のあらすじを読めば、これが南北朝時代の話だとはわかる。だが、足利尊氏《あしかがたかうじ》や楠《くすの》木《き》正成《まさしげ》は知っていても、本作の主人公である懐良親王は、よほどの歴史好きでなければ聞いたことのない名だろう。この時点では、僕も同様だった。

やがて、懐良は師である忽那《くつな》義範の下を離れて九州に渡り、生涯の友である菊池《きくち》武光《たけみつ》に出会う。そして、少弐《しょうに》頼尚《よりひさ》、一色範氏《いっしきのりうじ》、足利直冬《ただふゆ》といった敵将たちと激戦を繰り広げ、ついに九州全土を制した懐良と武光だが、そこに最強の敵、今川了俊《りょうしゅん》が立ちはだかる。

ここに挙げた登場人物の名を、どれだけの読者が知っているだろう。しかし、知らないということが、読み進める上で何の妨げにもならない。むしろ、戦国や幕末といった歴史小説好きにお馴染みの時代ではなく、南北朝時代というほとんど知られていない舞台を目の前に用意されたことで、先入観なしに物語に没入できる。

まどろっこしい時代状況の説明も、ドヤ顔で披露される歴史蘊蓄《うんちく》もない。古臭い歴史小説にありがちな、「歴史とは、人の世とは……」的な説教臭さも皆無だ。そこには魅力的な登場人物と、彼らの織り成す物語だけがある。僕は歴史に過剰なロマンを求めることに懐疑的だけれど、懐良と武光が抱いた夢には、やはり胸が熱くなってしまう。

　思えば当時の僕は、歴史を学ぶために小説を読んでいた。歴史小説を、大河ドラマやゲームに登場する人物や時代をより深く知る手段として使っていたのだ。誰々はどうやって偉業をなし、それは歴史上、どんな意味があったのか、あるいは、あの有名な事件や戦いはなぜ起きたのか、等々。

　そうした読み方が悪、というわけではない。けれど、どこか上から見下ろすような感覚で小説を読んでいたことは確かだ。そして本作は、小説の世界に入り込むこと、小説を物語として純粋に愉《たの》しむことを、僕に教えてくれた。

　それからは、『武王の門』と同じくらい面白い作品を探して、歴史小説を片っ端から読み漁るようになった。

　だが、やはり何かが違う。あれほどのめり込める小説を、北方謙三の他の作品以外に、僕は見つけ出すことができなかった。当時の僕は、『武王の門』のどこにそれほどまでに惹きつけられたのだろう。

考えた末に、いくつかの結論にたどり着いた。

まず一つは、北方謙三の文体だ。

徹頭徹尾、無駄を排したドライな文章でありながらリズミカルで、要所要所で畳みかけてくるような緩急《かんきゅう》のある文体。司馬や吉川の作品を読みなれていた僕はまず、ここでがつんとやられてしまった。

そして、それまでの歴史小説で当たり前のように使われていたいわゆる「神視点」（「この少年が、後の織田信長である」といった語り口）を一切用いず、徹底して登場人物たちを主体としている。つまり、登場人物が知らない情報は、読者にも与えられないのだ。あまり知られていない時代、主人公ということもあいまって、読者は次の展開が予想できず、物語への没入度は高まっていく。

次に、物語そのもののスケールの大きさが挙げられる。

懐良、武光の活躍の舞台となる九州は古来から、大陸への玄関口だ。自然、朝鮮半島や中国との往来も多く、南北朝時代も例外ではない。史実でも、懐良が樹立した征西府は明《みん》王朝と使者のやり取りをしている。ネタバレ回避のため詳しくは書かないが、北方謙三はこの史実をベースに、大きなフィクションを盛り込んでいるのだ。

空間的なスケールの大きさだけではない。本作で重要な役割を担うのが、海の民と山の民だ。これらは今でこそ多くの作品に登場するが、当時としては斬新だった。武士とも百姓とも違う彼らをフューチャーすることで、物語の深みが大きく増している。

だが最大の魅力はやはり、多彩な登場人物たちだ。

天皇の息子でありながら武士のように戦い、一人の男として九州の地で生きたいと願う懐良。戦場では無類の強さを見せる名将でありながら、人としての温かみを捨てない武光。名族の誇りを胸に若き懐良、武光の前に立ちはだかる少弐頼尚。懐良の夢を理解し、征西府と戦うことに躊躇《ためら》いを覚える足利幕府最強の武将・今川了俊。他にも、己を捨てて懐良に付き従う五条頼治《ごじょうよりはる》や、本作のヒロイン的存在である阿久里《あぐり》（彼女が〝男に都合のいい女性キャラ〟になっていないところが素晴らしい）、懐良のメンターとなる忽那義範や谷《たに》山隆信《やまたかのぶ》などなど、敵味方問わず、主人公が務まりそうなほど魅力的な人物がこれでもかと登場する。史実だの小説的技法だのといったつまらないことは脇に措《お》いて、ぜひとも彼、彼女らとともにこの世界を駆け、じっくりと味わってほしい。

ここからは余談だが、『破軍の星』、『悪党の裔《すえ》』、『道誉なり』などへ続く一連の「北方太平記」を読み尽くしてしまった僕は、激しいロスに陥った。そして、「これと同じくらい面白い小説がないなら、自分で書いてやる。書けるはずだ！」と、中学生男子特有の根拠なき自信を胸に、小説家を志すことになる。

それからおよそ三十年で、僕を含め、北方謙三の影響を受けた多くの歴史小説家が誕生した。現在の歴史小説にキャラクター性、物語性を強く打ち出したものが多いのも、北方謙三の影響と言っていいだろう。本作は僕だけでなく、歴史小説というジャンルにとってもエポックメイキングな作品だったのだ。

とはいえ、そうした諸々は読書を愉しむ上では些末《さまつ》なことだ。本作を気に入った方にはぜひとも、これに続く北方太平記、さらには全五十一巻に及ぶ北方大水滸伝、先日ついに完結を迎えた『チンギス紀』などなど、広大な北方歴史小説の世界に浸っていただきたい。

（あまの・すみき　作家）

中公文庫

武王《ぶおう》の門《もん》（下《げ》）

2024年1月25日　初版発行

著　者　北方《きたかた》 謙三《けんぞう》

発行者　安部 順一

発行所　中央公論新社
〒100-8152　東京都千代田区大手町1-7-1
電話　販売 03-5299-1730　編集 03-5299-1890
URL https://www.chuko.co.jp/

ＤＴＰ　平面惑星
印　刷　大日本印刷
製　本　大日本印刷

Published by CHUOKORON-SHINSHA, INC.
Printed in Japan　ISBN978-4-12-207465-1 C1193